PEACH BLOSSOM

DARK ROMANCE

S. H. ROXX

Peach Blossom

Dark Romance

Für Anfragen jeglicher Art: shroxx.autor@gmail.com

VORWORT

Wie immer eine kleine Warnung vorab:

Das hier ist keine kitschige Liebesgeschichte. Bei diesem Roman handelt es sich um **Dark Romance**. Er ist fiktiv, daher dürfen meine Protagonisten so viele Verbrechen begehen, wie sie gerade möchten, und müssen auch keinen Wert auf Verhütung legen. Stellenweise wird Blut vergossen und stellenweise wird es auch sehr unrealistisch. Das Buch soll dir zur Unterhaltung dienen und keine moralischen Maßstäbe setzen.

Nun wo du das weißt, wünsche ich dir ganz viel Spaß beim Lesen :)

XOXO,
Roxxi

1

Peaches

»Was darf es für dich sein?«

Ich nehme den Blick von meinen Fingern, die vor Aufregung zittern, und sehe in das Gesicht des Bartenders auf, der mich mit einem schiefen Lächeln bedenkt. Seine Augen unterziehen mich einer neugierigen Musterung. Interesse blitzt darin auf.

Nun wo man mir endlich Beachtung schenkt, wächst die Anspannung tief in mir. Ich wollte diese Aufmerksamkeit von einem anderen Mann, der mich jedoch wie Luft behandelt, seit ich dieses brechend volle Irish Pub betreten habe. Er hat mich kein einziges Mal eines Blickes gewürdigt, er hat nicht einmal den Kopf in meine Richtung gedreht. Ich wusste, es wäre nicht leicht, die Aufmerksamkeit eines Mannes wie ihm auf mich zu ziehen, und doch bin ich enttäuscht, da ich alle Register gezogen habe, um ihm aufzufallen.

Ich trage mein bestes Kleid, das kleine Schwarze mit einem Hauch verspielter Spitze am tiefen Dekolleté, dazu meine höchsten und dünnsten Bleistiftabsätze. Mein dunkelbraunes Haar fällt in verführerischen Wellen über meine gebräunten Schultern und meine eisblauen Augen stechen durch dunklen Lidschatten und geschwungene, lange Wimpern hervor. Meine Lippen glänzen im selben Farbton wie meine Nägel an den Händen und Füßen, der Anhänger meiner zarten Silberkette trägt dieselbe Farbe – Peach Blossom.

Pfirsichblüte.

Es ist mein Farbton, mein Wiedererkennungsmerkmal.

Und obwohl ich in diesem Pub die einzige Frau nicht irischer Abstammung bin, bei weitem die einzige Frau bin, die sich so sehr in Schale geworfen hat, und überhaupt die einzige Frau bin, die allein an der Bar sitzt, erhalte ich keinerlei Beachtung von ihm.

Was muss ich tun, damit er mich endlich bemerkt? Auf den Tresen klettern, mir das hübsche Kleid vom Leib reißen, und wild zur Musik tanzen?

No way. Ich bin bereit, vieles dafür zu tun, um endlich Antworten zu erhalten, doch das werde ich bestimmt nicht. Dafür habe ich zu viel Klasse.

Und zu viel Schamgefühl.

Deswegen wähle ich einen anderen Weg. Auch wenn ich subtil vorgehen wollte, muss ich meine Strategie gezwungenermaßen ändern, um an mein Ziel zu gelangen.

Ich erwidere das Lächeln des Barkeepers und zucke mit den Schultern. »Etwas vom guten Zeug. Was kannst du mir empfehlen?«

Er braucht keine Sekunde nachzudenken, bevor er hinter sich greift und eine der vielen Flaschen von der verspiegelten Wand nimmt. Er hält sie mir mit einem Grinsen vor die Nase. »Tyrconnell Single Malt – volle und malzige Noten, am Gaumen sanft, delikat und frisch, trocken und leicht im Abgang. Dieser Irish Whiskey ist hier bei weitem der Beliebteste, dicht gefolgt vom Jameson Whiskey.«

Ich werfe unauffällig einen Blick über meine Schulter und nicke zu dem runden Tisch in der hintersten Ecke des Pubs. »Ist er auch bei diesen Männern beliebt?«

Der Bartender folgt meinem Blick und sein Gesichtsausdruck verändert sich vor Skepsis. »Warum willst du das wissen?«

»Warum ist es ein Geheimnis?«, stelle ich ihm zuckersüß lächelnd eine Gegenfrage, über die er amüsiert schnaubt. »Also, ist es das gute Zeug, das auch diese Männer dort hinten trinken?«

»Ist es.«

»Gut.« Ich nicke. »Dann mach mir zwei Drinks davon. Einen für mich, und einen für den Mann im weißen Hemd.«

Nun lacht er ein wenig verwirrt, bevor er entschieden den Kopf schüttelt. »So läuft das nicht, Hübsche. Männern wie ihm kannst du nicht einfach einen Drink spendieren. Er lässt sich von niemandem einen Drink spendieren.«

Meine Brust verkrampft sich. Das ist schlecht, verdammt noch mal. Da dieser Mann nicht den Anschein macht, mir einen Drink spendieren zu wollen, dachte ich, ich könnte den Spieß einfach umdrehen, um seine Aufmerksamkeit zu ergattern, und der Rest ergäbe sich von selbst.

Doch offenbar ist es schwieriger als gedacht, an jemanden wie ihn heranzukommen.

Allerdings muss ich das unbedingt. Es ist schon zu viel Zeit vergangen, in der ich untätig war und anderen die Arbeit überließ. Nun muss ich selbst aktiv werden, wenn ich endlich Antworten erhalten möchte. Es ist der effizienteste Weg, um herauszufinden, was mit meinem Bruder geschehen ist.

Die Gedanken an ihn lassen meinen Magen sofort krampfen und ich bedeute dem Barkeeper mit einer unwirschen Handbewegung, mir schließlich bloß einen Drink zu machen. Er kann mir nicht helfen, also muss ich meinen Charme nicht mehr spielen lassen.

Kaum brennt der irische Whiskey in meinem Rachen, schließe ich die Augen und denke über meinen nächsten Schritt nach. Es kommt nicht in Frage, jetzt einfach zu gehen. Drei Monate lang habe ich gebraucht, bis ich herausfand, wem die letzte Telefonnummer gehört, die mein Bruder angerufen hat, bevor er spurlos von der Bildfläche verschwunden ist, und weitere vier Monate, bis ich den Mann endlich gefunden und ein Gesicht zu seinem Namen hatte.

Callahan Mullan.

Einen weiteren Monat hat es in Anspruch genommen, alles über ihn und seine Familie in Erfahrung zu bringen, denn das ist es, was ihn ausmacht.

Er ist ein Mitglied der Mullan-Familie, einer bekannten irischen Verbrecherbande. Die Männer der Mullans haben einen zweifelhaften Ruf hier in London, wo sie sich niedergelassen haben. Bekannt wurde der Name Mullan eigentlich durch die Whiskey-Destillerie, die sie vor Generationen in Irland gründeten und bis heute betreiben, doch diese dient nur noch dem Schein und ist ein Mittel zum Zweck, um Geld zu waschen. Man sagt, die Familie hätte damit gar nichts mehr zu tun, bloß ihr Name stünde noch auf all den Besitzurkunden. Irgendjemand anderes leitet sie seit Jahrzehnten. Heutzutage machen die Männer ihre Geschäfte mit anderen Dingen als selbstgebranntem Whiskey. Erst waren es bloß skurrile Gerüchte, die ich über sie gehört habe, doch durch meine Recherchen weiß ich nun jedes dreckige Detail über diese irischen Verbrecher.

Und diese sind wirklich verdammt dreckig.

Nachdem Callahan Mullan der Dritte verstorben war, widmeten sich die verbliebenen Söhne der Familie einem anderen Geschäft, einem lukrativeren und verdorbeneren. Sie hielten wohl nichts von ehrlicher Arbeit und sauberem Geld wie ihre Vorfahren. Stattdessen kann man sie heutzutage aufsuchen, um Probleme aus dem Weg zu räumen. Jede Art von Problem und auf jede Weise, die einem vorschwebt. Sie sind gefürchtete Verbrecher, gegen die niemand etwas unternimmt. Mir kam zu Ohren, dass viele Leute auf ihrer Gehaltsliste stehen, unter anderem Politiker und Beamte der Polizei und des FBI.

Als ich davon erfahren habe, wurde mir auch klar, wie mein Bruder in Kontakt mit einem Mullan geriet. Er muss ihn aufgesucht haben, um herauszufinden, was vor vier Jahren mit meinem Vater geschah, welcher brutal ermordet wurde. Bis heute gibt es keine Spuren oder Hinweise zu seinem Mörder, der Fall wurde wie so viele andere ungelöst zu den Akten gelegt. Es war nicht schwer, eins und eins zusammenzuzählen – mein Bruder muss von den Geschäften der Mullans erfahren haben und in der Hoffnung, sie könnten ihm bei der Aufklärung des Mordes an meinem Vater helfen, zu ihnen gegangen sein. Möglicherweise hat er ein Geschäft mit ihnen abgeschlossen – an Geld mangelte es unserer Familie noch nie –, doch irgendetwas scheint schief gelaufen zu sein, denn ich weiß bis heute nicht, wer meinen Vater auf dem Gewissen hat, und mein Bruder verwest vermutlich genau wie er irgendwo tief unter der Erde.

Dass er tot ist, musste ich mir irgendwann selbst eingestehen, denn anders ließe sich sein Verschwinden nicht erklären. Er würde niemals einfach so fortgehen und mich verlassen, schon gar nicht ohne einen Abschiedsbrief oder eine Erklärung. Er hätte sich gemeldet, würde er in Schwierigkeiten stecken. Wir hatten immer ein gutes Verhältnis zueinander, unsere Geschwisterliebe war echt und unbezwingbar.

Doch nun sind neun lange Monate vergangen, seit ich ihn zum letzten Mal gesprochen habe. Kein einziges Lebenszeichen hat mich in dieser Zeit von ihm erreicht. Es ist eine bittere Pille, die ich nicht zu schlucken bereit war, mir einzugestehen, dass er tot sein muss, doch ich habe sie geschluckt und beschlossen, sein Verschwinden nicht wie den Fall meines Vaters als ungelöste Akte verstauben zu lassen. Es war schlimm genug, meinen Vater zu verlieren und nicht zu wissen, warum, doch meinen letzten lebenden Verwandten einfach zu vergessen, kommt nicht in Frage. Mein Bruder war alles, was ich nach dem Tod meines Vaters hatte, und auch wenn ich ihn vor einem Monat in einem leeren Sarg beerdigt habe, bevor ich meine Sachen packte und nach London zog, bedeutet das nicht, dass ich nun einfach mit meinem Leben fortfahre, als hätte es ihn nie gegeben.

Schon gar nicht, wenn es in seinem Fall Hinweise gibt, die eine Spur zu seinem plötzlichen Verschwinden herstellen. Und diese hat mich hierher geführt. Es hat mich viel Geld, Recherche, und Zeit gekostet, doch letztendlich habe ich etwas Wichtiges herausgefunden.

Der Mann, mit dem er zuletzt sprach, sitzt nur wenige Meter von mir entfernt und hat keinen blassen Schimmer, wer ich bin und dass es mich überhaupt gibt. Er ist meine einzige Chance, herauszufinden, was meinem Bruder zugestoßen ist.

Auch wenn es naheliegend ist, dass er es war, der meinen Bruder spurlos verschwinden ließ. Er oder irgendein anderes Mitglied der Mullan-Familie. Denn das ist es, was sie tun – sie lassen Leute gegen eine nette Summe Bargeld verschwinden, der Grund dafür ist ihnen egal. Sie sind skrupellose Verbrecher. Sie erpressen, nötigen, und verletzen Menschen.

Es wäre ein verdammt großer Zufall, dass mein Bruder zur selben Zeit verschwand, als er Kontakt zu diesen Männern aufgenommen hat.

Und ich glaube nicht an beschissene Zufälle.

Vielleicht ist mein Bruder auf etwas gestoßen – irgendetwas, von dem sie nicht wollten, dass er es weiß – und sie haben ihn aus dem Weg geräumt, wie sie es mit all ihren Problemen und denen anderer Menschen, die bereit sind, dafür zu bezahlen, machen. Oder aber sie haben meinem Bruder nicht einmal eine Chance gegeben, tiefer zu graben, was den Mord an meinem Vater anbelangt, denn möglicherweise waren sie es auch, die ihn auf dem Gewissen haben, und wollten nicht, dass mein Bruder zur Last wird, wenn er es erfährt und zur Polizei geht, und haben direkt auch ihn ausgeschaltet.

Seit Monaten male ich mir die kühnsten Szenarien aus und lege mir geradezu verrückte Erklärungen für die fatalen Ereignisse in meiner Familie zurecht, und nun will ich verdammt noch mal endlich richtige Antworten haben. Ich will wissen, was geschehen ist. Ich will wissen, ob es auch das Blut meiner Familie ist, welches an den Händen dieser Männer klebt.

Speziell an Callahan Mullans. Er war es, den mein Bruder am Tag seines Verschwindens anrief, und er war der Letzte, der jemals etwas von ihm gehört hat. Siebenunddreißig Sekunden lang haben sie miteinander telefoniert. Ich zermartere mir das

Hirn, worüber sie wohl gesprochen haben. Ob sie sich verabredet haben oder Drohungen ausgesprochen wurden.

Warum konnte sich mein Bruder nicht einfach aus all diesem Scheiß raushalten?

Ein bitteres Lächeln stiehlt sich bei diesem Gedanken auf meine Lippen. Nun, wie es scheint, haben wir mehr gemein als unsere Gene, denn mir würde nicht im Traum einfallen, mich aus diesem Scheiß rauszuhalten, nun wo ich eine wertvolle Spur habe.

Ich werfe einen Blick auf die Uhr und versteife mich. Seit dreißig Minuten sitze ich in dem Pub, in dem sich Callahan Mullan, sein vier Jahre jüngerer Bruder Declan Mullan, und deren beide treueste Handlanger, die sie auf Schritt und Tritt begleiten, befinden, und ich habe keine verschissene Ahnung, wie ich die Sache angehen soll. All meine bisherigen Pläne sind gescheitert. Diese Männer zu verfolgen und beschatten war nicht einfach und ist mir ehrlich gesagt misslungen. Nur, dass sie sich jeden Dienstag und Freitag um zehn Uhr abends in diesem Pub treffen, um ein Glas Whiskey miteinander zu trinken, habe ich herausgefunden. Ich weiß weder wo Callahan Mullan lebt noch wo er sich herumtreibt, wenn er nicht zu Hause ist. Einmal bin ich ihm nachts zu einem Club gefolgt, doch mir wurde der Einlass verwehrt, weil ich keine der Tänzerinnen war. Offensichtlich handelt es sich um eine Art Gentlemen`s Club, zu dem nur geladene männliche Gäste der oberen Schicht Zutritt haben.

Deswegen ist dieses bescheuerte Pub meine einzige Möglichkeit, Kontakt zu Callahan Mullan aufzunehmen. Er muss mich wahrnehmen, mögen, was er sieht, und sich genügend zu mir hingezogen fühlen, um ein bisschen seiner Zeit für mich zu opfern. Nur indem ich ihm etwas vorspiele und mich als unschuldiges und nichtsahnendes Mädchen ausgebe, das Gefallen an ihm findet, werde ich einen Weg zur Aufklärung der Geschehnisse in meiner Familie finden.

Wenn ich Glück habe, bin ich sein Typ.

Und wenn ich noch mehr Glück habe, überlebe ich das.

Ich spüre, wie die Anspannung in mir wächst und wächst, werde immer unruhiger auf meinem Barhocker, und werfe einen weiteren verstohlenen Blick zu dem runden Tisch in der hintersten Ecke.

Es ist dunkel in dem erstickend vollen Pub, doch ich erkenne ihn trotzdem problemlos, auch wenn sein Tisch von keinen Spots an der Decke beleuchtet wird. Trotz des Rauchnebels, den die Zigarren in der Luft bilden, die die Männer an den anderen Tischen rauchen, sehe ich ihn in der Mitte seiner treuesten Handlanger und gegenüber seinem Bruder, der mir den Rücken zugewandt hat. Auch wenn dieser breit wie ein Schrank ist, reicht es, mich ein wenig zur Seite zu lehnen, um in das Gesicht des Mannes zu blicken, der meine Blicke kein einziges Mal erwidert, obwohl ich mir irgendwie sicher bin, dass er sie auf sich spürt. Einem Mann wie ihm entgeht nichts. Er ist offensichtlich zu desinteressiert an seinem Umfeld oder Frauen an sich, um sich wenigstens dazu herabzulassen, nachzusehen, wer ihn seit einer guten halben Stunde immer wieder mit den Augen durchbohrt.

Ich muss zugeben, dass ich mir sein Gesicht anders vorgestellt habe. Sein Erscheinungsbild insgesamt bringt mich ein wenig aus der Fassung. Er ist ein typischer Ire, aber attraktiver als jeder andere in diesem Lokal. Sein Haar ist nicht rötlich wie das seines Bruders, aber sehr hell und kurz. Dafür trägt er einen dichten Dreitagebart, der ihn eindeutig als den älteren Bruder kennzeichnet. Sein Antlitz wirkt wie gezeichnet. Er hat ein schmales Gesicht, jedoch eine breite Nase und markante Wangenknochen, ein energisches und hartes Kinn, und Lippen, die wie gemeißelt aussehen. Seine Augen sind eisig und gefühllos. Das stürmische Grau könnte auch ein tiefes, dunkles Blau sein. Alles in seinem Gesicht wirkt wie eingefroren durch seinen scharfen Blick, der jeden in die Knie zwingen könnte.

Dieser Mann ist keiner von der freundlichen, charmanten Sorte, das ist mir klar. Er wirkt roh und rau, unnachgiebig und kantig. Undurchsichtig und unantastbar. Sein Körper bestätigt, dass er niemand ist, mit dem man sich einfach so anlegen könnte. Er bringt mindestens einen Meter neunzig aufs Maßband und wiegt durch all die festen Muskeln an seinem trainierten Körper bestimmt doppelt so viel wie ich.

Der Mann sieht aus, als wäre er zum Töten geboren. Sein Körper ist eine einzige Waffe, sein Blick einzig und allein entwaffnend.

Die Männer, mit denen er hier sitzt und sich herumtreibt, sehen nicht minder bedrohlich aus.

Trotzdem zögere ich nicht, mich zu erheben, als ich sehe, dass er es tut. Er steuert den Durchgang zu den Toilettenräumen an. Mein Blick folgt ihm unauffällig, während meine Augen seinen Körper von Kopf bis Fuß scannen.

Er hat lange, massive Beine, die in dunklen Jeans stecken, und einen breiten Rücken, an dem das weiße Hemd zwischen den Schulterblättern spannt. Bei seinen geschmeidigen Bewegungen entsteht ein verführerisches Muskelspiel an seinem Rücken. Dennoch kann es nicht von der Waffe ablenken, die sich deutlich unter dem gestärkten Stoff des Hemdes abzeichnet.

Ich hole tief Luft und schalte meinen Kopf aus, da all meine Alarmsirenen losschrillen, als ich mich ebenfalls in Bewegung setze, kaum ist Callahan Mullan hinter einer Tür verschwunden. Ich visiere den schmalen Durchgang zu den Toilettenräumen an, meine Absätze klackern auf dem hölzernen Boden. Mit gestrafften Schultern, einem einladenden Hüftschwung und einem Lächeln im Gesicht stolziere ich an all den Leuten vorbei. Jeder Mann in diesem verrauchten Pub sieht mir auffällig hinterher, zieht mich mit seinen Augen aus und fickt mich mit seinem Blick, nur der Stammtisch der Mullans schenkt mir immer noch keinerlei Beachtung. Nicht einmal die Handlanger folgen dem lockenden Geräusch meiner hohen Absätze mit ihrem Blick.

Das ist verdammt noch mal merkwürdig. Verbrecher hin oder her, ein Mann bleibt ein Mann, oder etwa nicht?

Als ich die Männertoilette erreiche, lausche ich mit einem Ohr an der Tür. Ich kann durch die Musik hindurch kaum etwas wahrnehmen, doch ich bereite mich innerlich darauf vor, jeden Moment mit dem potenziellen Mörder meines Bruders zusammenzustoßen. Meine Handflächen sind feucht vor Nervosität, unterschwellige Panik wummert in meiner Brust. Ich richte mein Haar, streiche mein Kleid glatt, und klemme meine kleine Handtasche unter meinen Arm, um beide Hände freizuhaben.

Dann warte ich auf irgendein Geräusch, das mich wissen lässt, dass es jeden Moment so weit ist.

Ich fühle mich verrückt und lebensmüde, freiwillig und buchstäblich in die Arme eines Mörders zu laufen, doch meine Entschlossenheit und der Wille, das Verschwinden meines Bruders aufzuklären, sind stärker als meine Angst vor möglichen Konsequenzen meines Handelns. Dass es auch für mich tödlich enden könnte, eine Verbindung zu einem Mann der Mullan-Familie aufzubauen, ist mir bewusst.

Doch ich gehe das Risiko ein. Ich habe nichts mehr zu verlieren, mir wurde schon alles genommen.

Leise nehme ich das Geräusch von laufendem Wasser wahr und hole tief Luft. Jetzt ist es so weit. Nach all den Monaten werde ich ihm endlich gegenüberstehen und kann bloß hoffen, dass ihn nicht kaltlässt, was er vor sich hat.

Mit rasendem Herzen und meinem besten Pokerface zähle ich bis drei, drücke die Tür zur Männertoilette auf und spaziere mit gesenktem Blick hinein.

Ich komme kaum drei Schritte weit, da pralle ich an einer harten Brust ab und taumele in den hohen Schuhen rückwärts. Gespielt erschrocken zucke ich zusammen, während mir ein angenehm dezenter Duft von Whiskey und Zedernholz in die Nase steigt, und blicke mit meinem unschuldigsten und süßesten Lächeln auf.

Es droht sofort zu bröckeln, als mich kalte und stürmische Augen, die eine Mischung aus Grau *und* Blau sind, an Ort und Stelle fixieren. Meine Kehle verengt sich im Bruchteil einer Sekunde und ein Schauer, wie ich ihn noch nie zuvor erlebt habe, läuft über meinen halbnackten Rücken.

Mit aller Kraft, die ich habe, zwinge ich mich, das Lächeln

beizubehalten, und stoße gespielt verwirrt hervor, während ich mich in dem kleinen Waschraum umsehe: »Oh Gott, das tut mir leid. Ich muss mich wohl in der Tür geirrt haben.« Ein nervöses Kichern stiehlt sich aus meinem Mund.

Callahan Mullan starrt mich an. Es ist nicht nur so daher gesagt, er tut es mit voller Intensität und unmenschlicher Konzentration. Seine Augen blinzeln nicht, seine Gesichtszüge bleiben stahlhart, sein Blick ist schneidend scharf. Der Sturm in seinen Augen ist beängstigend, doch die tiefe Dunkelheit darin noch mehr.

Für einen kurzen Moment wirkt es, als würde er mich erkennen, doch das ist unmöglich. Dass er Feindseligkeit ausstrahlt, kann nicht an mir liegen.

Wenn er weiß, wer ich bin, habe ich gerade mein Todesurteil unterschrieben.

Doch er reagiert nicht auf mich. Nicht im Geringsten.

Dieser Mann ist ein verdammter Roboter. Er steht wie eine aus Granit gemeißelte Statue vor mir, wirkt unerschütterlich, lächelt nicht und bleibt totenstill. Es scheint, als hätte er absolut keine Gefühle. Auch keinen seiner Gedanken kann ich aus seinem undurchdringlichen Blick ablesen.

Doch dann, für den Bruchteil einer Sekunde und so schnell, dass es mir beinahe entgeht, unterziehen mich seine Augen einer Musterung und etwas darin verändert sich. Ich kann nicht sagen, was, da sein Gesicht weiterhin eine unzugängliche und gefühllose Maske bleibt, doch ich nehme eine subtile Veränderung seiner Stimmung wahr.

Allerdings war das schon alles, was ich von ihm erhalte, denn im nächsten Moment tritt er zur Seite und öffnet die Tür hinter mir, um den Toilettenraum zu verlassen.

Ich reagiere impulsiv.

Kaum nehme ich wahr, dass er den Raum verlassen möchte, drehe ich mich ebenfalls zur Seite, als wolle ich ihn auch verlassen, und pralle ein weiteres Mal an seiner harten Brust ab. Ich gebe mich tollpatschig und stolpere über meine Füße in den hohen Schuhen, währenddessen greife ich wie zufällig nach seinem kräftigen Unterarm, um Halt zu finden. Ich schlinge meine Finger darum und gebe ein leises, amüsiertes Geräusch von mir, bevor ich gespielt verlegen zu ihm aufblicke.

»Entschuldigung«, murmele ich mit meinem süßesten Lächeln. »Schon wieder …« Ich löse die Finger von seinem Arm, als er den Blick darauf senkt, und trete einen unsicheren Schritt zurück. Sein angenehmer Duft benebelt mich etwas, so auch seine allgemeine Präsenz. Der intensive Blick durch seine stürmischen graublauen Augen lässt mich unwillkürlich klein und hilflos fühlen, doch dieses Mal erkenne ich einen Hauch an Emotion darin.

Und dieser gibt mir neuen Mut. Sein Blick ist immer noch auf eine scharfe Weise apathisch, doch seine Augen stürmen auf eine andere Weise.

Auf eine gute Weise.

Er ist tief in sich drin also doch immer noch ein Mann, der nicht immun gegen weibliche Berührungen und feminine Reize ist. Das ist gut.

»Wie peinlich«, gebe ich leise von mir und lächele befangen. »Ich bin etwas betrunken, entschuldigen Sie. Ich dachte, dies hier sei die Damentoilette und wollte …« Ich winke kichernd ab. »Nun ja, Sie wissen bestimmt, was ich dort wollte. Sicherlich nicht zwei Mal in einen Mann hineinlaufen.«

Als er plötzlich auf mich zutritt, selbstbewusst und entschlossen, unterdrücke ich zwanghaft das Bedürfnis, vor ihm zurückzuweichen. Er steht nun so dicht vor mir, dass wir dieselbe Luft einatmen.

Ich beiße mir in die Wange, als er ohne zu blinzeln auf mich herabstarrt und mit rauer, kraftvoller Stimme vor meinem Gesicht hervorpresst: »Dabei gäbe es interessante Dinge, die ein Mann und eine Frau auf einer Toilette anstellen könnten.«

Meine Lider flattern wild und dieses Mal ist meine Verlegenheit echt, als ich wispere: »Das wäre aber nicht sehr sittsam …«

Sein rechter Mundwinkel zuckt, die Andeutung eines Schmunzelns. Mein Herz pocht heftig gegen meine Rippen, als er den Kopf ein wenig zurückzieht, um seine Augen schamlos und mit deutlicher Absicht über meinen Körper in dem kurzen und engen Kleid gleiten zu lassen. Ich fühle mich unwillkürlich entblößt und verletzlich. Sein Blick fühlt sich wie eine geisterhafte Berührung auf meiner Haut an.

»Wären Sie eine sittsame Frau, würden Sie gewiss kein Kleid wie dieses tragen«, meint er schließlich und sein Blick trifft erneut meinen, fesselt ihn mit purer Entschlossenheit. »Dieses Kleid schreit förmlich danach, es Ihnen vom Leib zu reißen, Sie über das Waschbecken zu beugen und hart zu ficken.« Er zupft mit dem Finger am Stoff des Kleides auf meinem Bauch und ich schnappe nach Luft. »Ich könnte fünf Minuten erübrigen, um Ihnen den Wunsch zu erfüllen. Länger brauche ich auch nicht, um es Ihnen zu besorgen.«

Mir stockt der Atem und ich starre ihn mit aufgerissenen Augen an. Auch dieses Mal spiele ich nicht, meine Empörung ist echt. In meinem Kopf poltert es, während ich überlege, wie ich nun am besten auf seine unverschämten Worte reagieren soll. In seiner Miene erkenne ich keinerlei Scham oder Belustigung. Er meint es vollkommen ernst. Ihm ist egal, was er zu mir sagt oder wie er dabei rüberkommt, denn ich bin nur irgendein Mädchen in einem Pub, während er *der* Callahan Mullan ist, dessen Name viele Menschen vor Ehrfurcht erzittern lässt.

Da ich allerdings genau das von ihm möchte, dass er mich für ungefährlich und naiv hält, bleibe ich in der Rolle des unschuldigen, nichtsahnenden Mädchens, und reagiere, wie es jede Frau tun würde.

Oder sagen wir, jede temperamentvolle Frau mit einem gewissen Maß an Furchtlosigkeit und unbezwingbarem Stolz.

Ich verziehe empört das Gesicht, hole mit der rechten Hand aus, und ohrfeige ihn hart. »Wie können Sie es wagen?!«

Fluchend mache ich auf dem Absatz kehrt und lasse ihn sichtlich überrumpelt und sprachlos stehen. Ich spüre seinen brennenden Blick auf meinem Rücken, als ich erhobenen Hauptes aus dem Pub stolziere, ohne einen Blick zurückzuwerfen. Auf der Straße angekommen, lächele ich, obwohl mein Magen krampft und gleichzeitig merkwürdig flattert.

Nun weiß ich mit Sicherheit, dass er mich bei unserer nächsten »zufälligen« Begegnung nicht eiskalt ignorieren wird. Die Erkenntnis fühlt sich nicht unbedingt wie ein Sieg an, doch ich verspüre ein klitzekleines Gefühl des Triumphs meine Wirbelsäule hinaufkriechen.

Bald habe ich dich am Haken, Callahan Mullan.

2

Callahan

»Jetzt komm schon, lass uns abhauen.«

Ich sehe zu meinem Bruder auf und kann förmlich spüren, wie die Langeweile ein Loch in seinen Bauch frisst. Declan war schon immer ein unruhiger Kerl, der nie stillsitzen oder einmal den Mund halten konnte. Schon als kleiner Junge brauchte er immer eine Beschäftigung und es hat sich in all den Jahren nicht geändert. Seit ich ihn im zarten Alter von dreizehn Jahren das erste Mal mit in den Boxclub genommen habe, wurde er erträglicher, da er sich besser unter Kontrolle hat, wenn er sich regelmäßig körperlich auspowert, doch heutzutage hilft nicht einmal ein stundenlanges Ausdauertraining oder ein guter Kampf, um ihn ruhig zu stellen. Selbst nach einer Orgie mit sieben Frauen wäre er noch voller Energie, doch guter Sex ist etwas, das er nicht so sehr zu schätzen weiß wie ich.

»Wir müssen noch mindestens eine Stunde bleiben«, erkläre ich ihm, obwohl ich selbst vieles lieber täte, als auf einer öffentlichen Veranstaltung den charmanten Kerl zu spielen, der Hände schüttelt und höfliche Floskeln austauscht. Unsere Familie besucht seit Generationen die Wohltätigkeitsveranstaltungen der Fitzgeralds und mein Vater hat wie jedes Jahr darauf bestanden, dass wir ihn begleiten, zumal er extra für diesen Anlass eingeflogen ist. »Es ist eine Familientradition. Du wirst es überleben.«

Declan seufzt theatralisch, danach rollt er dramatisch mit den Augen. Die Zurschaustellung seiner Unzufriedenheit kennt wie immer keine Grenzen. »Scheiß auf die Tradition. Ich halte es hier keine Sekunde länger aus.« Er leert sein Glas und verzieht geradezu angewidert das Gesicht. »Jaysus! Und was soll dieser Scheiß eigentlich? Wir sind Iren, verdammt noch mal, und leben in England. Warum servieren die uns diesen billigen, amerikanischen Fusel?«

Ich muss über ihn lachen. »Wenn du es so unerträglich hier findest, geh zu Vater und verabschiede dich. Solange ich hierbleibe, wird es ihm egal sein, denn du bist der unwichtigere Sohn.« Ich zwinkere ihm zu.

Declan lächelt ironisch. »Du bist witzig. Seit wann?«

Ich drehe mich amüsiert von ihm weg und nehme einen Schluck aus meinem Glas. Gedanklich stimme ich ihm zu, das ist wirklich billiger Scheiß, den sie uns hier servieren. Eine Beleidigung für meinen Gaumen.

Meine Augen folgen meinem Bruder, der in seinem eleganten Anzug verkleidet wirkt, während dieser sich einen Weg durch den vollen Saal zu unserem Vater bahnt, der mit dem Veranstalter Mr. Fitzgerald dem Vierten ein paar Worte wechselt. Wie erwartet suchen seine Augen meine, kaum hat ihm mein Bruder verkündet, dass er verschwindet, und ich nicke ihm knapp zu, als Bestätigung, dass ich bleiben werde. Zufrieden, aber wie immer dennoch unzufrieden, nickt er zurück und entlässt meinen Bruder mit einer unwirschen Handbewegung aus seiner Pflicht.

Meinem Vater kann man ohnehin nie etwas recht machen. Ich bin froh, dass wir uns nur noch ein paar Mal im Jahr sehen, da er sich aus den Geschäften zurückgezogen hat und seither auf dem Anwesen unserer Familie in Irland lebt, während Declan und ich hier in London geblieben sind.

Nun bin ich tatsächlich auch ein wenig gelangweilt. Declan nervt mich grundsätzlich immer, weil er lästig wie ein kleiner Junge ist, aber Unterhaltung bietet er, darauf ist stets Verlass.

Ich stütze mich mit einem Arm auf dem hohen Stehtisch ab und lockere mit der anderen meine Krawatte. Ich hasse Anzüge. Am liebsten würde ich mir die Krawatte vom Hals reißen.

Und sie Declan geben, damit er irgendjemanden damit erwürgen kann. Es wäre ihm eine Freude, und mir eine noch größere, ihm dabei zuzusehen.

Meine Augen schweifen lustlos durch den Raum und nehmen all die Gäste in Augenschein. Die meisten der Männer, die heute anwesend sind, kenne ich von meinem Vater. Mit anderen habe ich schon zusammengearbeitet. Oder sagen wir, ich wurde von ihnen engagiert. Da ich immer gute Dienste leiste, sind ihre Blicke anerkennend und respektvoll, als sie mich mit einem Nicken begrüßen. Grundsätzlich sind die Blicke, die mir Menschen zuwerfen, immer respektvoll, doch Leute, die mich bloß aufgrund meines Namens kennen, tragen zudem immer einen ängstlichen Ausdruck in ihren Augen.

Das ist nur klug. Kein gewisses Maß an Angst vor einem Mann wie mir zu haben könnte sehr schlecht ausgehen. Wir, die Männer der Mullan-Familie, sind mit Vorsicht zu genießen, und das wissen die wichtigen Personen in dieser Stadt nur allzu gut.

Meine Augen verengen sich konzentriert, als sie über den Rücken einer Frau in einem marineblauen Kleid gleiten. Sie hat langes, dunkelbraunes Haar, das zu verführerischen Wellen über ihre Schultern fällt, und muskulöse Waden. Ihre Füße stecken in hohen, eleganten Absatzschuhen. Im Gegensatz zu den meisten Menschen hier, mich eingeschlossen, ist sie nicht blass, sondern gebräunt. Sie ist definitiv keine Engländerin oder Irin.

Diese sexy Kehrseite kommt mir seltsam bekannt vor.

Als sie sich mit einem Glas in der Hand zur Seite dreht, spannen sich meine Muskeln unwillkürlich an. Erst nehme ich die Zierlichkeit ihrer Figur wahr, dann die Anmut ihrer Haltung. Kaum wendet sie den Blick von ihrer Gesprächspartnerin ab und neigt den Kopf zur Seite, krallen sich meine Finger um meinen Drink.

Ich kenne sie.

Es ist die Frau, die mich vor einer Woche in meinem Stammlokal geohrfeigt hat.

Meine Mundwinkel heben sich automatisch. Das war das verdammte Highlight meiner Woche, auch wenn ich Tage zuvor ein sehr gutes Geschäft mit einem Briten gemacht habe. Außer in meiner Kindheit hat es sich noch nie jemand erlaubt, mich zu ohrfeigen, geschweige denn mich so respektlos zu behandeln.

Doch ich schätze, es ist meiner eigenen Respektlosigkeit zuzuschreiben. Ich habe mich ihr nicht gerade von meiner charmantesten Seite gezeigt, doch ich bin nun mal kein Gentleman.

Als ich das Glas mit der dunklen Flüssigkeit in ihren schlanken Fingern sehe, heben sich meine Mundwinkel noch mehr. Die Kleine weiß, was gut ist. Jeder in diesem verdammten Saal trinkt Champagner, nur in meiner und ihrer Hand befindet sich ein Glas Whiskey. Wieder tragen ihre Nägel diesen auffälligen Farbton, den Lippenstift hat sie darauf angepasst. Ein süßes Rosarot.

Obwohl sie jung erscheint, gefällt sie mir. Das kommt selten vor.

Oder sagen wir, sie hat begonnen, mir richtig zu gefallen, als sie mich geschlagen hat, anstatt mit mir in dieser Toilette zu ficken.

Ich habe es tatsächlich in Betracht gezogen. Das ist meine Art, mich zu beschäftigen. Im Gegensatz zu meinem Bruder brauche ich keinen Boxkampf oder stundenlanges Training, um mich ruhig zu stellen und abzuschalten. Die Weichheit einer Frau reicht dafür vollkommen aus.

Trotzdem gibt es irgendetwas an ihr, das mich misstrauisch macht. Ich habe keine Ahnung, was es ist, das meine Wirbelsäule vor Wachsamkeit kribbeln lässt, da ich sie im Pub zum ersten Mal gesehen habe, doch ich spüre es deutlich, während ich sie neugierig beobachte.

Als sie den Kopf neigt und ihr Blick auf meinen trifft,

schiebe ich das seltsame Gefühl beiseite, hebe mein Glas und proste ihr zu.

Sie kneift erst die Augen zusammen, als würde sie mich nicht sofort erkennen, doch dann verengen sie sich kaum merklich und ich weiß, dass sie sich an mich erinnert. Wie auch nicht. Sie scheint nicht zu wissen, wer ich bin, doch unsere letzte Begegnung reicht vollkommen aus, um ein schlechtes Bild von mir zu haben.

Nun, mir wäre es nur recht, wenn es dabei bleibt. Mich aufgrund meiner Unverschämtheit nicht zu mögen, ist besser, als mich aufgrund all meiner anderen negativen Eigenschaften nicht zu mögen.

Oder den Dingen, die ich tue.

Als sie ihr Glas in einem Zug leert und sich mit einem geradezu angepissten Blick abwendet, bevor sie durch den Saal marschiert, als würde sie vor mir fliehen wollen, lächele ich. Das weckt meinen Jagdinstinkt. Automatisch fixiere ich meine Beute mit den Augen, während ich mich geschmeidig in Bewegung setze und sie verfolge.

Die Art, wie selbstsicher und feminin sie sich auf ihren hohen Schuhen bewegt, macht mich an. Ihre schlanken Hüften schwingen dabei, ohne dass es wirkt, als würde sie es mit Absicht tun, und ihr dichtes Haar bewegt sich wellenartig auf ihrem Rücken. Sie hält eine kleine Abendtasche in ihrer rechten Hand, während sie sich problemlos und graziös an all den Anzugträgern vorbeischiebt, ohne einem davon Beachtung zu schenken. Mir weichen die Leute aus, sodass dies nicht nötig ist.

Sie stolziert mit gestrafften Schultern in den menschenleeren Durchgang, der sie zum Ausgang bringt.

Genau dorthin, wo ich sie haben möchte.

Ich bin leise und kaum zu bemerken, als ich ihr in den Durchgang folge, und so erschreckt sie sich, als ich kurz vor den Ausgangstüren meine Hand um ihren Arm schlinge. Verwirrt dreht sie sich um und kneift die hübschen, blauen Augen zusammen. Ihr Blick fällt auf meine Finger, die sich fest um ihr zartes Handgelenk geschlossen haben.

»Lassen Sie mich los«, gibt sie sich empört, doch das nervöse Funkeln in ihren kristallklaren Augen verrät, dass meine Berührung noch etwas anderes als Empörung in ihr hervorruft. Das stimmt mich zufrieden und so lasse ich sie los, da ich nun weiß, dass sie nicht so schnell davonlaufen wird. »Stellen Sie mir etwa nach?!«

Mein Mundwinkel zuckt. Sie ist witzig, richtig niedlich. »Würde es Ihnen denn gefallen, wenn ich Ja sage?«

Missmutig verzieht sie das Gesicht. »Natürlich nicht.«

»Dann nein, natürlich nicht.«

Sie gibt ein abfälliges Geräusch von sich und macht Anstalten, sich abzuwenden und das Gebäude zu verlassen.

Ich bin schneller und schiebe mich zwischen sie und die Ausgangstüren. Mein Körper versperrt ihr den Weg nach draußen und sie tritt hart schluckend zurück. Dabei strahle ich Ruhe und Gelassenheit aus, doch mein Blick ist die pure Entschlossenheit. Heute wird sie mich nicht einfach so stehenlassen. Mir ist langweilig und sie ist bei weitem das Interessanteste an dieser Veranstaltung, oder generell den letzten Wochen, seit ich zum letzten Mal in Gesellschaft einer Frau war.

»Sie sind verärgert«, stelle ich fest, klinge dabei jedoch mehr amüsiert als schuldbewusst. »Das tut mir leid.«

»Was genau?« Herausfordernd blickt sie zu mir auf, dabei muss sie den Kopf in den Nacken legen. Trotz ihrer hohen Schuhe ist sie lächerlich klein neben einem Mann wie mir. »Dass sie mich beleidigt haben, indem sie mich wie eine leicht zu habende Frau behandelten?« Sie schenkt mir ein zynisches Lächeln. »Ich bin es leid, dass Männer anhand der Kleidung einer Frau über sie urteilen. Nur weil ich mich gerne sexy kleide, bedeutet das nicht, dass ich ein Flittchen wäre, das es mit jedem Wildfremden auf der Toilette eines Pubs treibt.«

»Gemäß Ihrer Reaktion sind Sie das wohl nicht«, entgegne ich immer noch innerlich amüsiert, gebe mich nach außen hin jedoch wie immer stoisch. »Sie haben mich geohrfeigt.«

Trotzig reckt sie das Kinn empor. »Ich würde es wieder tun.«

Ich starre auf ihren Mund und kann nicht anders, als mir vorzustellen, wie es wäre, meinen Schwanz zwischen ihre süßen, rosaroten Lippen zu schieben. Dieser freche Mund gehört gesäubert. Dass sie Probleme dabei hätte, mich aufzunehmen, ist etwas, das mir gefällt. Mein Blick gleitet automatisch an ihrem schlanken Körper herab. Sie ist klein, zierlich und zart – das genaue Gegenteil von mir. Ich mag das an Frauen. Ich mag ihre Zerbrechlichkeit.

»Wie heißt du?«, frage ich sie und mache einen Schritt auf sie zu. Ihre Körperhaltung verändert sich kaum merklich, wird steifer, doch sie versucht es zu verbergen. Ob sie Angst vor mir hat?

»Wenn Sie so nett wären …«, murmelt sie gedehnt und bedeutet mir, meinen Körper aus dem Weg zu räumen, damit sie durch die Türen das Gebäude verlassen kann. Ich ignoriere es. Bevor ich nicht irgendetwas über sie weiß, geht sie nirgendwohin.

»Pft«, macht sie schnaubend und drängt sich an mir vorbei, doch meine Reflexe sind gut und so packe ich sie wieder am Handgelenk, bevor sie überhaupt in der Nähe der Tür ist. Sie erstarrt und sieht mit flatternden Lidern zu mir auf. Nun ist mein Griff forscher, was ihr natürlich nicht entgeht.

»Ich habe nach deinem Namen gefragt«, erinnere ich sie mit leiser Stimme, die etwas drohend klingt, was ich gar nicht beabsichtige. »Verrate ihn mir.«

Ihre eisblauen Augen zucken zu meinem Mund, dann wieder zu meinen Augen. Ich erkenne Nervosität darin, doch da liegt auch etwas anderes in ihrem Blick. Wieder kribbelt meine Wirbelsäule verdächtig und ich weiß einfach nicht, warum.

Ihre sanften Gesichtszüge glätten sich schließlich, als sie leise sagt: »Du kannst mich Pfirsichblüte nennen.«

Ich muss grinsen.

Pfirsichblüte.

Wie passend. Die Wahl der Farbe ihres Lippenstiftes und Nagellacks ist offensichtlich kein Zufall.

»Das ist ein süßer Name«, sage ich immer noch lächelnd. »Wer hat ihn dir gegeben?«

»Meine Mutter«, erwidert sie, ihre Stimme klingt weich, warm und verlockend wie schmelzendes Karamell. Warum sie mir ihren richtigen Namen nicht verraten möchte, weiß ich nicht, aber das macht mich bloß neugieriger auf sie. »Und wie heißt du?«

»Callahan.«

Sie nickt kaum merklich. »Okay, Callahan, lässt du mich nun bitte durch?«

Ich will nicht, aber ich lasse sie, weil sie so lieb darum bittet. Und ich ihr Bild von mir nicht noch verschlechtern möchte. »Komm gut nach Hause, Pfirsichblüte.«

Ein kleines Lächeln stiehlt sich auf ihre Lippen, als sie die Hand zurückzieht, die ich nun endlich freigebe, und langsam an mir vorbeigeht. Ich trete zur Seite, woraufhin sie angespannt stehenbleibt, doch dieses Mal greife ich nicht wieder nach ihr, sondern öffne die Tür für sie.

Sie wagt einen letzten, scheuen Blick in meine Augen, bevor sie auf die Straße stolziert. »Gute Nacht, Callahan.«

Meine Nacht wäre definitiv besser, würde ich sie mit ihr verbringen.

3

Peaches

Was ich jetzt tue, ist riskant, denn es könnte alles zerstören. Und doch gehe ich das Risiko ein, denn ich habe keine andere Wahl. Noch einmal erwische ich Callahan Mullan nirgendwo, wo es als schicksalhafter Zufall durchgehen könnte, also muss ich erneut in sein Territorium eindringen. Dass er misstrauisch werden könnte, mich hier zu sehen, ist naheliegend, doch ich werde mein Bestes geben, ihm keinen Grund zu liefern, mir zu misstrauen.

Es war pures Glück, dass ich von der Wohltätigkeitsgala erfahren habe, die die Mullan-Männer jährlich besuchen, und jemanden vom Personal kannte, der mich durch den Hintereingang geschmuggelt hat. Wieder hat es eine gefühlte Ewigkeit gedauert, bis Callahan Mullan mich bemerkte, doch letztendlich hat er es getan und genau so reagiert, wie ich es von ihm erwartet und mir erhofft habe.

Er ist mir gefolgt und hat mich angesprochen. Dieses Mal konnte ich den Ausdruck in seinen stürmischen, harten Augen besser deuten – er hat Interesse an mir. Rein körperlicher Natur, aber das ist vermutlich alles, was man sich von einem Mann wie ihm erwarten kann. Er denkt mit seinem Schwanz und assoziiert eine Frau mit rohem und rauem Sex. Mit Stressabbau und Vergnügen. Er entwickelt keine Gefühle für sie oder denkt an Heirat und Kinder. Also bin ich damit zufrieden, wenigstens in sein Beuteschema zu passen, sodass er davon fantasieren kann, mich in seinem Bett zu haben. Mit meinen dreiundzwanzig Jahren bin ich reif und erfahren genug, um zu wissen, dass Ablehnung und Unnahbarkeit das ist, was Männer wie ihn reizt. Solche Männer sind gewohnt, zu bekommen, was sie wollen. Wenn sich eine Frau ziert, ist es, als würde man an losen Nervenenden herumspielen. Es schürt ihre Neugier, festigt ihr Interesse, und macht sie zum Jäger.

Es ist in Ordnung für mich, die Gejagte zu sein. Denn auch wenn er der böse Wolf ist, bin ich im Vorteil, da ich im Gegensatz zu Rotkäppchen weiß, mit wem ich es hier zu tun habe.

Doch er hat keine Ahnung, wer ich bin. Oder dass ich weiß, dass er der böse Wolf ist.

Ein letztes Mal überprüfe ich mein Make-up im Handspiegel, bevor ich ihn in meine Clutch stecke und diese unter meinen Arm klemme. Ich werfe einen flüchtigen Blick auf mein dunkelrotes Kleid, das sich eng an meinen Körper schmiegt, und versuche krampfhaft, meine Nervosität abzuschütteln, die mich verdächtig wirken lassen könnte. Ich muss gelassen und überrascht wirken, wenn ich ihm begegne. Alles andere gäbe ihm zu zweifeln und er würde mich sofort durchschauen.

Witzig, dass ich ihm unterstellt habe, mir nachzustellen, wo ich es doch bin, die ihm wie eine geborene Stalkerin überallhin folgt.

Aktuell ist das in einen verruchten Nachtclub im Londoner Stadtviertel Soho. Hierher bin ich ihm noch nie gefolgt, da sich sein Stammlokal, das Irish Pub, zentral in Camden Town befindet. Wo er tagsüber seine Zeit verbringt, weiß ich immer noch nicht. Genauso wenig, wo er lebt. Ich darf nicht zu viel riskieren, um diese Dinge herauszufinden, deswegen bin ich vorsichtig und breche meine Verfolgungsjagd ab, wenn es mir zu gefährlich erscheint. Vor drei Tagen hätte er mich beinahe entdeckt.

Da ich allerdings etwas Wichtiges über ihn weiß, konnte ich ihn heute erneut aufspüren. Er ist ein Gewohnheitstier und wie jeden Freitagabend bisher auch pünktlich um zehn Uhr im Irish Pub eingetroffen. Ich wollte erst dort einen Drink zu mir nehmen, doch das erschien mir plötzlich eine Spur zu auffällig, zumal wir uns erst letzte Woche auf der Veranstaltung begegnet sind. Er könnte annehmen, ich hätte es darauf angelegt, ihn wiederzutreffen, und das würde meine Fassade der desinteressierten Eiskönigin zerstören.

Also wird unsere nächste Zufallsbegegnung in diesem Nachtclub stattfinden, den er vor etwa zwanzig Minuten an der Seite seines Bruders und der der zwei Lakaien betreten hat.

Gott möge mir beistehen.

Während ich mich in der Schlange vor dem Clubeingang einreihe und aufgrund der Kälte meinen schwarzen Mantel am Dekolleté schließe, beäuge ich die beiden Türsteher in Lederjacken und frage mich, ob sie mir womöglich auch den Zutritt verwehren könnten, wie es die Türsteher des Gentleman's Club getan haben, in den ich meine Zielperson verfolgen wollte. Allerdings handelt es sich hierbei um einen öffentlichen Club, in dem Menschen jeder Klasse, Hautfarbe und Herkunft ein- und ausgehen, ganz sicher um keine geschlossene Gesellschaft. Man muss offensichtlich auch nicht sehr vermögend sein, um hier eintreten zu dürfen, doch an Geld scheitert es ohnehin nicht. Mein Kleid ist von einer teuren Londoner Marke und meine Schuhsohlen glänzen in einem satten Rotton. Selbst diese stämmigen, kahlköpfigen Türsteher dürften wissen, was das bedeutet.

Ich bemerke, zu tun, was ich immer tue, wenn ich aufgeregt bin, und höre prompt damit auf. Abgeblätterter Nagellack und abgekaute Fingernägel wirken auf keinen Mann anziehend oder sexy. Die Schlange bewegt sich und ich bewege mich mit ihr, bis ich endlich am Eingang ankomme und mein charmantestes

Lächeln aufsetze, während ich meinen gefälschten Ausweis vorzeige.

Einer der beiden nickt wortlos, der andere öffnet das rote Absperrband für mich.

Erleichtert atme ich aus und husche in den dunklen Vorraum und direkt zur Garderobe, wo ich meinen Mantel bei einer jungen Frau abgebe, die mir im Gegenzug dafür ein kleines Nummernkärtchen mitgibt. Ich bezahle den stolzen Eintrittspreis von vierzig Pfund bei einer anderen Frau und klemme mir die Tasche unter den Arm, bevor ich mit einem Lächeln durch die Tür spaziere, die sie nun für mich öffnet.

Sie führt mich direkt in den riesigen, vernebelten Clubraum, in dem bunte Lichter an der Decke flackern und Neonstrahler die große, volle Tanzfläche beleuchten. Die Musik dröhnt in meinen Ohren, als ich mich an ein paar betrunkenen Kerlen vorbeidränge, und ich verziehe das Gesicht, da der Bass in meinem Gehörgang schmerzt. Die Musik ist alles, nur nicht angenehm. Sie ist lärmend und absolut nicht mein Geschmack. Ich höre kein House oder Techno.

Unwillkürlich frage ich mich, was ein Mann wie Callahan Mullan hier überhaupt zu suchen hat. Die Klientel ist vorwiegend in meinem Alter, sturzbesoffen und eindeutig auf Droge. Hier gibt es keine Sitzplätze in Form von Stühlen bei Tischen oder Bänken, nur vor der Bar stehen ein paar einsame Hocker, die alle unbesetzt sind. Hm. Es scheint ein unbeliebter Platz zu sein, da sich die Action auf der Tanzfläche abspielt, die fast den gesamten Clubbereich einnimmt. Die Leute feiern wild, tanzen noch wilder, und kippen einen Shot nach dem anderen. Der Geruch von Schweiß, Alkohol und Zigaretten liegt in der Luft, obwohl Rauchen verboten ist.

Na toll. Und wie verdammt noch mal soll ich Callahan hier finden? Ich habe absolut keinen Überblick bei dieser Ansammlung an Menschen, die sich alle aneinander reiben und miteinander herummachen.

Ugh. Ich hasse Clubs wie diesen, ich war noch nie ein Partymensch. Trotzdem setze ich mein bestes Pokerface auf und bahne mir einen Weg durch all die feiernden Leute, bis ich an die Bar gelange und lauthals schreiend einen »Irish Dick« ordere, was auch immer das sein soll. Der Name sprang mir neben all den anderen obszönen Getränkenamen auf der großen Neontafel ins Auge.

Der irische Schwanz stellt sich als ein hübscher Cocktail mit Schirmchen heraus, der zwar verlockend süß schmeckt, allerdings schwer im Abgang ist. Der hochprozentige Alkohol darin verbrennt mir den Rachen, da hilft auch die Süße des Fruchtsafts nichts. Ich habe keinen blassen Schimmer, welche Zutaten sich in diesem Cocktail befinden, aber ich tippe auf viele und am allermeisten irischen Whiskey.

Während ich an dem überdimensional langen und breiten Strohhalm knabbere – die Ironie dahinter entgeht mir natürlich nicht –, sehe ich mich konzentriert im Club um. Es ist aufgrund der dunklen Beleuchtung, all dem künstlichen Nebel und den bunten Lichtstrahlern beinahe unmöglich, sich die Leute genauer anzusehen, doch ich bemühe mich, denn schließlich bin ich nicht nur hier, um an einem Irish Dick zu nuckeln.

Ich verenge meine Augen, drehe den Kopf in alle Richtungen, doch ich kann bei Gott niemanden entdecken, der auch nur annähernd so aussieht wie Callahan Mullan. Er würde mir bestimmt durch seine Größe und Statur ins Auge fallen, oder eher förmlich ins Auge springen. Die Typen hier sind noch Jungs. Er ist ein richtiger Mann.

Ich seufze frustriert. Er muss hier irgendwo sein, schließlich habe ich mit eigenen Augen gesehen, wie er den Club mit seinem Bruder und den beiden Handlangern betreten hat. Die Türsteher kannten die Männer und haben sie einfach durchgewunken, ohne dass diese sich anstellen mussten. Ich bin mir ziemlich sicher, dass sie auch keinen Eintritt bezahlen mussten. Doch so rational ich das auch weiß, zweifele ich nun allmählich an meinem Verstand. Oder meinen Augen, die mir Streiche zu spielen scheinen.

Denn weder Callahan Mullan noch sein Bruder oder die beiden anderen Männer sind hier. Der Club wirkt auch nicht wie einer, den sie besuchen würden, um sich zu vergnügen. Zwischen diesem Etablissement und jenem, in welches ich den Mullans schon einmal folgen wollte, liegen Welten. Der Gentleman's Club wirkte schon von außen sehr seriös, elegant und wichtig. Es ist ein Ort, zu dem nur wichtige Personen Zutritt haben. Männer mit Geld, Macht und einem hohen gesellschaftlichen Status in der Stadt.

Doch dieser Club hier? Hier würde jeder Junky ein zweites Zuhause finden.

Meine Hände verkrampfen sich um das bauchige Cocktailglas, während ich mich auf einen der Barhocker setze und erneut konzentriert umsehe. Irgendetwas muss ich übersehen haben. Im Vorraum gab es bloß die eine Tür, die in den Club führt, also müssen Callahan und sein treues Gefolge hier hereingegangen sein, doch es muss einen weiteren Durchgang geben. Ich entdecke bloß einen Notausgang neben einer Tür, auf der sich die Abbildung einer Toilette befindet.

Ich muss den geheimen Durchgang finden.

»Hey!« Ich winke den Bartender herbei und beuge mich weit über den Tresen, als er auf mich zukommt. Lauthals schreiend frage ich: »Gibt es einen weiteren Clubraum oder nur diesen? Vielleicht eine VIP-Lounge oder ein privates Separee?«

Der Kellner zieht sich zurück und wirft stirnrunzelnd einen Blick durch den großen Raum. »Mehr als das gibt es hier nicht. Ist es dir zu klein?« Er grinst mich schief an.

Ich verdrehe die Augen und lehne mich seufzend zurück. Wenn ich nicht ganz bescheuert bin, muss es einen weiteren Raum geben, oder zumindest einen Durchgang, der in ein geheimes Zimmer führt. Möglicherweise auch nach draußen, von wo aus man Zutritt zu einem anderen Gebäude hat, wer weiß.

Entschlossen, herauszufinden, wo Callahan Mullan abgeblieben ist, da er sich wohl kaum samt seinen Begleitern in Luft aufgelöst haben kann, leere ich den bittersüßen Cocktail und schnappe mir meine Tasche von meinem Schoß. Kaum habe ich sie unter meinen Arm geklemmt, um mich vom Barhocker zu erheben, presst mich etwas hart gegen den Tresen und pinnt mich daran fest.

Ich erstarre.

Es ist der Körper eines Mannes, der mich gegen den Tresen drückt. Fast muss ich mich vorne über beugen, so wenig Bewegungsfreiraum lässt er mir. Ich spüre feste Muskeln an meinem Rücken, eine Hitze, die zur stickigen Raumluft passt und sich unwillkürlich auf mich überträgt, und atme den dezenten Duft von Whiskey und Zedernholz ein, als sich kräftige Arme seitlich meines eingequetschten Körpers am Tresen abstützen.

Ich schlucke schwer.

Scheiße.

Wo zum Teufel kommt er denn jetzt plötzlich her?!

Seine Finger klopfen auf das Cocktailglas und raue Bartstoppeln kratzen über mein Ohr, als er mit tiefer, kraftvoller Stimme flüstert: »Wenn du auf der Suche nach einem irischen Schwanz bist, musst du es nur sagen, Pfirsichblüte. Ich habe einen ganz besonderen im Angebot.«

Mein Magen fängt zu flattern an und die Hitze, die sich darin bildet, überzieht mein gesamtes Gesicht. Ich schiebe es auf die panische Nervosität, die mir seine Nähe bereitet.

Als ich einen Blick zur Seite wage, zieht er den Kopf mit einer hochgezogenen Augenbraue zurück und funkelt mich seltsam an. Ich kann den Ausdruck in seinen stürmischen Augen nicht deuten, ich sehe bloß die tiefe Dunkelheit darin, die mich zu verschlingen droht.

Ich schaffe es erst nach einigen Sekunden, mich zu sammeln und meine Gedanken und Gefühle zu ordnen, die sein plötzliches Erscheinen in mir hervorgerufen hat. Damit habe ich absolut nicht gerechnet, ich fühle mich ertappt. Doch dann erinnere ich mich, dass ich ihm ohnehin »zufällig« begegnen wollte, und so bleibt mein Blick überrumpelt, als ich endlich auf ihn reagiere.

»Was machst du denn hier?«, gebe ich mich verwirrt und runzele übertrieben die Stirn, während er mich mit seinen harten, undurchdringlichen Augen eingehend betrachtet. »Mal im Ernst, stalkst du mich?«

Ein harter Zug um seinen schönen Mund lässt sein Lächeln kalt und gefährlich erscheinen. »Dasselbe könnte ich dich fragen.«

Ich behalte das Stirnrunzeln bei und verdrehe nun zusätzlich dramatisch die Augen. »Ich käme niemals auf die Idee, dich in einem Club wie diesem zu suchen, selbst wenn ich es wollte – was ich definitiv nicht will.«

Als ich bemerke, dass mich seine Arme immer noch unentrinnbar gefangen halten, drehe ich mich ruckartig auf dem Barhocker um, sodass er zurückweichen muss. Viel Freiraum gibt er mir trotzdem nicht, sein Körper schwebt quasi über mir und versperrt mir die Sicht auf alles dahinter. Dieser Mann hat wirklich kein Gefühl für Grenzen.

»Ich habe dich nicht für einen Mann gehalten, der einen Ort wie diesen aufsuchen würde, um seinen Spaß zu haben«, sage ich schließlich mit einem bedenklichen Blick durch den Club, in dem es gewiss auch ein paar Minderjährige gibt. »Oder überhaupt für einen Mann, der weiß, wie man Spaß hat.«

Als wäre es noch nicht genug, dass er mir so unverschämt nahekommt, greift er nun auch noch nach meinem Haar und wickelt es sich um die Faust. Meine Lider flattern wild, als er meinen Kopf in einem forschen Griff nach hinten neigt, sodass er mit seinem Mund besser zu meinem wandern kann, bevor er raunt: »Sei dir sicher, dass ich ganz genau weiß, wie man Spaß hat. Was ist mit dir?« Er hebt zweifelnd eine Braue und sieht sich in unserer Umgebung um. »Hast du deinen Spaß gerne mit kleinen Jungs, die zu viel trinken und eine Pille nach der anderen einwerfen? Ich habe dich für eine Frau mit höheren Ansprüchen gehalten.«

Er gibt mein Haar frei und mustert mich auf eine Weise kalkulierend, die mir fast den Kaltschweiß ausbrechen lässt. Er wirkt so, als würde er an meinen Absichten zweifeln. So als wüsste er zweifellos, dass ich aus einem anderen Grund hier bin als all die feierlustigen Leute. Das gibt ihm einen Grund, mir zu misstrauen.

»Mit wem bist du hier?«, will er schließlich wissen und anhand seines plötzlich verhörenden Tonfalls weiß ich, dass ich mit meiner Befürchtung richtig liege. Nun will er mich testen. Auch sein Blick wirkt nun wachsam und scharf, seine Augen sind ohne zu blinzeln auf meine gerichtet.

Während ich innerlich in Panik ausbreche, gebe ich mich äußerlich gelassen. Ich tue das Einzige, das mir in diesem Moment einfällt, und zeige auf die Tanzfläche. »Mit einer Freundin, sie hat mich mitgeschleppt. Normalerweise sind Clubbesuche wie diese nicht meine bevorzugte Beschäftigung an einem Freitagabend.« Das stimmt sogar.

»Wo ist deine Freundin?«, verhört er mich weiter, sein Blick ist wie seine Stimme unnachgiebig und misstrauisch. »Ich sehe sie hier nirgendwo.«

»Na, dort.« Ich zeige wieder auf die Tanzfläche und winke grinsend, als ein Mädchen inmitten anderer betrunkener Mädchen zu mir rüber sieht. Sie wirkt total dicht, blinzelt träge und ist vollkommen verschwitzt. In diesem Zustand würde sie ihre eigene Mutter nicht erkennen, wenn diese vor ihr stünde. »Das ist sie«, erkläre ich betont locker, während ich innerlich Freudensprünge mache, als mir das Mädchen ein wenig verwirrt, aber doch, zurückwinkt. Ich zucke mit den Schultern und sehe Callahan ausdruckslos an, der meinem Blick gefolgt ist. »Das war mein Zeichen. Ich wollte sowieso gerade gehen.«

Er packt mich am Handgelenk, als ich vom Barhocker gleite, woraufhin ich mich versteife. Wieder kratzen seine dichten Bartstoppeln über meine Haut, als er den Kopf zu mir hinunterbeugt und an meinem Ohr beschließt: »Ich fahre dich nach Hause.«

Mir stockt der Atem. Nicht, weil mich überrumpelt, dass er Zeit mit mir verbringen will, schließlich ist es das, was ich die ganze Zeit inständig zu erreichen versuche, sondern weil mir seine Absichten unklar sind. Ich kann seine Intentionen nicht deuten. Zweifelt er an mir und möchte mich deswegen mit sich nehmen, um mich zu verhören oder möglicherweise Schlimmeres, oder hat er die Lüge geschluckt und nutzt die Gelegenheit, mit mir allein zu sein?

Ich suche nach dem Misstrauen in seinen Augen, das ich vorhin klar und deutlich erkennen konnte, finde jedoch nichts als kühle Dunkelheit darin vor. Das stürmische Grau, das sich mit einem tiefen Blau vermischt, verrät nichts über seine Gefühle oder Gedanken, so auch sein stoischer Blick nicht.

»Das ist weder nötig noch erwünscht«, lehne ich seinen Beschluss ab, auch wenn es kein Angebot war, das er mir gemacht hat. Ich ziehe meinen Arm zurück, doch er gibt mein Handgelenk nicht frei. Mit zusammengekniffenen Augen blicke ich zu ihm auf und zische: »Hörst du mich? Ich möchte jetzt gehen. Allein.«

»Ich höre dich.« Mit einem Ruck zerrt er mich an sich, sodass meine Brust an seiner abprallt. Ich keuche auf. Sein Gesicht schwebt nah vor meinem, als er mit unnachgiebiger Stimme hervorpresst: »Und mir gefällt nicht, was aus deinem Mund kommt. Versuch es also noch einmal.«

Zugegebenermaßen schüchtert er mich gerade etwas ein.

Was zur Hölle rede ich da? Er jagt mir eine Scheißangst ein. Die Worte klangen wie eine Drohung aus seinem Mund, welche nun zwischen uns schwebt, während er mich auffordernd anstarrt, und sein fester Griff an meinem Handgelenk signalisiert, dass er nicht vorhat, meine Einwände überhaupt zur Kenntnis zu nehmen. Stattdessen erwartet er, dass ich mich ihm und seinen Befehlen beuge.

Ich blinzele ihn mit deutlicher Unsicherheit in den Augen an, und gebe mich schließlich geschlagen. Wenn ich nicht nachgebe, behindere ich meinen eigenen Plan. Das wäre dumm. Ich sollte die Chance nutzen, die sich mir gerade bietet, um endlich weiter vorzudringen. Doch immer noch schlummert die Furcht in mir, dass er mich durchschaut haben könnte und nun grausame Dinge mit mir vorhat.

Wie Folter zum Beispiel, um mich zum Reden zu bringen.

Ich bin mir sicher, er weiß genau, wie er den Menschen ihre dunkelsten Geheimnisse entlockt.

Ich versuche, meine wahren Gefühle vor ihm zu verbergen, als ich betont lässig sage: »Wenn das deine Art ist, mich ins Bett zu bekommen, solltest du dir vielleicht ein wenig mehr Mühe geben, denn aktuell stehen deine Chancen eher schlecht.«

Als sich sein rechter Mundwinkel hebt, fällt ein wenig der Panik von mir ab. Er wirkt amüsiert, als er gelassen erwidert: »Muss ich dich erst umgarnen, Pfirsichblüte? Damit habe ich leider keine Erfahrungen.«

Ich kichere etwas zu hoch und blicke auf seine Hand herab, die mich immer noch in einem festen Griff gefangen hält. »Vorerst wäre ich schon zufrieden, wenn du ein wenig … zärtlicher wärst.«

Sein Lächeln vertieft sich. »Auch damit habe ich keine Erfahrungen. Ist das ein Problem?«

Ich schlucke belegt. Verlegenheit nistet sich kribbelnd in meinen Wangen ein und so klingen meine nächsten Worte nervös, als ich entgegne: »Ich weiß nicht … Sag du es mir.«

Ein fremder Ausdruck tritt in seine Augen, als er fast unverständlich leise raunt: »Bislang hat sich noch keine Frau beschwert.« Dann löst er die Finger von meinem Handgelenk, jedoch nur, um meine Hand in seine zu nehmen, ehe er entschlossen vorwärts marschiert.

Mir wird flau im Magen, als ich mich von ihm an der Hand durch all die Leute zum Ausgang führen lasse. Sie weichen ihm anstandslos aus, somit sind wir binnen weniger Sekunden im Vorraum, wo ich nervös das Nummernkärtchen aus meiner Tasche fische, um meinen Mantel an der Garderobe abzuholen. Callahan ist so unmenschlich, dass er trotz der kühlen Temperaturen ohne Jacke unterwegs ist.

Während ich meinen Mantel anlege, mustere ich ihn verstohlen von der Seite. Er tippt eine Nachricht auf seinem Handy, doch ich kann nicht erkennen, wem oder was er schreibt. Das macht mich innerlich noch unruhiger.

Was, wenn er seinem Bruder oder einem der Handlanger

Bescheid gibt, dass es eine verdächtige Person gibt, um die man sich kümmern muss?

Mein Blick fällt auf seine kräftigen Arme und breiten Schultern in dem schwarzen Hemd, das er zu dunklen Jeans trägt. Durch die dunkle Farbe und die schwache Beleuchtung im Raum erkenne ich nicht, ob er auch heute eine Waffe im Hosenbund bei sich trägt. Das ist ebenfalls schlecht. Ich bewege mich hier auf sehr, sehr gefährlichem Terrain und gehe ein verdammt hohes Risiko ein, nun freiwillig mit ihm mitzugehen. Ich habe nichts bei mir, womit ich mich verteidigen könnte. Meine Waffe passte nicht in die kleine Clutch und ich hatte zudem die Befürchtung, sie könnten mich am Eingang durchsuchen, wie es oft üblich in Nachtclubs ist. Ich wollte nicht, dass ich Aufsehen errege oder die Türsteher die Cops verständigen, weil ich mit einer nicht registrierten Waffe herumlaufe. Deswegen habe ich auch kein Messer bei mir.

Schlecht, schlecht, schlecht. So sollte das nicht ablaufen, es war anders geplant.

Trotzdem bleibt mir nichts anderes übrig, als ein schüchternes Lächeln aufzusetzen und mitzuspielen, als er eine Hand auf meinen unteren Rücken legt und mich wortlos zum Ausgang dirigiert.

4

Peaches

Wir verlassen den Club und steuern einen mattgrau folierten Bentley an, der auf der Straße gegenüber parkt, und von dem ich schon weiß, dass er ihm gehört. Ich habe ihn ein paar Mal hinter dem Steuer dieses Luxuswagens gesehen. Dennoch gebe ich mich erstaunt, als er mir wie ein Gentleman die Beifahrertür aufhält.

Ich steige mit einem dankbaren Lächeln ein, das bestimmt etwas steif wirkt, und sehe mich flüchtig auf der Straße nach seinem Bruder und den anderen beiden Iren um. Ich kann sie nirgendwo entdecken. Sie sind wie er vorhin spurlos verschwunden.

Wo verdammt noch mal war er und wie hat er mich im Club entdeckt, während ich auf der Suche nach ihm war? Das ergibt keinen Sinn.

Callahan nimmt neben mir Platz und startet den Motor. Er schnurrt, doch der angenehme, beinahe hypnotisierende Klang beruhigt mich kein bisschen. Ich stehe wie unter Strom, während ich versuche, mich möglichst locker zu geben, damit er es nicht bemerkt.

»Netter Wagen«, stelle ich fest.

»Nettes Kleid.« Als ich den Gurt anlege, spüre ich seinen brennenden Blick auf mir und erwidere ihn nervös. »Entgegen deiner Annahme bin ich kein Stalker, also musst du mir deine Adresse wohl verraten, Pfirsichblüte.«

Ich gebe ein amüsiertes Schnauben von mir und zeige auf den Bordcomputer. »Ich tippe sie ins Navi. Fahr einfach mal geradeaus.«

Callahan nickt wortlos und parkt aus. Seine Körperhaltung wirkt selbst jetzt, während er einen Wagen lenkt, selbstbewusst und dominant. Sein Blick ist immer noch aus purem Granit und verschärft, während er sich auf die Straße konzentriert und einen flüchtigen Blick auf das Navi wirft, wo nun meine Adresse aufblitzt. Kaum merklich runzelt er die Stirn.

Ich mustere ihn unauffällig von der Seite und spüre ein eigenartiges Ziehen in meinem Unterleib, als er es mir gleichtut. Seine Augen glühen auf meiner nackten Haut, ich kann sie förmlich auf mir spüren. Sein Körper wirkt unglaublich muskulös, ohne klobig zu sein. Er hält sich definitiv fit. Das ist etwas, das mir an Männern gefällt. Unwillkürlich frage ich mich, wie er wohl ohne seine Kleidung aussehen mag.

Ein Gedanke, den ich ziemlich schnell abschüttele.

»Notting Hill«, sagt er mit rauer Stimme. Seine Augen suchen meine. »Lebst du alleine?«

Ich nicke.

»In einer Wohnung?«

Ich räuspere mich leise und lächele gezwungen. »In einem kleinen Haus. Nur zur Miete.«

Wieder runzelt er kaum merklich die Stirn, bevor er den Blick von mir abwendet und sich auf die befahrene Straße konzentriert. Doch der größere Teil seines Hirns konzentriert sich immer noch auf mich und sucht offenbar nach Antworten. »Was machst du beruflich, um dir das leisten zu können?«

»Ich bin Autorin«, lüge ich. »Früher habe ich studiert, doch ich habe das Studium abgebrochen.« Das entspricht sogar der Wahrheit. Ich hatte keinen Kopf mehr für Biochemie, als mein

Bruder spurlos verschwand. Stattdessen studiere ich nun sein Verschwinden.

Callahan wirkt deutlich überrascht. »Eine Autorin? Das habe ich nicht erwartet.«

Ich lächele falsch. »Was hast du denn erwartet?«

Er ignoriert die Frage und möchte stattdessen wissen: »Was schreibst du?«

»Krimis.« Als er mich nun noch überraschter ansieht, lächele ich wieder aufgesetzt. »Kriminalfälle haben es mir immer schon angetan. Oder sagen wir deren Lösung.«

Ein kühles Lächeln stiehlt sich auf seine Lippen. »Du spielst also gerne Detektivin?«

»Nur in meinen Geschichten«, sage ich locker. »Aktuell schreibe ich an einem Roman, der vom Verschwinden einer Person handelt. Doch ich stecke seit Monaten bei einem Kapitel fest, da ich das Ende noch nicht kenne. Erst musste ich mich den Charakteren im Buch widmen, Verdächtige erschaffen. Es gibt nun eine klare Spur, doch dieser muss ich erst nachgehen.«

»Du kennst das Ende deiner eigenen Geschichte nicht?«, fragt er zweifelnd.

Ich zucke mit den Schultern. »Kriminalfälle zu lösen ist eben nicht einfach. Es gibt immer mehrere Verdächtige, weißt du? Man muss sich erst einmal auf einen konzentrieren, um eine Spur verfolgen zu können, und an dieser Stelle bin ich gerade.« Ich sehe aus dem Fenster und füge mich räuspernd hinzu: »Es soll für die Leser spannend bleiben.«

»Interessant«, sagt er in einem Tonfall, den ich nicht zu deuten vermag. »Also verbringst du deine Tage damit, in einer fiktiven Welt Detektivin zu spielen.«

In einer realen, Liebling. Und du bist mein verdächtiges Subjekt.

»So ist es.« Ich lächele zuckersüß.

»Und was führt dich nach London?«, will er wissen und fixiert mich mit seinen graublauen, kalten Augen. »Schreiben kann man überall auf der Welt.«

Ich blinzele und flunkere: »Ich lebe immer schon hier.«

Seine Augenbrauen verengen sich, während er mich forschend mustert. »Du stammst nicht von hier.«

Ein Kloß bildet sich in meinem Hals, als ich rasch erkläre: »Meine Familie stammt ursprünglich aus Amerika, doch ich wurde hier geboren. Meine Eltern sind nach London gezogen, als meine Mutter schwanger war. Wir hatten hier Verwandte.«

Nun nickt er. Das scheint eine plausible Erklärung für mein nicht-britisches Aussehen für ihn zu sein. »Leben deine Eltern noch hier?«

Erst will ich verneinen und wahrheitsgemäß antworten, dass ich keine Familie mehr habe, doch dann rät mir eine innere Stimme, dass es wohl besser wäre, ihn in dem Glauben zu lassen, es gäbe Menschen, die bemerken würden, sollte ich spurlos verschwinden. Jemanden, der nach mir suchen und Fragen stellen würde. Daher übertreibe ich direkt maßlos, nur für alle Fälle.

»Jep. Und meine fünf Brüder auch.«

Callahan gibt einen leisen Laut von sich, der überrumpelt und gleichzeitig amüsiert klingt. »Du hast fünf Brüder?«

Ich nicke ernst. »Alle älter.«

Er schüttelt erstaunt den Kopf und murmelt: »Deine Mutter tut mir leid.«

Ich lache leise. »Was ist mit dir? Irgendwelche Geschwister?«

»Einen jüngeren Bruder«, erzählt er mir mit rauer Stimme, den Blick auf die Straße gerichtet. »Das reicht vollkommen.«

Ich mustere ihn interessiert. »Warum? Ist er anstrengend?«

»Sehr.« Er funkelt mich belustigt an. »Er verhält sich mit seinen dreißig Jahren manchmal noch wie ein kleiner Junge. Er ist laut, unruhig, und hält nie den Mund. Man muss ihn immer beschäftigen.«

Interessant. Insider-Wissen. Declan Mullan ist also der ungefährlichere Bruder. Oder machen ihn genau diese Eigenschaften zu dem gefährlicheren der beiden? Callahan wirkt ganz anders. Er ist kontrolliert, ruhig und nachdenklich. Es wirkt, als wäre jedes Wort aus seinem Mund gut durchdacht. Seine Aura strahlt eine Schutzschicht aus, von der ich bezweifle, dass sie viele durchbrechen können. Wenn sein Bruder eher impulsiv ist, ist dieser bestimmt besser zu durchschauen und vorhersehbarer. Callahan versteckt seine Gefühle.

Tja, leider aber war es Callahan, der eine nachweisbare Verbindung zu meinem Bruder hatte. Ich muss an ihm dranbleiben.

Ehrlich gesagt, würde ich auch lieber an ihm dranbleiben. Um meinen Plan ins Rollen zu bringen, muss ich ihm nahekommen, und er gefällt mir optisch einfach besser. Sein Bruder ist ungelogen auch sehr attraktiv und maskulin, doch Callahan …

Callahan ist eine Liga für sich.

Durch unser Gespräch ist meine Befürchtung, er könnte an mir zweifeln und mir misstrauen, von mir abgefallen, da er nicht wirkt, als hätte er irgendetwas Böses im Sinn. Deswegen bin ich ganz entspannt, als er auf der Straße vor meinem Haus parkt, das nahtlos an die Nachbarhäuser anschließt.

In Notting Hill stehen die Gebäude alle dicht beieinander, es ist ziemlich eng und das Stadtviertel sehr belebt. Mir gefällt es hier, doch ich habe nicht vor, hierzubleiben. Sobald ich das Verschwinden meines Bruders aufgeklärt und den Kriminalfall somit gelöst habe, gehe ich zurück nach Birmingham und übergebe alle Beweise der Polizei. Diese soll sich um den Rest kümmern.

Was ich Callahan gcsagt habc, cntspricht zum Tcil dcr Wahrheit. Ich wurde zwar nicht in England geboren, doch meine Familie verließ Amerika, als ich wenige Monate alt war. Meine Mutter ist bei meiner Geburt verstorben und so zogen mein Vater, mein Bruder und ich zu meiner Tante nach Liverpool, damit sie ihm unter die Arme greifen konnte. Er war etwas verloren und überfordert als plötzlicher Witwer mit zwei Kleinkindern.

Dann starb meine Tante an Herzversagen und wir zogen nach Birmingham. Der Rest ist Geschichte.

Und heute bin ich hier, vollkommen allein und auf mich

gestellt, mit gebrochenem Herzen. So sollte mein Leben nicht verlaufen.

Kalkulierend mustere ich Callahan, als dieser wortlos den Motor ausschaltet und einen Blick aus dem Wagenfenster auf mein Haus mit gelber Fassade wirft. Er sieht sich in der kunterbunten Gegend um und nickt anerkennend. Dann steigt er wortlos aus.

Ich folge seinem Beispiel etwas nervös, da ich nicht weiß, was mich nun erwartet, doch es handelt sich um keine panische Nervosität wie zuvor. Er wirkt entspannt und das Lächeln, welches er mir schenkt, als er auf mich zutritt, wirkt nicht gekünstelt.

Mit einer Hand auf meinem unteren Rücken begleitet er mich zur rot gestrichenen Haustür. Nachdem wir die wenigen Stufen hinaufgestiegen sind, greift er nach meinem Arm und dreht mich zu sich um. Ich sehe an meiner Unterlippe kauend zu ihm auf, versuche verführerisch und gleichzeitig auf eine anziehende Weise schüchtern und verlegen zu wirken.

Callahan starrt mit seinen geheimnisvollen, graublauen Augen auf mich herab und fragt mit rauer Stimme: »Bittest du mich hinein, Pfirsichblüte?«

Ich lecke über meine Lippe und er folgt der Bewegung mit seinen Augen. Sie verdunkeln sich. »Auf einen Drink?«

»Für den Anfang.«

Ich schmunzele. »Es beginnt und endet bei einem Drink.«

Als er einen Schritt auf mich zu macht, steigt mir sein angenehmer Duft in die Nase. Er steht nun so dicht vor mir, dass ich seinen Atem auf meiner Wange spüre, als er den Kopf zu mir hinunterbeugt und flüstert: »Das kann ich nicht versprechen.«

Ich trete einen Schritt zurück und zucke mit den Schultern. »Dann kann ich dich auch nicht hineinbitten.«

Etwas blitzt in seinen Augen auf. Sie schweifen über mein Gesicht und nehmen jedes Detail daran auf, bevor sie über meinen Körper in dem roten Kleid gleiten und wieder auf meine treffen. Ich verspüre ein leichtes Zittern in meinen Knien, als er unvermittelt nach mir greift und mich an sich zieht.

Seine große Hand liegt schwer auf meiner Taille, als er sich so nah zu mir hinunterbeugt, dass ich den Rücken durchbiegen muss, um in sein Gesicht sehen zu können, als er raunt: »Aber Pfirsichblüte … Was, wenn wir uns kein viertes Mal zufällig über den Weg laufen? Dann muss ich tatsächlich damit anfangen, dir nachzustellen.«

Ich erröte spürbar und beiße mir auf die Unterlippe. Er schenkt mir ein unvollkommenes Lächeln, bei dem ein Mundwinkel höher wandert als der andere. Mein Herz pumpt heftig gegen meine Rippen und mein Magen flattert seltsam, während er mich so schmutzig und gleichzeitig neckisch anlächelt.

Ich war mir seiner Anziehungskraft auf mich nicht bewusst, doch nun merke ich, dass ich nicht immun gegen ihn bin. Ich habe seinen Charmefaktor unterschätzt, selbst wenn er nicht viel dafür tut, um charmant zu wirken.

»Ein Drink«, flüstere ich mit merkwürdig zittriger Stimme, die nicht auf Beklommenheit zurückzuführen ist. »Nimm das Angebot an oder lass es bleiben.«

Sein Lächeln verschwindet, doch seine Augen strahlen noch auf dieselbe Weise. »In Ordnung. Ein Drink.«

Ich atme schwer aus, als er seine Hand von meiner Taille nimmt, und krame mit schwitzigen Fingern den Schlüssel aus meiner Handtasche, um damit aufzuschließen. Kaum betreten wir den kleinen, bunt gestrichenen Flur, überschlägt sich mein Herz in meiner Brust. Ihn nun in meinem Haus zu wissen, so nah bei all meinen Geheimnissen, die in einer Kiste verborgen sind, macht mich unruhig, doch gleichzeitig beruhigt mich das Wissen, dass ich nun Verteidigungswaffen in Griffweite habe, sollte ich diese brauchen.

»Du kannst schon einmal ins Wohnzimmer gehen«, sage ich ihm mit einem kleinen Lächeln und deute darauf. »Ich mache uns die Drinks in der Küche.«

Callahan sieht sich konzentriert um und nickt wortlos. Seine Augen wandern durch jeden Winkel des Raumes, während er sich langsam Richtung Wohnzimmer bewegt. Auch dort nimmt er alles in Augenschein, während ich rasch aus meinen hohen Schuhen schlüpfe und den Mantel ablege.

Danach husche ich in die Küche links im Flur und atme geräuschvoll aus. Ich laufe um die Kücheninsel herum, lege meine Tasche auf dem Tresen neben der Spüle ab, und öffne das Regal mit den Getränken neben dem Kühlschrank. Ich seufze.

Shit. Ich hätte vorsorgen und irischen Whiskey kaufen sollen, um ihm zu imponieren. Bloß aus diesem Grund trinke ich bei jeder Gelegenheit dieses ekelhafte Zeug. Eigentlich hasse ich harten Alkohol.

»Ich habe das gute Zeug leider nicht da«, rufe ich und schnappe mir eine Flasche Rotwein. »Gibst du dich auch mit einem Glas Wein zufrieden?«

Offensichtlich nicht, denn im nächsten Moment fühle ich kühles Metall an meiner Kehle und einen stählernen Körper an meinem Rücken, der mich gegen die Küchentheke presst. Ich stoße ein Keuchen hervor und weite meine Augen.

Wow, es ist doch sehr radikal, mich wegen meiner fehlenden Vorräte an Whiskey aufzuschlitzen, oder?

Der Typ hat sich lautlos angeschlichen. Doch mehr als die Tatsache, dass er offenbar über den Boden schweben kann, irritiert mich die scharfe Klinge eines Messers an meinem Hals.

Das ist wohl kein gutes Zeichen.

Seine Lippen kitzeln mich am Ohr, als er mit unheilvoller Stimme hervorpresst: »Ich sage dir jetzt, wie es läuft. Ich stelle dir eine Frage, du gibst mir eine ehrliche Antwort. Es ist ganz simple.« Die Klinge gleitet sanft, aber spürbar, über meine Haut, bis die scharfe Spitze direkt auf meine Halsschlagader drückt.

Ich halte die Luft an, mein ganzer Körper verkrampft sich vor Schock. Wenn er mich jetzt schneidet, verblute ich binnen weniger Minuten qualvoll.

»Hast du die Spielregeln verstanden?«

»Ja.« Meine Augen suchen die Küchentheke und Spüle nach Verteidigungswaffen ab, doch der Messerblock steht zu weit entfernt und die Spüle ist leer. Die Schublade mit dem Besteck jedoch befindet sich direkt neben uns und so wandert meine rechte Hand langsam nach oben.

Ich zucke zusammen, als die Spitze des Messers in meine Haut sticht. Scharf ziehe ich die Luft ein und erstarre. Er hat mich geschnitten. Zwar nicht sehr tief, doch die Wunde fängt augenblicklich zu bluten und brennen an.

»Lass die Hände lieber, wo ich sie sehen kann«, rät er mir mit eisiger Stimme, die seine rohe Brutalität und Bereitschaft, raue Gewalt anzuwenden, verrät. »Ich würde dich nur ungern töten müssen.«

»O-okay.« Ich nicke heftig, wodurch die Klinge über die blutende Wunde kratzt, und lege die Hände flach auf die Arbeitsplatte. Meine Finger zittern.

»Gut.« Sein warmer Atem streift meinen Nacken. »Wer bist du?«

Ich gebe mich verwirrt und zutiefst schockiert, wobei Letzteres nicht gespielt ist. »Ich verstehe nicht …«

»Nenne mir deinen Namen«, fordert er mich hart auf.

»Isabelle Wilson«, schwindele ich.

Die Muskeln an seinem Körper sind verdickt und stahlhart, ich spüre sie an meinem Rücken. Sein Arm drückt schwer gegen meinen Brustkorb, während er die Klinge gegen meine Kehle drückt, ohne sie zu bewegen. »Nenne mir deinen richtigen Namen.«

»Das ist mein richtiger Name«, versuche ich ihm möglichst glaubhaft weiszumachen. Ich nicke Richtung meiner Tasche auf dem Tresen. »Du kannst nachsehen. Es befindet sich ein Ausweis in meiner Tasche.«

»Wie alt bist du?«

»Dreiundzwanzig.« Wenigstens das ist wahr.

Er greift mit seiner freien Hand nach der Tasche und reißt sie auf. »Nenne mir dein Geburtsdatum«, verlangt er, während er den gefälschten Ausweis herauszieht. Ich nenne ihm das dort angeführte Datum und er wirft den Ausweis achtlos auf den Tresen, bevor er sein Ohr wieder an meines legt und bedrohlich flüstert: »Angenommen ich glaube dir, Isabelle Wilson. Woran ich allerdings nicht glaube, ist das Schicksal. Dass wir uns in meinem Stammlokal, dem Irish Pub in Camden Town, über den Weg gelaufen sind, kann ich als solches betrachten, auch wenn ich jeden Menschen kenne, der dort regelmäßig ein- und ausgeht. Unsere Begegnung auf der Wohltätigkeitsveranstaltung eine Woche später war möglicherweise purer Zufall. Doch dich heute in diesem abgefuckten Nachtclub zu treffen, ganz allein und verloren an der Bar, war pure Absicht. Jedoch nicht meine. Also, wie erklärst du mir das, Pfirsichblüte?« Warnend drückt die Klinge gegen die kleine, offene Wunde an meinem Hals. »Und nenne mir jetzt lieber einen anderen Grund als einen weiteren erfreulichen Zufall.«

Ich schlucke schwer. In meinem Kopf poltert es und Horrorszenarien überschwemmen ihn. Meine nächsten Worte müssen mit Bedacht gewählt sein, denn ich weiß, dass er mir keine weitere Möglichkeit für eine Erklärung geben wird. Meine Antwort muss ihn überzeugen, ihn milde stimmen.

Ich gehe im Kopf alle Möglichkeiten durch, ziehe in Erwägung, die aufgelöste und verwirrte Frau zu spielen, die keine Ahnung hat, wovon er spricht, doch dann wähle ich eine andere Strategie. Er scheint der Meister darin zu sein, Menschen zu durchschauen und Lügen zu entlarven, also muss ich ihm irgendetwas geben, woran er sich festbeißen kann. Da er mich so gekonnt getäuscht hat, indem er sich auf dem Weg hierher vollkommen normal verhielt, bin ich mir sicher, dass er meine Täuschung durchschauen würde, sollte ich mich weiterhin ahnungslos und unschuldig geben.

Also seufze ich gespielt resigniert und lasse den Kopf sinken, wodurch die Klinge wieder in meine Haut schneidet. Ich ignoriere es. »Möglicherweise war das heute kein Zufall …«

Sein Körper versteift sich an meinem. Er sagt nichts, sondern wartet still darauf, dass ich fortfahre.

Meine Stimme klingt gefasst, aber dennoch verlegen, als ich ihm gestehe: »Ich … ich bin dir in den Club gefolgt.«

»Warum?«

Könnte ich es, würde ich meine Wangen nun zwingen, zu erröten. »Na, warum wohl? Ich habe dich dabei gesehen, wie du den Club betreten hast, und spontan entschieden, dass eine weitere zufällige Begegnung mit dir meinen Abend versüßen würde. Zuvor war er nämlich beschissen. Und unsere ersten beiden Begegnungen waren tatsächlich ein Zufall. Ich habe dich im Pub zum ersten Mal gesehen und war selbst überrascht, dich auf der Gala wiederzutreffen.«

Ich weiß, dass er mich nun einem Verhör unterziehen wird, um meine Glaubwürdigkeit auf die Probe zu stellen und mich als Lügnerin zu entlarven. Doch ich werde es ihm nicht leicht machen.

»Was hast du vor dem Club gemacht?«, lautet seine erste Frage, sein Tonfall klingt unmenschlich gefühllos.

»Ich war auf dem Nachhauseweg. Dort gibt es Taxistände.«

»Von wo kamst du?«, lautet seine nächste Frage.

»Von einem Date in einer Bar in der Nähe. Deswegen auch das Kleid und die hohen Schuhe.« Als er nicht sofort eine weitere Frage stellt, füge ich leise hinzu: »Es war ein Reinfall, wie du dir bestimmt denken kannst, wenn ich alleine auf dem Weg nach Hause war …«

Dieses Thema scheint er abzuhaken, da er nun wissen möchte: »Warum warst du auf der Veranstaltung?«

»Ich war dort, um Kontakte zu knüpfen. Es waren viele wichtige Personen anwesend«, sage ich ruhig, da es das Erstbeste ist, das mir einfällt. »Ich veröffentliche meine Bücher im Selbstverlag und würde gerne einen Vertrag mit einem renommierten Verlag abschließen, damit meine Bücher auch international bekannt werden. Dazu braucht man Kontakte, die ich nicht habe.«

Ich spüre, wie sich seine Muskeln an meinem Rücken lockern, und atme innerlich erleichtert auf, da er mir zu glauben scheint. Deswegen zögere ich nicht, zu flüstern: »Ich habe dich bloß vor dem Club gesehen, Callahan, und bin dir mit der Absicht gefolgt, mit dir zu sprechen. Mehr steckt nicht dahinter. Offensichtlich bist du dir dessen nicht bewusst, wie attraktiv du bist, doch mir ist es nicht entgangen und so wollte ich …« Ich zucke resigniert mit den Schultern und seufze schwer. »Nun ja, dich eben kennenlernen, mit dir flirten … Was auch immer. Aber keine Sorge, ich werde gewiss nie wieder einem Mann irgendwohin folgen, wenn es damit endet, von diesem mit einem Messer bedroht zu werden.«

Mit einem Mal nimmt er die Hand hinunter und weicht einen Schritt zurück. Ich schließe erleichtert die Augen, meine Brust dehnt sich angenehm aus. Als er mich an der Schulter nimmt und zu sich umdreht, runzele ich gespielt beunruhigt die Stirn und mustere sein zwar hartes, aber nicht misstrauisches Gesicht. Seine Augen stürmen wie immer, doch es liegt keine Gefahr darin.

Er scheint meine Lügen zu schlucken. Dem Himmel sei Dank.

»Warum bedrohst du mich mit einem Messer, Callahan?«, stelle ich ihm die unvermeidbare Frage und gebe mich dabei zutiefst verwirrt. »Was soll ich dir denn schon anhaben können?« Zweifelnd werfe ich einen Blick auf seinen, dann meinen Körper. »Denkst du, ich locke dich in mein Haus, um dich an mein Bett zu fesseln und zu foltern? Aus welchem Grund? Und wie? Zumal ich nicht einmal darum gebeten habe, dass du mich nach Hause fährst. Du wolltest das.«

»Das stimmt«, meint er ruhig, sein Tonfall klingt viel wärmer als vorhin. Nun sind die eisige Kälte und rohe Brutalität daraus verschwunden. Dennoch unterziehen mich seine Augen einer prüfenden Musterung, doch ich gebe ihm keinen Grund, an mir zu zweifeln, und halte seinem durchbohrenden Blick tapfer stand, den er schließlich wieder auf mein Gesicht richtet. »Ich muss mich wohl entschuldigen. Offenbar bin ich ein wenig paranoid.« Er sagt es nicht als Scherz, sondern so, als würde er ernsthaft an seinem Geisteszustand zweifeln. Oder an seinen Instinkten, die ihn sehr wohl auf die richtige Fährte gelockt haben, doch ich bin eine zu gute Schauspielerin, wie es scheint, sodass er ihnen nicht mehr traut. »Du bist mir also in den Club gefolgt.«

»Ja.« Ich zucke mit den Schultern. »Mal abgesehen davon, dass es peinlich ist … Ist das so schlimm oder verwerflich?«

Nun verändert sich etwas in seinen Augen. Sein rechter Mundwinkel hebt sich, als müsse er lächeln, weil ihm nun erst klar wird, dass ihm das schmeicheln sollte. »Ist es nicht.« Er macht einen Schritt auf mich zu, doch ich weiche absichtlich zurück, da das jede Frau in meiner Situation tun würde, die gerade noch mit einem Messer bedroht wurde. Er stützt die Arme seitlich meines Körpers auf dem Tresen ab und raunt vor meinem Mund: »Du wolltest also mit mir flirten? Mich kennenlernen?«

Ich starre auf seinen Mund und beiße mir auf die Lippe. »Ja …«

»Hm«, macht er und legt den Kopf schief. »Wie hoch stehen die Chancen nun, dich ins Bett zu bekommen, wo ich dir gerade eben noch damit gedroht habe, dich zu töten?«

»Nun schon viel besser«, witzele ich verkrampft lächelnd. »Auf so ein Vorspiel fährt doch jede Frau ab.«

Er grinst schief. In meinem Bauch fängt es wieder zu flattern an. »Es tut mir leid, Pfirsichblüte. Ich wollte dir keinen Schrecken einjagen.«

»Ich denke schon«, entgegne ich leise und sehe in seine Augen, die vor Begierde und Hunger noch dunkler erscheinen. »Aber ich verstehe nicht, warum.«

»Ich hielt es für unmöglich, dich schon wieder zufällig zu treffen«, erklärt er ausweichend. »Und ich sollte recht damit behalten, denn schließlich war es kein Zufall.«

»Das erklärt nicht, warum du mich mit einem Messer bedroht hast«, sage ich stirnrunzelnd. »Warum wolltest du mir etwas antun, Callahan?«

»Das wollte ich nicht.« Er stößt sich vom Tresen ab und lässt seinen Blick über mich schweifen. »Aber ich hätte es getan, wenn es mir notwendig erschienen wäre.«

Ich schlucke. »Welche Gefahr hast du denn in mir gesehen? Ich bin bloß irgendein Mädchen …«

»Das habe ich damit versucht herauszufinden«, erklärt er

ruhig. »Die Tatsache, dass du eine junge Frau bist, bedeutet gar nichts. Ein äußeres Erscheinungsbild kann zudem täuschen. Ich musste sicherstellen, dass du nichts Dummes im Schilde führst. Oder fragwürdige Absichten verfolgst.«

»Wie zum Beispiel?«, frage ich mit hochgezogenen Augenbrauen.

Callahan bleibt mir eine Antwort darauf schuldig. Stattdessen nähert er sich mir wieder an, streicht mein Haar über die Schulter und schließt seine Finger um mein Kinn, um meinen Kopf nach hinten zu neigen. Dann betrachtet er den kleinen Cut, den er mir zugefügt hat, und greift nach einem Küchentuch, welches er in der Spüle befeuchtet. Damit wischt er das Blut von meinem Hals, bevor er sich flüchtig im Raum umsieht.

»Das muss desinfiziert werden«, beschließt er knapp. »Wo hast du deinen Verbandskasten?«

Ich räuspere mich. »Im Badezimmer.« Als er mich auffordernd ansieht, setze ich mich zögerlich in Bewegung. »Es ist im oberen Stockwerk.«

Er folgt mir wortlos in den Flur, dann die Treppe hinauf und an meinem Schlafzimmer vorbei in das kleine Bad, das genauso bunt leuchtet wie alle anderen Räume des Hauses. Die Möbel waren schon da, als ich eingezogen bin, und ich habe mir nicht die Mühe gemacht, das Haus neu einzurichten, da ich nicht vorhabe, lange darin zu wohnen. Außerdem ist es hübsch, wenn auch ein wenig zu farbenfroh.

Ich krame den Erste-Hilfe-Koffer aus dem Waschbeckenunterschrank und lege ihn in die Spüle. Als ich ihn öffnen will, schiebt mich Callahan beiseite und bedeutet mir, auf dem Badewannenrand Platz zu nehmen.

Ich setze mich und verknote meine Finger auf dem Schoß, während er Alkoholtupfer und ein Pflaster aus dem Koffer nimmt und damit in der Hand auf mich zukommt. Er schwebt wie ein bedrohlicher Schatten über mir, als er meinen Kopf am Kinn nach hinten neigt, doch sein Blick ist keine gefühllose und beängstigende Maske, sondern offen und nahbar. Fast schon freundlich.

»Es ist kein tiefer Schnitt«, erklärt er mir mit rauer Stimme und reinigt die Wunde, bevor er das Pflaster darauf klebt. Seine Augen treffen auf meine, als er mit den Fingern sanft über meinen Hals streicht, was wohl tröstend auf mich wirken soll. Tut es auch. Die Zärtlichkeit seiner Berührung besänftigt mich und so verzeihe ich ihm diese kleine Unverschämtheit. »Soll ich gehen?«

Ich will nicht, dass er geht, was beschämenderweise nur zu etwa siebzig Prozent an meinem Plan liegt, ihn um den Finger zu wickeln. Okay, sagen wir zu fünfzig Prozent. Es ist verrückt, aber ich fühle mich auf eine seltsame Weise zu ihm hingezogen. Ich spiele sogar mit dem Gedanken, ihn zu mir herunterzuziehen und wild zu küssen, wovon ich mich zu meinem eigenen Schutz gerade noch so abhalten kann.

Und auch, weil es wohl fragwürdig rüberkommen würde, einen Mann wie eine tollwütige Katze zu bespringen, der gerade eben noch meinte, er würde mich nur ungern töten müssen.

Wobei das vermutlich ein Kompliment ist. Auf eine ziemlich verquere Art und Weise.

»Tötest du mich, wenn ich Ja sage?«, necke ich ihn mit einem schüchternen Lächeln, woraufhin er ebenfalls schief lächelt. Er schüttelt den Kopf. »Na, dann darfst du noch auf einen Drink bleiben, den ich dir versprochen habe.«

»Nett von dir, Pfirsichblüte. Ich nehme ihn sehr gerne an.«

5

Callahan

Ich sitze im Arbeitszimmer meines Hauses, ein Glas Jameson in der Hand, und starre den Mann mir gegenüber an, der dringlich auf mich einredet, doch ich höre nichts von dem, was er von sich gibt. In meinem Kopf gibt es keinen Platz für sein Anliegen, da ich in Gedanken mit dem Mädchen beschäftigt bin, das mir ein wenig den Kopf verdreht hat. Nicht auf die übliche Weise, wie Frauen Männern den Kopf verdrehen, sondern auf eine anstrengende Weise.

Denn sie ist geheimnisvoll, verdächtig. Sie weckt mein Misstrauen und ich komme einfach nicht dahinter, warum. Als ich sie gestern Abend in ihrem Haus bedroht und verhört habe, hatte sie auf jede meiner Fragen eine Antwort. Sie ist schlagfertig und intelligent, was bedeutet, dass sie nicht zwangsläufig ehrlich sein muss. Ihr Geständnis, mir in den Club gefolgt zu sein, und ihre Erklärung für unsere zufällige Begegnung auf der Wohltätigkeitsveranstaltung und dem Grund für ihre Anwesenheit dort klangen aufrichtig und plausibel.

Aber dass sie nicht ein einziges Mal ins Stottern geriet, kein einziges Mal ein Anzeichen von Zögern gezeigt hat, und nach meiner Drohung, sie zu töten, dennoch einen Drink mit mir zu sich genommen hat, lässt mich volles Misstrauen ihr gegenüber empfinden. Sie wäre zu perfekt, wäre sie so abgestumpft und furchtlos. Zu gut, um wahr zu sein, würde sie einfach all ihre Fragen hinunterschlucken, die mein Verhalten zweifellos bei ihr aufgeworfen haben muss, nur weil sie mich attraktiv findet.

Aber da ist auch etwas anderes, das sie tief in mir anspricht. Meine männlichen Urinstinkte. Ich wollte sie so gerne ficken, dass es körperlich wehtat, ihr bloß eine Stunde lang gegenüberzusitzen und zuzuhören. Mein Körper war so verkrampft und meine Eier so prall, als ich ging, dass ich beinahe noch im Auto gewichst hätte.

Pfirsichblüte ist die interessanteste Frau, die ich seit Langem getroffen habe. Vielleicht überhaupt. Sie ist noch ein junges Ding, aber unglaublich sexy, feminin, und schlagfertig. Dass sie nicht nur hübsch aussieht, sondern auch etwas im Köpfchen zu haben scheint, gefällt mir.

Sie gefällt mir.

Deswegen ist es eine Tragödie, sie noch nicht gefickt zu haben. Ich erinnere mich nicht, jemals nur mit einer Frau etwas getrunken und geplaudert zu haben, ohne sie wenigstens im Anschluss zu kosten. Und auch nicht, wann ich zuletzt ein solch dringendes Bedürfnis hatte, einer Frau die Klamotten vom Leib zu reißen, sie über eine Couchlehne zu beugen und so hart von hinten zu nehmen, dass sie für mich weint.

»Callahan?«

Genervt, aus meinen anregenden Fantasien gerissen zu werden, wende ich meinen Blick meinem Bruder zu und hebe fragend eine Braue. Er wirkt erwartungsvoll. »Aye?«

»Hast du gehört, was er gesagt hat?«, fragt er mich stirnrunzelnd.

Ich nehme einen Schluck Whiskey und sehe ausdruckslos zu meinem Gegenüber. Der Mann sollte sich definitiv öfter rasieren. Sein Bart wirkt ungepflegt und kräuselt sich schon. Es stört mich, ihn ansehen zu müssen. »Um ehrlich zu sein, nein.«

Declan verdreht die Augen über mich und wiederholt die

letzten Worte des Mannes, woraufhin ich tatsächlich etwas hellhörig werde und die Gedanken an Pfirsichblüte beiseiteschiebe. Prüfend mustere ich William Singh, einen ehemaligen Richter am Obersten Gerichtshof, und frage skeptisch: »Sie haben also Beweise, die den Staatsanwalt schwer belasten?«

Er nickt eindringlich. »Schwarz auf weiß. Wenn Sie diese als Bezahlung akzeptieren, gehören sie Ihnen.«

Ich tausche einen Blick mit meinem Bruder. Er wirkt überzeugt. Das bestätigen auch die nächsten geflüsterten Worte aus seinem Mund, als er sich näher zu mir lehnt.

»Es ist immer gut, etwas gegen einen Staatsanwalt in der Hand zu haben. Außerdem kam mir erst vor kurzem zu Ohren, dass er der potenzielle Oberstaatsanwalt ist. Er ist sehr gefragt für die Stelle.«

Ich nicke vor mich hin. Das ist ein gutes Geschäft, zumal unser Teil des Deals keine komplizierte oder aufwändige Arbeit erfordert. Nur die Beseitigung einer unwichtigen Person, die dem ehemaligen Richter ein Dorn im Auge ist, da diese ihn um seinen Posten gebracht hat. So ist es nun mal, wenn man korrupt ist, aber ich verstehe seinen Groll.

Ich wende mich Mr. Singh zu, der ungeduldig wirkt, und frage: »Haben Sie die Dokumente hier?«

»Natürlich.« Er öffnet den Knopf seines Jacketts und fischt eine braune Akte heraus, die er auf die Tischplatte zwischen uns legt. »Hier finden Sie alles, was Sie benötigen, um ihn zu Fall zu bringen, sofern dies irgendwann in Ihrem Interesse liegt.«

Ich lächele kühl. »Ich bringe niemanden zu Fall. Ich nutze Informationen bloß zu meinen Gunsten, sollte ich irgendwann einmal eine Gefälligkeit benötigen.«

Er nickt. »Das kam mir schon zu Ohren.«

Ich ziehe die Mappe an mich heran und schlage sie auf. Declan lehnt sich entspannt an meinem Stuhl an, während er einen Blick über meine Schulter wirft, als ich flüchtig die Dokumente durchblättere, um mir einen Eindruck davon zu verschaffen, wie groß die Gefälligkeit sein könnte, die ich von dem Staatsanwalt fordere, wenn notwendig.

Declan und ich tauschen wieder einen Blick. Jaysus.

Verdammt groß. Mit diesen Dokumenten könnte ich das Leben des Staatsanwaltes binnen weniger Sekunden ruinieren und ihm alles nehmen, was er hat.

Ich schließe die Akte, lehne mich im Stuhl zurück, und schenke Mr. Singh ein zufriedenes Lächeln. »Sehen Sie die Sache als erledigt an.«

Sichtlich erleichtert nickt er, bevor er sich erhebt und mir die Hand reicht. Ich ergreife sie und schüttele sie kraftvoll. »Es freut mich, mit Ihnen Geschäfte zu machen, Mr. Mullan.« Er schüttelt auch die Hand meines Bruders, der ihn dämlich angrinst. Mordlust flackert in seinen Augen, sein Blick ist leicht irre.

Nun freut er sich wie ein kleiner Junge, dass er wieder einen Job zu erledigen hat, und dieser blutig wird. Das gibt ihm den ersehnten Kick, weil er ein kranker Bastard ist. Ich verletze Menschen bloß aus einer Notwendigkeit heraus, er hingegen hat richtigen Spaß dabei. Das macht uns zu einem guten Team, denn jemand von uns beiden muss schließlich einen kühlen Kopf bewahren und sich vor und nach einer solchen Sauerei um alles kümmern.

»Meine Männer begleiten Sie hinaus«, verabschiede ich mich und nicke Donovan, einem meiner treuesten Lakaien, knapp zu, woraufhin dieser Mr. Singh die Tür öffnet und mit ihm nach draußen verschwindet, wo auch O'Sullivan auf ihn wartet.

Ich kann die Vorfreude meines Bruders förmlich spüren, als er sich mit einem ungeduldigen Blick zu mir dreht. Ohne ihn anzusehen, erkläre ich entschlossen: »Übe dich in Geduld, Declan. Heute passiert noch gar nichts.«

Unwillkürlich fällt sein Blick in sich zusammen und er seufzt theatralisch. »Es kann in einer Stunde erledigt sein, Callahan. Sei kein Miesepeter und lass mich meinen Spaß haben.«

Ich muss lächeln. Er ist ein wahrer Psychopath. »Morgen«, beschließe ich kurzerhand. Ich schenke uns beiden Whiskey nach und stoße mein Glas gegen seines. »Hältst du es solange aus, ohne durchzudrehen?«

»Ich werde wohl ins Studio fahren müssen«, meint er wenig begeistert, nickt aber zustimmend. Er leert den Whiskey in einem Zug und erhebt sich in seinen schwarzen Jeans und der schwarzen Lederjacke. »Ich muss mich auspowern. Der letzte Job ist schon zwei Wochen her, mir wird langweilig.«

Langeweile und Declan sind zwei Dinge, die nicht miteinander harmonieren. Es endet meist schlecht. Daher nicke ich bekräftigend. »Tu das. Wir sehen uns morgen.«

»Kommst du mit ins Studio?«, fragt er mich an der Tür. Ich schüttele den Kopf, da ich noch etwas Wichtiges zu erledigen habe, was nicht auf sich warten kann. »Wir haben lange nicht mehr gegeneinander gekämpft«, erinnert er mich debil grinsend. »Woran liegt das? Hast du Angst davor, K.O. zu gehen, Cuttycub? Oder wie mein letzter Gegner vor versammelter Mannschaft zu heulen? Ich kann es ihm nicht verübeln. Beide Kniescheiben zertrümmert zu bekommen, muss höllisch wehtun.«

Ich lache trocken. Er nennt mich einen Waschlappen, einen Kerl, der nur mit Mädchen spielt. Seine Manipulationsversuche könnten subtiler sein. »Wer ist nun von uns beiden der Witzige, Declan?«

»Im Ernst«, betont er. »Wir sollten mal wieder zusammen im Ring stehen, damit ich einen ebenbürtigen Gegner habe. Es ist ermüdend, immer schon zu wissen, wie ein Kampf endet. Oder mich nicht einmal richtig bemühen zu müssen, mein Gegenüber auszuknocken.«

»Wie wäre es mit einem Kampf zwischen dir und dem Kerl von gestern Abend?«, schlage ich spontan vor und lächele, weil ich sofort Gefallen an meiner Idee finde. Zu sehen, wie mein Bruder einmal einsteckt, anstatt immer auszuteilen, wäre höchst amüsant. »Der Kerl könnte es mit dir aufnehmen. Ihr seid in derselben Gewichtsklasse. Er hat einen guten rechten Haken und eine tadellose Fußarbeit. Er hat seinen Gegner in der zweiten Runde K.O. geschlagen.«

Declan sieht mich an, als hätte ich den Verstand verloren. »Ich höre, was du sagst, doch mein Kopf will es nicht verarbeiten, weil es völliger Bullshit ist.«

Ich lache. Jetzt habe ich ihn am Haken. Sein Wille, mir zu beweisen, stärker als der Kerl zu sein, der gestern den illegalen Boxkampf im Souterrain des Nachtclubs gewonnen hat, ist unbezwingbar.

Es ist eine unserer liebsten Freizeitbeschäftigungen, der wir regelmäßig nachgehen. Meist freitags nach unserem Besuch im Irish Pub sehen wir uns die neuesten Underground-Boxer an, die es erst mit vier Gegnern aufnehmen müssen, bevor sie um den Titel des amtierenden Champions kämpfen dürfen. Seit kurzem ist es ein Ire, gegen den Declan schon öfter gekämpft und immer gewonnen hat. Mein Bruder steht nicht auf viel Publikum, deswegen nimmt er nie an den offiziellen Kämpfen teil. Er braucht diese Art von Bestätigung nicht, weil er weiß, was er kann. Doch sich vor mir zu behaupten, ist etwas anderes. Er wäre ohnehin ein ungeschlagener Champion, das ist klar. Doch der gestrige Kampf war ein Spektakel, sehr überraschend. Der neue Boxer – irgendein Amerikaner –, der gegen einen Engländer gekämpft hat, der seit Jahren im Untergrund boxt, hat mich schlappe fünftausend Pfund gekostet, da ich auf seinen Gegner gesetzt habe, da dieser bislang relativ viel Können bewiesen hat. Doch er hatte keine Chance gegen den Neuen. Der Kampf war so schnell wieder vorbei, wie er begonnen hat.

»Er könnte der neue Star werden«, reize ich Declan mit einem herausfordernden Blick. »Er hat Potenzial. Die nächsten drei Kämpfe, an denen er teilnehmen muss, bis er den amtierenden Champion um seinen Titel bringt, setze ich auf ihn. Ich verdoppele meinen Einsatz sogar.«

Declan kneift die Augen zusammen. »So überzeugt bist du von einem Kerl, der aus dem Nichts kommt, dass du dreißigtausend Pfund an ihn verlieren würdest?«

»Aye.«

Missmutig starrt er mich an, seine Finger tippen unruhig auf seinem Oberschenkel. Eine Angewohnheit, die mir verrät, dass er grübelt. Er macht es meist, wenn er unruhig, angespannt oder nachdenklich ist. Jetzt ist es ein klares Indiz dafür, dass er schon plant, wann und wo er am besten mit dem Kerl kämpfen könnte, nur um mir etwas zu beweisen, weil ihn ärgert, dass ich auch nur eine Sekunde lang an ihm und seinen Chancen, ihn zu besiegen, zweifele. Ich kenne meinen Bruder wie meine Westentasche. Außerdem ist er vorhersehbar.

Deswegen bin ich kein bisschen überrascht, als er mir entschlossen eröffnet: »Wenn es so ist, werde ich der Letzte sein, gegen den er kämpfen muss, bevor er eine Chance hat, sich den Titel zu schnappen. Sollte er es überhaupt so weit schaffen, werde ich ihm alles versauen.« Er grinst überheblich. »Und dafür sorgen, dass er nie wieder in einen Ring steigt. Das wird die Abreibung seines Lebens.«

Lachend erhebe ich mich und schnappe mir meine Waffe aus einer der Schubladen des Schreibtisches, bevor ich sie in meinen Hosenbund stecke. »Wir werden sehen.«

»Wettest du gegen mich?«

Ich nicke. »Zwanzigtausend Pfund.«

Geradezu empört starrt er mich an. Jetzt habe ich ihn beleidigt. »Oh, du wirst diese Worte noch bereuen. Mit deinem Geld werde ich mir den Arsch abwischen und dir bei jedem Mal ein Foto davon schicken, hörst du, brat?«

Ich grinse. Er nennt mich eine Rotzgöre. Obwohl er so ein lästiger Psychopath ist, der sich entweder wie ein schizophrener Massenmörder oder kleiner, quengelnder Junge verhält, liebe ich meinen Bruder. »Die Wette gilt.«

»Ich organisiere alles«, gibt er mir bekannt und klingt todernst dabei.

Ihm ist es auch todernst damit, mich um dieses Geld zu bringen, nur um mir etwas zu beweisen. Das wird der Kampf seines Lebens, ich weiß es jetzt schon. Der arme Kerl, gegen den er kämpft, wird wohl nicht mehr aufrecht stehen können, wenn Declan mit ihm fertig ist.

»Sofern es der Amerikaner in den nächsten zwei Kämpfen

schafft, seine Gegner zu besiegen, bin ich der nächste, der mit ihm in den Ring steigt. Wehe, du kommst nicht zum Kampf.«

»Oh, ich werde da sein«, erwidere ich amüsiert und marschiere mit ihm an der Seite aus meinem Büro und die Treppe hinunter. »Verlass dich darauf, Bruder.«

»Das tue ich.« Er wirft mir einen scharfen Blick zu, bevor er geschmeidig meine Küche anvisiert, um dort wieder einmal sein Unwesen zu treiben, als hätte er kein eigenes Haus mit eigenen Lebensmitteln zur Verfügung. Ich ignoriere es und steuere die Haustür an. »Gehst du?«

Ich nicke und bedeute Donovan, seine Jacke anzulegen. »Ich habe noch etwas zu erledigen. O'Sullivan soll dich nach dem Essen ins Studio begleiten. Er könnte sich auch mal wieder auspowern.«

Mein Lakai alias mittlerweile Freund wirft mir einen belustigten Blick von seiner Position hinter der Treppe aus zu. »Aber nicht mit Declan, der ist irre.«

Declan kichert. »Komm schon, lass mich dir ein paar reinhauen. So etwas tun Freunde füreinander. Ich werde auch sanft sein, versprochen.«

»Im Leben nicht. Du bist unberechenbar«, gibt O'Sullivan von sich, woraufhin ich grinse und mich mit einem kurzen Handzeichen bei den beiden verabschiede. Donovan folgt mir sichtlich amüsiert aus dem Haus.

»Wir fahren zu Walsh«, eröffne ich ihm schließlich, während wir in meinen Bentley steigen.

Verblüfft sieht er mich an. »Dem Privatdetektiv, der früher für das FBI tätig war?«

Ich nicke und fahre vom Anwesen. »Es gibt da eine Frau, über die ich gerne etwas mehr wüsste.« Unsere Blicke treffen sich. »In der Zwischenzeit lerne ich sie auf meine Weise besser kennen.«

Donovan grinst dreckig.

6

Peaches

Ich packe meine Handtasche, schnappe mir meinen Autoschlüssel von der Ablage an der Wand und schlüpfe in kurze Stiefeletten, die ich zu einem lockeren Jeanskleid und schwarzen Strumpfhosen trage. Ich ziehe meinen Pferdeschwanz strenger zu, bessere meinen rosaroten Lippenstift nach, und schlüpfe im Anschluss in meine schwarze Lederjacke, bevor ich die Haustür öffne.

Als ich mit etwas Hartem zusammenstoße, zucke ich zusammen und taumele rückwärts gegen die Tür. Ich ächze leise und blinzele erschrocken zu dem Mann auf, der mich mit einem schiefen Lächeln bedenkt.

»Callahan«, platzt es überrumpelt aus mir heraus. »Ich … ich habe nicht mit dir gerechnet.«

Was zur Hölle will er hier?

»Wie denn auch, wo ich nicht einmal deine Nummer habe, um dir Bescheid zu geben, dass ich dich abhole und zum Essen ausführe?«, entgegnet er gelassen, seine graublauen Augen funkeln intensiv. Ich zwinge mir ein verkrampftes Lächeln ins

Gesicht. Sein Blick schweift über mein Outfit. »Oder hast du etwas vor?«

Dich zu suchen und verfolgen.

»Nein.« Ich blinzele unschuldig. »Ich wollte bloß Milch kaufen gehen.«

Er nickt zufrieden und tritt beiseite. Eine stille Aufforderung, das Haus zu verlassen.

Ich trete aus der Tür und schließe ab, bevor ich mich mit einem nervösen Lächeln zu ihm umdrehe und überrascht frage: »Du führst mich also zum Essen aus?«

»Wenn du das möchtest«, erwidert er nonchalant. »Bist du schon mit deiner Arbeit fertig für heute?«

Nein, ich fange gerade erst damit an.

»Jup.« Ich lasse mich lächelnd von ihm die Stufen nach unten und direkt zu seinem mattgrauen Bentley führen, der neben all den anderen Fahrzeugen hervorsticht. Callahans große Hand fühlt sich gleichzeitig bedrohlich und beschützend auf meinem Rücken an. »Und wohin genau fahren wir?«

Er öffnet wie ein Gentleman die Beifahrertür für mich. Die zuvorkommende Geste passt nicht zu einem Mann wie ihm. »Lass dich überraschen.«

Ich hasse Überraschungen.

Kaum sitzt er neben mir, mustere ich ihn blitzschnell von der Seite. Ich kann keine Waffe in seinem Hosenbund unter dem weißen Hemd erkennen, doch das bedeutet noch lange nicht, dass er unbewaffnet ist. Abgesehen davon, dass sein massiver Körper eine tödliche Waffe darstellt, hat er auch vor zwei Tagen, als er bei mir zu Hause war, von irgendwoher ein Messer gezaubert.

Bei der Erinnerung greife ich unwillkürlich auf die kleine Wunde an meinem Hals, von der ich heute Morgen das Pflaster entfernt habe.

Callahan folgt der Bewegung mit den Augen, während er auf die Straße fährt. Die Dämmerung bricht gerade ein. »Schon verheilt?«

»So gut wie.«

Ich versuche wieder einmal aus seiner Miene schlau zu werden, um seine Absichten zu durchschauen, es gelingt mir jedoch nicht. Dass er mich zum Essen einlädt, verwirrt mich. Warum sollte er das tun? Er will mich ficken, das ist alles. Er braucht dazu kein romantisches Dinner bei Kerzenlicht und mich besser kennenzulernen. Sein Interesse an mir erlischt, sobald er mich nackt unter sich hatte, weshalb ich es hinauszögere, so gut ich kann. Und natürlich, weil er ein mordender Schwerverbrecher ist.

»Musst du heute nicht arbeiten?«, frage ich ihn schließlich, um ihm ein paar Informationen über sich zu entlocken. Er schüttelt bloß den Kopf – eine unbefriedigende Antwort. »Was machst du denn so den ganzen Tag lang, außer Frauen, die du mit einem Messer geritzt hast, spontan zum Essen auszuführen?« Ich lächele süßlich.

Eines leises, raues Lachen steigt seine Kehle empor. »Mich über meinen Bruder ärgern, ihn dazu bringen, sich über mich zu ärgern, guten Whiskey trinken und manchmal gehe ich auch ins Fitnessstudio.«

Eine weitere unbefriedigende Antwort, die mit purer Absicht nichts über seinen wahren Tagesablauf preisgibt.

»Hm«, mache ich und beäuge ehrfürchtig all die Muskeln an seinem Körper. »Daher also dieser sexy Körper.«

Er grinst mich von der Seite an. »Unter anderem. Ohne Kleidung ist er aber noch viel sexyer.«

»Was tust du denn noch, um dich so fit zu halten?«, frage ich neugierig.

Ein hungriger Ausdruck tritt in seine Augen, als er mit rauer Stimme erklärt: »Ich betätige mich auf viele verschiedene Arten körperlich. Vorzugsweise mit einer Frau in einem Bett, manchmal aber auch mit einem Mann in einem Ring.« Ich blinzele befangen, da lächelt er wieder schief und fügt hinzu: »Ich trainiere viel. Die richtige Mischung aus Kraft- und Ausdauertraining sowie einer ausgewogenen Ernährung ist das Geheimnis.« Seine Augen wandern gefährlich langsam über meinen Körper, obwohl er ein Fahrzeug steuert. »Aber dir muss ich wohl nichts darüber erzählen, wie man sich in Form hält.«

»Danke«, wispere ich zugegebenermaßen geschmeichelt. »Gerne darfst du mir noch mehr Komplimente machen, dann vergesse ich vielleicht auch, dass du mich töten wolltest.«

Wieder lacht er. Ich stimme mit ein. Seine Gegenwart ist unterhaltsamer und angenehmer als erwartet. Er braucht offenbar eine gewisse Zeit, um sich einer Person zu öffnen oder zumindest seine undurchdringliche und unnahbare Fassade abzulegen. Was sich dahinter verbirgt, überrascht mich, weil es mir gefällt. Er hat entgegen meiner Erwartung doch Gefühle und Humor, sogar Charme besitzt er. Scheinbar musste ich seinen Test erst einmal bestehen, damit er mich als ungefährlich einstufen konnte, was wiederum dazu geführt hat, dass er ein wenig gelöster in meiner Gegenwart ist.

So mag ich ihn definitiv lieber. Er ist nicht mehr dieser verdammte Roboter, der er bei unseren ersten Begegnungen war.

Als er den Wagen wenig später rückwärts in eine Parklücke steuert und dabei den Arm auf meiner Kopflehne abstützt, während er über seine Schulter blickt, entdecke ich einen kleinen, roten Fleck an seinem weißen Hemdsärmel und schlucke trocken. Meine Kehle wird mit einem Mal eng.

»Du hast da etwas«, entfährt es mir mit einem verkrampften Lächeln. Er runzelt die Stirn und blickt mich fragend von der Seite an, während er den Motor ausschaltet. Ich zeige auf den Blutfleck und blinzele ihn beklommen an. »Ist das … dein Blut?«

Er folgt meinem Blick zu seinem Arm und schüttelt geradezu gelassen den Kopf. »Nein, das eines Kerls, den mein Bruder heute ausgeweidet hat. Ich stand wohl zu nah daneben.«

Ich starre ihn ohne zu blinzeln an. All meine Gedanken werden von der schockierenden und brutalen Ehrlichkeit in seiner Antwort weggefegt. Blankes Entsetzen schlingt sich um meine Lungen und drückt mit aller Kraft zu, sodass mir jeglicher Sauerstoff daraus entweicht.

Als er anfängt zu lächeln, zuckt mein rechtes Augenlid unkontrolliert. »Nur ein kleiner Scherz, Pfirsichblüte«, sagt er mit leiser Stimme, die einen verdächtigen Unterton hat, und mustert mich auf eine Weise herausfordernd, als würde er mich auf eine Reaktion testen wollen. »Ich hatte Tomatensuppe zu Mittag.«

Ich lache in schriller Tonlage und gebe mein Bestes, ihn glauben zu lassen, ich würde keine Sekunde lang in Betracht ziehen, dass er seine ersten Worte ernst meinte. Doch ich ziehe es nicht nur in Betracht, ich bin zweifelsohne davon überzeugt, dass es die Wahrheit ist.

»Ein sehr makabrer Scherz«, murmele ich und lächele steif. »An deinen schwarzen Humor muss ich mich wohl erst noch gewöhnen.«

»Sieht ganz so aus«, meint er rau und streckt die Hand nach meinem Gesicht aus. Seine graublauen Augen funkeln dunkel, als er über meine Wange streichelt. Ich bemühe mich inständig, nicht zurückzuzucken. »Du bist ganz blass geworden.«

Ich gebe ein Kichern von mir, das so künstlich klingt, dass es mir selbst in den Ohren wehtut. Um schnell abzulenken, blicke ich aus dem Wagenfenster und zeige auf das Restaurant, vor dem wir parken. »Ist es das?«

Callahan starrt mich mit unleserlicher Miene an, bevor er knapp nickt und aus dem Wagen steigt. Ich folge seinem Beispiel mit rasendem Herzen und verknotetem Magen, und lasse mich von ihm in das hübsche Restaurant führen, welches überraschend voll ist. Es ist sechs Uhr abends an einem Sonntag und jeder Tisch, bis auf einen in der hintersten Ecke des Lokals, ist besetzt. Das Licht ist gedimmt, auf den Tischplatten stehen Blumen in Vasen und Kerzen, deren lodernde Flammen die Atmosphäre romantisch und intim wirken lassen, und der Duft von Knoblauch und Pasta liegt in der Luft. Unter anderen Umständen würde ich mich hier sehr wohl fühlen.

Doch mein Begleiter hat mir gerade eröffnet, Zuschauer bei einem bestialischen Mord gewesen zu sein, den sein Bruder begangen hat, daher kann ich mich nicht ganz so entspannen, wie ich es gerne wollte.

Ich lasse mir mein Unbehagen nicht anmerken und nehme auf dem Stuhl Platz, den ein Kellner für mich nach hinten zieht. Er hilft mir aus meiner Jacke und nickt Callahan höflich zu, welcher sich mir gegenüber niederlässt.

Ohne in die Karte zu blicken, ordert er zwei Jameson Whiskey ohne Eis, zwei Finger breit, dazu eine Flasche Wasser, und nimmt anschließend die Speisekarten entgegen. Er reicht mir eine davon mit einem Lächeln.

»Danke«, murmele ich und nehme sie ihm ab, bevor ich sie aufschlage und mein Gesicht dahinter verberge.

Ich schließe für einen kurzen Moment die Augen, atme tief aus, und sammele mich. Nun fällt es mir etwas schwer, mein Pokerface zu wahren, doch ich konzentriere mich auf die vielen Speisen, die in der Karte aufgelistet sind, und verdränge all die penetranten Gedanken und Alarmsirenen in meinem Kopf, die mich dazu bringen wollen, aufzustehen und kreischend davonzulaufen.

Stattdessen klappe ich die Karte zu und schenke ihm ein zuckersüßes Lächeln. »Ich nehme wohl die Pasta nach Art des Hauses.«

»Das ist eine gute Wahl, Pfirsichblüte«, erwidert er mit seiner tiefen, kraftvollen Stimme, die mir eine Gänsehaut bereitet. Oder wohl eher einen kalten Schauer über den Rücken. »Ich entscheide mich für das Steak.«

Im selben Moment kehrt der Kellner mit unseren Getränken zurück und nimmt uns die Speisekarten ab. Callahan gibt unsere Bestellung auf und stützt sich mit den kräftigen Armen auf der Tischplatte ab, während sein Blick über jeden Zentimeter meines Gesichtes wandert. Seine Augen stürmen wie immer, doch den Ausdruck darin vermag ich nicht zu deuten.

»Auf den Abend.« Er nimmt sein Glas zwischen die langen Finger und hebt es hoch, ich tue es ihm gleich. Mich immer noch mit scharfer Intensität betrachtend, stößt er es gegen meines und nimmt einen Schluck daraus.

Ich unterdrücke einen Huster, als der Whiskey meine Kehle hinunterfließt. An dieses starke Zeug werde ich mich wohl nie gewöhnen.

»Der ist gut«, schwindele ich anerkennend. »Ich liebe irischen Whiskey.«

Das scheint ihm zu gefallen. »Eine Frau, die weiß, was gut ist.« Er fährt mit den Fingern über den Rand des Glases, bevor er unvermittelt erzählt: »Meine Familie hatte vor Generationen eine Whiskey-Destillerie, die heutzutage jemand anderes betreibt. Ich bin also mit gutem Zeug aufgewachsen und sehr wählerisch, was das betrifft.«

»Oh«, mache ich verblüfft, obwohl ich das durch meine nächtelangen Recherchen längst weiß. »Wo kann man diesen Whiskey denn kaufen?«

»Nur in Irland.«

»Ach so«, mache ich lächelnd. »Schade. Lebst du immer schon in London?«

Er nickt. »Mein Vater ist vor nicht allzu langer Zeit nach Irland zurückgekehrt. Der Rest meiner Familie lebt dort. Mein Bruder und ich sind hiergeblieben.«

Ich notiere es mir gedanklich. Das könnte eine hilfreiche Information sein.

»Du sagtest, du hättest studiert«, erinnert er mich zusammenhangslos. Ich nicke verwirrt. »Auf welcher Uni?«

»Warum fragst du?« Ich setze ein neckisches Grinsen auf. »Verhörst du mich wieder?«

»Ich möchte bloß mehr über die hübsche Frau mir gegenüber erfahren, die offenbar auch etwas im Köpfchen zu haben scheint«, lautet seine nonchalante Antwort, doch ich glaube, eine Lüge darin zu erkennen. »Also? Welche war es?«

Ich räuspere mich und nehme einen weiteren Schluck, der mir den Rachen verätzt. »University of Westminster«, flunkere ich dann. »Ich bin im dritten Semester abgegangen.«

Er starrt prüfend in meine Augen. Dabei blinzelt er nicht einmal. »Was hast du dort studiert?«

»Biochemie«, sage ich, um mich abzusichern, falls er dazu irgendwelche Fragen parat hat. Würde ich ihm irgendein anderes Fach nennen, könnte ich mich durch Unwissenheit als Lügnerin entlarven.

Anerkennend nickt er, wirkt ein wenig überrascht. Dann runzelt er nachdenklich die Stirn und nimmt einen Schluck Whiskey, bevor er sich angeblich erinnert: »Soviel ich weiß, unterrichtet Professor O'Kelly immer noch. Wir haben uns vor Jahren kennengelernt. Du solltest ihn auch kennen, wenn du Biochemie im Hauptfach hattest.«

Ich will schon nicken, doch dann stutze ich. Das könnte eine verdammte Falle sein. Es könnte gar keinen Professor O'Kelly geben und dies würde ihm ultimativ beweisen, dass ich ihm etwas vormache und ihn zu täuschen versuche.

Also gehe ich das Risiko ein und schüttele verwirrt den Kopf. »Professor O'Kelly? Noch nie von ihm gehört.«

Ich könnte schwören, so etwas wie Überrumpelung in seinen Augen zu erkennen. Er wirkt perplex. Allerdings nicht, weil ich von diesem ominösen Professor gehört haben müsste, sondern weil er fest davon ausging, dass ich zustimmen würde, ihn zu kennen. Sein Lächeln wirkt echt und zufrieden, als er abwinkt, als wäre es unwichtig.

Test bestanden.

Warum zur Hölle testet er mich überhaupt schon wieder? Zweifelt er immer noch an mir? Oder schon wieder? Als wir nach seiner kleinen Messerattacke zusammen Wein getrunken und uns unterhalten haben, wirkte er nicht so, als würde er mir noch misstrauen. Das Gespräch war nett, er ist ein unerwartet guter Zuhörer. Zwar war das meiste, was ich ihm von mir erzählt habe, gelogen, doch ein paar wahre Dinge habe ich ihm auch erzählt. Er hat nichts von sich preisgegeben, aber das Gespräch hat uns nähergebracht und sein Interesse an mir geschürt und das ist alles, was zählt. Immerhin lädt er mich heute zum Essen ein.

Oder sitzen wir aus einem anderen Grund als seinem Interesse an einem Fick mit mir hier?

Gott, dieser Mann bereitet mir Kopfschmerzen. Er ist so undurchschaubar und unberechenbar.

Wir bekommen unser Essen serviert und ich bin froh über die kurze Unterbrechung. Außer einem »guten Appetit« geben wir nichts mehr von uns, wir essen in angenehmer Stille. Manchmal bedarf es keiner Worte, Blicke genügen. Callahan wirft mir mehrmals einen zu, und ich erwidere ihn freundlich und offen. Seine Art, zu essen, fasziniert mich, was nicht bloß daran liegt, dass er ein vierhundert Gramm schweres und blutiges Steak binnen weniger Minuten mühelos verschlingt. Es ist auch die Ruhe und Präzision, mit der er es tut. Er stopft nicht, sondern genießt, und schneidet immer gleich große Stücke von dem Fleisch, die er ausgiebig kaut, bevor er schluckt. Seine Tischmanieren sind tadellos. Er sitzt aufrecht, mit gestrafften Schultern und durchgebogenem Rücken, beide Hände kerzengerade neben dem Teller, das Besteck wie etwas Zerbrechliches zwischen seinen Fingern. Nach jedem Bissen tupft er mit einer Stoffserviette das Blut von seinen Lippen, bevor er sie gefaltet neben den Teller legt, nur um sie wenige Sekunden später erneut zu benutzen.

Das fasziniert mich auf eine verrückte Weise so sehr, dass ich mich mehr auf ihn als meine köstliche Pasta konzentriere.

Kaum hat er aufgegessen und das Besteck akkurat in die Mitte des Tellers gelegt und diesen an den Tischrand geschoben, tupft er ein letztes Mal mit der Serviette über seine Lippen und schenkt mir ein Lächeln.

»Ach, eine Sache fällt mir gerade ein«, stößt er mit einem verdächtigen Funkeln in den graublauen Augen hervor. »Die Wohltätigkeitsveranstaltung, auf der du Kontakte knüpfen wolltest … Woher hattest du eine Einladung?«

Ich halte mit der Gabel vor meinem Mund inne. Offenbar geht das Verhör in eine weitere Runde. Der nächste Test, den es zu meistern gilt, beginnt. »Von einer Bekannten. Sie hat mich als Ihre Begleitung auf die Gästeliste gesetzt.«

»Seltsam.« Er neigt den Kopf und betrachtet mich forschend, bevor er wieder lächelt. Dieses Mal ist es ein tückisches Lächeln, welches verrät, dass er etwas weiß, was mir zum Verhängnis werden könnte. »Denn laut dem Veranstalter, Mr. Fitzgerald, gab es keine Isabelle Wilson auf der Gästeliste.«

Mir bleiben die gedrehten Nudeln im Hals stecken und ich verschlucke mich. Leise hustend halte ich eine Hand vor meinen Mund und blinzele ihn ertappt an. *Scheiße.*

»Erwischt«, schießt es künstlich lachend aus mir hervor und ich zucke gelassen mit den Schultern. »Ich stand niemals auf der Gästeliste. Ich habe mich reingeschlichen.« Als er die Augenbrauen zusammenzieht, ein Zeichen des Argwohns, füge ich betont locker hinzu: »Warum sollte ich diese Party auch besuchen, um Kontakte zu knüpfen, wenn ich dort schon jemanden kenne, der mich auf die Gästeliste setzt? Diese Person könnte mir schließlich alle nötigen Kontakte vermitteln.«

»Richtig.« Er wirkt weder zufrieden noch unzufrieden mit dieser Erklärung. Wieder lächelt er. »Du hast auf alles eine Antwort parat, nicht wahr?«

»Es ist nicht schwer, wenn man ehrlich ist.« Ich bemühe mich um einen sanften, etwas geknickten Blick, und wage mich zu einem Annäherungsversuch vor, indem ich meine Hand über die Tischplatte schiebe und seine Finger streife. Er folgt der Bewegung mit seinen Augen, die sich unwillkürlich verdunkeln.

Meine Stimme klingt süß und warm wie geschmolzenes Karamell, als ich flüstere: »Callahan, es gibt keinen Grund, mir zu misstrauen. Ich bin nicht blöd. Ich durchschaue ein Verhör, wenn ich einem unterzogen werde.«

Als er mir wieder in die Augen sieht, beiße ich mir auf die Unterlippe und drücke seine Finger mit meinen. »Ich habe keinen Grund, dich anzulügen, nur gehe ich nicht mit peinlichen Dingen wie einen Mann in einen Club zu verfolgen oder mich auf eine wichtige Veranstaltung zu schleichen hausieren. Ich bin nun mal ein Mensch, der einfach tut, was er für nötig und richtig hält, auch wenn es nicht unbedingt vorbildlich oder … moralisch korrekt ist.« Bei meinen letzten Worten blitzt etwas in seinen Augen auf. Seine Schultern entspannen sich deutlich. »Ich hoffe, das hinterlässt bei dir keinen schlechten Eindruck. So bin ich eben einfach.«

»Nein, Pfirsichblüte«, sagt er ungewohnt sanft und nimmt meine Hand in seine, um sie mit dem Daumen zu streicheln. Bei der zärtlichen Geste flattert mein Herz verräterisch. »Das hinterlässt keinen schlechten Eindruck bei mir. Im Gegenteil. Ich glaube, wir sind uns ähnlicher, als du denkst.«

Ich lächele bloß schüchtern.

Test erneut bestanden.

7

Peaches

Nachdem wir noch ein Glas Whiskey getrunken haben und ich dabei gekonnt verborgen habe, dass mein Rachen davon in Flammen steht, verlassen wir das Restaurant und steigen in seinen Bentley. Meine Wangen glühen vom Alkohol, doch er hilft dabei, mich lockerer zu machen. Diese Anspannung tief in mir löst sich, als Callahan mir zusätzlich ein Lächeln schenkt, das verrät, dass er nun endlich mit seinem Verhör durch ist. Er glaubt und traut mir, zumindest für den Moment. Denn bei ihm kann man nie wissen. Es würde mich nicht wundern, würde er von irgendwoher einen Lügendetektor zaubern und mich noch im Wagen daran anschließen.

Ich schenke ihm ein kleines Lächeln von der Seite, als er den Motor startet, und sage freundlich: »Danke für das Essen. Es war köstlich.«

»Nichts zu danken, Pfirsichblüte.« Er fädelt sich in den Verkehr ein und wirft mir einen kurzen Blick von der Seite zu, bevor er seine Hand wie selbstverständlich auf meinen Oberschenkel legt.

Mir wird bei der besitzergreifenden Berührung noch

wärmer und mein Puls beschleunigt sich rasant. Ich mag nicht, wie ich auf ihn reagiere. Sein Daumen streichelt kaum merklich über die feine Strumpfhose, doch ich spüre seine Finger heiß auf meiner Haut.

»Möchtest du die Nacht bei mir verbringen?«

Mein Herz macht einen Salto und mein Magen schlägt einen Purzelbaum.

Verdammt, die Frage überrumpelt mich, obwohl ich genau wusste, dass er sie irgendwann stellen würde. Oder eher habe ich damit gerechnet, dass er mich nach Hause bringen und wieder hinein begleiten würde, um mich dort einfach wortlos in mein Schlafzimmer zu zerren und zu ficken. Schließlich ist Geduld keine Stärke eines Mannes wie ihm und ich halte ihn schon etwas hin. Zumindest bin ich mir sicher, dass er sonst bei keiner Frau erst wochenlang davon fantasiert, sie zu ficken, ehe er es tatsächlich tut. Er wollte es schon an jenem Abend im Irish Pub, bei unserer ersten Begegnung. Bei der Veranstaltung ließ ich ihn ebenfalls abblitzen und schließlich war er sogar bei mir zu Hause und hat nichts versucht, da ich ihm klar gemacht habe, dass es noch zu früh ist. Und er mir nun mal mit dem Tod gedroht hat. Und jetzt hat er mich zum Essen ausgeführt.

Wie lange ich es wohl noch hinauszögern könnte? Ein Date? Vielleicht zwei? Er darf keinesfalls das Interesse an mir verlieren.

Mit einem Mal schießt mir ein Gedanke durch den Kopf und ich ändere meine Einstellung. Er bietet mir gerade die ultimative Chance, etwas über seine Verbindung zu meinem Bruder herauszufinden, oder generell irgendetwas, das mir von Nutzen sein könnte. Denn er lädt mich zu sich nach Hause ein. Welcher Ort würde sich besser eignen, um zu schnüffeln? Schon allein zu wissen, wo er lebt, wäre von Vorteil.

»Gerne«, stimme ich also mit einem nervösen Lächeln zu, woraufhin sich seine Augen tief in meine brennen. Zufriedenheit und dunkler Hunger liegen darin. »Aber ich habe nichts zum Umziehen dabei …«

Sein Lächeln wirkt schmutzig, als er entschlossen erwidert:

»Du brauchst keine Kleidung. Sobald wir hinter verschlossener Tür sind, bist du nackt, und anziehen wirst du dich erst wieder morgen, bevor du nach Hause gehst.«

Mein Unterleib zieht sich zusammen und ich erröte spürbar. Mir wird etwas schwindelig, wobei ich nicht weiß, ob es an der Vorstellung, vor ihm nackt zu sein, liegt, oder an dem hochprozentigen Alkohol, der durch meine Blutbahn rauscht.

Ich lächele bloß verlegen. Mein Kopfkino läuft auf Hochtouren, während wir in angenehmer Stille zu ihm fahren. Wenn ich mich nicht ganz täusche, steuern wir das Londoner Stadtteil Islington an. Immer wieder sehe ich nervös zu ihm, und er erwidert meine Blicke mit einem dunklen und zugleich heißen Funkeln in den Augen. Es steht ihm förmlich auf die Stirn geschrieben, dass er es kaum noch erwarten kann, mich zu ficken.

Ich weiß nicht, ob mich der Gedanke mehr panisch oder wuschig macht. Zu meiner Schande fühle ich sowohl primitive Anziehung als auch Beklommenheit in seiner Nähe. Doch wenn ich seinen stählernen Körper beäuge, sein markantes Profil, die weichen Lippen und die kratzigen Bartstoppeln, und mich gleichzeitig auf seinen maskulinen Duft konzentriere … Dann ist alles, was ich empfinde, beschämendes Verlangen.

Möglicherweise mache ich mir etwas vor, wenn ich mir einrede, ich täte all die Dinge, die unvermeidbar passieren werden, bloß aus einer Notwendigkeit heraus, um an ihn und seine Geheimnisse heranzukommen. Es wäre eine Lüge, zu behaupten, alles in mir würde sich dagegen sträuben, mit ihm zu schlafen. Es ist mehr als die Hoffnung auf das Finden von Hinweisen, die mich zu ihm nach Hause lockt.

Das ist verdammt noch mal unlogisch und dumm.

Die Luft zwischen uns knistert vor sexueller Spannung, als wir wenig später sein Anwesen erreichen. Ich stehe wie unter Strom und fühle mich elektrisiert, als er sanft meinen Schenkel drückt, während er den Wagen in der mit dichten Bäumen umzäunten Einfahrt parkt. Er schaltet den Motor aus und öffnet seine Wagentür, um auszusteigen. Ich folge seinem Beispiel.

Ich bin etwas erstaunt, als ich einen Blick auf die moderne Stadtvilla werfe, die er sein Eigen nennt. Obwohl ich schon damit gerechnet habe, dass er luxuriös lebt, beeindruckt mich der Anblick seines Zuhauses doch sehr. In London gibt es viele hübsche und imposante Stadtvillen, doch seine gefällt mir besonders gut, da sie mit keiner Extravaganz auffällt und nichts Protziges an sich hat. Sie ist schön in ihrer Schlichtheit. Die Fassade ist vornehm in Weiß gehalten, das moderne Walmdach ist dunkelbraun wie die kleinen, aber hohen Fensterrahmen, und die dazu passende Eingangstür ziert ein goldener Türklopfer aus Messing. Es gibt zwei Etagen. In der oberen ragt ein meterlanger Balkon mit verdunkeltem Glasgeländer empor, der von zwei massiven weißen Säulen gestützt wird. Umgeben ist das Haus von einer großen Fläche, die zu meiner Überraschung nicht gesichert ist. Jeder könnte sich Zutritt verschaffen, doch offenbar ist Callahan Mullan ein Mann, der nichts und niemanden fürchtet und sich seinem Ansehen in der Stadt sicher ist. Er scheint sich keine Sorgen zu machen, jemand könnte sein Grundstück betreten oder bei ihm einbrechen.

Würde ich an diesem Haus vorbeimarschieren, ohne zu wissen, wem es gehört, würde ich annehmen, der Besitzer sei ein vermögender und mächtiger Mann, der es jedoch nicht nötig hat, das jedem unter die Nase zu reiben. Jemand, der keine Bestätigung oder Anerkennung sucht. Ein Typ, der keinen Wert auf die Bewunderung anderer legt.

Noch etwas, das mir an Callahan gefällt.

Denn ein wirklich wohlhabender Mann kümmert sich nicht darum, seinen Reichtum zu zeigen. Er muss es auch nicht durch die Wahl seiner Kleidung beweisen. Callahans ist immer sehr schlicht. Hemd und Jeans, keine Anzüge oder Kleidung mit Markenlogos.

Während wir zur Haustür gehen, spüre ich seinen brennenden Blick auf mir und necke ihn: »Was ist? Erwartest du dir etwa ein Kompliment?«

Er lacht leise. »Noch nicht.« Als ich die Stirn runzele, schmunzelt er selbstgefällig und legt eine Hand auf meinen

Rücken, während er mit der anderen die Tür aufsperrt. Als wir eintreten, flüstert er an meinem Ohr: »Später bekomme ich sowieso welche. Ich kann warten.«

Ich verdrehe amüsiert die Augen. Er ist sehr überzeugt von sich. Auch das mag ich an Männern. Unsicherheiten stoßen mich ab. Ein Mann, der weiß, was er will, und weiß, was er zu bieten hat, ist sexy. Wenn er dann auch noch tatsächlich zu bieten hat, was er verspricht …

»Es ist ein schönes Haus«, schmeichele ich ihm dann doch, als ich mich in der Eingangshalle umsehe, während ich ihm zu einer Tür folge, die in die große Küche führt.

Alles, was ich sehe, gefällt mir und unterstreicht meine Wahrnehmung von ihm als Person. Er hält alles in einfacher und moderner Eleganz. Drei Farben dominieren die Einrichtung: Weiß, Schwarz und Grau. Es sind die richtigen Farben für ihn. Sehr glatt, kühl, aber doch harmonisch. Ausgeglichen. Zudem wirkt es hier sehr sauber und ordentlich.

»Für mich keinen Whiskey mehr«, lehne ich mit einem dankbaren Lächeln ab, als er eine Flasche aus einem der hohen Regale entnimmt. Er wirft mir einen geradezu verwirrten Blick über die Schulter zu. Ich muss lachen. »Nicht jeder trinkt so viel wie du, Callahan. Oder verträgt diese Menge an Alkohol.«

Amüsiert nickt er, bevor er sich einen Drink macht, den er in einem Zug leert. Danach geht er zum Kühlschrank, öffnet ihn und fragt über die Schulter: »Wasser?«

»Gerne.« Ich gehe auf ihn zu und greife nach der Flasche, die er mir entgegenhält. Doch bevor ich sie zu greifen bekomme, zieht er den Arm zurück und schnappt mich an der Taille.

Mit einem Ruck presst er mich an seinen muskulösen Körper, woraufhin ich leise keuche. Er stellt die Wasserflasche blind hinter sich ab, krallt die Hand um meinen Pferdeschwanz, und zieht unnachgiebig daran, sodass ich den Kopf in den Nacken legen muss.

Hitze überzieht meine Wangen, als er vor meinem Mund raunt: »Warum bin ich so versessen darauf, dich nackt unter mir zu haben, Pfirsichblüte? Ich kann an nichts anderes mehr denken.«

Mein Körper fängt an seinem zu zittern an, was ein Lächeln auf seine vollen Lippen zaubert. Er neigt den Kopf, lässt meinen Pferdeschwanz los, und legt die Hand seitlich auf meinen Hals. Sein Daumen findet meinen wild galoppierenden Puls und streicht darüber. »Mache ich dich etwa nervös? Dein Puls rast.«

Ich blinzele benommen, als er die Hand, die meine Taille festhält, nun hinauf gleiten lässt, bis er mein Herz unter seinen Fingern fühlen kann. Es pocht in erhöhter Geschwindigkeit gegen seine Handfläche. Sein Lächeln vertieft sich und seine Augen leuchten auf eine hypnotisierende Weise.

»Dein kleines, süßes Herz überanstrengt sich. Ist es meinetwegen?«

»Ja«, flüstere ich mit belegter Stimme und räuspere mich. »Du bist …«

»Ich bin was?«

Mir entfährt ein leises Keuchen, als er den Kopf senkt und seine Lippen über meinen Hals streicht, bis er die Stelle unter meinem Ohr findet und daran saugt. Automatisch werden meine Knie weich und meine Finger krallen sich auf der Suche nach Halt in seine breiten Schultern.

»Einschüchternd«, murmele ich schließlich leise, während mein Blick zu dem Messerblock auf der Theke gleitet. »Überhaupt in einer Küche …« Ich wimmere, als er die Zähne in meinem Ohrläppchen vergräbt. Sein warmer Atem dringt in mein Ohr, woraufhin ich Gänsehaut auf dem Nacken bekomme. »Voller Messer …«

Sein Körper vibriert an meinem, als würde er stumm lachen.

Dann, mit einem Mal und ohne Vorwarnung, zieht er sich zurück, packt mich an der Kehle, und wirbelt mich herum. Ich ächze, als er mich hart mit dem Rücken gegen den Kühlschrank stößt, und weite in einem Anflug von Panik meine Augen, als er die Finger um meinen Hals verkrampft.

Callahan presst seinen Körper gegen meinen, pinnt mich

am Kühlschrank fest, und raunt an meiner Wange: »Ich brauche kein Messer, um dich zu verletzen, Pfirsichblüte.« Er lockert die Finger und ich schnappe hastig nach Luft. Seine Augen sind dunkel wie die Nacht, aber doch leuchtend hell vor Begierde, als er den Kopf zurückzieht und in meine blickt. »Auch keine andere Waffe. Meine Hände reichen vollkommen aus, um jemandem das Licht auszublasen.«

Das hat er gerade demonstriert, als er mich gewürgt hat. Er braucht keine Waffen – sein Körper ist eine tödliche. Er braucht nicht einmal viel Kraft, um mir alle Lichter auszublasen. Ein wenig mehr Druck seiner langen Finger auf meiner schmalen Kehle und alles wäre vorbei.

Warum presse ich dennoch die Schenkel zusammen und brenne förmlich von innen heraus?

»Aber dich zu verletzen, ist nicht, was ich will.« Er lässt die Hand nach oben wandern, drückt die Finger in meinen Kiefer, und zwingt mich so, das Kinn zu recken. Meine Atmung geht stockend, während ich seinen heißen Blick genauso heiß erwidere. »Auch wenn mich der Gedanke, meine Spuren auf deinem Körper zu hinterlassen, reizt.«

Meine Lider senken sich und ich schlucke belegt. Ich kann den Blick nicht von seinen Augen lösen, während ich mir schwer atmend auf die Unterlippe beiße und seinen angenehmen Duft genieße, der förmlich an mir klebt. Ich bemerke gar nicht, mich ihm auffordernd und willig entgegen zu wölben. Erst, als er auf unsere aneinandergepressten Körper herabstarrt. Seiner glüht vor Hitze und seine Gesichtszüge verschärfen sich vor Verlangen. Er kommt jedoch nicht sofort zum Punkt, sondern zögert die Sache bittersüß hinaus.

Erst greift er an den Kragen meiner Lederjacke, streift ihn über meine Schultern und Arme und wirft sie anschließend achtlos zu Boden. Dann erforschen seine Hände meinen Körper, drücken und kneten ihn durch den Stoff des Jeanskleides, bis sie zu meinem Rücken wandern und den Reißverschluss in aller Geduld öffnen. Als er die Finger in den Saum an meinem Hals hakt und diesen langsam über meine Schultern zieht, kann ich mich kaum noch auf den Beinen halten, so weich sind meine Knie.

Und als mein Kleid zu meinen Füßen auf dem Boden landet, überschlägt sich mein Herz, bevor es sich wild gegen meine Rippen wirft, als wäre es ein eingesperrtes Tier in einem Käfig und würde ausbrechen wollen.

Nun stehe ich bloß noch in einem schwarzen BH und schwarzer Strumpfhose vor ihm, die an meiner Taille endet. Sie ist durchsichtig, daher zeichnet sich der dünne Stoffstreifen meines Strings auf meinen Hüften ab.

Callahan tritt einen Schritt zurück und starrt mich mit dunkler Faszination in den Augen an. Allein die Art, wie seine Augen über jeden Zentimeter meines Körpers gleiten, macht mich an. Ich spüre Erregung wie flüssiges Adrenalin durch meine Adern rauschen.

So habe ich mir das hier nicht vorgestellt. Ich dachte, ich würde mich dazu zwingen müssen, mich diesem Mann hinzugeben, doch nun will ich darum betteln, dass er mich nimmt. Gleich hier und jetzt.

Als könnte er meine Gedanken lesen, bildet sich ein verwegenes Lächeln auf seinen Lippen. Weil ich nicht länger darauf warten und den Prozess beschleunigen will, da mich seine bittersüße Folter verrückt werden lässt, mache ich den nächsten Schritt. Ich bin dabei nicht ganz so beherrscht wie er, doch ich weiß, was ich will, und nehme es mir auch. Ohne Scham.

Oder darüber nachzudenken, wie irrational mein Verhalten ist.

Also mache ich den Schritt, den er sich von mir entfernt hat, wieder auf ihn zu, und schlinge die Arme um seinen Hals, bevor ich meine Lippen hart auf seine drücke. Er knurrt und presst mich zurück gegen den Kühlschrank, dessen kühles Metall ein Schaudern durch meinen Körper jagt. Auf Zehenspitzen kralle ich mich in seinen Nacken, bohre die Nägel ungestüm in seine stramme Haut, und stoße meine Zunge tief in seinen Mund. Der Geschmack von Whiskey breitet sich darauf aus und erwärmt meine Lippen.

Callahan erwidert den Kuss mit derselben Leidenschaft und Rauheit. Mein Körper fühlt sich elektrisiert an, als sich unsere Zungenspitzen treffen, und ein leises Stöhnen stiehlt sich aus meinem Mund, als er mich wieder am Kiefer packt, um mich an Ort und Stelle gefangen zu halten. Mit der anderen Hand schnappt er sich erst meine linke, dann meine rechte Hand, und führt sie oberhalb meines Kopfes zusammen. Sein Kuss verschlingt mich, während er das Tempo vorgibt, und ich unterwerfe mich seiner Dominanz und passe mich seinen Bewegungen an. Es ist offensichtlich, dass er die Kontrolle haben möchte, und ich gebe sie ihm, da ich sie gar nicht haben will. Ich wollte ihn bloß ein wenig anheizen.

Wir keuchen uns schwer in den Mund, während sich unsere Körper aneinander reiben. Meine Brustwarzen sind in den BH-Schalen verhärtet und prickeln. Jeder Zentimeter meines Körpers steht förmlich in Flammen und das allein aufgrund der Leidenschaft seines Kusses und der unnachgiebigen Männlichkeit und Dominanz, die er ausstrahlt. Sein Körper fühlt sich so stählern und fest an meinem an, dass sich alles in mir aufgrund des Verlangens, ihn anzufassen, zusammenzieht.

Callahan ist so gnädig, mir den unausgesprochenen Wunsch zu erfüllen, und gibt meine Hände frei, die ich sofort dafür benutze, um die Knöpfe seines Hemdes zu öffnen. Oder eher, ohne jede Vorsicht oder Zurückhaltung aufzureißen. Seine Zähne bohren sich in meine Unterlippe, während sich meine Finger an seinem Oberkörper hinunter arbeiten, und ich heule leise auf und kralle die Nägel in seinem Bauch, als er so fest zubeißt, dass meine Haut reißt.

Keuchend starre ich ihn an, während er mit lodernden Augen auf die Blutstropfen starrt, die über meine Unterlippe perlen. Als er mit der Zunge darüber leckt, zucke ich gleichzeitig vor Schmerz und kranker Faszination zusammen.

Verdammt. Seine Perversität macht mich an.

So wie den metallenen Geschmack meines eigenen Blutes zu schmecken, als er seine Zunge nur aus diesem Grund wieder in meinen Mund taucht. Dieses Mal gemächlich, spielerisch.

Ich wimmere an seinen Lippen und öffne den letzten Knopf des Hemdes, bevor ich es ihm blind über die breiten Schultern streife. Bei den Händen werde ich wieder ungeduldig und so zerre ich grob daran, bis das Hemd sich zu meinem Kleid auf den Boden gesellt. Ungelenk streife ich die Stiefeletten von meinen Füßen.

Immer noch hat er nicht vor, zum Punkt zu kommen. Er genießt dieses bittersüße, folternde Vorspiel in allen Zügen. Seine Hände finden erneut meinen Körper, erforschen und kneten ihn, bis ich wie heißes Wachs in seinen Griffen schmelze. Er streichelt über die Rundungen meiner Hüfte, meiner Taille, umfasst meinen Hintern in den dünnen Strumpfhosen und knetet meine Brüste durch den BH. Seine forschen, aber gleichzeitig zurückhaltenden Berührungen treiben mich in den Wahnsinn. Dass er mich dabei all seine Härte fühlen lässt, noch mehr. Seine Muskeln reiben über meine erhitzte Haut und seine Erektion drückt sich wie ein Eisenrohr gegen meinen Bauch. Er hat ordentlich etwas in der Hose.

Allmählich wird mir schwindelig. All das Adrenalin, das mein Körper ausschüttet, benebelt meinen Verstand, die Feuchtigkeit zwischen meinen Schenkeln durchtränkt den Stoff meines Strings, und das schmerzhafte Brennen in meiner Unterlippe verleiht mir den ultimativen Kick, obwohl mich eigentlich empören sollte, dass er mich blutig gebissen hat.

Von Empörung bin ich in etwa so weit entfernt, wie davon, auf den Mond zu fliegen.

Mit einem sehnsüchtigen Stöhnen ergreife ich sein Handgelenk, kralle die Finger darum, und schiebe seine Hand demonstrativ nach unten – dorthin, wo ich sie haben will. Ich schiebe die Kleidung von meinen Füßen und spreize die Beine für ihn. Eine subtile Aufforderung, mich woanders zu erforschen.

Callahans Augen brennen mit wildem Feuer, als er den Kopf zurückzieht und mich wie ein Raubtier anstarrt, das bloß noch einen Schritt davon entfernt ist, seine Beute mit Haut und Haar zu verschlingen.

»Bist du ungeduldig, Pfirsichblüte?«, reizt er mich, seine Stimme klingt vor Erregung verhangen und rauchig.

Als Antwort drücke ich seine Hand gegen meine feuchte Mitte. Ich bin mir sicher, dass er durch den Stoff der Strumpfhose spüren kann, wie nass mein Höschen ist. Er lächelt pervers.

»Oh, ich sehe, wir werden viel Spaß zusammen haben.«

Plötzlich packt er mich unter den Achseln und bringt mich zu Boden. Ich quietsche vor Schreck und sehe mit flatternden Lidern zu ihm auf, als er sich meine Beine schnappt, an der Strumpfhose zerrt, bis diese zwischen meinen Schenkeln reißt, und mein Höschen beiseiteschiebt, sodass mein vor Lust pochendes Geschlecht frei liegt.

Wie ein dunkler Schatten schwebt er über mir, seine breiten Arme wie gemeißelt. Dunkle, geschwollene Adern zeichnen sich auf der hellen Haut ab. Sein Bauch ist ein verführerisches Muskelspiel und seine wohlgeformte Brust von einem leichten Flaum heller Härchen bedeckt. Sein Blick ist der eines ungezähmten, hungrigen Wildtieres, während ich hilflos unter ihm auf dem kühlen Küchenboden liege, doch mein Körper fühlt sich dennoch fiebrig an und zittert vor freudiger Erwartung auf eine Vereinigung mit seinem.

Meine Hände machen sich selbstständig, legen sich auf seinen flachen Bauch, zeichnen die tiefen Einkerbungen seiner Muskeln nach und gleiten zittrig tiefer zum Verschluss seiner Hose. Als ich den Knopf öffne, lächelt er auf mich herab.

»Freches, ungeduldiges Ding.« Er schlägt meine Finger beiseite und schnappt sich beide meiner Hände, um sie oberhalb meines Kopfes auf dem Boden zu fixieren. Ich zappele unter ihm, als er mich mit den Zähnen reizt, indem er sie über meine Haut gleiten lässt und sanft in meinem Hals bohrt. Er lacht stumm. »Andere Frauen wären beleidigt, würde ich sie auf meinem Küchenboden ficken, anstatt in mein Bett zu tragen, doch du kannst es kaum erwarten, Pfirsichblüte.«

»Ich bin nicht wie andere Frauen. Ich brauche keine Romantik.« Mein Blick ist entschlossen, als seine Augen auf meine treffen. »Keine Kerzen, kein Kuscheln und keine

Komplimente. Ein guter Fick stellt mich vollkommen zufrieden.«

Callahans Augen verdunkeln sich. Er leckt über seine Unterlippe, während sein heißer Blick über meinen Körper gleitet, und nimmt meine Handgelenke in eine Hand, um mit der anderen den Verschluss meines BHs zu öffnen. Dann zieht er ihn über meinen Kopf und meine Arme und senkt seine Lippen auf meine verhärteten Nippel. Ich bäume mich stöhnend auf, doch sein fester Griff hält mich unentrinnbar auf dem Boden gefangen.

Als ich die Beine auffordernd um seine Hüften schlinge und ihn zwischen meine Schenkel ziehe, gibt er einen leisen, primitiven Laut von sich und greift zwischen uns, um seine Hose zu öffnen. Ich starre ihn erwartungsvoll an, mein Gesicht glüht in jeglicher Pore. Seine Lippen finden erneut die meinen für einen rauen Kuss, während sich sein nun befreiter Schwanz hart in meinen Innenschenkel bohrt.

Ich stöhne ihm in den Mund. Anhand der prallen und breiten Spitze schießt eine neue Flut Erregung durch meinen Körper. Er ist gut bestückt, doch daran habe ich nie gezweifelt.

Wie gut bestückt, wird mir klar, als mir vor Schock all der Sauerstoff aus den Lungen weicht, als er mit einer fließenden Bewegung bis zum Anschlag in mich eindringt. Sein Stoß ist kraftvoll, ohne dass er viel Kraft dabei verwendet, und schiebt mich ein gutes Stück über den Boden.

Ich keuche auf und verkrampfe mich unter ihm. Ein kurzer Schmerz erfasst mich. Er hat sich nicht einmal die Mühe gemacht, seine Hose vollständig auszuziehen, obwohl er sich erst so viel Zeit gelassen hat.

Aufgrund meiner plötzlichen Steifheit gibt er meine Hände frei und hält in seinen Bewegungen inne. Sein Oberkörper liegt schwer auf meinem und begräbt mich unter sich, während Callahan seine Lippen an mein Ohr legt und mir gewährt, mich an ihm festzuhalten. Ich schlinge die Arme um seinen Hals und vergrabe das Gesicht an seiner Schulter.

Sein Duft benebelt mich, während er hart und lang

zwischen meinen Beinen steckt, und sein heißer Atem streift mein Ohr, als er leise raunt: »Du bist so klein und zart, Pfirsichblüte. Du fühlst dich unglaublich an.«

Meine Muskeln lockern sich wieder, als er mit seiner Zunge über mein Ohr leckt, während er ganz sachte anfängt, sich in mir zu bewegen. Ich bin bis zum Bersten voll, es ist ein extremes, übermannendes Gefühl. In meinem Schoß entfacht ein Feuer, während er seinen Schwanz gemächlich in mich schiebt und wieder herauszieht. Er ist ummantelt von meiner Lust und so fällt es ihm leicht, obwohl er viel zu lang und dick für mich ist. Meine inneren Muskeln umklammern seine kompromisslose Härte dennoch gierig, während ich die Füße an seinem Hintern verknote und entzückt aufstöhne. Ich spüre ihn an meinem Ohr lächeln.

»Wie soll ich diese süße Muschi ficken?«, flüstert er mir mit rauer Stimme ins Ohr. Ich schüttele mich vor Gänsehaut und schließe genussvoll die Augen, während er sein Becken an mir reibt und kreisen lässt, als würde er erst jeden Winkel meines Inneren spüren wollen, bevor er mich richtig bearbeitet. »Sanft?« Er küsst einen Weg meinen Kiefer entlang bis zu meinen Lippen, die von unseren vorherigen Küssen geschwollen sind. Seine stürmischen Augen treffen auf meine, wirken vor Lust und Verlangen ganz verschleiert und matt. »Oder hart?«

Ich keuche ihm ins Gesicht, als ich fordere: »Hart.«

Seine Lider senken sich auf eine sexy Weise und sein Blick verschärft sich. Nun wirkt er hart, entschlossen und unnachgiebig. So fühlen sich auch seine Stöße an, als er eine Hand um meine Kehle schlingt, sich mit dem Oberkörper aufrichtet, und sein Becken vorschnellen lässt.

Ich schreie heiser auf und klammere mich mit beiden Händen an seinen Arm, an dem seine Muskeln zucken und seine Adern pulsieren. Er sieht wie ein verdammter Pornostar aus, während er über mir schwebt und mich mit tiefen Stößen fickt, die mich jedes Mal ein Stück weit über den Boden schieben. Seine Finger verkrampfen sich um meine Kehle, schnüren mir die Luftzufuhr ab, und so bleibe ich an Ort und Stelle, genau dort, wo er mich haben will, während er in einem rhythmischen Tempo in mich pumpt und dabei keine Sekunde lang außer Takt gerät. Sein Körper strahlt etwas geradezu Animalisches aus, etwas Rohes und Maskulines, das mich dazu bringt, mich ihm unterwerfen zu wollen und mir meine Unterlegenheit noch einmal vor Augen führt. Doch in diesem Moment ist alles, was ich fühle, unaufhaltsames Begehren und ungezügeltes Verlangen. Unser Machtungleichgewicht erregt mich auf eine primitive Weise.

Unsere Blicke wollen den des anderen nicht loslassen, obwohl meine Augen immer wieder fasziniert zu seinen Muskeln, den breiten Schultern und der schmalen Taille zucken, während er meinen Brüsten dabei zusieht, wie sie durch die Kraft seiner Stöße auf und ab wippen. Doch unsere Blicke treffen sich immer wieder und verschmelzen miteinander, während unsere Körper eins werden. Meine Hüften bewegen sich gegen ihn, reiben sich an seinem Schwanz, der mich auf eine unglaubliche Weise ausfüllt, wie es noch keiner zuvor getan hat, und seine Finger finden die pochende Stelle zwischen meinen Schenkeln und massieren sie mit grober Entschlossenheit. Unermüdlich fickt er mich weiter, während sein Becken in immer wilderen Schüben gegen mich prallt, dabei aber nie an Beherrschung und Rhythmus verliert.

Dieser Mann versteht sich im Ficken. Es ist, als wäre er dafür geboren worden. Nun erkenne ich, dass sein Schwanz die gefährlichste Waffe an ihm ist. Denn diese bringt mich dazu, mich ihm vollkommen hinzugeben, zu unterwerfen und meinen Verstand auszuschalten. Nun bin ich verletzlich und angreifbar.

Ein Kribbeln schießt über meine Wirbelsäule und mein Unterleib zieht sich ruckartig zusammen, als Callahan meine Kehle freigibt, um meine Hüften zu packen, und sein Becken kippt, bevor er sich wieder tief in mich versenkt. Der Winkel, den er nun trifft, ist perfekt, und versetzt mich in berauschende Ekstase.

Ich stöhne wollüstig auf und schlage die Hände seitlich meines Körpers auf den Boden. Meine Zehen kräuseln sich, als er einen noch schnelleren Rhythmus annimmt, der ihn bei jedem Stoß keuchen lässt, und es dauert nicht lange, bis ich von einem Orgasmus mitgerissen werde, während meine Wirbelsäule vor Schmerz aufheult, da sie sich inzwischen auf dem Boden wundgerieben hat.

Endorphine rauschen durch meinen Blutkreislauf und dichter Nebel sickert in meinen Kopf, als mich das schönste Gefühl der Glückseligkeit erfasst. Ich hebe ab und schwebe, fühle mich wie im Freiflug surreal. Erotische Laute erfüllen meinen Kopf, es ist mein eigenes Stöhnen und sein tiefes Knurren, während mein Körper unter seinem krampft und zittert, bis die Kontraktionen des Orgasmus' nachlassen und ich mich feucht vor Schweiß auf dem Boden rekele.

Meine inneren Muskeln melken seinen harten Schwanz und er lässt mit einem männlichen, erlösten Stöhnen, das tief aus seiner Brust stammt, los, und ergießt sich in mir. Ich spüre, wie mich sein Sperma füllt, während er nach unten sackt und sich sein Körper wellenartig auf meinem bewegt. Seine Muskeln zucken und seine Härte pulsiert zwischen meinen zitternden Schenkeln.

Callahan keucht an meiner Brust, bevor er an meinem Nippel knabbert, während sein Becken ein letztes Mal unkontrolliert zuckt. Er ist noch sexyer, wenn er kommt. Seine Gesichtszüge entgleisen und verzerren sich auf eine betörende Weise, wirken das erste Mal nicht eingefroren und sein Blick verliert die Unzugänglichkeit, die er sonst ausstrahlt. Zu sehen, wie er sich gehen lässt und die Kontrolle verliert, wenn auch nur für einen kurzen Moment, ist genauso berauschend wie mein eigener Orgasmus.

Durch diesen Wirbel an Gefühlen in meinem Körper, zerre ich seinen Kopf am Haar in die Höhe und presse meine Lippen leidenschaftlich auf seine. Er erwidert den Kuss ohne zu zögern, während er spürbar weich in mir wird. Auch seine Muskeln lockern sich an meinem Körper, der mich mit seinem Gewicht unter sich begräbt.

Mein Kopf ist noch vollkommen getrübt und meine

Gedanken wirr, als er sich langsam aus mir zieht und ich spüre, wie unsere Körperflüssigkeiten aus mir tropfen. Ein leichtes Brennen lässt mich ihm schwer in den Mund keuchen.

»Du bist der Beste, mit dem ich je zusammen war.« Die Worte entgleiten meinen Lippen, ohne dass ich Einfluss darauf habe. Ich lege es nicht darauf an, sein Ego zu streicheln, da dies nicht nötig ist, weil er genau weiß, dass er gut ist. Er ist sich seiner Ausstattung, Fähigkeiten und Talente bewusst, doch mich überwältigen sie.

Dieser Küchenboden-Sex war heiß. Heißer als jeder Sex, den ich zuvor mit einem Kerl hatte. Wie schnell und gekonnt er mich zum Höhepunkt gebracht hat, ist der Traum jeder Frau. Ich musste nicht nachhelfen, mich nicht bemühen, mich zu entspannen – es geschah ganz natürlich.

Und es geschah unerwartet.

Diese Gefühle tief in mir verwirren meinen Verstand, denn ich sollte sie nicht für einen Mann wie ihn hegen. Ich fühle mich wohl, befriedigt und begehrt. Ich versuche sie abzuschütteln, doch es ist unmöglich, als Callahan in meine Augen blickt und ein unerwartetes Kompliment zurückgibt, welches mir ungünstiger Weise unter die Haut geht und meinen Verstand noch mehr verwirrt.

»Und du bist die sexyste Frau, mit der ich je zusammen war, Pfirsichblüte.« Er vergräbt den Kopf an meiner Halsbeuge und atmet tief ein, während seine Hände über meinen Oberkörper wandern und sich fest um meine Brüste schließen. »Du bist weicher, enger, zärtlicher, riechst besser und schmeckst besser.«

Mein Herz flattert verräterisch in meiner Brust, als er den Kopf mit einem unanständigen Lächeln hebt, bevor er seine Finger zwischen uns schiebt und über meine empfindliche Klitoris streift. Als er sie sich danach in den Mund steckt, zieht sich mein Unterleib vor Begierde zusammen.

»Auch hier schmeckst du besser. Du bist einfach besser.« Er streicht seine Finger über meinen Mund und drückt einen letzten Kuss darauf, bevor er sich aufrichtet und mich auf die Beine hebt. Ich kann kaum stehen, so weich sind meine Gliedmaßen. Mein Rücken schmerzt. »Jetzt trinken wir erst einmal einen guten irischen Whiskey, bevor ich dich in meiner Dusche noch einmal nehme. Ich will dich überall. Auf meiner Couch, auf meinem Bett, auf meinem Schreibtisch … Auf jedem verdammten Stück Boden in diesem Haus.«

8

Callahan

Das Gefühl, mit einer Frau in meinen Armen aufzuwachen, ist mir nicht unbedingt fremd, doch dieses Mal fühlt es sich anders an. Nicht etwa, weil wir in Löffelchenstellung kuscheln, was offenbar ich initiiert habe, da ich die Arme und Beine wie eine Schlange um sie geschlungen habe, als wolle ich sie unbedingt bei mir behalten, sondern aufgrund dieser vollkommenen Entspannung tief in mir.

Ich bin kein Gentleman, doch ich zwinge keine Frau nach unserem Fick sich anzuziehen und zu gehen, sondern biete ihnen mein Bett zum Übernachten an, bevor ich sie am nächsten Morgen höflich auffordere, den Weg zu meiner Haustür zu finden. Natürlich bezahle ich ihnen auch ein Taxi, sollten weder O'Sullivan noch Donovan als Fahrer zur Verfügung stehen. So habe ich kein schlechtes Gewissen, sie nach unserer Nacht nie wieder anzurufen oder je einen Gedanken an sie zu verschwenden. Mein Interesse an einer Frau beschränkt sich auf ihren Körper und sobald ich diesen auf jede Weise hatte, die mir vorschwebt, ist es gleich null.

Doch bei Pfirsichblüte nicht. Ihren Körper hatte ich letzte

Nacht tatsächlich auf jede nur erdenkliche Weise und wo auch immer ich ihn haben wollte, doch ich wurde nicht mit dem Bedürfnis wach, ihren hübschen Hintern nun aus meinem Haus zu schaffen. Stattdessen war das Erste, woran ich nach dem Aufwachen dachte, wie ich sie noch für mich beanspruchen könnte. Oder wo. Oder in welcher Position.

Ihr nackter Rücken an meiner Brust fühlt sich himmlisch an. Sie ist warm und weich wie geschmolzene Schokolade und schmeckt auch genauso süß. Ihr blumiger Duft liegt in der Luft und ich gebe dem Bedürfnis nach und vergrabe das Gesicht in ihrem dichten, langen Haar, das im Sonnenlicht seidig schimmert. Ich möchte ihren Duft inhalieren, in mich aufsaugen und in mir verewigen. Obwohl ihr Haar dunkelbraun ist, sind all die feinen Härchen an ihrem schlanken Körper so hell, dass man sie kaum sehen kann. Ich würde ihn mir gerne in all seiner Perfektion und Weiblichkeit ansehen, doch ich bringe es nicht über mich, sie von mir zu schieben. Außerdem hat sich das Bild ihres nackten Körpers schon unwiderruflich in mein Hirn gebrannt, als ich sie gestern wieder und wieder gefickt habe.

Es war trotzdem nicht genug. Dieser Gedanke ist seltsam und irritiert mich, doch ich akzeptiere das fremde Gefühl in meiner Brust, das mich daran erinnert, dass selbst ich zu menschlichen Gefühlen fähig bin. Neben Begierde und neu entfachtem Verlangen fühle ich auch so etwas wie Zuneigung, während sich ihr warmer, nackter Körper an meinen schmiegt. Sie scheint es ebenfalls zu genießen und mögen, denn obwohl sie wach ist, bewegt sie sich nicht vom Fleck. Ihre Atmung ist friedlich und regelmäßig, und meine Hand hebt sich mit ihrer Brust, die ihren Busen umschließt, der sich schwer in meiner Handfläche anfühlt. Pfirsichblüte hat die femininsten Rundungen, die es überhaupt geben könnte. Sie ist an den richtigen Stellen kurvig und an den anderen schmal und zierlich.

Ich könnte ihren nackten Körper ewig in den Armen halten, doch mein Schwanz verdickt sich sekündlich mehr und bohrt sich auf eine bestimmt unangenehme Weise in ihren knackigen, kleinen Hintern. Deswegen weiß ich auch, dass sie wach ist.

Spätestens, als sie ihren Hintern neckisch an mir reibt, weiß ich es mit Sicherheit.

Ich schmunzele. »Bist du hungrig, Pfirsichblüte?«

»Auch auf die Gefahr hinauf, dass du richtige Nahrung meinst, während ich an Sex denke, und deswegen wie eine Nymphomanin wirke, beantworte ich diese Frage mit einem klaren Ja«, lautet ihre kecke Antwort, ihre Stimme klingt auf eine erotische Weise verschlafen.

Jaysus, diese Frau ist perfekt. Sie ist zu gut, um wahr zu sein, weshalb dieses vertraute Gefühl von Misstrauen erneut über meine Wirbelsäule kriecht, doch dieses Mal ignoriere ich es eiskalt. Es ist hier fehl am Platz. Und inzwischen bin ich mir fast sicher, dass es unbegründet ist. Das bedeutet so einiges, denn ich bin ein paranoider und von Natur aus misstrauischer Mensch. Pfirsichblüte hat jeden Test bestanden. Nichts an ihr gibt mir zu zweifeln, außer vielleicht ihre Libido. Dass eine Frau genauso unersättlich und hungrig ist wie ich, hielt ich bislang für unmöglich, aber ich lasse mich gerne eines Besseren belehren.

»Ich habe Schmerzen und das kommt tatsächlich selten bis nie vor«, gestehe ich ihr leise und knabbere an ihrer Schulter. »Du bist schuld.«

Sie kichert. »Schmerzen in deinem Schwanz?«

»Und meinen Eiern. Alles fühlt sich wund an.«

Wieder kichert sie und ich spüre, wie sich auch ein Lächeln auf meinen Lippen bildet. »Ganz bestimmt bist du nicht so wund wie ich. Meine Muschi ist ganz eindeutig unbrauchbar. *Du* bist schuld.«

Mein Schwanz zuckt an ihrem Hintern. »Das Wort klingt sexy aus deinem Mund … Sag es noch einmal.«

»Muschi?«, fragt sie amüsiert, bevor sie sich in meinen Armen zu mir umdreht und mir an ihrer Unterlippe kauend in die Augen sieht. Ihr Haar ist wild durcheinander, ihr hübsches Gesicht ganz zerknittert vom Schlaf, und dunkle Augenringe deuten darauf hin, dass sie letzte Nacht nicht viel Erholung bekommen hat, wie es bei mir vermutlich ebenfalls der Fall ist, doch trotzdem sieht sie wie eine Göttin aus. Ihre kristallblauen Augen funkeln wie Diamanten.

»Du bist so süß und unschuldig, Pfirsichblüte, aber trotzdem unanständig und schamlos«, presse ich mit rauer Stimme hervor und betrachte sie fasziniert. »Und so verdammt gierig.«

Sie schmunzelt neckisch. »Ich kann nichts dafür, dass du so gut bist, Callahan. Ich habe sogar von deinem Schwanz geträumt.« Ihre Hand gleitet zwischen uns und findet meinen harten Schaft, den sie gemächlich zu reiben beginnt. Ein Knurren stiehlt sich aus meinem Mund, während sie heiser flüstert: »Deswegen will ich ihn jetzt unbedingt haben.« Sie nimmt meine Unterlippe zwischen die Zähne und beißt so fest hinein, dass ein Ruck durch meinen Körper geht. »Ich will dich schmecken und in mir spüren. Solange, bis ich nicht mehr gehen kann.«

Wenn ich dazu fähig wäre, mich zu verlieben, täte ich es in diesem Augenblick.

Stattdessen sehe ich ihr dabei zu, wie sie sich aus meinen Armen windet, ihr zerzaustes Haar über ihre Schulter wirft, und zu meinen Beinen krabbelt, bevor sie mit der Zunge der Länge nach über meinen Schwanz leckt, der sich unwillkürlich in freudiger Erwartung verdickt. Ich wollte ihn schon in ihrem Mund haben, als ich sie auf dieser Veranstaltung getroffen habe, und nun wo sie mir diesen Wunsch erfüllt, könnte ich in der Sekunde explodieren. Doch ich kämpfe gegen meine Erregung an, um noch länger genießen zu können, wie sie mich verwöhnt.

Um es ihr leichter zu machen und mir einen besseren Blick auf sie zu verschaffen, drehe ich mich auf den Rücken und spreize meine Beine. Pfirsichblüte zögert nicht, zwischen meine Schenkel zu krabbeln, und krallt ihre schlanken Finger in meine Oberschenkel, während sie den Kopf nach unten beugt und mich in ihren kleinen Mund saugt. Sie tut es ohne ein Anzeichen des Zögerns oder der Verlegenheit. Sie weiß, was sie will, und nimmt es sich. Das ist etwas, das wir gemein haben.

Etwas, das mich verrückt nach ihr macht.

So auch die Art, wie hingebungsvoll sie mich lutscht. Wie

ein verdammter Profi. Sie saugt meine gesamte Länge in ihren Mund, bis ich ihre Nasenspitze an meiner Scham spüren kann, und verwöhnt mich mit der Zunge, während sie um meine Härte zu röcheln beginnt. Ihre fehlende Zimperlichkeit beeindruckt mich. Nicht jede Frau besorgt es einem Mann so gut und geht dabei so rücksichtslos mit sich selbst um.

Sie würgt immer wieder, während Tränen in ihren hübschen Augen stehen, macht jedoch keine Anstalten, mich nur zur Hälfte in den Mund zu nehmen oder einen Gang runterzuschalten. Stattdessen benutzt sie nun auch noch ihre Hand, um meine Hoden zu massieren, während sie den Kopf in genau dem richtigen Tempo bewegt, um meine Länge tief in ihren Rachen zu schieben und wieder herausgleiten zu lassen. Dabei umspielt sie mit der Zunge mein Frenulum und sieht mir ohne zu blinzeln in die Augen.

Noch nie hat es mir eine Frau so gut gemacht wie sie. Scheiße noch mal, und ich hatte viele Frauen. Bei ihr habe ich nicht das Bedürfnis, ihr zu sagen, wie ich es mag, oder selbst zu übernehmen, da sie es perfekt macht. Es gibt nichts an der Art auszusetzen, wie sie mich verwöhnt. Ihre talentierte Zuwendung ist das Highlight meines verfickten Jahres.

Dass sie aufwacht und ihre erste Handlung die ist, mir einen zu blasen, ist etwas, das ich sehr zu schätzen weiß.

Ich werde mich im Anschluss dafür revanchieren. Mit derselben Leidenschaft und Hingabe, wobei es schwierig wird, mit ihrer mitzuhalten oder gar zu konkurrieren.

»Pfirsichblüte«, entfährt es mir am Rande meiner Beherrschung, woraufhin ihre Lider flattern, während sich eine Träne aus ihrem rechten Augenwinkel löst. Ich verfolge sie mit den Augen und spanne mich am ganzen Körper an, meine Hände ballen sich zu Fäusten. Sie ist so verfickt heiß, meine kleine Blüte. Ich will mehr von diesen hübschen Tränen sehen. »Ich wünschte, ich könnte es noch länger genießen, aber du bist so gut, dass ich mich nicht mehr zurückhalten kann.« Mein Becken fängt wie auf Kommando zu zucken an, als sie an meiner Eichel saugt, als wäre mein Saft ihr Lebenselixier und sie würde ihren

Dank für dieses Kompliment auf diese Weise zum Ausdruck bringen wollen. »Lass mich in deiner Kehle kommen.«

Es folgen keine Einwände, doch die folgten auch gestern nie, als ich sie gefickt habe, wo und wie ich es wollte. Sie ist wie für mich geschaffen, meine Blüte, außerdem teilen wir dieselben Vorlieben und mögen es beide roh und hart. Obwohl sie so sanft erscheint, bevorzugt sie es auf eine durchaus überraschende Weise rau, die nicht viele Frauen mögen.

Ich kralle eine Hand in ihr dichtes Haar und drücke sie unnachgiebig auf meinen Schwanz hinunter, während ich die Augen schließe und stöhnend meine Hüften nach oben stoße. Sie röchelt um meine Länge, ihre Fingernägel bohren sich schmerzhaft in meine Oberschenkel. Meine Eier ziehen sich mit einem Kribbeln zusammen und die erste Ladung Sperma spritzt tief in ihren Rachen. Ein Schaudern durchfährt meinen Körper, als ich ihren Mund mit dem Rest fülle. Dafür ziehe ich ihren Kopf am Haar in die Höhe und pumpe noch ein paar Mal genüsslich zwischen ihre geschwollenen Lippen. Ich spüre, wie das Sperma aus ihrem Mund und über meinen Schaft tropft, und öffne mit einem schweren Seufzen die Augen.

»Schluck es«, befehle ich ihr atemlos, jeder meiner Muskeln ist verdickt und zuckt.

Mein Schwanz schmerzt, als sie ihn aus ihrem Mund gleiten lässt. Er vermisst diese enge, warme und nasse Höhle. Doch meine volle Konzentration liegt auf ihr, als sie den Mund schließt und ich an ihrem Hals erkennen kann, wie sie meinen Saft schluckt. Danach leckt sie sich mit einem anzüglichen Lächeln über die Lippen und wischt das Sperma, das auf meinem Schwanz klebt, mit den Fingern fort, die sie sich anschließend genüsslich in den Mund schiebt.

Augenblicklich reagiert mein Schwanz wieder auf sie, obwohl er erschöpft und schlaff ist. Er braucht Ruhe, doch diese Frau bringt meinen Motor mit allem, was sie tut, zum Laufen, und so fängt er sofort wieder an, sich zu versteifen. Als sie es bemerkt, blitzen ihre Augen auf eine triumphierende Weise auf und ihre Wangen glühen vor Erregung.

»Du bist so verfickt heiß, Pfirsichblüte.« Ich zerre sie unsanft am Haar auf meinen Körper, was sie nicht zu stören scheint. Auch nicht, dass ich ihr Gesicht grob packe und vor meines ziehe, während sie sich an meiner Brust stützt, nun wo sie rittlings auf mir sitzt. Ihre Augen sprühen Funken, als ich vor ihrem Mund raune: »Was mache ich bloß mit dir?«

Sie zum Gehen aufzufordern und danach zu vergessen ist keine Option. Das erste Mal will ich eine Frau nicht loswerden, stattdessen suche ich nach Wegen, sie zu behalten. Doch eine langfristige Affäre oder Beziehung mit ihr einzugehen, ist nicht möglich. Das würde mich angreifbar machen, ein Mann wie ich kann es sich jedoch nicht leisten, angreifbar zu sein. Außerdem entspricht mein Lebensstil nicht dem eines Mannes, der es sich leisten kann, jemanden an sich heranzulassen. Ich kann sie nicht weiter vordringen lassen, denn dann erführe sie von Dingen, die sie nicht über mich wissen sollte. Dingen, die sie erschrecken könnten.

Wobei ich nicht glaube, dass Pfirsichblüte leicht zu erschrecken ist. Deswegen mag ich sie. Sie ist anders. Etwas Besonderes.

»Wie wäre es mit demselben, was ich gerade für dich gemacht habe?«, neckt sie mich, bevor sie mit der Zunge über meine Unterlippe leckt.

Herrgott noch mal, ich will sie so gerne auf die Matratze schmeißen und ficken, bis sie weint, doch ihr Vorschlag klingt wie eine bessere Alternative, da es nicht nur so daher gesagt war, dass mein Schwanz Ruhe und Erholung braucht. Mein Körper muss erst wieder zu Kräften kommen, sie hat mir jegliche geraubt.

»Gib mir auch deine Zunge und lass mich deinen Mund spüren. Das wäre nur fair«, fordert sie verführerisch und biegt den Rücken durch, sodass mir ihre Brüste ins Gesicht baumeln. Ich schnappe mit den Zähnen nach ihrem Nippel, doch sie weicht grinsend zurück und ich beiße in die Luft. »Zu langsam, du Pornostar.«

Mir entfährt ein raues Lachen, bevor ich sie an den Hüften

packe und auf die Matratze werfe. Ich krabbele an ihrem anbetungswürdigen Körper hinunter, spreize ihre Beine, und beiße in ihren zarten Oberschenkel, dessen Haut babyweich und gleichzeitig stramm ist. »Pornostar?«

Auffordernd schiebt sie mir ihr Becken entgegen und spreizt die Beine noch mehr für mich. »Du siehst aus wie ein Pornostar und fickst wie ein Pornostar. Ich denke, die Bezeichnung ist also passend.«

»Woher willst du wissen, wie ein Pornostar fickt?«, knurre ich und lecke über ihr geschwollenes Nervenbündel. Ihre Lust schmeckt so süß, dass ich high davon werde. »Hast du schon einmal mit einem gefickt?«

»Nein, aber ich habe schon einmal Pornos geschaut«, erwidert sie keck, bevor sie laut aufstöhnt und ihre Hände in die Bettlaken krallt, als ich anfange, an ihrer Perle zu saugen, während ich zwei Finger in ihr enges, wundes Loch schiebe. »Ja … Callahan …«

Angeheizt durch ihre gutturalen Laute und die Art, wie schamlos sie ihre Hüften bewegt, um sich an meinem Mund zu reiben, lecke und sauge ich an ihr, während ich die Finger krümme und ihren inneren Lustpunkt stimuliere.

Sie wölbt sich ekstatisch auf, fängt zu zittern und wimmern an, bis sich ihre Zehen kräuseln und ihre Waden verkrampfen. Dadurch weiß ich, dass sie kurz davor ist, und so ficke ich sie hart mit den Fingern, während ich die Zähne in ihre pochende Perle bohre.

Pfirsichblüte schreit auf und wirft den Kopf zurück, bevor sie die Schenkel ruckartig zusammenpresst und sich ihrem Höhepunkt hingibt. Zu sehen, wie sie kommt, ist das Erotischste, das ich jemals beobachten durfte. Ihr Gesicht verzerrt sich dabei auf eine sexy Weise und ihr Mund öffnet sich zu einem O, während ihr gesamter Körper erbebt. Ich kann ihren Orgasmus förmlich auf meinem Körper spüren, während sich ihre inneren Muskeln gierig um meine Finger klammern, als wollten sie sie nie wieder loslassen.

Ich beuge mich über sie, begrabe sie unter meinem Gewicht

und lecke über ihr Ohr, bevor ich an ihrem Hals knabbere und sauge, weil ich liebe, wie sie riecht und schmeckt. Überall. Sie ist die pure Weiblichkeit, ihr Duft betörend. Als sie die Hände auf meinen Hinterkopf legt, weiß ich, dass sie sich von ihrem Orgasmus erholt hat, also drücke ich meine Lippen für einen sinnlichen Kuss auf ihre. Sie erwidert ihn leise seufzend und ich lächele.

»Gott, Callahan«, stöhnt sie mir in den Mund, woraufhin ich mit dem Kopf zurückweiche und in ihr überhitztes Gesicht blicke. Ihre Lider sind vor Erschöpfung gesenkt, ihre Lippen wie ihre Wangen gerötet und ihre Stirn glänzt feucht. So verdammt sexy. »Wenn wir so weitermachen, komme ich heute nicht mehr nach Hause.« Sie runzelt kaum merklich die Stirn. »Wie spät ist es überhaupt?«

»Das ist nicht wichtig«, sage ich entschlossen. »Du gehst nirgendwohin. Ich will dich genau hier haben.«

»In deinem Bett?« Ich nicke. Träge lächelt sie, doch ihr Blick wirkt zweifelnd. »Für immer?«

»Vielleicht.« Ich starre sie herausfordernd an.

Nun blinzelt sie unsicher, bevor sie zögerlich zu bedenken gibt: »Von deinem Bett aus können wir aber nicht viel machen.«

Ich schmunzele. »Wir können ficken, das reicht.«

Als sie kichert, will ich sie erneut küssen, doch das Vibrieren meines Handys auf dem Nachttisch lässt mich innehalten. Ich werfe einen Blick darauf und seufze entnervt. Wie schon drei Mal heute Morgen versucht Declan mich zu erreichen. Er versteht wohl nicht, was es bedeutet, wenn man keine Lust zu reden hat, denn ich entdecke auch zwei Textnachrichten von ihm, bevor es plötzlich an der Haustür klingelt.

Ich brauche nicht zu fragen, wer es ist, da nur eine Person auf dieser Erde so aufdringlich sein könnte wie mein Bruder. Diese verdammte Klette.

Donovan, der wie jeden Tag gegen acht Uhr morgens in mein Haus gekommen ist, sich durch meinen Besuch jedoch nicht bemerkbar gemacht hat, ruft wenige Sekunden später durch die geschlossene Schlafzimmertür: »Callahan? Tut mir leid für die Störung, aber es ist Declan, der vor der Haustür steht.« Ein angestrengtes Seufzen folgt. »Er fängt an zu nerven, weil wir ihn nicht hereinlassen wollen.«

Ich verziehe das Gesicht. Wann hat mein Bruder jemals aufgehört zu nerven?

»Ich komme«, rufe ich tonlos und rolle mich widerwillig von ihrem zarten, weichen Körper. Pfirsichblüte lächelt, doch in ihrer Miene spiegelt sich Verwirrung wider. »Ich bin gleich wieder zurück. Beweg dich nicht vom Fleck, sonst muss ich dich fesseln.«

»Ich wusste nicht, dass wir nicht allein sind«, murmelt sie überrascht und errötet dabei auf eine niedliche Weise vor Verlegenheit. »Er hat alles gehört, oder?«

Ich grinse, während ich in eine tiefsitzende Jogginghose und ein schwarzes Shirt schlüpfe. »Donovan ist diskret, keine Sorge.«

Kichernd zieht sie das Bettlaken über ihren Körper und ich verlasse das Schlafzimmer mit einem wehmütigen Ziehen in der Brust. Und zwischen den Beinen. Donovan lässt sich nicht anmerken, dass er mich bei meinen Bettaktivitäten mit einer Frau gehört hat, und ich schenke ihm bloß ein schiefes Lächeln, während ich die Treppe hinuntergehe. Er folgt mir sichtlich amüsiert und nimmt seinen Platz vor der Treppe ein.

Ich öffne die Haustür nur, um Declan persönlich wegzuschicken, ehe ich sie gleich darauf wieder schließe. »Ich bin beschäftigt. Komm ein andermal wieder.«

»Woah, woah, woah, woah«, platzt es aus ihm heraus und er drückt mit der Hand gegen die Tür. Ich seufze. Misstrauisch mustert er mich, bevor sein Blick mit einer hochgezogenen Augenbraue auf den oberen Stock fällt. »Hast du Damenbesuch?«

»Bingo, du Genie.«

»Hah!«, macht er und grinst debil, als hätte er gerade die Millionen-Dollar-Frage bei einer Quizshow geknackt. »Also … Möchtest du mich nicht hineinbitten?« Er lässt die Augenbrauen anzüglich tanzen.

Ich starre ihn bloß an, mein Gesichtsausdruck eine

Mischung aus Verwirrung und Besorgnis über seinen Geisteszustand.

»Ach, komm schon. Jetzt schau nicht so belämmert, Brudi.« Er schlägt mir grinsend eine Hand auf die Schulter und bedeutet mit einem Nicken nach oben. »Willst du deine Süße nicht mit mir teilen? Zu dritt macht es mehr Spaß als zu zweit.«

»Auf gar keinen Fall«, platzt es aus mir heraus, bevor ich ihn demonstrativ nach hinten schiebe, um die Tür zu schließen. Er stemmt die Fersen in den Boden und blickt mich wie ein kleiner, unzufriedener Junge an, dem man gerade seine X-Box weggenommen hat. Ich seufze angestrengt. »Wie du nun weißt, wartet eine nackte Frau in meinem Bett, wenn du also so nett wärst und deinen Arsch von meiner Haustür entfernst, bevor ich es tue …«

»Stell dich nicht so an«, nörgelt er geradezu beleidigt.

»Unter Brüdern muss man nicht alles teilen, Declan.«

Er bedenkt mich mit einem vielsagenden Blick. »Es ist ja nicht so, als hätten wir uns noch nie eine Frau geteilt.« Gespielt nachdenklich reibt er sich das glattrasierte Kinn und murmelt grüblerisch: »Ich erinnere mich an eine Blondine, die wir uns einmal ein ganzes Wochenende lang geteilt haben. Und an diese Französin, die wir im letzten Jahr auf der Gala kennengelernt haben. Soviel ich weiß, haben wir sie uns noch in dieser Nacht und am nächsten Tag mittags, nachmittags und abends geteilt. Dann gab es noch -«

Ich unterbreche das Schwelgen in seinen Erinnerungen mit einer unwirschen Handbewegung. »Du hast recht, aber Pfirsichblüte teile ich nicht. Mit niemandem.«

Nun starrt er mich an, als hätte ich den Verstand verloren. »Tut mir leid, sagtest du gerade … Pfirsichblüte?« Dabei reißt er die Augen so weit auf, dass ich beinahe lachen muss.

»Auf Wiedersehen, Declan.« Ich will die Tür zudrücken, da reißt er den Kopf nach oben und ich erkenne krankhafte Neugierde in seinen Augen.

Ruckartig drehe ich mich um. Meine Sexbombe hat den Kopf aus der Tür gesteckt und schielt genauso neugierig zu uns hinunter. Ich seufze ein weiteres Mal, bevor ich die beiden aus reiner Höflichkeit miteinander bekanntmache: »Declan, das ist Pfirsichblüte. Pfirsichblüte, das ist mein lästiger kleiner Bruder Declan. Er muss jetzt leider gehen.«

Sie lächelt nervös und winkt zu ihm herab. »Freut mich und … bye.« Mit diesen Worten zieht sie den Kopf zurück und verschwindet wieder hinter der Schlafzimmertür.

Als ich mich wieder zu meinem Bruder umdrehe, hat er die Stirn gerunzelt und wirkt noch grüblerischer als zuvor, dieses Mal auf eine mir nur allzu bekannte Weise. All die Belustigung ist aus seinem Blick verschwunden, nun wirkt er todernst.

Dann sieht er mich an und fragt mit einer Stimme, die andeutet, dass ihm irgendetwas zu denken gibt: »Das ist sie?« Ich nicke. »Hm.«

»Was, hm?«

»Nichts, es ist nur …« Er unterbricht sich und schüttelt kaum merklich den Kopf. Seine Stirn schlägt immer noch leichte Falten, als er sich zurückzieht und ein Lächeln aufsetzt, das nicht ganz echt wirkt. Eher verwirrt. »Nichts, vergiss es, Bruder. Hab deinen Spaß.«

Ich mustere ihn fragend, nicke aber schließlich einfach und drücke die Tür zu, bevor ich zurück nach oben gehe, um dort weiterzumachen, wo ich mit meiner Blüte stehengeblieben bin.

9

Peaches

Ich setze mich im Schneidersitz auf den Boden, binde mein langes Haar zu einem unordentlichen Dutt zusammen, und krame die Kiste mit all meinen wertvollen Geheimnissen unter dem Bett hervor. Ich öffne den Deckel, drehe sie um, und breite all die Dokumente auf dem Boden vor mir aus.

Mein Magen verkrampft sich, als mein Blick auf die Tatortbilder fällt, die vom Mord an meinem Vater geschossen wurden. Er liegt in seiner eigenen Blutlache mit aufgeschnittener Kehle in einer dunklen Seitengasse in einem üblen Viertel Birminghams, wo er sich sonst eigentlich nie aufhielt. Schon allein diese Tatsache erweckt mein Misstrauen und lässt mich an der Behauptung der Polizei zweifeln, mein Vater wäre ein zufälliges Opfer von irgendwelchen Junkies geworden, die sein Geld stehlen wollten und ihn töteten, weil er sich zu wehren versuchte.

Mein Vater war ein stämmiger, fitter Mann. Er hätte sich nicht bloß zu wehren versucht, er hätte sich zu wehren gewusst und die angeblich drogensüchtigen Gangster überwältigt. Das steht außer Frage. Deswegen ist meine Vermutung, es wären keine Kleinkriminellen gewesen, die ihm das antaten, sondern die wirklich üble Sorte von Gangstern, groß. Junkies trennen dir nicht beinahe den Kopf ab, nur weil sie etwas Geld für Crack klauen wollen.

So etwas tun nur Männer wie Callahan. Männer des tödlichen Kalibers.

Doch als Verdächtiger für den Mord an meinem Vater schließe ich ihn aus. Es gibt weder eine Verbindung von meinem Vater zu den Mullan-Männern noch lebten wir zu dieser Zeit überhaupt in ihrer Nähe. Durch meine Recherchen weiß ich, dass die Mullans London niemals verlassen haben. Daher muss es jemand anderes gewesen sein, der meinem Vater eine Lektion erteilen wollte.

Doch wer?

Ich möchte so gerne auch Callahan als Verdächtigen für den Fall meines Bruders ausschließen, doch er ist leider der einzige Mann, zu dem ich eine nachweisbare Verbindung herstellen konnte, und somit der verdammte Hauptverdächtige. Ich möchte nicht glauben, dass er am Verschwinden meines Bruders die Schuld trägt. Ich möchte mir nicht vorstellen, dass er ihn mir genommen hat – aus welchem Grund auch immer. Deswegen suche ich verzweifelt nach anderen Verdächtigen, doch das gestaltet sich als schwieriger als gedacht, da ich in Callahans Haus kaum die Möglichkeit hatte, zu schnüffeln.

Dieser blöde Lakai, der aus dem Nichts aufgetaucht ist, hat mir alles versaut. Er hatte seine Augen überall, und am meisten auf mir, als Callahan mit mir durchs Haus spaziert ist. Als er am späten Nachmittag einen Anruf entgegennahm, wäre der ideale Zeitpunkt gewesen, unbemerkt durchs Haus zu schleichen, doch dieser Typ ist mir überallhin gefolgt.

Das Einzige, das ich durchsuchen konnte, war Callahans Handy, als er das Schlafzimmer am Morgen verlassen hat, da sein Bruder vorbeigekommen ist. Er hat es auf dem Nachttisch liegen gelassen und durch den Anruf, den er nicht beantwortet hat, konnte ich den Code umgehen, indem ich ihn angenommen und sofort wieder beendet habe, kaum war Callahan aus dem Zimmer heraus. Das Display war dadurch entsperrt und ich habe nicht gezögert und seine Kontaktliste nach mir bekannten Namen durchsucht.

Als ich die Nummer meines Bruders unter dem Kontaktnamen ›Parker B., Birmingham‹ entdeckt habe, hat sich mir der Magen umgedreht und meine Stimmung hat komplett umgeschlagen. Ich wusste zwar schon, dass die beiden Kontakt hatten – nur aus diesem Grund bin ich überhaupt hier in London und perfektioniere meine Fähigkeiten als Stalkerin –, doch diesen Beweis noch einmal vor Augen geführt zu bekommen, war hart.

Den Beweis dafür, dass Callahan ein Mann ist, von dem ich mich besser fernhalten sollte.

Doch die Zeit, die ich mit ihm verbracht habe, hat meinen Verstand verwirrt und mich vergessen lassen, mit wem ich es hier eigentlich zu tun habe. Ich sah nur den betörenden, unersättlichen Mann mit dem schiefen Lächeln, dem sexy Körper, und dem unglaublichen Stehvermögen. Seine Talente im Bett haben mich nicht mehr rational denken lassen. Auch jetzt, wenn ich an ihn denke und mir seinen nackten Körper bildlich vorstelle, wird mir warm und mein Herz flattert verräterisch.

Gleichzeitig kribbelt es zwischen meinen Schenkeln.

Wir sind zu gut miteinander. Das macht mich schwach. Wir harmonieren auf eine Weise, die ich für unmöglich hielt, zumal er ein gefährlicher und krimineller Mann ist, was mir gestörterweise nichts ausmacht, wenn ich mit ihm zusammen bin.

Ich schüttle mir die irritierenden Gedanken ab und konzentriere mich auf die Dokumente vor mir. Ich ging gestern alle anderen Nummern und Namen in Callahans Handy durch, doch kein einziger kam mir bekannt vor, sodass ich eine weitere Verbindung zu meinem Bruder herstellen könnte. Ich gehe dennoch meine Liste mit den letzten Kontakten meines Bruders durch, die ich mir von seinem Handyanbieter schicken ließ. Hätten die Männer einen gemeinsamen Bekannten, sähe die Sache schon ganz anders aus, aber da gibt es keinen. Kein Name stimmt überein. All die Namen in Callahans Kontaktliste sagen mir außerdem nichts, zumal sie meist unter geheimnisvollen Codes gespeichert sind. Ich vermute wichtige Personen dahinter.

Seine Nachrichten konnte ich nur überfliegen, aber es gab um ehrlich zu sein auch zu wenige, um tiefer in seine Welt und Machenschaften einzutauchen. Er hält sein Handy sauber und undurchsichtig wie sich selbst. Alles ist gründlich aussortiert, nicht einmal Fotos hat er darauf.

Andauernd frage ich mich, was zu Parkers Verschwinden geführt haben könnte. Warum hätte Callahan ihn umbringen oder loswerden sollen? Die Frage aller Fragen.

Klar ist bisher nur, dass mein Bruder den Mörder unseres Vaters gesucht hat und so auf die Mullan-Männer und ihre unkonventionelle Arbeit gestoßen ist. Callahan scheint derjenige zu sein, der mit Kunden kommuniziert oder Aufträge an- oder ablehnt, sein Bruder scheint die Drecksarbeit zu erledigen – unter seiner strengen Aufsicht. Angenommen, Parker hätte sich mit Callahan und Declan getroffen, um diese zu beauftragen, den Mörder unseres Vaters zu finden – was dann? Haben die beiden ihre Beziehungen spielen lassen und ihm mitgeteilt, wer ihn ermordet hat? Ausgeschlossen. Hätte Parker etwas gewusst, hätte er es mir gesagt. Jahrelang haben wir uns gefragt, wer für den Tod unseres Vaters verantwortlich ist. Vielleicht wollte er mich in nichts hineinziehen und hat mir deswegen verschwiegen, dass er Männer gefunden hat, die uns bei der Aufklärung helfen könnten. Vielleicht wollte er mir aber auch keine falschen Hoffnungen machen.

Oder vielleicht hat sich mein Bruder schon mit dem Wissen, wer der Mörder ist, an Callahan gewandt? Schließlich ist es das, was die Mullan-Männer tun – sie sind bekannt dafür, Probleme aus dem Weg zu räumen.

Nun, ein freilaufender Mörder, der unseren Vater auf dem Gewissen hat, stellt in jeder Hinsicht ein Problem dar.

Doch das ergäbe keinen Sinn, denn Callahan hätte den Auftrag ablehnen können, wenn es sich um jemanden gehandelt hätte, den er aus irgendeinem Grund nicht beseitigen wollte oder konnte. Er müsste meinen Bruder nicht stattdessen beseitigen. Wenn er den Auftrag also angenommen hat, bleiben nur diese beiden Optionen übrig: Entweder, er hat den Mörder meines Vaters ausfindig gemacht, sich an seinen Deal mit Parker gehalten und den Bastard ausgeschaltet, und Parker hat daraufhin seinen Teil des Deals nicht eingehalten – sei es eine Bezahlung nicht getätigt oder einen Gefallen nicht erwiesen –, woraufhin er von Callahan umgebracht wurde; oder aber der Mörder meines Vaters ist jemand, den Callahan gut kennt und schützen wollte, wodurch ihm nichts anderes übrig blieb, als meinen Bruder auszuschalten, damit dieser keine Probleme durch seine Nachforschungen und den entschlossenen Willen, den Täter zur Strecke zu bringen, macht.

Beides wäre schlecht in Anbetracht der lächerlichen Gefühle, die ich für Callahan hege.

»Fuck«, fluche ich vor mich hin und knülle einen der Notizzettel, auf dem ich all meine Gedanken festgehalten habe, zusammen. Ich werfe ihn frustriert stöhnend durch das Zimmer und fahre mir über das Gesicht.

Callahan muss es gewesen sein. Er ist schuld am Verschwinden meines Bruders. Und das Verschwinden meines Bruders ist bloß eine geschönte Weise, um auszudrücken, dass er irgendwo tief unter der Erde verwest.

Doch warum fühlt sich der Gedanke plötzlich so falsch und schmerzhaft an, Callahan müsste es gewesen sein? Zuvor war es blanke Wut, die mir dieser Gedanke bereitet hat. Doch nun …

Verdammt.

Ich muss noch einmal in Callahans Haus. Ich brauche Beweise.

Mit rasendem Herzen werfe ich einen Blick auf die Uhr. Es ist Freitag, kurz nach halb zehn Uhr abends. Callahans Besuch im Irish Pub in Camden Town steht bevor, also müsste er jeden Moment sein Haus verlassen. Er ist bislang immer pünktlich um zehn Uhr dort eingetroffen. Ich als seine persönliche Beschatterin muss es ja schließlich wissen.

Meine Nerven liegen blank. Das ist vielleicht das Riskanteste, das ich jemals getan habe, denn ich habe vor, in das Haus dieses gefürchteten und kriminellen Mannes einzubrechen, um seine Sachen zu durchwühlen. Es ist gefährlich, doch der Zeitpunkt ist gut durchdacht gewählt. Ich wüsste keinen anderen Abend, an dem ich mir sicher sein könnte, ihn, seinen Bruder und seine Schoßhündchen für mindestens eine Stunde lang außer Reichweite zu wissen. Die Chance, auf frischer Tat ertappt zu werden, ist somit gering bis nicht vorhanden.

Die Lichter in seiner hübschen Stadtvilla brennen, also ist er noch zu Hause. Hinter seinem grauen Bentley parkt ein weiteres luxuriöses Auto, was mich annehmen lässt, dass sein Bruder Declan ebenfalls bei ihm ist. Ihn habe ich schon einmal in dem schwarzen Bugatti gesehen. Die zwei Lakaien konnte ich vorhin schon durch eines der Fenster entdecken. Da sie immer zu viert im Irish Pub sitzen, befürchte ich nicht, dass einer von ihnen hierbleiben könnte.

Bestimmt trinken sie noch einen Whiskey, bevor sie aufbrechen, um noch mehr von diesem Zeug zu trinken.

Bei dem Gedanken muss ich augenrollend lächeln. Irische Männer …

Natürlich habe ich mich erst vergewissert, ob Callahan eine Alarmanlage besitzt, welche mir zum Verhängnis werden könnte. Tut er. Ich habe eine kleine Vorrichtung mit Zahlencode neben seiner Haustür entdeckt, als er mich vor ein paar Tagen nach Hause gefahren hat. Nebenbei bemerkt, hat er sich seither kein einziges Mal bei mir gemeldet, was mich zugegebenermaßen etwas stinkig macht. Etwas sehr stinkig. Eine Frau nach einer solchen Nacht und dem darauffolgenden Tag, den wir größtenteils nackt in seinem Bett verbracht haben, nicht wenigstens anzurufen, ist skandalös und unverschämt. Unter anderen Umständen hätte ich ihn längst als Arschloch abgeschrieben, aber aus bekannten Gründen kann ich das nicht.

Und auch, weil ich mehr verwirrt als wütend darüber bin.

Ob ich doch nicht so gut war, wie er behauptete? Habe ich mir die Chemie und Anziehung zwischen uns nur eingebildet? Diese unglaubliche Verbindung, als wir fickten? Vielleicht waren seine Komplimente bloß leere Worte und ich habe all seine Blicke fehlinterpretiert.

Der Gedanke foltert mich. So sehr, dass ich nun tatsächlich sauer werde, während ich über die Gründe nachdenke, weshalb er sich nicht bei mir gemeldet hat. Zugunsten meines Egos rede ich mir ein, dass er bloß ein paar Leute zu killen und deswegen keine Zeit dafür hatte.

Ja, das wird es sein. Er ist nun mal ein schwer beschäftigter Mörder, dessen Arbeit ihn sehr in Anspruch nimmt.

Zurück zur Alarmanlage, die ich mit einem Störsender vorübergehend außer Kraft setzen werde. Dazu musste ich mir ein wenig Wissen aneignen und eine Person finden, die mir einen solchen Sender verkauft und mir zugleich erklärt, wie ich ihn richtig zu verwenden habe. Zu meiner Überraschung ist das ein leicht zu findender, kostengünstiger und erfreulich einfacher Spaß. Dieses kleine, schwarze Ding in meiner Handtasche hat mich lächerliche fünfzig Pfund gekostet und ich brauche nicht mehr zu tun, als ihn zu betätigen, sobald ich vorhabe, in das Haus einzusteigen. Die Reichweite des Störsenders würde auch für Nachbarhäuser ausreichen, die es in unmittelbarer Umgebung jedoch nicht gibt. Das passende Material, um ein Schloss zu knacken, habe ich von dem ominösen Verkäufer angeboten bekommen, doch ich entschied mich für eine effizientere und schnellere Lösung. Ich werde eines der Fenster einschlagen. Callahan würde so oder so bemerken, dass sich jemand unbefugt Zutritt zu seinem Haus verschafft hat, sollte ich das Türschloss knacken, doch mich als Verdächtige wird er nicht in Betracht ziehen. Deswegen wähle ich direkt das Fenster. Der draufgängerische Gangster-Effekt spricht mich einfach mehr an.

Denn welchen Grund hätte er auch, mich zu verdächtigen? Nur weil er meinem Ego einen Kratzer verpasst hat, mutiere ich nicht gleich zur Furie, die seine Scheiben einschlägt und seine Sachen durchwühlt.

Hoffentlich weiß er das.

Als die Lichter im Haus ausgehen, bevor die Haustür aufschwingt, presse ich mich mit dem Rücken gegen den Baumstamm und halte die Luft an. Ich stehe verkleidet mit Sonnenbrille, dickem Schal und Kapuzenpullover auf der anderen Straßenseite und gebe vor, in einem Stadtplan zu blättern, während ich mich zusätzlich hinter diesem Monstrum von Baum verstecke.

Ich lausche den Schritten, die immer lauter ertönen, und warte, bis ich höre, wie mehrere Autotüren auf- und zufallen, ehe ich einen vorsichtigen Blick über die Schulter wage. Meine Augen scannen blitzschnell das Wageninnere des Bentleys. Ich entdecke Callahan in einem weißen Hemd hinter dem Steuer, neben ihm der Lakai, der vor ein paar Tagen durch sein Haus spaziert ist. Donovan nannte er ihn.

Worin genau liegt die Aufgabe dieses Kerls eigentlich? Blöd in die Luft zu schauen und Callahan wie ein Hündchen hinterher zu trotten?

Wie auch immer. Im schwarzen Bugatti entdecke ich ebenfalls zwei Köpfe und so weiß ich mit Sicherheit, dass sich niemand mehr im Haus befindet. Hinter allen Fenstern ist es dunkel.

Die Motoren der Autos brummen, dann rollen sie auf die Straße. Ich warte sicherheitshalber noch ein paar Minuten, für den Fall, dass sie zurückkommen, bis ich hinter dem Baumstamm hervortrete und prüfend die Umgebung mustere. Hier ist es still und ruhig. Keine Menschenseele ist weit und breit zu entdecken.

Showtime.

Ich nehme die Sonnenbrille ab, husche mit gesenktem Kopf über die Straße, ziehe die Kapuze des Sweaters dabei nur für alle Fälle tiefer in meine Stirn, und laufe in schneller Geschwindigkeit durch seinen Vorgarten, bis ich sein Haus erreiche. Dann renne ich daran vorbei zur Hinterseite, wo ich mich blitzschnell für das größte der Fenster entscheide, um auch ganz sicher hindurch zu passen.

Hektisch fische ich den Störsender aus der Tasche und schalte ihn ein. Ich habe keine Möglichkeit, erst zu überprüfen, ob das Ding auch tatsächlich funktioniert, da ich von hier aus keinen Blick auf die Alarmanlage im Entree habe, also muss ich es wohl oder übel riskieren. Der Verkäufer hat mir zwar vorgeführt, wie es funktioniert und *dass* es funktioniert, doch man kann nie wissen. Zudem vertraue ich keinen Menschen. Er könnte mich reingelegt haben, um schnelles Geld zu machen.

Weil es meine einzige Chance ist, herauszufinden, ob dem so ist, zerre ich den dicken Stofffetzen, den ich mitgebracht habe, aus meiner Tasche und wickele ihn hastig über meinen Arm. Ich will mich nicht verletzen, denn das könnte verdächtig wirken und Fragen bei Callahan aufwerfen. Sofern er überhaupt vorhat, mich jemals wiederzusehen, der Arsch.

Ich hole tief Luft, winkele den Arm an, und hole so fest ich kann aus. Dann ramme ich den Ellbogen hart gegen die Fensterscheibe, die sofort nachgibt und mit einem klirrenden Geräusch zerbricht. Noch einmal ramme ich den Ellbogen dagegen, um die zerbrochenen Glasstücke am Rand des Fensterrahmens abzuschlagen. Ich fege sie mit dem Tuch fort und sehe mich hektisch in der Umgebung um, doch auf seinem Anwesen bleibt es weiterhin still.

Ich presse krampfhaft die Lider aufeinander, hänge mir meine Tasche um, und wage mich mit dem Kopf durch das Fenster. In Erwartung plötzlich schrillender Alarmsirenen halte ich die Luft an und strecke auch den Arm durch das Fenster, doch nichts geschieht.

Dieser Scheiß funktioniert wirklich. Ich fühle mich wie diese coolen, privilegierten Kids aus Teenie-Serien, die immer mal wieder irgendwo einbrechen, einfach weil sie es können.

Ohne Zeit zu verlieren, manövriere ich mich so vorsichtig wie nur möglich durch das Fenster und sehe mich nervös im weitläufigen Wohnraum um, der die gesamte Hinterseite des Hauses einnimmt. Auch hier ist die Einrichtung schlicht und die kühlen Farben sind harmonisch und passen zu einem Mann wie Callahan. Ich habe schon einen flüchtigen Blick in diesen Raum geworfen, als ich bei ihm war, doch ich konnte mich nicht richtig umsehen und nun bin ich wieder einmal erstaunt über den dezenten Luxus, in dem er lebt. Gerne würde ich mich ausführlicher umsehen, doch ich habe keine Zeit für diesen Scheiß.

Zielsicher durchquere ich den Raum und den breiten, weiß gehaltenen Flur zur Treppe an der linken Seite und steige diese lautlos hinauf. Ich schwebe beinahe über die vielen Stufen, während ich immer wieder einen steifen Blick über die Schulter werfe. Die Haustür bleibt geschlossen, der Punkt auf der Vorrichtung an der Wand daneben leuchtet rot. Die Alarmanlage ist also deaktiviert.

Im oberen Stockwerk angekommen, visiere ich aufgeregt sein Arbeitszimmer an, welches am Ende des Flures liegt. Dabei fällt mein Blick auf sein Schlafzimmer, welches ich passiere, und dessen Tür einen Spalt weit offensteht. Es juckt mich in den Fingern, es zu betreten und auf Hinweise nach einer anderen Frau zu durchsuchen, die er womöglich in den letzten Tagen bei sich hatte.

Uff. Dieses Stechen in meiner Brust, welches mir der Gedanke an eine Bitch in seinem Bett beschert, ist wirklich lästig.

Ich lächele triumphierend, als ich sein Arbeitszimmer erreiche, nur um dann fast zu heulen, als ich feststelle, dass die Tür verriegelt ist.

Verdammt, nein! Was zur Hölle soll ich jetzt tun?

Die Geheimnisse, die sich hinter dieser Tür verbergen, fressen ein Loch durch meine Eingeweide, so sehr will ich sie lüften. Meine Hände zittern aufgrund des Adrenalins, das wie flüssiges Feuer durch meine Venen rauscht, während ich mich nach einem Gegenstand umsehe, mit dem ich das Schloss knacken könnte.

Da ich nichts finde, versuche ich es auf die altmodische Weise.

Ich trete mit dem Fuß gegen die Tür.

»Autsch«, entfährt es mir jammernd und ich humpele ein

paar Schritte zur Seite. Fast hätte ich mir den verdammten Fuß gebrochen. In Filmen sieht das immer so lächerlich einfach und cool aus.

Erneut sehe ich mich um, ehe ich aus einem Impuls heraus in sein Badezimmer laufe und die Schränke dort nach Haarklammern durchsuche. Als ich tatsächlich fündig werde, verziehe ich das Gesicht. Da Callahan nicht wie ein Mann wirkt, der in seiner Freizeit mit Haarklammern auf seinem Kopf durch die Gegend läuft, muss diese wohl irgendeine Schlampe bei ihm vergessen haben. Pft.

Angepisst kehre ich zurück zu seinem Arbeitszimmer und stochere mit der Haarnadel im Schloss herum. Ich schiebe sie hinein, drehe sie, drücke blind gegen den Widerstand, den ich dabei spüre, und plötzlich macht es *Klick*.

Unfassbar, ich habe es tatsächlich geschafft. Das bringt mich fast zum Lachen. Vielleicht sollte ich eine Karriere als Profieinbrecherin in Erwägung ziehen, ich scheine Talent dafür zu haben.

Kaum stehe ich in dem Raum, der durch all die Männlichkeit und Düsternis, die er ausstrahlt, einschüchternd wirkt, sehe ich mich mit großen Augen um. Hier drin ist es schwarz wie die Nacht, was nicht bloß am fehlenden Licht liegt, welches ich aus Sicherheitsgründen nicht einschalte. Alle Möbel sind dunkel. Der massive Schreibtisch, der königliche Stuhl dahinter, die Dinge, die auf seinem Schreibtisch herumliegen, die meterhohen Schränke an den Wänden, und sogar der Whiskey in der Flasche auf dem Regal unter dem Fenster ist beinahe schwarz. Auch die Vorhänge sind schwarz.

Alles ist verdammt noch mal schwarz.

Callahan sollte über eine neue Einrichtung nachdenken, sofern er beabsichtigt, hier drin Kunden zu empfangen und Deals abzuschließen. Dieser Raum wirkt scheiße gruselig. Ich bekomme eine Gänsehaut davon.

Unbehaglich krame ich mein Handy aus meiner Handtasche, um die Taschenlampe darauf zu aktivieren, und gebe einen erschrockenen Schrei von mir, als es just in diesem Moment klingelt.

Herrgott noch mal. Meine panische Erschrockenheit ist definitiv auf meine gruselige Umgebung zurückzuführen, denn wer erschreckt sich schon beim Piepen seines dummen Handys?

Als ich Callahans Namen auf dem Display entdecke, kneife ich die Augen zusammen. Natürlich, jetzt meldet sich der Arsch bei mir. Obwohl ein kleiner, verräterischer Teil in mir freudig in die Hände klatscht, da er sehnsüchtig auf ein Lebenszeichen von ihm gewartet hat, ist der größere Teil von mir beleidigt, weil es so lange gedauert hat.

Dennoch krankhaft neugierig öffne ich die Nachricht, die er mir geschickt hat, nur um die Augen dann wieder angepisst zusammenzukneifen.

Hast du Zeit, Pfirsichblüte? Mein Schwanz vermisst deine süße Muschi.

»Nein, du Arschloch, denn ich bin gerade in dein verdammtes Haus eingebrochen, um deine Sachen zu durchwühlen«, zische ich vor mich hin, bevor ich die Nachricht unbeantwortet wegdrücke und die Taschenlampe aktiviere. Damit in der Hand schleiche ich zum Schreibtisch und beginne systematisch, alle Schubladen zu öffnen.

Als mir beim Durchwühlen seiner Dokumente und Notizbücher in den Sinn kommt, dass es wohl klug wäre, ihm zu antworten, um ein Alibi zu haben, sollte er mich doch für den Einbruch verdächtigen, öffne ich die Nachricht rasch wieder und verfasse eine Antwort. Zwar reicht eine Textnachricht nicht aus, um zu beweisen, dass ich nicht die Einbrecherin bin, doch besser er hört etwas von mir, als er erinnert sich später daran, dass ich zur Zeit des Einbruchs nicht erreichbar war.

Heute nicht. Muschi ist noch im Ruhemodus.

Ich klicke die Nachricht weg und widme mich dem Terminkalender, den ich in der untersten Schublade des Schreibtisches finde. Jackpot. Er ist vom letzten Jahr, daher von der Zeit, in der Callahan Kontakt zu meinem Bruder hatte. Vor nun fast zehn Monaten ist er verschwunden, es war Ende September letzten

Jahres. Das letzte Lebenszeichen von ihm erhielt ich am vierundzwanzigsten September, das letzte allgemeine Lebenszeichen von ihm konnte ich am sechsundzwanzigsten September nachweisen. Es war der Tag, an dem er siebenunddreißig Sekunden lang mit Callahan telefonierte, bevor niemand je wieder etwas von ihm gehört oder gesehen hat.

Meine Finger zittern vor Aufregung und heiße Hoffnung nistet sich in meiner Brust ein, während ich all die Seiten des gebundenen Kalenders durchblättere, bis ich beim Monat September ankomme. Ich atme immer schwerer, während meine Augen jeden verdammten Eintrag der letzten Septembertage überfliegen, bis ich endlich auf etwas stoße.

Etwas, das meine Befürchtungen und Annahmen untermauert.

Etwas, das Callahan als Hauptverdächtigen festnagelt.

Scheiße.

Es gibt Einträge über meinen Bruder. Wie im Handy ist er als ›Parker B., Birmingham‹ notiert. Den ersten Eintrag finde ich am zwanzigsten September um 18 Uhr. Vier Tage, bevor ich zum letzten Mal etwas von Parker gehört habe. Es ist ein Treffen vermerkt, hier in diesem verdammten Haus. Mein Bruder hat Callahan also tatsächlich aufgesucht und getroffen. Das lässt einen bitteren Geschmack in meiner Kehle aufsteigen.

Ich erinnere mich an diesen Tag. Mein Bruder kam mich früh morgens auf dem Unicampus besuchen, was mich überrascht hat. Wir haben einen Kaffee zusammen getrunken und er erzählte mir, er würde ein paar Tage zu einem Freund nach London fahren. Sie wollten dessen Uniabschluss feiern.

Das mit London entsprach der Wahrheit, nur wollte er weder einen alten Kumpel treffen noch mit diesem feiern gehen.

Meine Kehle ist wie zugeschnürt, während ich die Einträge der Tage darauf lese. Erst am vierundzwanzigsten September, dem Tag, an dem ich das letzte Mal etwas von Parker gehört habe, wird er wieder erwähnt. Ein weiteres Treffen hier in diesem Haus ist vermerkt, die Uhrzeit ist dieselbe wie zuvor. Mit einem Kloß im

Hals erinnere ich mich an die Uhrzeit seiner letzten Nachricht an jenem Tag an mich. Es war 17:02 Uhr. Er schrieb, dass er immer noch bei diesem Freund sei, es superlustig hier wäre, und er vielleicht noch ein paar Tage bleiben würde. Und dass er mich vermisst. Ich habe mit einem Herz-Emoji darauf geantwortet.

Das war alles. Nur ein kleines, rot leuchtendes Herz. Kein ›ich dich auch‹ oder ›hab dich lieb‹. Bloß ein bescheuertes, symbolisches Herz, das ich in Eile geschickt habe, weil ich auf dem Weg zu meiner Lerngruppe war. Die anstehenden Prüfungswochen haben mich blind und taub für alles um mich herum gemacht. Wäre ich nicht so gestresst und auf das Studium fokussiert gewesen, hätte ich vielleicht bemerkt, dass mein Bruder etwas im Schilde führt oder mich belügt.

Als er mir geschrieben hat, hat er sich vermutlich gerade auf den Weg zu Callahans Haus gemacht. Um achtzehn Uhr hat er ihn an jenem Tag getroffen. Zum zweiten Mal. Warum? Was hatten sie zu besprechen? Was ist in den Tagen dazwischen passiert?

Und was passierte in den zwei Tagen danach, bevor Parker wieder Kontakt zu Callahan aufnahm? Der Anruf von ihm erfolgte um 09:17 Uhr morgens. Sie haben keine volle Minute miteinander gesprochen. Worüber, zur Hölle? Wo war mein Bruder am fünfundzwanzigsten und sechsundzwanzigsten September? Vermutlich immer noch in London. Doch zu diesen Tagen gibt es keine weiteren Einträge über ein Treffen der Männer.

Keine weitere Spur zu ihm oder seinem damaligen Aufenthaltsort, nichts, das mir erklären würde, was damals geschehen ist. Auch nichts über den Grund für das Treffen der Männer, wobei dieser auf der Hand liegt.

Ich drohe, durchzudrehen. In meinem Kopf poltert es, während sich immer mehr Fragen darin auftun, und so suche ich hysterisch nach irgendetwas, das mir Erklärungen liefern könnte. Ich durchstöbere weitere Dokumente, Notizblöcke, und blättere den Kalender vom aktuellen Jahr durch, doch ich finde nichts Relevantes. Es gibt absolut keine weiteren Hinweise auf Callahans Verbindung zu meinem Bruder.

Als ich in meiner hockenden Position hinter dem Schreibtisch einen Blick unter die Tischplatte werfe, schlucke ich schwer. Eine Waffe ist daran befestigt. Auch ein Messer kann ich seitlich am Tisch entdecken, es steckt in einer Halterung und ist für jeden, der vor dem Schreibtisch sitzt oder steht, unsichtbar. Zwei Schubläden lassen sich nicht öffnen, doch ich schenke ihnen keine weitere Beachtung, da ich nichts Hilfreiches darin vermute.

Stattdessen erhebe ich mich, marschiere zu den hohen Schränken und Regalen an den Wänden und durchstöbere auch diese. In einem Buch, dessen Seiten zu einem Viereck ausgeschnitzt wurden, finde ich eine weitere Waffe, dieses Mal eine kleine, silberne Pistole, und in einer hölzernen Kiste, die mit einem Schloss verriegelt ist, vermute ich auch irgendeine Art von Waffe. Metall knallt dumpf gegen die Ecken, als ich sie schüttele.

Frustriert verbringe ich noch ein paar Minuten damit, dünne braune Akten durchzublättern, die sich auf einem der Regale stapeln, doch es sind bloß Fotos und Notizen zu Personen, die ich nicht kenne. Beweise für Affären von verheirateten Männern in hohen Positionen, Beweise für kriminelle Aktivitäten einiger korrupter Beamten, Beweise für das Begehen und Vertuschen einer Straftat einiger Politiker … die Liste ist endlos lang und all diese Notizen sind vermutlich Gold wert. Die Dokumente in diesen Akten würden so manche Leute zu Fall bringen und deren Leben unwiderruflich zerstören. Callahan scheint Informationen wie diese zu sammeln, um sie irgendwann einmal, sofern nötig, gegen jemanden zu verwenden. Oder die Person zu erpressen und Gefälligkeiten zu fordern. Ich weiß, wie so etwas läuft. Ich schaue Filme und Serien.

Ein wenig beeindruckt mich sein Leben schon. Er ist mächtig, weil er sich Macht angeeignet hat. Er wird gefürchtet, weil er Menschen lehrt, ihn zu fürchten. Er wird respektiert und geachtet, weil er Stärke und Unnachgiebigkeit demonstriert. Er ist niemand, der sich in die Ecke drängen lässt. Er ist der, der angreift. Und er hat alle Mittel und Wege, um einen Kampf zu gewinnen.

Ich glaube nicht, dass es viele Menschen gäbe, die Callahan etwas anhaben könnten. Dafür sorgt er. Noch weniger glaube ich, dass es viele Menschen gäbe, die überhaupt versuchen würden, ihm auf irgendeine Weise etwas anzutun. Er ist unantastbar durch dieses Sicherheitsnetz, das er um sich herum gesponnen hat, und durch all die Lücken, die er in den Sicherheitsnetzen anderer enthüllt hat. Schließlich muss er seine Beweise von irgendwoher haben. Er scheint viele, wichtige Kontakte zu besitzen, und die meisten davon hat er sich offenbar erpresst oder erzwungen.

Man könnte ihn dafür verurteilen, doch ich bewundere ihn stattdessen. Ich wünschte, ich wäre in einer Position wie seiner. Ich wünschte, ich hätte Mittel und Wege, um herauszufinden, was auch immer ich wissen will, und Leute in die Knie zu zwingen und mich gleichzeitig in Sicherheit zu wiegen. Ich wünschte, ich wäre auch nur annähernd so unantastbar und gefährlich wie er, sodass mich die Leute fürchten und sich von meiner gesamten Familie fernhalten würden. Wie es bei ihm der Fall ist.

Nur, dass er im Gegensatz zu mir noch Familie hat, die er beschützen könnte.

Resigniert wende ich mich ab, werfe einen letzten Blick hinter das einzige gerahmte Bild an den Wänden, welches wie erwartet bloß das Loch in der Wand dahinter verbergen soll, und seufze beim Anblick des metallenen Safes, der nur mit einem Zahlencode zu öffnen ist. Vermutlich befindet sich ohnehin nur Bargeld darin.

Als ich ein paar Minuten später durch das eingeschlagene Fenster sein Haus verlasse, fühlt sich meine Brust so schwer und eng wie noch nie zuvor an. Ich fühle mich, als hätte ich verloren, obwohl ich nun wenigstens Hinweise auf die Aktivitäten meines Bruders gesammelt habe, zu der Zeit, als er hier in London war. Meine Vermutungen haben sich bestätigt. Leider aber fehlen mir immer noch die bedeutsamsten Informationen, die sein Verschwinden aufklären würden.

Kurz spiele ich sogar mit dem Gedanken, Callahan einfach damit zu konfrontieren und ihn anzuflehen, mir zu sagen, was mein Bruder von ihm wollte und was mit ihm geschehen ist, doch ich verwerfe ihn zu meiner eigenen Sicherheit wieder. Sollte Callahan erfahren, dass er von Anfang an recht hatte, mir zu misstrauen, und ich ihn immer wieder belogen und getäuscht habe, stößt mir vermutlich dasselbe zu wie Parker.

Und auch wenn mein Leben einsam und herzzerreißend ist, hänge ich doch noch irgendwie daran. Zumindest habe ich einen Grund, zu leben, solange ich nicht für Gerechtigkeit für meinen Bruder gesorgt habe, wenn es mir schon bei meinem Vater nicht gelungen ist.

10

Callahan

Ich nehme einen Schluck von meinem Glas und lasse den Blick durch das volle, verrauchte Pub schweifen, welchem ich regelmäßig einen Besuch abstatte. Wie immer in Begleitung von meinem Bruder, O'Sullivan und Donovan. Sie bilden meinen engsten Kreis und sind die einzigen Personen auf dieser Welt, denen ich blind vertraue. Bei Declan liegt das an unserer DNA, bei meinen beiden Handlangern an ihren treuen Diensten in den letzten Jahren. Sie haben ihre Loyalität oft genug bewiesen, sodass ich ihnen ohne Bedenken mein Vertrauen schenke. Meine Loyalität ist auch ihnen sicher.

Immer wieder blicke ich zu dem unbesetzten Hocker an der Bar, auf dem Pfirsichblüte damals gesessen ist. Zumindest glaube ich, mich daran zu erinnern, ihren hübschen Rücken dort gesehen zu haben, bevor sie auf der Männertoilette in mich hineingelaufen ist. Sie war alleine und trank einen Whiskey. Das fiel mir auf, weil nicht viele Frauen starken Alkohol trinken. Ich habe ihrer sexy Kehrseite jedoch kaum Beachtung geschenkt, weil ich Wichtiges mit meinen Begleitern zu besprechen hatte.

Doch als wir später zusammengestoßen sind, hatte sie mein volles Interesse. Sie hat mir gleich gefallen, was man von ihr vermutlich nicht behaupten kann, da sie mich geohrfeigt hat.

Bei der Erinnerung muss ich lächeln. Meine kleine, freche Blüte.

»Wonach hältst du Ausschau?«, reißt mich Declan aus den Gedanken und wirft einen Blick über seine Schulter zur Bar. »Erwartest du jemanden?«

Ich schüttle den Kopf und spiele mit dem Kristallglas zwischen meinen Fingern. »Ich habe mich nur an etwas erinnert.«

»Woran?«, will er neugierig wissen.

»An das Mädchen«, antwortet Donovan für mich, ein schmutziges Lächeln umspielt seine Lippen. »Sie war einmal hier, nicht wahr? Ich habe mich später an sie erinnert. Ihr Besuch im Pub ist allerdings schon etwas her.«

»Warte, was?« Declan stützt die Unterarme auf den Tisch und beugt sich mit zusammengekniffenen Augen zu mir. »Welches Mädchen? Etwa das, das vor ein paar Tagen bei dir zu Hause war? Pfirsichblüte, oder welchen bescheuerten Namen auch immer du ihr gegeben hast?«

Ich lache. Dann nicke ich.

»Du hast sie schon einmal hier getroffen?«, hakt er skeptisch nach.

Ich nicke wieder. »Hier sind wir uns zum ersten Mal begegnet. Es ist, wie Donovan bereits sagte, schon etwas her.«

Declan mustert mich sichtlich irritiert. »Warum war sie hier?«

Ich zucke mit den Schultern. »Warum sind wir hier?«

O'Sullivan lacht und bedeutet dem Barkeeper, uns noch eine Runde zu bringen. Mein Bruder betrachtet mich währenddessen kalkulierend, ein nachdenklicher Zug bildet sich um seinen Mund.

»Seltsam«, murmelt er schließlich und lehnt sich mit verschränkten Armen zurück. »Und an jenem Abend hast du sie nach ihrer Nummer gefragt?«

Ich schüttele den Kopf und schmunzele. »Da sie mich vor der Toilette geohrfeigt hat, schien mir der Zeitpunkt etwas unpassend. Ich habe sie später noch einmal zufällig getroffen. Auf der Gala. Aber auch dort habe ich sie nicht nach ihrer Nummer gefragt.«

Nun verzieht er geradezu fassungslos das Gesicht. »Ist das dein Ernst? Was zur Hölle wollte sie dort?«

»Warum zur Hölle fragst du?«, kontere ich mit einer gehobenen Augenbraue. »Du verhältst dich merkwürdig. Auch dein Verhalten, als du sie in meinem Haus gesehen hast, war verdammt merkwürdig.«

»Nein«, sagt er entschlossen und fixiert mich mit verengten Augen, die irre funkeln. »Weißt du, was verdammt noch mal merkwürdig ist? Dass du sie erst hier und danach auf der Gala zufällig getroffen hast.«

Ich ignoriere ihn, da ich schon für mich festgestellt habe, dass das zwar merkwürdig, aber tatsächlich bloß reiner Zufall war.

Declans Finger trommeln unruhig auf die Tischplatte. Ein klares Indiz dafür, dass er angespannt, vielleicht sogar nervös ist. Ich beäuge ihn still und abwartend, da ich weiß, dass gleich wieder etwas aus seinem Mund platzen wird, weil er ihn nie halten kann. Offensichtlich scheint ihm irgendetwas zu denken zu geben. Währenddessen bekommen wir unsere neuen Drinks serviert.

Kaum leere ich den ersten Drink, um das Glas dem Kellner zu reichen, platzt es aus Declan heraus: »Wie kam es also dazu, dass ihr gefickt habt? Wie hast du sie nach der Gala wiedergefunden?«

Ich seufze allmählich genervt. »Das habe ich nicht. Sie hat mich gefunden und ist mir in den Club gefolgt.«

Er starrt mich an, als hätte ich ihm gerade eröffnet, dass ich mit Pfirsichblüte durchbrennen und in Mexiko ein neues Leben beginnen möchte.

»Sie wollte mich kennenlernen und ist mir gefolgt, als sie mich vor dem Club entdeckt hat«, erzähle ich ihm gelassen, woraufhin sich seine Finger noch unruhiger auf der Tischplatte bewegen. Sie klopfen nervtötend schnell dagegen. »Ich habe sie nach unserem Besuch im Club, wo wir den Boxkampf gesehen haben, entdeckt und nach Hause gefahren.«

»Deswegen bist du also verschwunden«, murmelt er eher zu sich selbst, als er sich daran erinnert, dass ich mich wortlos verabschiedet habe, als wir oben ankamen. »Die Kleine ist krank«, gibt er dann entsetzt von sich. »Sie hat dich verfolgt. Sie ist eine kranke Stalkerin, verdammt noch mal.«

Donovan lacht leise, bevor er grinsend sagt: »Ich finde das heiß. Eine Frau, die weiß, was sie will, ist einfach nur heiß.«

»Sehe ich genauso«, stimmt O'Sullivan mit einem dreckigen Lächeln zu. »Warum sollten immer nur wir Männer aktiv werden, wenn wir ficken wollen? Das Mädchen hat Gefallen an ihm gefunden und die Gelegenheit genutzt, als sie ihn zufällig gesehen hat. Was ist daran schlecht?«

»Dass es niemals so viele Zufälle hintereinander geben könnte«, meint Declan und verzieht verständnislos das Gesicht. »Muss ich euch das wirklich erklären? Seit wann seid ihr so taub und blind für Warnsignale?«

»Du hast schon recht«, stimme ich ihm zu, um ihn ein wenig runterzuholen. »Aber ich habe auf meine Weise festgestellt, dass sie keine Gefahr darstellt. Ihre Absichten sind ehrlich und die Zufälle waren nicht mehr als Zufälle.«

Sobald sich der Privatdetektiv, den ich auf sie angesetzt habe, bei mir meldet, glaube ich das auch selbst zu einhundert Prozent. Aktuell bin ich bei soliden achtzig Prozent, was mich dennoch ruhig und gelassen stimmt. Declan braucht nichts von meinem Besuch bei dem Ermittler zu erfahren, da es sein Misstrauen schüren würde. Ich berichte ihm später lieber, dass es nachweisbar unbegründet ist.

»Wie hast du es festgestellt?«, wollen die Männer unisono wissen.

»Ich habe sie bedroht und verhört, kaum waren wir bei ihr zu Hause. Und später habe ich sie immer wieder getestet, doch sie hat jeden Test bestanden«, erzähle ich zufrieden. Ich nehme einen Schluck Whiskey und lasse ihn genüsslich meine Kehle hinabfließen, während Donovan und O'Sullivan erstaunt nicken, Declan jedoch misstrauisch die Augen verengt. Ich verdrehe meine. Er nervt. »Lass es gut sein, Declan. Mit Pfirsichblüte ist nichts faul.«

»Hör verdammt noch mal auf, das Mädchen so zu nennen, du schwuler Hund.« Geradezu beleidigt, weil ich ihm in dieser Angelegenheit nicht vertraue, da er offenbar überzeugt davon ist, dass mit Pfirsichblüte etwas nicht stimmt, lehnt er sich im Stuhl zurück und schmollt. »Schön, wie du meinst. Ich mische mich nicht in deine privaten Angelegenheiten ein, es ist mir auch egal, wen du fickst. Trotzdem ist all das seltsam. Du bist seltsam.«

»Warum bin plötzlich auch ich seltsam?«, frage ich amüsiert, was ihn zu reizen scheint. Seine Kiefer treten deutlich hervor. »Der Einzige, der hier seltsam ist, bist du, Bruder.«

»Nein, Bruder.« Er lächelt ironisch. »Seltsam ist, dass du dieses Mädchen noch vormittags bei dir hattest, nachdem du sie in der Nacht bestimmt schon mehrmals gefickt hast. Seit wann verbringst du so viel Zeit mit einer Frau? Seit wann gibst du Pussys Kosenamen? Seit wann denkst du je auch nur wieder an eine Frau, die du schon nackt gesehen hast?«

»Da muss ich zustimmen«, meldet sich Donovan wieder zu Wort und blickt mich vielsagend an. »Ich war auch sehr überrascht, dass sie den ganzen Tag lag bei dir im Haus war, nachdem sie die Nacht dort verbracht hat. Das kam noch nie vor.« Er grinst anzüglich. »Ich meine, vorwerfen kann ich dir nicht, dass du sie wieder und wieder gefickt hast, während ich mich gelangweilt habe, weil sie nun mal rattenscharf ist, aber dennoch ...«

»Halt den Mund«, knurre ich, woraufhin alle lachen außer Declan. Dieser beobachtet mich geradezu analysierend, als würde er nach Antworten in meinem Verhalten suchen. »Pfirsichblüte ist anders. Sie ist zu gut, um sie nicht voll auszukosten, also ficke ich sie so oft ich will. Gespräch beendet.«

Außerdem gibt es diesen Teil in mir, der sie sehr zu mögen

scheint, was nichts mit ihrer süßen Muschi zu tun hat, da ich seit unserem letzten Treffen immer wieder an sie denken musste. Ich hatte in den Tagen danach viel zu tun, weshalb ich keine Zeit hatte, mich bei ihr zu melden, und auf der anderen Seite habe ich versucht, sie aus dem Kopf zu bekommen, weil ich nicht weiß, wohin das mit uns führen soll. Eine Beziehung kommt nicht in Frage, aber sehen will ich sie trotzdem wieder.

So schnell wie möglich.

»Wirst du sie wiedersehen?«, fragt O'Sullivan neugierig. Dieser Mann ist so breit wie ein Schrank und trotzdem findet er irgendwo Hemden, die an seinen aufgepumpten Bizepsen nicht reißen. Seltsam. »Du scheinst Gefallen an der Kleinen zu finden, Callahan.«

»Ich denke schon«, entgegne ich ausweichend. Zu viel müssen die Männer nicht über mein Verhältnis mit Pfirsichblüte wissen. Es reicht, dass sie überhaupt von ihrer Präsenz in meinem Leben wissen.

»Hast du sie seit ihrem Besuch in deinem Haus wiedergesehen?«, fragt Donovan.

Ich schüttle den Kopf. »Ich hatte keine Zeit, um mich bei ihr zu melden. Wir waren in den letzten Tagen schließlich sehr beschäftigt.« Vielsagend sehe ich die Männer an. Wir hatten einen großen, sehr lukrativen Auftrag, der viel Zeit in Anspruch genommen, sich jedoch gelohnt hat. Pfirsichblüte sollte nichts davon mitbekommen.

»Warte, du hast sie nicht angerufen?«, bohrt Donovan mit hochgezogenen Augenbrauen nach. Er schenkt mir ein mitfühlendes Lächeln. »An deiner Stelle wäre ich mir nun nicht mehr so sicher, ihren hübschen Hintern wiederzusehen.«

Ich runzele die Stirn. »Warum?«

Die Männer lachen wieder, nur Declan blickt immer noch grimmig und unzufrieden drein. Ich ignoriere ihn, als Donovan mich auf etwas hinweist, das ich mir vermutlich schon selbst hätte denken können.

»Eine Frau nach einem Sexmarathon wie diesem nicht

wenigstens anzurufen, ist dein Todesurteil, mein Freund. Du hast sie in ihrem Stolz gekränkt.«

O'Sullivan nickt mit einem unheilvollen Blick. »Das Mädchen muss Feuer haben, wenn sie es dir angetan hat, was wohl bedeutet, dass sie dir die Hölle heiß machen wird, weil du dich wie ein Arschloch verhalten hast.«

Jaysus. Pfirsichblüte wird mir den Arsch aufreißen.

»Ich werde ihr schreiben«, beschließe ich kurzerhand und werfe Declan einen Blick zu. »Den Kampf später lasse ich ausfallen, sollte sie Zeit haben. Verzeih. Doch ich bin mir ohnehin sicher, dass der Amerikaner siegen und einem Kampf mit dir einen Schritt näherkommen wird.« Ich lächele herausfordernd. »Du willst doch immer noch gegen ihn kämpfen, nicht wahr? Ich habe die zwanzigtausend Pfund schon beiseitegelegt.«

»Nichts könnte mich davon abhalten«, antwortet er mit einem eisigen Lächeln. Es konkurriert mit meinem. »Um das Thema von vorhin abzuschließen, Bruderherz. Tu, was du nicht lassen kannst, aber denk an meine Worte und sei so gut und lass dich nicht von ihrer Muschi verzaubern, sodass du unbemerkt Scheuklappen aufsetzt, die dich blind für das Offensichtliche machen. Denn irgendetwas an diesem Mädchen ist verdammt noch mal faul. Ich hatte sofort so ein Gefühl, als ich sie gesehen habe. Sie kommt mir irgendwie bekannt vor.«

»Jetzt kommt sie dir plötzlich bekannt vor?«, schnaubt O'Sullivan belustigt. »Vielleicht spricht der Neid aus dir, Declan. Du solltest dir auch hin und wieder mal eine Frau zum Ficken suchen, und nicht bloß ab und zu welche mit deinem Bruder teilen. Oder seine Reste einsammeln.«

Donovan prustet, während Declan wütend die Kiefer aneinander mahlt. Ich muss grinsen. Der saß.

»Ich gehe anderen Hobbys nach«, sagt er und lächelt düster. Seine Augen nehmen diesen verrückten Ausdruck an, der seine kranke Psyche widerspiegelt. »Wie meine Fähigkeiten, jemanden in wenigen Sekunden auszuschalten, zu perfektionieren. Soll ich es an dir üben, O'Sullivan?«

»Ich nehme deine Zweifel zur Kenntnis. Lass uns das

Thema nun abschließen«, schalte ich mich rasch ein und schenke ihm einen Blick, der ihn ein wenig in seine Schranken verweisen soll. Declan fühlt sich leicht angegriffen, das ist nichts Neues, aber er ist unberechenbar und impulsiv und so möchte ich einen Streit zwischen den Männern vermeiden. Er ist ungelogen noch einen Drink davon entfernt, O'Sullivan vor den Augen aller das Genick zu brechen.

Als er kaum merklich nickt, nicke ich ebenfalls zufrieden, bevor ich eine neue Nachricht auf meinem Handy öffne und einen Text für Pfirsichblüte verfasse. Wenigstens war ich so klug, mir ihre Nummer zu sichern, bevor ich sie vor einigen Tagen persönlich zu Hause abgesetzt habe, was ich ebenfalls noch nie zuvor getan habe.

Ihre Antwort kommt nach wenigen Minuten und lässt mich erst schmunzeln, dann leise seufzen.

Meine hübsche Blüte ist sauer.

Ich: *Hast du Zeit, Pfirsichblüte? Mein Schwanz vermisst deine süße Muschi.*

Pfirsichblüte: *Heute nicht. Muschi ist noch im Ruhemodus.*

»Und? Was sagt sie?«, wollen die Männer neugierig wissen, während Declan sich demonstrativ erhebt und mit seinem Glas zur Bar spaziert. Er ist beleidigt, und ich lasse ihn schmollen. Ich habe gerade wichtigere Dinge, über die ich mir den Kopf zerbrechen muss.

Zum Beispiel, wie ich je wieder in den Geschmack von Pfirsichblüte oder ihrer süßen Muschi komme.

»Ich werde wohl Wiedergutmachung leisten müssen«, erkläre ich ein wenig belustigt. Das ist mir neu, doch es gefällt mir, mich um eine Frau bemühen zu müssen. »Morgen. Ich kann Dinge besser wiedergutmachen, wenn ich meinen Schwanz dafür benutzen kann.«

Die Männer lachen und verdrehen ihre Augen über mich, und ich bedeute meinem Bruder, auszutrinken, damit wir in den Club fahren und den Kampf sehen können.

Hoffentlich gewinnt der vielversprechende Neue, damit ich in zwei Wochen dabei zusehen kann, wie Declan ein paar ordentliche Schläge auf die Nase kassiert, bevor er mit dem Ami den Boden aufwischt.

Der neue Boxer, ein ehemaliger US-Navy-Soldat, wie ich erfahren habe, gewinnt auch diesen Kampf und somit steht ihm nur noch ein einziger bevor, bevor er gegen den amtierenden Champion antritt. Durch Declans Willen, mir etwas zu beweisen, muss er jedoch erst gegen ihn antreten. Er hat sich schon um alles gekümmert und den Veranstalter bezahlt, damit er den Kampf organisiert und ankündigt, sollte der Amerikaner nächsten Freitag auch als Sieger aus dem Ring steigen. Ich hoffe sehr darauf.

Ich amüsiere mich prächtig, als der Amerikaner Declan vom Ring aus bedeutet, auch ihn K.O. zu schlagen, woraufhin dieser selbstsicher lächelt. Wir tauschen einen kurzen Blick und ich reize ihn: »Hast du schon Angst, Bruderherz?«

»Und du? Zwanzig Riesen zu verlieren muss wehtun«, feixt er und ich schmunzele. »Ich verpisse mich ins Studio, ich muss trainieren. Wir hören uns, du Bastard.« Er wendet sich mit einem letzten Blick auf den Amerikaner ab, um die geheime Ebene des Clubs zu verlassen.

»Offenbar lag ich richtig, wenn du so spät noch trainieren gehst«, rufe ich ihm hinterher, woraufhin er mir den Mittelfinger über die Schulter zeigt.

»Du bist ein guter Bruder«, sagt Donovan amüsiert. »Declan braucht immer neue Herausforderungen in seinem Leben und du stellst sie ihm. Das nenne ich wahre Bruderliebe.«

O'Sullivan und ich grinsen und wenden uns ebenfalls ab, um nach oben in den Club zu gehen und direkt nach Hause zu fahren. Es ist schon spät und ich bin müde. Gerne wüsste ich, dass Pfirsichblüte in meinem Bett auf mich wartet, doch ich muss mich wohl noch ein wenig gedulden.

Ich verabschiede mich von den Männern, als ich meinen Wagen erreiche, und mache mich auf den Weg nach Hause. Die

Müdigkeit kriecht in meine Knochen und so verwerfe ich den Gedanken, jetzt schon zu Pfirsichblüte zu fahren, wieder. Ein Blick auf mein Handy verrät mir, dass sie mir nicht mehr geschrieben hat. Das bringt mich zum Schmunzeln.

Sie ist eine stolze Frau, meine Blüte.

Als ich auf der Straße vor meinem Anwesen parke, schalte ich den Motor aus und fische meine Waffe aus dem Handschuhfach, da ich mich daran erinnere, sie neu laden zu müssen. In den letzten Tagen habe ich bis auf eine letzte Kugel jegliche Munition verbraucht. Obwohl Declan für die Drecksarbeit zuständig ist, komme ich oft nicht drumherum, mir die Hände selbst schmutzig zu machen, wenn ein Job Teamarbeit erfordert.

Mit der Waffe im hinteren Hosenbund marschiere ich zur Eingangstür und schließe auf.

Kaum betrete ich mein Haus, reiße ich sie wieder an mich und entsichere sie mit einer flinken Handbewegung. Ich ziele in die Dunkelheit, all meine Sinne sind mit einem Mal geschärft und meine Augen wachsam verengt, während sie prüfend durch jeden Winkel des Hauses zucken.

Die Alarmanlage ist deaktiviert. Der Punkt auf der Vorrichtung leuchtet rot. Ich habe sie allerdings aktiviert, bevor ich zum Pub aufgebrochen bin.

Es dauert nicht lang, bis ich mich vergewissert habe, keinen Eindringling im Haus zu haben, an den ich meine letzte Kugel verschwenden müsste, doch was ich stattdessen vorfinde, lässt meinen Magen vor Wut krampfen.

Ein Chaos.

Jemand hat mein Arbeitszimmer auf den Kopf gestellt und all meine Schubladen durchwühlt. Das war kein einfacher Einbruch. Jemand hat hier etwas gesucht, doch bestimmt nicht gefunden, da ich nicht achtlos wichtige Dokumente liegen lasse, die mich oder meine Männer schwer belasten könnten. Genauso wenig findet man in meinen Dokumenten wichtige Informationen zu Geschäften, die ich mit wichtigen Männern gemacht habe. Es gibt Anhaltspunkte, aber keine stichhaltigen

Beweise, denn ich bin kein dummer Bastard und lasse diese frei zugänglich für jeden herumliegen.

Dennoch zittern meine Muskeln vor Anspannung, als ich mich in dem Chaos umsehe, bevor ich zurück nach unten marschiere und mir die eingeschlagene Fensterscheibe ansehe, durch die der Einbrecher geklettert ist. Er muss im Besitz eines Störsenders gewesen sein, da niemand den Code für meine Alarmanlage kennt und diese nicht per Hand außer Kraft gesetzt wurde. Sie ist noch intakt, nur deaktiviert, wie ich feststelle, als ich die siebenstellige Zahlenkombination eintippe.

Das ist interessant. Hier war jemand, der genügend Köpfchen hatte, um sich auf eine professionelle Weise um mein Sicherheitssystem zu kümmern, von dem er augenscheinlich wusste, sich aber dennoch amateurmäßig Zutritt zu meinem Haus verschafft hat. Eine Fensterscheibe einzuschlagen hat nicht gerade viel Stil, es zeigt von Unbeholfenheit und Unerfahrenheit. Doch das Schloss des Arbeitszimmers wiederum wurde problemlos geknackt, die Tür weist keinerlei Einbruchsspuren auf. Ich tippe auf eine Haarnadel, kein professionelles Werkzeug. Es wurde weder Geld entwendet noch hat man sich meiner Waffen angeeignet. Im Haus fehlen des Weiteren keine Wertgegenstände.

Womit ich all diese Erkenntnisse assoziiere, gefällt mir ganz und gar nicht.

Ich könnte mich irren, doch ich irre mich selten. Und niemals so oft hintereinander.

Jaysus, ich möchte mich irren.

In mir beginnt es zu brodeln, während ich die Lichter im Haus einschalte und mit schweren Schritten in die Küche marschiere, um mir einen Whiskey einzuschenken. Er wird meine Nerven beruhigen. Ich wähle Donovans Nummer und eröffne ihm angespannt, als er den Anruf keine Sekunde später entgegennimmt: »Wir haben ein Problem. Ruf O'Sullivan an und bestell ihn in mein Haus. Ich erwarte euch hier.«

»Was ist mit Declan?« Seine Stimme klingt wie in höchster Alarmbereitschaft.

»Declan soll hiervon nichts erfahren«, sage ich entschlossen, meine Finger schließen sich krampfhaft um das Glas in meiner Hand, sodass es beinahe zerbricht. Ich starre die goldbraune Flüssigkeit darin an und spüre den Knoten in meinem Bauch wachsen, als ich mir eingestehe: »Möglicherweise sind seine Zweifel an dem Mädchen doch begründet.«

11

Peaches

Als ich den Wagen an den Straßenrand lenke und Callahan vor meinem Haus entdecke, schlägt mein verräterisches Herz automatisch sieben Takte schneller. Sein Anblick stellt irgendetwas mit meinem Magen an, er flattert wie ein Schmetterling. Vielleicht aber habe ich auch Schmetterlinge im Bauch, weil er so sexy in seinen Jeans und dem engen, heute dunkelblauen Hemd aussieht.

Nein, so etwas darf ich nicht denken, geschweige denn fühlen. Dieser Mann ist ein verdammter Mörder.

Ein Mörder.

Mörder.

M-ö-r-d-e-r.

Aber so sexy …

Ich lasse mir nicht anmerken, dass mich sein unangekündigtes Erscheinen nervös macht, sondern schalte den Motor aus und steige mit meinem besten Pokerface aus dem Wagen. Ich umrunde ihn, hole die Einkaufstüten aus dem Kofferraum, und spaziere gelassen auf Callahan zu. Dabei erinnere ich mich wieder daran, dass er sich die ganze Woche nicht bei mir gemeldet hat, bevor er mir gestern einen Sextext geschrieben hat. Pft. Sofort werde ich wieder stinkig.

»Tu dir keinen Zwang an«, lautet meine beißende Begrüßung, dazu schenke ich ihm ein ironisches Lächeln.

Callahan blickt mich aus dunklen, stürmischen Augen an, und für einen kurzen Moment verkrampfen sich meine Muskeln, da mich der Ausdruck darin verängstigt. Doch dann lächelt er und greift nach den Einkaufstüten in meinen Händen, um sie mir abzunehmen, und der kurze Anflug von Beklommenheit verschwindet wieder.

»Du bist verärgert«, stellt er schließlich fest und klingt amüsiert dabei. »Meine süße, hübsche Blüte ist wütend auf mich.«

Ich werfe ihm einen grimmigen Blick zu, während ich die Haustür entriegele. »Warum sollte ich wütend auf dich sein, Callahan?« Ich betrete mein Haus und gewähre ihm bloß, mir zu folgen, weil er im Besitz meiner Einkaufstüten ist. Im Flur reiße ich sie ihm aus der Hand und funkele ihn provokant an. »Dazu hättest du etwas tun müssen, wie dich zu melden oder blicken zu lassen, beispielsweise.«

Er sieht mit unleserlicher Miene auf mich herab. »Ich war sehr beschäftigt in den letzten Tagen, Pfirsichblüte. Entschuldige.«

»Ich entschuldige nicht«, lautet meine Antwort, dazu schenke ich ihm ein zuckersüßes Lächeln. »Aber keine Sorge, ich bin nicht wütend. Ich habe keinen Gedanken an dich verschwendet, seit wir uns Anfang der Woche voneinander verabschiedet haben. Oder ist es schon länger her? Tut mir leid, ich verliere den Überblick bei der Vielzahl meiner Liebhaber.«

Ich höre ihn leise lachen, als ich mich abwende und in die Küche marschiere. Obwohl er sich wie immer lautlos fortbewegt, weiß ich, dass er mir folgt. Kaum stehe ich vor dem Küchentresen und fange an, die Tüten auszuräumen, spüre ich seinen warmen und stählernen Körper an meinem Rücken. Er presst mich gegen den Tresen und stützt seine riesigen, maskulinen Hände seitlich meines Körpers darauf ab.

Ich keuche leise, als er seine Lippen auf meinen Nacken drückt und flüstert: »Du bist sexy, wenn du sauer bist. Vielleicht sollte ich mich öfter wie ein Arschloch verhalten.«

Obwohl sich alles in mir verlangend zusammenzieht, drehe ich mich mit zusammengekniffenen Augen zu ihm um. Er weicht nicht zurück, sodass ich den Kopf in den Nacken legen muss, um in seine dunklen Augen aufsehen zu können. »Es wäre besser für dich, wenn nicht.«

Entwaffnend lächelt er auf mich herab, bevor er sich mein Haar um die Faust wickelt und mich zwingt, den Kopf noch weiter in den Nacken zu legen. Dieses Lächeln ist zweifelsohne dem weiblichen Geschlecht vorbehalten, da bin ich mir sicher. Meine Knie werden unwillkürlich weich davon. Er beugt sich zu mir hinunter, küsst einen Weg von meinem Hals zu meinem Mund hinauf und stößt seine Zunge zwischen meine Lippen. Er tut es ohne zu zögern, ohne ein Anzeichen der Unsicherheit und so, als hätte er jedes Recht darauf. Als gehöre ihm dieser Körperteil von mir.

Ich versuche, es zu verhindern, doch ich werde unwillkürlich weich in seinem besitzergreifenden Griff und wölbe mich ihm willig entgegen, während ich den Kuss sehnsüchtig erwidere. Er schmeckt nach Whiskey, obwohl der Tag erst begonnen hat, und riecht wie immer verführerisch nach Zedernholz. Sein Duft ist mir mittlerweile so vertraut, dass er eine beruhigende Wirkung auf mich hat. Mein Verstand protestiert empört, doch ich fühle mich wohl und sicher in Callahans Nähe.

Das könnte mir noch zum Verhängnis werden.

»Man hat mich vorgewarnt, dass es böse Folgen haben könnte, eine Frau in ihrem Stolz zu kränken«, murmelt er mit rauer Stimme an meinem Mund, woraufhin meine Lider flattern. Sein Entschuldigungskuss hat mich ganz benommen gemacht. »Aber nach all den Komplimenten, die ich dir gemacht habe, sollte das gar nicht möglich sein, Pfirsichblüte.«

Eine spürbare Röte überzieht meine Wangen, als ich an all seine unanständigen und vulgären Schmeicheleien zurückdenke. Ich blicke an meiner Unterlippe kauend zu ihm auf und lege meine Hände auf seine wohlgeformte Brust. »Wenn deine Komplimente ernst gemeint waren, warum hat es dann solange gedauert, bis du hier auftauchst?«

Seine Augen stürmen wie gewohnt, doch ein Funkeln liegt darin, welches ich nicht zu deuten vermag. »Die Arbeit hat mich in den letzten Tagen sehr beansprucht. Dass ich mich nicht gemeldet habe, bedeutet aber nicht, dass ich nicht oft an meine Blüte gedacht habe.« Er zieht meine Unterlippe zwischen die Zähne und leckt darüber. Mein Puls beschleunigt sich rasant. »Ich habe mir so oft vorgestellt, dich zu ficken, dass mein Schwanz ständig hart war. Selbst in den unpassendsten Situationen.«

Ich muss kichern. »Erzähl mir mehr.«

Callahan grinst schief und löst die Hand aus meinem Haar. Er legt sie auf meine Taille, presst mich noch fester an seinen muskulösen Körper, und flüstert vor meinem Mund: »Das willst du lieber nicht wissen.«

»Hm«, mache ich mit einem kleinen Lächeln. »Ich denke, ich kann in Erwägung ziehen, dir zu verzeihen.«

»Nach meiner talentierten Wiedergutmachung wirst du das bestimmt.« Er wirkt selbstgefällig und ich verdrehe amüsiert die Augen. »Also, Pfirsichblüte … Was hast du in den letzten Tagen gemacht, außer an mich zu denken und meinen Schwanz zu vermissen?«

Ich schnaube belustigt und drücke ihn von mir, bevor ich mich wieder den Einkaufstüten widme und die Lebensmittel in den Kühlschrank räume. »Nicht viel. Ich habe gearbeitet.«

»Ach ja?« Er lehnt sich an die Wand neben dem Kühlschrank und beobachtet mich aufmerksam. »An deinem Buch?«

Ich nicke.

»Wie läuft es denn?«

»Ganz gut«, flunkere ich und schließe die Kühlschranktür. Ich lächele ihn an. »Und wie lief deine Arbeit so?«

»Ganz gut«, sagt er in meinen Worten und lächelt zurück.

Wir stehen uns nun gegenüber und starren uns merkwürdig lange an, beide in ihre eigenen Gedanken versunken, die wir dem anderen nicht preisgeben wollen. Als ich seinem intensiven Blick nicht mehr standhalten kann, räuspere ich mich und knülle die Tüten zusammen, um sie in den Mülleimer zu werfen.

»Jemand ist gestern Abend in mein Haus eingebrochen.«

Ich halte in der Bewegung inne, meine Faust verkrampft sich um die Tüten in meiner Hand. Wieder räuspere ich mich, bevor ich ihn gespielt schockiert ansehe. »Was? Wirklich?«

Seine Augen blinzeln nicht einmal, während er meinen Blick starr erwidert. »Ja, wirklich.«

»Um Gotteswillen«, murmele ich entsetzt und wende mich ihm zu. Ich reiße vor Schock die Augen weit auf und frage: »Konntest du den Einbrecher schnappen?«

»Nein«, erwidert er mit rauer Stimme und stößt sich von der Wand ab. »Das konnte ich leider nicht.«

Immer noch angeblich zutiefst schockiert frage ich: »Wurde denn etwas gestohlen?«

»Nein.«

Ich spüre, wie meine Finger vor Nervosität zu zittern beginnen, und stemme mir rasch die Hände in die Hüften. »Was wollten diese Einbrecher dann in deinem Haus?«

»Diese Frage stelle ich mir ebenfalls«, erklärt er und bleibt dicht vor mir stehen. »Irgendeine Idee?«

Ich schlucke schwer und schüttele zaghaft den Kopf. »Nein, ich meine … Wenn sie nichts gestohlen haben, ergibt der Einbruch doch keinen Sinn. Außer …«

Er zieht eine Augenbraue in die Höhe, seine Augen fest auf meine gerichtet. »Außer?«

»Außer sie haben nicht gefunden, wonach sie gesucht haben«, beende ich den Satz und zucke mit den Schultern. »Bewahrst du irgendwelche wichtigen Dokumente zu Hause auf? Vielleicht plant jemand etwas gegen dich oder deinen Bruder. Vielleicht hat diese Person etwas gesucht, um dir schaden zu können.«

»Warum sollte mir jemand schaden wollen, Pfirsichblüte?«, fragt er leise und streicht mein Haar über die Schulter, bevor er seine Hand seitlich auf meinen Hals legt und sein Daumen wie zufällig die Stelle findet, an der mein Puls wie wild galoppiert. »Das Thema scheint dich aufzuregen. Warum?«

Ich blinzele unsicher zu ihm hoch, bevor ich mit möglichst ernster Stimme sage: »Nun ja, der Gedanke, jemand könnte dir schaden wollen, gefällt mir nicht. Du bist ein vermögender und mächtiger Mann. Diese haben immer Feinde, oder etwa nicht?« Callahan starrt mich bloß an, doch ich kann seinen Gesichtsausdruck nicht deuten. Ich seufze leise und lege meine Hand auf seine. »Ich bin froh, dass es dir gut geht. Nicht auszumalen, was hätte passieren können, wärst du über den Einbrecher gestolpert.«

Ein düsteres Lächeln lässt seine Augen eiskalt erscheinen. »Sei dir sicher, dass nicht ich derjenige gewesen wäre, dem diese Begegnung geschadet hätte.« Mir läuft ein kalter Schauer über den Rücken, als er entschlossen hinzufügt: »Ich werde herausfinden, wer so lebensmüde war, in das Haus eines Mannes wie mir einzubrechen. Mach dir keine Sorgen. Diese Person wird ihre Lektion lernen.«

»Was … was soll das bedeuten?«, hauche ich mit dünner Stimme.

Er lächelt wieder so düster und gefährlich. »Nur, dass es dumm ist, sich mit einem Mann wie mir anzulegen. Mich will niemand zum Feind haben.« Er beugt den Kopf zu mir hinunter und streicht seine Lippen hauchzart über meine. Ich schüttele mich vor Gänsehaut. »Wie du bereits sagtest, bin ich ein mächtiger Mann. Und das hat nichts mit meinem Reichtum zu tun.«

Meine Kehle ist unangenehm eng, während ich ein verkrampftes Lächeln aufsetze. Dann nicke ich einfach nur, denn ich weiß keine Antwort auf seine Worte, die mir den Magen umdrehen. Dem Himmel sei Dank wird er nie erfahren, dass ich es war, die bei ihm eingebrochen ist. Zumindest ist die Chance sehr gering, dass er mich später noch verdächtigen wird, denn würde er in Erwägung ziehen, dass ich es gewesen sein könnte, täte er das jetzt schon.

Dann würde unser Treffen allerdings anders ablaufen, da bin ich mir sicher.

»Verdächtigst du jemanden?«, frage ich trotzdem nach, um mich abzusichern.

Callahan zieht sich zurück und starrt mich durch seine stürmischen graublauen Augen apathisch an. »Niemanden Konkretes.«

Ich nicke wieder, innerlich atme ich erleichtert auf. Er wirkt aufrichtig, zumindest erkenne ich kein Anzeichen des Argwohns und der Täuschung in seinem Blick. Es ist jedoch relativ schwer, aus seiner Miene schlau werden, da sie keine Gefühle oder Gedanken preisgibt.

»Du wirst den Verantwortlichen schon finden«, meine ich schließlich optimistisch und lächele ihn an. »Und dann tu, was du tun musst, um dich zu schützen.«

Wieder liegt dieser fremde Ausdruck in seinen Augen, den ich nicht zu deuten vermag. »Das werde ich, Pfirsichblüte. Das tue ich immer.«

Später an diesem Tag, nachdem Callahan und ich zusammen gekocht und gegessen haben, mache ich uns einen Kaffee in der Küche, während er an dem kleinen Esstisch sitzt und mich aufmerksam beobachtet. Ich schenke ihm ein neckisches Lächeln über die Schulter und frage: »Starrst du mir gerne auf den Hintern?«

Er stützt einen Arm auf die Rückenlehne des Stuhls und schmunzelt. »Ich tue nichts lieber als das.«

Amüsiert bereite ich die zwei Tassen vor und sehe aus dem Augenwinkel, wie er einen Blick auf sein Handy wirft, bevor er es wieder in die Hosentasche steckt. Das tut er nun schon zum wiederholten Mal, daher frage ich neugierig: »Erwartest du einen Anruf?«

»Das tue ich«, antwortet er schlicht.

»Musst du noch irgendwohin?«, will ich mit einem Anflug

von Enttäuschung in der Brust wissen, den ich gekonnt ignoriere. Es war nett, mit ihm zu kochen, zu essen, und sich zu unterhalten, und ich hasse mich dafür, so zu empfinden, doch ich kann nicht leugnen, *wie* nett es tatsächlich war. Oder dass ich die ganze Zeit aufgeregt darauf warte, dass er mir die Kleider vom Leib reißt und mich vögelt. Meine Muschi pocht voller Sehnsucht nach ihm.

Wie krank ist das denn? Ich habe wohl einen an der Waffel.

Callahan beantwortet die Frage nicht, sondern fordert mich mit einem Klopfen auf seinen Oberschenkel auf: »Komm zu mir.«

Mit einem Flattern im Magen und den beiden Kaffeetassen in den Händen gehe ich auf ihn zu und japse nach Luft, als er mich am Hintern packt und unnachgiebig zwischen seine gespreizten Beine zieht. Fast schütte ich den Kaffee aus, also stelle ich ihn rasch hinter mir auf der Tischplatte ab. Danach lege ich mit einem erwartungsvollen Lächeln die Hände auf seine breiten Schultern und knete sie sanft. Ich liebe, wie er sich anfühlt. So verdammt maskulin und stark.

Callahan legt den Kopf in den Nacken und sieht zu mir auf. Er starrt auf meinen Mund, als ich mir auf die Unterlippe beiße, und kneift in meinen Hintern, bevor er mich komplett auf seinen Schoß zieht, sodass unsere Gesichter nah vor dem des anderen schweben.

Wir atmen dieselbe Luft ein, als er an meinem Mund raunt: »Wusstest du, dass ich ein schlechtes Händchen in Sachen Frauen habe?«

Ich blinzele ihn an. »Warum?«

»Mal erwische ich eine, die nicht akzeptieren will, dass ich nur an Sex interessiert bin, mal eine, die wirklich schlecht im Bett ist. Oft sind sie nur auf mein Geld aus, oft haben sie einen Mann und Kinder zu Hause. Manchmal sind sie auch dumm wie Stroh und sterbenslangweilig.«

Ich runzele ein wenig belustigt die Stirn. »Ist das der Grund, warum du nur an Sex interessiert bist?«

»Und weil ich einmal den Fehler gemacht habe, einer Frau

zu vertrauen, die mein Vertrauen allerdings nicht verdient hat«, eröffnet er mir zu meiner Überraschung leise, seine Augen wirken matt und verdunkeln sich auffällig. »Es ist schon lange her.«

Ich spüre Frustration von ihm ausgehen und mustere nachdenklich sein schönes Gesicht. Sein Kinn ist hart und arbeitet, und seine Gesichtszüge erscheinen vor Anspannung verschärft. Zögerlich frage ich: »Was ist passiert?«

»Ich war jung und dumm. Wir waren ein paar Monate lang zusammen, bevor ich herausgefunden habe, dass sie eine notorische Lügnerin ist, die mir die ganze Zeit nur etwas vorgemacht hat«, erzählt er und seine Finger verkrampfen sich um meine Oberschenkel. »Sie war gut darin, Menschen zu täuschen. Ich habe es zu spät erkannt.«

Ich versteife mich auf seinem Schoß. »Wie … wie hat sie dich denn getäuscht?«

»Indem sie mich glauben ließ, sie hätte ehrliches Interesse an mir«, antwortet er rau, seine Augen fixieren meine. »Das hatte sie aber nicht. Das war keine Liebe, keine Leidenschaft, keine Anziehung. Das war bloß eine kalkulierte Strategie, um von meinen Kontakten und Beziehungen zu profitieren. Diese haben ihr bei ihren Problemen geholfen. So wie ich. Als sie ihr Leben wieder im Griff hatte, war sie weg.«

Es sticht in meiner Brust und ich verspüre so etwas wie Mitleid, das meinen Magen krampfen lässt. »Das tut mir leid«, sage ich aufrichtig und verdränge dabei gekonnt die Schuldgefühle, die sich in meiner Brust einnisten. Ich darf sie nicht haben, denn dieser Mann darf mir nichts bedeuten. Er hat es verdient, Schlechtes zu erfahren, denn er tut Menschen schlechte Dinge an.

Dennoch bringt mich sein Geständnis durcheinander, sodass widersprüchliche Gefühle in mir aufkeimen. Sie wirbeln in meiner Brust, als er mir einen Kuss auf den Kiefer drückt und an meinem Ohr flüstert: »Ich habe gelernt, dass es besser ist, sich von Beziehungen dieser Art zu distanzieren. Beziehungen, in denen Gefühle eine Rolle spielen. Denn Frauen können hinterhältig sein, manipulativ. Es ist nicht schwer, einen Mann um den Finger zu wickeln, wenn man hübsch ist und seine Reize einzusetzen weiß. Selbst mich, da mein Schwanz das Denken übernimmt, wenn er sich für eine Muschi begeistert. Er macht mich blind und taub für all die Warnsignale.«

Ich ziehe den Kopf zurück und sehe in seine Augen, bevor ich hart schlucke und bemüht neckisch flüstere, um die Stimmung aufzulockern, die plötzlich ganz angespannt wirkt: »Begeistert sich dein Schwanz denn für meine Muschi?«

Callahan lächelt nicht, als er erwidert: »Ja, das tut er.« Seine Stimme klingt so ernst, wie es sein Gesichtsausdruck ist, und so verknotet sich mein Magen noch mehr vor Schuldgefühlen. »Deswegen wäre es eine Schande, wenn ich feststellen müsste, dass er mich auch bei dir für alle Warnsignale blind und taub gemacht hat. Es wäre enttäuschend, wenn das mit uns so enden würde wie meine letzte Beziehung.«

Erst macht mein Herz einen Satz, da er unser Verhältnis gerade mit einer Beziehung vergleicht, was mir doch sehr schmeichelt, doch dann runzele ich beunruhigt die Stirn, als seine letzten Worte in meinem Kopf echoen. Sie klangen … drohend.

»Wie … wie hat deine letzte Beziehung denn geendet?«

»Nicht sehr gut.« Ein beängstigender Ausdruck tritt in seine Augen, die starr auf meine gerichtet sind. »Für die Frau.«

Meine Kehle schnürt sich mit einem Mal zu, doch ich zwinge mich, zu nicken. Mein Herz rast in meiner Brust und ich bin mir sicher, dass er es hören kann, doch er starrt mich bloß an, sein Blick eine Mischung aus Warnung und Hoffnung. Als würde er mir nahelegen wollen, ihn nicht zu hintergehen und belügen, und gleichzeitig darauf hoffen, dass es mit mir anders endet.

Seltsamerweise konzentriere ich mich bloß auf die Hoffnung in seinem Blick, obwohl seine indirekte Drohung wie eine dunkle Wolke über uns schwebt. Meine Stimme klingt sanft und für einen Moment wünschte ich, es wäre die Wahrheit, als ich ihn in falscher Sicherheit wiege: »Du brauchst dir keine Sorgen zu machen, Callahan. Das mit uns wird anders enden. Ich bin nicht wie sie.« Seine Kiefer spannen sich kaum merklich an, seine Augen unterziehen mich einer prüfenden Musterung. Aufgrund meiner Schuldgefühle entgleiten die nächsten Worte meinem Mund, ohne dass ich es verhindern kann, da ich ihm wenigstens irgendeine Wahrheit schenken möchte. »Mein Interesse an dir ist nicht gespielt. Ich habe mich, um ehrlich zu sein, lange nicht mehr für einen Mann so sehr interessiert wie für dich … Und so angezogen habe ich mich noch von keinem Mann gefühlt.«

Immer noch sind seine Augen prüfend verengt, als würde er mir wieder misstrauen. »Ist das so?«

»Ja.« Dieses Mal fällt es mir nicht schwer, seinem analysierenden Blick standzuhalten, da ich nicht befürchte, er könnte die Lüge in meinen Augen entdecken. Es gibt sie nicht. Das scheint auch er zu erkennen, denn seine Gesichtszüge glätten sich, als ich etwas schüchtern hinzufüge: »Ich … ich mag dich. Und liebe den Sex mit dir.« Als sich sein rechter Mundwinkel hebt, lächele ich neckisch und gebe ihm einen spielerischen Stoß auf die Schulter. »Und das obwohl du mich mal mit dem Tod bedroht hast. Das mag also etwas bedeuten.«

Nun lacht er und die angespannte Stimmung zwischen uns scheint sich zu lösen. Seine Hände streicheln über meine Oberschenkel, bevor er sie zu meiner Taille hinauf gleiten lässt und sanft zudrückt. »Weißt du, Pfirsichblüte, ich glaube, ich mag dich auch, und ich bin mir sicher, ich liebe unseren Sex mehr als du. Guten Sex habe ich schon immer zu schätzen gewusst und unserer ist fantastisch.« Mein Herz macht einen Purzelbaum und gleichzeitig zieht sich mein Unterleib verlangend zusammen. Seine Lippen finden meine, als er raunt: »Lass mich das nicht bereuen.«

»Mache ich nicht«, flunkere ich mit einem Kloß im Hals und lächele etwas geknickt an seinen Lippen, obwohl ich mich darum bemühe, mir nicht anmerken zu lassen, was seine Worte mit mir anstellen. »Ich vertraue dir, also vertrau du auch mir«, flüstere ich eindringlich und blicke ihm tief in die Augen. »In Ordnung?«

Er zögert, doch er wirkt ernst, als er schließlich nickt. »In Ordnung, Pfirsichblüte. Ich vertraue dir.« Es klingt wie ein Entschluss, den er gerade erst von neuem gefasst hat, obwohl ich dachte, sein Misstrauen mir gegenüber hätte sich längst gelegt.

Nun gut, Callahan ist ein paranoider, misstrauischer Mensch. Ich stelle mich darauf ein, dieses Gespräch ein paar weitere Male zu führen, bis er mir tatsächlich sein volles Vertrauen schenkt.

Er wäre klug, täte er es nicht.

Ich lächele, lege die Hände auf seinen Hinterkopf und küsse ihn zärtlich. Er erwidert den Kuss mit einem Zögern, und ich spüre, wie sein Schwanz augenblicklich unter mir wächst. Erst ist der Kuss scheu und zurückhaltend, doch dann lässt er sich gehen und schenkt nur noch seinen körperlichen Empfindungen Beachtung. Ich spüre den Moment, in dem er seinen Kopf ausschaltet, und sofort verabschieden sich auch meine wirren Gedanken. Als er seine Zunge tief in meinen Mund stößt und mich fester auf seinen Schoß drückt, bevor er mich daran zu reiben beginnt, stöhne ich ihm erstickt in den Mund.

»Callahan …«

Unser Kuss wird leidenschaftlicher, bis er feurig ist, und ich stöhne erneut, als Callahan an meinen Lippen knurrt. Seine Lust ist förmlich greifbar und sein Verlangen nach meinem Körper brennt auf meiner Haut, als er mich grob packt, von seinem Schoß schiebt, und herumwirbelt.

Ich keuche auf, als er mich hart mit dem Oberkörper auf die Tischplatte drückt. Mein Körper zittert vor freudiger Erwartung auf eine Vereinigung mit seinem, als ich die Hände zur Seite ausstrecke, um an den Tischkanten Halt zu finden. Meine Finger schlingen sich darum, während Callahan hinter mir seine Hose öffnet und anschließend mit einem ungeduldigen Ruck meinen Rock in die Höhe reißt. Wie in seiner Küche macht er sich nicht die Mühe, meine Strumpfhose auszuziehen, sondern zerreißt den dünnen Stoff zwischen seinen Fingern. Mein Höschen schiebt er achtlos beiseite, bevor er seine Finger in mein nasses Geschlecht taucht.

Ich schließe stöhnend die Augen und lege die Wange auf die Tischplatte, als er sie in mir zu bewegen beginnt. Er schiebt sie rein und raus, lässt sie in mir kreisen und krümmt sie Richtung meiner Bauchdecke. Jede seiner Berührungen ist gekonnt, entschlossen und auf eine süchtig machende Weise rau. Meine Muskeln schmelzen und flüssiges Feuer rauscht durch meine Venen. Es ertönt ein lautes Schmatzen, das Callahan mit einem erregten Knurren kommentiert.

»Du bist so nass und eng, Pfirsichblüte.« Seine Stimme ist heiser und rauchig. »Willst du, dass ich deine süße Muschi ficke?«

»Ja«, seufze ich und sehe mit flatternden Lidern zu ihm auf. Er ragt hinter mir auf, seine Augen brennen mit wildem Feuer, und die Muskeln an seinen Armen bewegen sich verführerisch. Er sieht so verdammt gut aus, dass mir allein davon schwindelig wird.

Mein Kopf glüht vor Hitze, während er mich weiterhin mit seinen Fingern fickt, bis ich beinahe so weit bin. Doch als ich mich dem Hohepunkt hingeben will, zieht er sie aus mir und schiebt stattdessen seine kompromisslose Länge bis zu den Hoden in mich. Ich wimmere und verkrampfe die Finger um die Tischplatte.

»Gott … Du bist so groß, Callahan. Und so dick …«

Ein perverses, selbstgefälliges Lächeln stiehlt sich auf seine Lippen. Er bewegt sein Becken gegen mich, reibt es an mir und drückt mich unnachgiebig gegen den Tisch, dessen harte Kante meine Beckenknochen beleidigt aufheulen lässt. Dann wickelt er sich mein Haar um die Faust und zieht meinen Kopf ein wenig zurück, sodass ich den Rücken durchbiegen muss.

An meiner Wange raunt er: »Nur für dich, Pfirsichblüte.« Als er anfängt, zuzustoßen, entfährt mir ein heiserer Schrei. Er keucht an meinem Ohr und fickt mich, angeheizt durch meine Laute, hart gegen den Tisch, sodass ich gleichzeitig vor Lust und

Schmerz aufstöhne. »Gefällt dir das so, meine Blüte? Dass ich dich so roh ficke?«

»Ja«, stöhne ich wieder und ächze, als er die Faust fester um mein Haar wickelt und daran reißt. Mein Kopf liegt nun komplett im Nacken und mein Rücken ist schmerzhaft durchgebogen. Jeder seiner tiefen und strafend harten Stöße lässt mich gegen den Tisch knallen, gleichzeitig kann ich mich kaum bewegen. Als er dann auch noch meine Arme hinter den Rücken dreht und an den Gelenken festhält, bin ich vollkommen gefangen und seinem Schwanz ausgeliefert. Dieser bearbeitet mich mit rauer Brutalität, während er immer wieder in mein geschwollenes, nasses Fleisch eintaucht, bis es sich wund anfühlt wie meine Beckenknochen.

»Fuck!«, stiehlt sich aus meinem Mund.

»Ich kann dich nicht hören. Schrei lauter für mich.«

»Fuck!«, schreie ich erneut auf, als er an Tempo zulegt und sich so tief in mich rammt, dass er beinahe über meine Gebärmutter wogt. Sternchen flirren vor meinem inneren Auge und mein Körper fängt zu zittern und beben an.

Jedes Mal, wenn sein Becken gegen meinen Hintern knallt, ertönt ein dumpfes Klatschen, und dieses vermischt sich mit dem unanständigen Schmatzen meiner Lust und seinem abgehackten Keuchen. Mir wird schwindelig aufgrund der Gefühlsinvasion in mir und ich spüre, wie ich abhebe und zu schweben beginne. Dieses Gefühl, zum Bersten voll zu sein, und nichts dagegen unternehmen zu können, übermannt mich auf eine primitive Weise. Meine inneren Muskeln klammern sich gierig um seinen verdickten Schwanz und es dauert nicht lang, bis sie sich rhythmisch um ihn zusammenziehen.

»Das ist es, Pfirsichblüte. Komm für mich«, raunt Callahan mit verhangener Stimme. »Viel kann deine Muschi nicht mehr ertragen, doch ich bin noch lange nicht fertig mit ihr.«

Ich lasse mit einem Schrei los, während sich mein gesamter Körper verkrampft. Die Woge der Erlösung reißt mich wie eine Flutwelle mit sich, lässt mich atemlos und zittrig in mich zusammensacken. Mein Hintern bewegt sich dennoch gegen ihn, reibt sich gierig an seinem Becken, um die Empfindungen tief in mir zu intensivieren, als ich von der stärksten Leidenschaft weggefegt werde, die ich je erlebt habe. Selbst als ich verliebt war, hatte ich nicht solch atemberaubenden Sex. Und niemals solche Orgasmen, die mir buchstäblich alle Lichter ausblasen.

Meine Muschi pocht, als hätte sie ein eigenes Herz, während eine Hitzewelle über meinen Rücken rollt. Ich spüre einen leichten Schweißfilm auf meinem Nacken, als Callahan mein Haar freigibt und mich auf die Tischplatte hinunterdrückt. Meine Hände lässt er los, um mich an den Hüften zu packen, und ich wimmere, weil sich seine Finger schmerzhaft in meine Haut bohren. Benommen und keuchend kralle ich mich wieder an den Tischkanten fest, während ich versuche, Herr meiner Sinne zu werden, doch es dauert einige Momente lang, bis sich meine Sicht und der dichte Nebelschleier in meinem Kopf klären.

Callahan pumpt unermüdlich weiter in mich, und ich spüre, wie sein Becken zu zucken anfängt.

Unsere Blicke treffen sich und verschmelzen miteinander. Das wilde Feuer in seinen Augen hat sich ausgebreitet, doch nun werden sie ganz verschleiert, als ihn die Euphorie trifft und wohlige Glückseligkeit erfasst. Seine Kiefer spannen sich an, als er die Zähne zusammenpresst, und sein Gesichtsausdruck verzerrt sich auf die männlichste Weise, die ich mir vorstellen könnte.

Scin Anblick macht mich high.

Ein krampfhaftes Schaudern lässt seinen Körper erbeben, als er auf meinem zusammensackt und sein heißes Sperma in die Tiefen meines Körpers spritzt. Ein langes, raues und tiefes Stöhnen entringt sich seiner Kehle, während sein Herz wie ein Presslufthammer gegen meine Wirbelsäule schlägt. Meines schlägt mindestens genauso schnell. Ein letztes Mal zuckt sein Becken gegen mich, während sein Schwanz in mir pulsiert, bevor Callahan schwer ausatmet und eine Hand in meine Taille krallt. Seine Finger verkrampfen sich kurz, doch dann lockern sie sich wieder, wie sich seine Muskeln lockern.

Zu wissen, dass sein Orgasmus genauso hart war wie meiner, erfüllt meine Brust mit Triumph und Zufriedenheit. Ich fühle mich mächtig, eine solche Wirkung auf einen Mann wie ihn zu haben. Dieses Verlangen nach mir und die rohe Lust, mit der er mich nimmt, lassen mich wie eine begehrenswerte, sexy Frau fühlen, die Kontrolle über einen Mann hat, den man eigentlich nicht kontrollieren kann.

»Verdammt, Pfirsichblüte.«

Er bewegt sich von mir und dreht mich um, sodass er mir ins erhitzte Gesicht blicken kann. Seines strahlt Befriedigung aus, doch dieser unersättliche Hunger in seinem Blick ist immer noch da. Das zaubert mir ein träges Lächeln auf die Lippen. Er erwidert es auf eine schmutzige Weise, die verspricht, dass ich noch mehr von diesen Orgasmen erleben werde, die meine Welt auf den Kopf stellen, wie er es auch tut.

»Ich bekomme nicht genug von dir. Du machst mich zu einem besessenen und süchtigen Mann.«

Mit diesen Worten packt er mich an den Oberschenkeln, hebt mich hoch, und presst seine Lippen hungrig auf meine. Ich ertrinke in der Leidenschaft, mit der er mich verschlingt, und später in all den Empfindungen, die er mir schenkt, als er mich in meinem Bett ein weiteres Mal nimmt. Und später noch einmal. Am Ende des Abends bin ich zu berauscht von der Ekstase und zu erschöpft von der körperlichen Aktivität, um mitzubekommen, dass er irgendwann mein Haus verlässt.

12

Callahan

Donovan blickt mit einem irritierten Gesichtsausdruck auf meine Hände, die ich unruhig knete, während ich mich suchend auf der Straße umsehe. Während mein Bruder die Angewohnheit hat, mit seinen Fingern auf Gegenstände oder seine Körperteile zu tippen und trommeln, knete ich meine Hände ineinander, wenn ich angespannt, gereizt oder nervös bin.

Aktuell ist das tatsächlich Letzteres.

Ich bin nervös, weil ich seit zehn Minuten auf das Erscheinen einer Frau warte, die meinen Abgrund bedeuten könnte.

Viele Faktoren sind für meine Nervosität verantwortlich, und so werde ich immer unruhiger, während ich einen ungeduldigen Blick auf die Uhr werfe.

Donovan nickt meinem Bruder und O'Sullivan zu, die gerade auf der anderen Straßenseite aus Declans Bugatti steigen, bevor er sich zu mir lehnt und leise fragt: »Alles in Ordnung?«

Ich nicke nur. Meine Augen sind auf all die Fahrzeuge

fokussiert, die in der Straße des Nachtclubs vorbeirauschen und halten.

»Gehen wir«, sagt mein Bruder zur Begrüßung, bevor er mir kurz auf die Schulter schlägt und mit O'Sullivan an mir vorbeimarschiert. Als ich starr wie eine Statue stehenbleibe, ohne ihm Beachtung zu schenken, hält er inne und runzelt fragend die Stirn. »Worauf wartest du? Eine Sternschnuppe, damit du dir etwas wünschen kannst?«

Ich werfe ihm einen ausdruckslosen Blick zu. Solange ich so unruhig bin, kann ich seinen dummen Sprüchen nichts abgewinnen. »Wir haben heute Gesellschaft«, teile ich ihm knapp mit, woraufhin sich Donovan und O'Sullivan einen kurzen Blick zuwerfen.

Ich bedenke sie mit einer Warnung in meinem, damit sie den Mund halten. Declan weiß nichts von dem Einbruch vor exakt einer Woche und dass ich Pfirsichblüte verdächtigt habe. Das soll auch so bleiben.

Denn ich habe beschlossen, ihr zu glauben. Ich habe ihr gesagt, ich würde ihr vertrauen, und ich will mich daran halten.

Bis ich keine stichhaltigen Beweise habe, die all mein krankhaftes Misstrauen ihr gegenüber rechtfertigen, werde ich aufhören, sie und ihre Absichten zu hinterfragen. Ich will daran glauben, dass sie ehrlich ist und das zwischen uns nicht auf einer Lüge basiert. Ich will daran glauben, dass ich bloß paranoid und kaputt bin, weil ich in einer kaputten Welt lebe.

Jaysus, wie dumm von mir.

»Wer soll uns bitte schön Gesellschaft leisten? Hast du seit neuestem andere Freunde außer uns?«, feixt mein Bruder, woraufhin ich ihn bloß schweigend ansehe. Er wirkt ungeduldig, da er offenbar auf eine Erklärung von mir wartet. »Was ist jetzt? Bist du plötzlich taubstumm geworden? Ich habe eine Frage gestellt.«

Ich verdrehe meine Augen. Dann will ich den Mund öffnen, um ihm zu erklären, auf wen wir warten, doch just in diesem Moment fährt ein gelbes Taxi vor und meine Finger hören auf, sich gegenseitig zu kneten und reiben.

Dann wandern meine Mundwinkel in die Höhe, als ich die schönste Frau aussteigen sehe, die man hier weit und breit finden kann. Ihr Anblick trifft mich hart zwischen den Beinen. Sie trägt ein verdammt kurzes Kleid, das farblich zu ihrem süßen Namen passt, den Lippenstift und Nagellack hat sie wie immer darauf abgestimmt.

Meine Pfirsichblüte.

»Das kann doch nicht dein verdammter Ernst sein«, schießt es ungläubig aus Declan hervor, bevor er sich schnaubend abwendet und ohne uns in den Club marschiert. Die Türsteher kennen uns, daher hindern sie ihn nicht daran, wortlos am Absperrband vorbeizugehen, während sich all die feierlustigen Leute in einer langen Schlange eingereiht haben.

O'Sullivan wirft mir einen überraschten Blick zu. »Wir schließen sie also als Verdächtige für den Einbruch aus?«

»Vorerst«, antworte ich lapidar.

»Das bedeutet, wir vertrauen ihr?«, hakt Donovan leise nach, während Pfirsichblüte in ihren hohen Absätzen und mit sexy Hüftschwung auf uns zu stolziert. Dabei lächelt sie verführerisch.

»Vorerst«, sage ich wieder, bevor ich ihr entgegenlaufe und sie an der Taille packe und an mich ziehe, um direkt mein Revier zu markieren. Keiner dieser Kerle vor dem Clubeingang könnte ihr je widerstehen. Sie ist zu sexy und feminin, und ihr Duft betörend. »Hallo, Pfirsichblüte.« Ich beuge mich zu ihr hinunter und drücke einen unanständigen Kuss auf ihren Mund, der ihr für einen kurzen Moment den Atem raubt. Sie blinzelt überrumpelt, als ich sie zufrieden anlächele. »Du hast mich warten lassen. Ich befürchtete schon, du würdest nicht kommen.«

Sie schenkt mir einen aufreizenden Wimpernaufschlag. »Da du mich letzte Woche tagelang hast warten lassen, erscheinen mir die wenigen Minuten nur fair, die *du* auf mich warten musstest.«

Ich grinse schief. Diese Frau amüsiert mich mit ihrer kecken und schlagfertigen Art. Ich nehme sie an der Hand, um jedem deutlich zu machen, dass sie zu mir gehört, und nicke den Männern knapp zu, die sie neugierig und gleichzeitig forschend mustern. »Das ist Pfirsichblüte.« Ich sehe auf sie herab und erinnere sie: »Donovan kennst du schon. Mein anderer Freund heißt O'Sullivan.«

Pfirsichblüte wirft sich das dichte, braune Haar über die Schulter und lächelt beide Männer ohne jede Scheu oder Verlegenheit an. »Freut mich.«

Diese erwidern das Lächeln halbherzig, ich erkenne das Misstrauen und die Unsicherheit in ihren Augen. Sie zucken kurz zu mir, doch ich gebe ihnen mit einem Blick zu verstehen, dass es keinen Grund gibt, sich vor meiner Begleitung zu verstellen oder diese mit Adleraugen zu beobachten. Dafür bin ich da. Mit Donovan habe ich schon vor Tagen gesprochen, nachdem ich Pfirsichblüte zu einem Dinner ausgeführt habe, und ihm mitgeteilt, dass ich beschlossen habe, auf die Rückmeldung des Privatdetektivs zu warten, bevor ich meinem Verdacht wegen des Einbruchs erneut Aufmerksamkeit schenke, und solange einfach genieße, was ich mit dem Mädchen habe.

Denn mein dummes Herz mag es und wünscht sich, dass mir der Ermittler jegliche Zweifel nimmt. Vermutlich werde ich bereuen, mich so entschieden zu haben. Ich ahne es, doch ich will es nicht wahrhaben. Mit Pfirsichblüte fühle ich mich seit langem wieder ausgeglichen und auf eine seltsame Weise vollständig, als wäre sie das fehlende Teil zu einem Puzzle, an dem ich seit Jahren arbeite. Wir harmonieren miteinander und ficken wie die Weltmeister. Ich verbringe gerne Zeit mit ihr und das tatsächlich auch außerhalb eines Bettes. Ich will sie in meiner Nähe haben und sehne mich nach ihrem warmen, weichen Körper, wenn ich grausame Dinge mit dem eines anderen tue.

So strikt ich auch gegen Beziehungen wie diese war, so sehr befürworte ich sie jetzt. Pfirsichblüte tut mir gut. Sie schafft einen Ausgleich zu meiner sonst unschönen und stressigen Routine, die meine Tage so mit sich bringen. Bei ihr kann ich abschalten und das ist viel wert für einen Mann wie mich, dessen Kopf ständig arbeitet.

Wir betreten den Club und ich führe sie zur Garderobe, wo sie ihren schwarzen Mantel und die Tüte mit den Übernachtungssachen ablegt, bevor ich das Nummernkärtchen an mich nehme und in meine hintere Hosentasche stecke.

Ich schlinge meine Finger fester um ihre und dirigiere sie zur Tür, die in den Clubraum führt, bevor ich an ihrem Ohr flüstere: »Gleich erfährst du, warum du mich damals nicht im Club entdecken konntest.« Sie hebt überrascht ihren Kopf und sieht mich wissbegierig an. »Du hast mich an den richtigen Ort verfolgt, aber in der falschen Etage gesucht.«

Nun runzelt sie die Stirn, Neugierde blitzt in ihren blauen Augen auf. Kaum betreten wir an der Seite von Donovan und O'Sullivan den brechend vollen Clubraum, krallt sie ihre Finger um meine, um mich nicht zu verlieren. Zusätzlich drückt sie sich gegen mich, als wolle sie keinen Körperkontakt zu einem anderen Menschen als mir haben. Ich spüre, wie bei dieser Geste ein warmes, triumphierendes Gefühl in meiner Brust aufkeimt.

Meine beiden Handlanger kennen den Weg und gehen voraus. Sie schieben all die betrunkenen und schwitzenden Leute beiseite, während wir ihnen folgen, und betreten den Durchgang, der zu den Waschräumen führt. Doch anstatt eine der Toiletten anzuvisieren, steuern sie zielsicher die letzte Tür auf dem dunklen Flur an und tippen den vierstelligen Code, der jede Woche geändert wird, in die Sicherheitsvorrichtung an der Wand. Nur ausgewählte Mitglieder haben Zutritt zu diesen Räumlichkeiten und dem, was sich im Tiefparterre des Clubs verbirgt.

»Wohin führt der Gang?«, fragt Pfirsichblüte neugierig, während wir einen weiteren dunklen Gang passieren und durch eine andere Tür marschieren, die eine Wendeltreppe verbirgt. Sie sieht sich mit großen Augen um. »Du bringst mich jetzt aber in keinen Folterkeller, oder?« Sie formuliert es als Scherz, doch ihr Lachen klingt nervös.

Ich lächele und führe sie hinter meinen Männern die

Treppe nach unten. »Hast du Angst vor körperlichem Schmerz, meine Blüte?«

Auf ihrer schmalen Kehle kann ich sehen, wie hart sie schluckt, bevor sie wie gewohnt taff erwidert: »Absolut nicht.«

Mein Lächeln vertieft sich. »Keine Sorge, du bist es nicht, die körperliche Schmerzen erfährt.«

Sie nickt, doch ihr Stirnrunzeln wirkt beunruhigt. Auch in mir keimt die Nervosität wieder auf, weil ich nicht weiß, wie sie auf das reagieren wird, was sie gleich zu Gesicht bekommt. Ich wollte sie gerne mitnehmen, da ich in den letzten Tagen zeitlich sehr eingebunden war und sie kaum sehen konnte, und Declan voller Wut auf mich wäre, würde ich den letzten Kampf des Amerikaners verpassen, der darüber entscheidet, ob er nächste Woche gegen ihn kämpfen wird. Also habe ich beschlossen, Pfirsichblüte einfach in meine heutigen Pläne miteinzubeziehen. Hoffentlich dauert der Kampf nicht lange, denn ich kann nicht aufhören, daran zu denken, wie wir später in mein Haus fahren und ich sie dort solange ficke, bis jeder Muskel meines Körpers in Flammen aufgeht.

Bei dem Gedanken drückt sich mein Schwanz gegen meinen Reißverschluss, doch ich richte meine Aufmerksamkeit auf sie, als wir den letzten dunklen Gang passiert haben und den Showroom erreichen. Die Lichter sind grell und lautes Stimmengewirr übertönt die Musik, die vor jedem Kampf im Hintergrund gespielt wird. Wie immer ist das Tiefparterre voll von schaulustigen Männern, die wie wir eine Stange Geld dafür bezahlt haben, an den Kampfabenden teilzunehmen. Sie sind mächtige und vermögende Männer wie ich, mit gutem Status und jeder Herkunft oder Position.

O'Sullivan und Donovan wirken genauso gespannt wie ich, während wir auf eine Reaktion von der einzigen Frau warten, die jemals diese Räumlichkeiten betreten hat. Ihre großen, blauen Augen sind geweitet auf den beleuchteten Boxring gerichtet, danach zucken sie durch all die Männer in Anzügen, die sich darum versammelt haben. Die Uhr an der Wand verrät mir, dass es in wenigen Minuten losgeht.

»Wahnsinn«, gibt sie endlich von sich und ich spüre, wie all die Unsicherheit von mir abfällt, als ich die Euphorie in ihrer sexy Stimme erkenne. Sie fängt an zu grinsen, wirkt ein wenig baff. »So etwas versteckt sich also unter einem abgefuckten Nachtclub? Wer hätte das gedacht.«

Ich grinse zufrieden. Ich wusste, die Kleine würde das nicht abschrecken. Sie ist besorgniserregend abgestumpft, doch genau das mag ich an ihr. Sie ist nicht das typische schöne Mädchen von nebenan, sondern taffer, furchtloser und härter im Nehmen. Buchstäblich. So hart, wie ich es ihr manchmal gebe, wundere ich mich, dass sie noch aufrecht gehen kann. Überhaupt in diesen unverschämt hohen Schuhen.

Nachdem ich ein Messer an ihre Kehle gelegt habe, hat sie mir einen verdammten Drink angeboten. Das sagt alles über sie aus.

Sie ist perfekt für mich.

»Leider habe ich meinem Bruder versprochen, ihn wie jeden Freitagabend hierher zu begleiten, um den Kampf zu sehen, deswegen musste ich dich mitnehmen, denn dich wollte ich auch sehen«, erkläre ich ihr schließlich.

Ihre Augen glitzern, als sie zu mir aufsieht. »Wie romantisch.« Sie lächelt neckisch und sieht sich dann fragend um. »Und wo ist dein Bruder?«

»Der schmollt dort drüben«, antwortet Donovan belustigt und zeigt auf unsere Stammecke, wo Declan wie immer an einem der Stehtische lehnt, ein Glas Whiskey in der Hand. Er wirft uns giftige Blicke zu, da er nicht mit der Anwesenheit meiner Begleitung einverstanden ist. Vermutlich fühlt er sich übergangen, da ich ihn zudem nicht erst gefragt habe, ob es für ihn in Ordnung ist, aus dem Männerabend etwas anderes zu machen.

Oder einfach, weil er dem hübschen Mädchen an meiner Seite so wenig vertraut wie jemandem, der das Wort *Feind* auf der Stirn tätowiert hat.

»Warum schmollt er?«

Ich zucke mit den Schultern und führe sie an einen anderen

Stehtisch, bevor ich den beiden Männern bedeute, zu Declan zu gehen, damit er nicht ganz so beleidigt ist. Diese nicken mir knapp zu und marschieren an den Leuten vorbei zu seinem Tisch.

Ich schiebe einen hohen Hocker an die Wand, setze mich darauf, und umschlinge Pfirsichblütes Taille, um sie zwischen meine gespreizten Beine zu ziehen. Als sie die Hände auf meinen Arm legt, entspanne ich mich mit einem Mal vollkommen.

An ihrem Ohr flüstere ich: »Declan ist ein komplizierter, schwieriger und misstrauischer Mensch. Ignoriere ihn einfach.«

Sie kichert, ihr Haar kitzelt mich dabei an der Nase. »Das liegt wohl in euren Genen, hm?«

Ich vergrabe das Gesicht in ihrem Haar und atme ihren angenehmen Duft ein. »Das stimmt wohl.«

Als einer der Kellner fragend zu mir sieht, nicke ich ihm zu und deute die Zahl Zwei mit den Fingern. Er macht auf dem Absatz kehrt, um uns Drinks zuzubereiten, die er uns wenige Augenblicke später serviert. Ich nehme einen Schluck vom Whiskey und stelle das Glas auf dem Tisch neben uns ab.

»So etwas machst du also in deiner Freizeit?«, will meine Blüte interessiert wissen, nachdem sie es mir gleichgetan hat, und dreht den Kopf zu mir um. Ich nicke entspannt. »Werden hier Wetten abgeschlossen?«

Wieder nicke ich. »Seit Wochen setze ich auf einen Amerikaner, der neu dabei ist. Er ist gut. Er hat eine Chance auf den Titel.«

Sie wirkt ehrlich interessiert und absolut nicht so, als fühle sie sich hier unbehaglich oder fehl am Platz. Stattdessen scheint sich ihre Aufregung von Sekunde zu Sekunde zu steigern, je mehr Leute das Kellergeschoss betreten und je näher der Kampf rückt.

»Kämpft er heute?«, fragt sie schließlich hoffnungsvoll.

»Tut er.«

»Wie viel Geld hast du auf ihn gesetzt?«

»Mehr als ich sollte. Ich möchte meinen Bruder ärgern.«

Sie grinst frech. »Warum denn?«

Ich ziehe sie fester zwischen meine Beine und schlinge auch den zweiten Arm um sie. »Declan braucht immer wieder neue Herausforderungen. Er ist niemand, der sich gerne beweist, doch bei mir lässt er sich diese Chance niemals entgegen. Vor ein paar Wochen habe ich angedeutet, der Amerikaner wäre so gut, dass er im Ring eine reelle Chance gegen ihn hätte, was ihn schwer getroffen hat, denn Declan ist außerdem niemand, der jemals verliert. Weder einen Kampf noch sonst etwas.« Ich lache stumm. »Also habe ich ihn geärgert, bis er beschlossen hat, vor dem Kampf um den Titel mit dem Amerikaner in den Ring zu steigen, sollte es dieser überhaupt so weit schaffen. Heute ist sein letzter Kampf, bevor er gegen Declan antritt. Er wird den Kampf gewinnen, da bin ich mir sicher.«

»Und den gegen Declan?«

»Wird er niemals gewinnen. Darauf würde ich alles verwetten, was ich habe.«

Erstaunt blickt sie mich an. »Und trotzdem setzt du auf den Amerikaner.«

Ich zucke mit den Schultern. »Wie gesagt, ich will Declan ärgern.«

Sie kichert. »Das ist ganz schön fies, aber ich kann dir folgen. Seinem Ehrgeiz tut das bestimmt gut.« Unwillkürlich wirft sie meinem Bruder einen abschätzenden Blick zu, welcher grimmig die Augen verengt, als er es bemerkt. Amüsiert flüstert sie: »Wäre es schlimm, zu hoffen, dass er eine Abreibung bekommt? Seine Blicke verdeutlichen, dass er nicht gerade sehr erfreut ist, eine Frau bei dir zu sehen. Oder liegt es an mir?«

»Ignoriere ihn einfach«, sage ich ihr wieder. »Und nein, wäre es nicht, denn ich hoffe ebenfalls sehr darauf. Er könnte ein paar Schläge auf die Nase gut vertragen.«

Lachend sieht sie wieder zu ihm rüber und als ich sehe, dass sie ihm die Zunge zeigt, lache ich ebenfalls auf. Declan fletscht die Zähne, seine Augen sprühen wilde Funken vor Wut. Es war die richtige Entscheidung, meine Blüte mitzubringen. Sie versüßt mir den Abend und wird mich bestimmt besser unterhalten als der Kampf an sich.

Die Musik wechselt und anhand des Liedes erkenne ich, dass die Action losgeht. Die Lichter verdunkeln sich im Zuschauerbereich und die Lichtstrahler an den Wänden richten sich auf den Ring. *Eye of the Tiger* begleitet den Amerikaner im seidenen, schwarzen Umhang, während er sich hüpfend einen Weg durch die Leute zum Ring bahnt, wo er wie immer grinsend die Boxhandschuhe aneinanderschlägt. Sein Blick sucht Declans, der ihm knapp zunickt. Es scheint, als könnten es beide kaum erwarten, sich gegenseitig die Fresse zu polieren.

Sein Gegner, ein bekannter Underground-Boxer, hat eine für mich bessere Einlaufmusik gewählt. Er stolziert mit einem siegessicheren Lächeln zu *Shut Up* von *Stormzy* an den Leuten vorbei in den Ring. Die Kämpfer begrüßen sich mit einem Faustschlag, bevor der Kampfrichter ebenfalls in den Ring steigt.

»Die sehen beide wie verdammte Bären aus«, sagt Pfirsichblüte ehrfurchtsvoll, ihre Augen vor krankhafter Faszination weit aufgerissen auf die Kämpfer gerichtet, die sich nun ihres Umhangs entledigen. Ihre Körper sind gleichermaßen trainiert und stramm. »Ich wäre mir nicht so sicher, ob dein Favorit gewinnt, Liebling.«

Als ich den süßen Kosenamen aus ihrem süßen Mund höre, will ich sie gleichzeitig küssen und hier vor den Augen aller zu Boden werfen und hart in den Arsch ficken.

Jaysus, dieses Mädchen macht mich verrückt. Sogar wenn sie mir bloß einen dieser bescheuerten, unpassenden Kosenamen gibt, springt mein Herz förmlich aus meiner Brust und mein Schwanz stellt sich kerzengerade auf.

»Liebling …«, wiederhole ich rau an ihrem Ohr, bevor ich daran knabbere und lecke. Sie schüttelt sich vor Gänsehaut und krallt die Nägel in meinen Arm. Ich lächele. »Das gefällt mir. Nennst du mich auch so, wenn ich später zwischen deinen Schenkeln stecke?«

»Mit deinem Schwanz oder Gesicht?«, neckt sie mich und

schenkt mir ein schmutziges Lächeln, das mich wieder unmittelbar zwischen den Beinen trifft. All meine Muskeln spannen sich an, als sie nach hinten und zwischen uns greift, um die Erektion zu fühlen, die meine Hose ausbeult. Triumphierend blitzen ihre Augen auf. »Es ist vermutlich besorgniserregend, dass du allein von der Vorstellung hart wirst, aber was soll ich sagen? Mein Höschen ist schon nass, *Liebling*.«

Ich knurre. Herrgott noch mal, gleich spritze ich wie ein pubertierender Teenager in meine Hose ab.

»Ladies and Gentlemen! We are ready to rumble!«, unterbricht der Kommentator unseren romantischen Moment, welcher wie immer in ein Mikrofon spricht und ganz hinten im Raum neben den beiden Männern steht, die die Punkte zählen und später auswerten. Hier läuft alles ähnlich wie bei einem legalen Boxkampf ab, doch ein paar Dinge unterscheiden sich wesentlich voneinander.

Man darf die Handschuhe ablegen, wenn man seinen Gegner zu einem härteren Kampf herausfordern möchte, was meist nur geschieht, wenn die beiden Kämpfer ein persönliches Problem miteinander haben. So entstehen schlimmere Verletzungen, da dies bedeutet, dass auch all die Zonen, die zu treffen eigentlich verboten ist, wie die Weichteile oder der Hinterkopf beispielsweise, erlaubt sind. Es entwickelt sich also zu einem blutigen und regellosen Straßenkampf. Oft ist es unterhaltsam, dem zuzusehen, doch ich bevorzuge faire Kämpfe mit strikten Regeln und eindeutiger Punktevergabe oder einem soliden K.O. So lange auf jemanden mit blanker Faust einzudreschen, bis dieser blutend zusammenbricht, hat wenig Reiz auf mich. Wenn ich so etwas sehen möchte, gehe ich auf die Straße, und zahle keine Stange Geld dafür.

»Los geht's, Pfirsichblüte.« Ich lege das Kinn auf ihrer Schulter ab und richte meine Aufmerksamkeit auf den Ring, was mir aufgrund meiner Erektion etwas schwerfällt. »Drück dem Amerikaner die Daumen.«

»Nur einen, zwei bringen Unglück«, erklärt sie überzeugt und hält einen Daumen in die Höhe, bevor sie ihn wirklich drückt. Ich schmunzele. »Uff!«, stößt sie erschrocken hervor, kaum hat der Kampf begonnen und der Amerikaner einen harten rechten Kinnhaken ausgeteilt, der seinen Gegner sofort ins Schwanken bringt. »Ja! Weiter so!«, feuert sie ihn euphorisch an, woraufhin ein paar der stillen Zuschauer zu uns herübersehen und sie amüsiert mustern. Immer wieder ruft sie dem Amerikaner etwas zu und in Runde zwei fängt sie sogar an, zu hüpfen und johlen, sobald er einen Treffer landet.

Irgendwie scheint sie die anderen Männer mit ihrer Euphorie anzustecken, da es heute viel lauter wird als sonst. Einige Männer tun es ihr gleich und feuern ihren Kämpfer an, andere klatschen immer wieder oder lachen laut. Die Stimmung ist gut, und das allein wegen ihr.

Am Ende von Runde zwei wirft der Amerikaner ein Grinsen in unsere Richtung und Pfirsichblüte hält ihren gedrückten Daumen in die Höhe. Ich kann sehen, dass er mit neuem Ehrgeiz in die nächste Runde geht und den gleich darauffolgenden Nierenschlag nur für sie landet. Sie jubelt und klatscht und er grinst sie wieder jungenhaft an.

Ich möchte ihm dafür einen noch viel härteren Nierenschlag verpassen, doch gleichzeitig amüsiert es mich, da Declan zudem von Minute zu Minute wütender wirkt. Nun sind die Blicke, die er uns zuwirft, regelrecht blutrünstig. Ich grinse ihn an.

»Dein Bruder wird wohl nicht der Trauzeuge auf unserer Hochzeit, aber das ist schon okay«, meint die Kleine ebenfalls grinsend und ich lache leise. »Er muss mich nicht mögen. Ich mag ihn auch nicht sehr, so mordlustig wie er mich die ganze Zeit anglotzt.«

Ich küsse sie aufs Ohr und nicke Richtung des Rings, wo jede Sekunde der bislang relativ resistente Kämpfer zu Boden gehen wird. Der Amerikaner verteilt einen Schlag nach dem anderen und jeder Treffer ist zielsicher und kraftvoll. Ich mag, wie er kämpft. Er ist nicht schlampig oder lässt sich hinreißen, sondern kämpft auch mit dem Kopf. Er ist nun ein wenig aus der Puste, aber er hat eine bessere Fußarbeit als sein Gegner, deutlich mehr Ausdauer und viel weniger Schläge eingesteckt, sodass er klar im Vorteil ist. Es benötigt noch einen gezielten Uppercut und er hat seinen Gegner ausgeschaltet. Dieser wirkt schon benommen, Blut läuft über sein Auge und seinen Mund.

»Yeah!«, schreit Pfirsichblüte und hüpft hoch, als der Amerikaner wie erwartet einen gezielten Schlag ausführt und sein Gegner zu Boden fällt und reglos dort liegen bleibt. »Volltreffer!« Sie klatscht lautstark in die Hände und die Freude auf ihrem Gesicht ist so echt, dass sie ansteckend ist.

Ich rutsche vom Hocker und klatsche. Alle folgen meinem Beispiel, als sich der Kampfrichter vergewissert hat, dass der Brite bewusstlos ist, und verkündet, wer den Kampf gewonnen hat, indem er dessen Arm in die Höhe hebt. Der Kommentator trällert ins Mikrofon und der Amerikaner reißt sich die Handschuhe von den Händen und zeigt ohne zu zögern auf Declan. *Du bist der Nächste.*

Die Leute folgen seinem Finger neugierig und ich tue es ihnen gleich. Dann lächele ich. Declan wirkt gelassen und nicht im Mindesten beeindruckt. Er nickt nur – eine stille Art, die Herausforderung zur Kenntnis zu nehmen. Ich weiß, dass er nicht bloß vorgibt, so gelassen zu sein. Declan weiß, was er kann, und das ist mehr als die meisten Kerle, die je in diesem Ring standen, zusammen können. Er wird den Amerikaner vermutlich nicht schon in der ersten Runde K.O. schlagen, wie es meist der Fall ist, doch ich schätze, mehr als drei Runden übersteht dieser nicht.

»Du hast aufs richtige Pferd gesetzt«, sagt Pfirsichblüte glücklich und dreht sich zu mir um. Sie grinst mich neckisch an. »Also, was kaufst du mir von deinem Gewinn?«

Ich kann nicht anders und grinse wieder. Dieses Mädchen ist eine verdammt gute Gesellschaft, so amüsant und unterhaltsam. Und gleichzeitig so sexy, dass ich immer noch steinhart bin.

»Was du willst«, sage ich ihr, woraufhin sie gespielt nachdenklich über ihr Kinn reibt. »Sexspielzeug, das ich an dir benutzen darf?«

Augenrollend gibt sie mir einen Klaps auf die Schulter.

»Was habe ich denn von diesem Geschenk, du perverser, sexbesessener Freak?«

Ich kralle eine Hand in ihren knackigen Hintern. »Mehr Orgasmen, als du zählen kannst, du perverse, sexbesessene Stalkerin.«

»Um mir diese zu schenken, brauchst du nicht mehr als deinen Schwanz. Er ist mit Abstand das beste Spielzeug auf dem Markt.« Sie streichelt mein Ego und ich genieße es in vollen Zügen. »Wie wäre es, wenn du für mich auf den Amerikaner setzt, wenn dieser gegen deinen Bruder kämpft?«

Ich packe sie an der Taille und ziehe sie an mich, bevor ich an ihrer Unterlippe knabbere. »Du bist ganz schön teuflisch.«

»Dann passe ich ja perfekt zu dir.« Sie lächelt süß wie Zucker und schlingt die Arme um meinen Hals. »Also? Nimmst du mich zum Kampf mit?«

»Das steht außer Frage, Pfirsichblüte. Mit dir macht alles viel mehr Spaß«, sage ich aufrichtig und freue mich insgeheim, dass sie mich nächste Woche wieder begleiten wird. »Nächsten Freitag. Rechne nicht damit, zu gewinnen, denn wie gesagt …« Mein Blick schweift etwas stolz zu Declan, der sich mit Donovan unterhält. »Gegen meinen Bruder ist jeder chancenlos.«

»Auch du?«, fragt sie überrascht.

»Mich ausgeschlossen«, sage ich entschlossen. »Ich habe ihm das Kämpfen beigebracht und niemand ist besser als sein Meister.« Ich zwinkere ihr zu, als sie mich mit Anerkennung in den Augen mustert, so als würde sie nicht daran zweifeln, dass andere, mein Bruder eingeschlossen, gegen mich chancenlos wären. »Lass uns gehen, Pfirsichblüte. Ich kann nicht eine Sekunde länger warten, dich aus diesem Kleid zu schälen und mich tief in dir zu vergraben.«

13

Peaches

»Möchtest du auch ein paar Erdbeeren haben?«, rufe ich lauthals durch das Haus.

Callahan sieht mich mit einer Mischung aus Irritation und Belustigung an. »Mit wem sprichst du, Pfirsichblüte?«

Ich tunke eine Erdbeere in die geschmolzene Schokolade und stecke mir diese in den Mund. Dann zucke ich mit den Schultern. »Na, mit Donovan. Er ist doch bestimmt hier irgendwo, oder?«

Callahan schmunzelt und zieht mich auf seinen Schoß. »Wir sind allein.«

»Oh.« Überrascht blinzele ich. »Da sich Donovan beim letzten Mal, als ich hier war, wie ein Gespenst durch das Haus geschlichen hat, ohne einen Ton von sich zu geben, dachte ich, er würde sich bestimmt wieder irgendwo verstecken und uns bei unanständigen Dingen belauschen.«

Er grinst und streicht über meine Unterlippe, bevor er die Schokolade von seinem Finger leckt. Er sieht dabei so verführerisch und sexy aus, dass es in meinem Schoß zu kribbeln beginnt. »Ich habe ihm für heute freigegeben. Er ist mit meinem Bruder und O'Sullivan im Studio, sie trainieren.«

»Für den Kampf?« Er nickt. »Ich hoffe, sie trainieren nicht allzu viel, weil ich immer noch möchte, dass Declan ein paar fiese Schläge auf die Nase bekommt.«

Seine graublauen Augen funkeln vor Begierde, während ich mir eine weitere Erdbeere aus der Schüssel schnappe. »Teufelin.«

Als ich sie mir in den Mund stecken will, schnappt er sich meine Hand und beißt sie mir aus den Fingern.

Ich sehe ihn gespielt empört an. »Dieb.«

Kichernd beuge ich mich zu ihm hinunter, als er die Erdbeere zur Hälfte zwischen die Lippen nimmt, und beiße die Spitze davon ab. Danach sauge ich den Fruchtsaft von seinen Lippen und tauche meine Zunge in seinen Mund. Schneller, als er reagieren kann, schnappe ich ihm die Erdbeere wieder weg und kaue sie grinsend vor seinem Gesicht.

»Teilst du nicht gerne, meine Blüte?«, flüstert er rau, bevor er seine Hand unter das weite Shirt schiebt, welches ich mir aus seinem Kleiderschrank stibitzt habe.

Ich schüttele den Kopf und spüre, wie mir augenblicklich wärmer wird, als er seine große Hand fest über meinen nackten Oberkörper gleiten lässt. Auf meiner rechten Brust hält sie inne. Dann schlingen sich seine Finger darum und er gibt ein leises Knurren von sich.

»Jaysus, diese Brüste.«

»Magst du sie?«, flüstere ich heiser und drücke sie ihm entgegen, woraufhin er auch die zweite Hand unter das lockere schwarze Shirt schiebt, um sie zu kneten und drücken. Mir entfährt ein leises Stöhnen. »Ich glaube, du könntest mich allein damit zum Kommen bringen.«

»Wollen wir es ausprobieren?« Seine talentierten Finger massieren meine Brüste und necken meine Warzen, bevor er sie sanft kneift. Ich keuche und fange an, mich auf seinem Schoß zu reiben. Sein Schwanz verdickt sich unter mir und zuckt verlangend. Callahan knurrt wieder erregt. »Und du könntest mich problemlos so zum Abspritzen bringen. Mehr als dich zu fühlen brauche ich dafür nicht.«

Ich lächele schmutzig und beiße mir auf die Unterlippe. »Wir sollten die Erdbeeren essen, sonst werden sie schlecht.«

»Ich kann sie von deiner Muschi essen.«

Das bringt mich zum Kichern. »Und ich kann die geschmolzene Schokolade von deinem Schwanz lecken.«

Callahan verzieht das Gesicht, als würde ihm die Vorstellung körperliche Schmerzen bereiten, und packt mich unter den Achseln, um mich der Länge nach auf die Couch zu legen. Er kniet sich über mich und zieht das Shirt bis zu meinem Hals hinauf, bevor er Küsse auf meinem nackten Körper verteilt.

Ich schließe die Augen und genieße die feuchte Spur, die er dabei hinunterlässt. Ich spüre den Sog seiner Lippen überall. Voller Vorfreude spreize ich meine Beine, als er sich weiter hinunter arbeitet, und öffne die Augen flatternd wieder, als ich etwas Kühles zwischen den Schenkeln spüre.

Ich keuche und kralle mich in die Sofakissen. Er hat sich einen Eiswürfel aus seinem Glas geschnappt, diesen zwischen die Zähne genommen, und spielt nun damit an meiner Klit, die dennoch heiß vor Verlangen pocht.

»Fühlt sich das gut an?«, fragt er mich mit dem Eiswürfel im Mund, doch ich verstehe ihn problemlos und nicke mit glühenden Wangen.

Er grinst und reibt ihn an meinen Schamlippen, bevor er ihn wieder dazwischen taucht und auf meinem Kitzler schmelzen lässt, während er diesen gleichzeitig mit der Zunge stimuliert. Unter mir auf dem Sofa entsteht ein Fleck, doch es ist mehr meine Lust als das geschmolzene Wasser, die zwischen meinen Schenkeln tropft.

»Du schmeckst so gut, Pfirsichblüte. Ich könnte dich den ganzen Tag lang küssen. Überall.«

Ich stöhne rau und gebe mich den Empfindungen tief in mir vollends hin. Meine Brust hebt und senkt sich schwer, während Callahan zwischen meinen Beinen arbeitet, und mein Puls schnellt in die Höhe, je gröber er es tut. Seine Zähne bohren sich in mein empfindsames Fleisch und seine Lippen saugen so fest an mir, dass sich mein Schoß ruckartig zusammenzieht. Er taucht seine Zunge in mein pochendes Loch, das wieder ganz wund von ihm ist, da wir es in der Nacht wie die Karnickel miteinander getrieben haben, und ich wimmere, als er seine Hände unter meinen Hintern schiebt und grob hinein kneift.

In meinen Kopf sickert dichter Nebel und Schweiß sammelt sich auf meiner Stirn. Ich stehe kurz davor, verdammt. Er ist einfach zu gut.

Mein Becken zuckt wild gegen ihn, um die Stimulation zu intensivieren, und ich wippe es keuchend auf und ab, um mich an seinem talentierten Mund zu reiben. Er gibt mir wieder seine Zunge und ich lasse mit einem entzückten Stöhnen los, als mich der Orgasmus mit Endorphinen überschwemmt.

»Callahan …«, entfährt es mir erstickt, während er mich mit seinem Gewicht unter sich begräbt. Sein schwerer, heißer und muskulöser Körper drückt mich tief in die Couch, als er seine Lippen knurrend auf meine presst, damit ich mich selbst schmecken kann. Ich keuche ihm in den Mund und zerre ungeduldig an seinem Shirt, um es ihm über den Kopf zu ziehen. »Gott, ich -«

Das Klingeln seines Handys unterbricht mich und auch unser Kuss findet ein abruptes Ende, als Callahan den Namen des Anrufers auf dem Display liest. Ohne zu zögern richtet er sich auf und schnappt sich das Handy vom Couchtisch. Ich runzele immer noch außer Atem und mit erhitztem Gesicht die Stirn.

»Kannst du den Anruf nicht ignorieren?«, flehe ich. »Der Moment dafür hätte unpassender nicht sein können.« Zumal sein Schwanz schon ein Loch durch die tiefsitzende Jogginghose bohrt.

»Du hast mich gleich zurück, Pfirsichblüte. Auf diesen Anruf warte ich schon sehr lange«, lautet seine vage Erklärung für sein abruptes Aufstehen, woraufhin ich bloß kapitulierend nicke. Ohne noch eine Sekunde länger zu vergeuden, marschiert er mit dem Handy in der Hand aus dem Raum. Mit der anderen richtet er sich seine Erektion.

Ich lache verwirrt. Er verhält sich, als ginge es um Leben und Tod. Insgeheim frage ich mich, wer der Anrufer wohl sein mag, und warum er extra das Zimmer zum Telefonieren verlässt. Er tut es eigentlich immer, da er offenbar nicht möchte, dass ich mitbekomme, worüber er mit seinen Gesprächspartnern spricht. Bestimmt geht es um seine Geschäfte oder irgendwelche Aufträge, die er für jemanden erledigen soll. Über seine Arbeit verrät er mir schließlich nie etwas, doch ich weiß ohnehin schon alles. Dieser Anruf jedoch scheint wichtig zu sein, da er es sonst nicht so eilig hat, an sein Telefon zu gehen, oder gar von meinem nackten Körper ablässt, um es zu tun, während wir kurz davor sind zu vögeln.

Ich gebe dem Impuls, zu lauschen, nach, da meine Neugierde nichts anderes zulässt. Rasch ziehe ich sein Shirt an meinem Körper hinunter und richte mich auf. Ich schnappe mir eine Erdbeere, tunke sie in die nun kalte Schokolade, und knabbere daran, während ich auf Zehenspitzen in den Flur tapse. Weil ich ihn hier nirgendwo entdecken kann, spitze ich meine Ohren und folge seiner tiefen Stimme, die so leise ertönt, dass ich mir sicher bin, dass er sich im oberen Stockwerk aufhält.

Mit dem Vorwand, auf die Toilette zu müssen, gehe ich nach oben und öffne seine Badezimmertüre. Er befindet sich unmittelbar nebenan in seinem Arbeitszimmer, welches ich schon im Detail kenne, da ich es vor nicht allzu langer Zeit auf den Kopf gestellt habe. Für heute habe ich mir vorgenommen, ihn über seine Arbeit auszuquetschen, da ich der Meinung bin, dass ich nur so weitere Informationen zu meinem Bruder einholen kann. Das Schnüffeln hat nichts gebracht. Ich werde ihn dazu bringen, mir endlich anzuvertrauen, welchem Job er nachgeht, und ihn dann mit speziellen Fragen löchern, die mir möglicherweise verraten, was ich wissen möchte. Einen Versuch ist es wert.

Schließlich bin ich nur deswegen hier. Ich will herausfinden, was mit meinem Bruder geschehen ist. Das muss ich mir vor

Augen halten, da ich es zugegebenermaßen in Callahans Nähe immer wieder aus den Augen verliere. Noch vor wenigen Wochen war das Einzige, woran ich denken konnte, die Aufklärung des Verschwindens meines Bruders, und mein einziges Ziel, Callahan dafür büßen zu lassen, falls er dafür verantwortlich ist, doch heute … Heute sind meine Ziele fragwürdig und meine Absichten selbst für mich verwirrend. All die Gedanken in meinem Kopf, die sich um Callahan drehen, sind verworren und widersprüchlich. Genau wie die Gefühle, die ich für ihn hege. Da ist so viel, das ich nicht verstehen kann, dass ich aufhöre, zu hinterfragen, wie es überhaupt so weit kommen konnte.

Seine Stimme lässt mich die Luft anhalten, als sie leise aus dem Nebenzimmer ertönt. Seine Worte ergeben keinen Sinn für mich.

»Nun, ich habe nicht damit gerechnet, dass sie sich mit leeren Händen bei mir melden würden.«

Eine Pause folgt, dann sagt er mit deutlich angespannter Stimme: »Was soll das bedeuten? Sie hatten wochenlang Zeit, um herauszufinden …« Ein Geräusch schluckt seine nächsten Worte, dann sagt er ungläubig: »Ein Geist, sagen Sie? Das ist lächerlich.«

Ich nähere mich dem Zimmer an, um das Gespräch weiter belauschen zu können. Seine nächsten Worte höre ich nicht deutlich genug, doch durch den plötzlich eiskalten Tonfall fällt es mir danach nicht schwer, ihn zu verstehen. Er erinnert mich an diesen gefühllosen Roboter, der er zu Beginn war.

»Sie sagen also, dass es diese Person in Wahrheit gar nicht gibt.« … »Und Sie sind sich sicher?« … »Sie haben alle Informationen, die ich Ihnen gegeben habe, überprüft, und konnten den Namen, den ich Ihnen genannt habe, nirgendwo zuordnen?« Sein Tonfall wird noch eisiger, nun erkenne ich Wut darin. »Ich verstehe. Danke für die gründliche Nachforschung. Ich lasse Ihnen in den nächsten Tagen die Bezahlung zukommen.«

Da es klingt, als wäre das Gespräch für ihn beendet, husche

ich schnell ins Badezimmer und schließe die Tür hinter mir. Ich wasche mir die Hände, um nicht verdächtig zu wirken, und warte, bis ich seine schweren Schritte im Flur wahrnehmen kann. Sie verstummen unmittelbar vor der Badezimmertür.

»Ich komme gleich!«, rufe ich ihm zu. »Ich musste mal auf die Toilette.«

»Ich werde hier auf dich warten.«

Meine Nackenhaare stellen sich beim gefühllosen Klang seiner Stimme einzeln auf. Offensichtlich hat ihm dieses Gespräch die Stimmung versaut. Um wen ging es? Und mit wem hat er eigentlich gesprochen? Einem Detektiv? Einem Ermittler? Er sagte etwas von Nachforschungen, die dieser für ihn getätigt hat.

Moment mal … Es ging doch hoffentlich nicht um mich, oder?

Nein, das kann nicht sein. Warum sollte er erst jetzt einen Detektiv auf mich ansetzen?

Mit zugeschnürter Kehle erinnere ich mich an seine Worte zurück. *Sie hatten wochenlang Zeit, um herauszufinden …*

… wer sie ist. Wer *ich* bin. Das ist das verdammte Ende dieses Satzes.

Mit einem Mal weicht mir all der Sauerstoff aus den Lungen und ich sehe mich mit rasendem Puls im Badezimmer um. Ich bin mir sicher, dass es bei dem Gespräch um mich ging. Es würde passen. Dass er den Kerl vor Wochen beauftragt hat, meiner Identität nachzugehen, und dieser Callahan nun mitgeteilt hat, dass es keine Isabelle Wilson gibt, auf die meine Daten zutreffen würden. Keine mit dem Geburtsdatum, welches Callahan auf dem gefälschten Ausweis von mir gesehen hat, keine, die in einem Krankenhaus in London geboren wurde, wie ich ihm weisgemacht habe. Keine mit fünf Geschwistern und noch lebenden Eltern und keine, die als selbstständige Autorin gemeldet ist. Mein Wagen, dessen Kennzeichen er sich wahrscheinlich notiert hat, läuft auf eine Leihfirma und das Haus, welches ich zur Miete bewohne und dessen Adresse er vermutlich weitergegeben hat, läuft auf die Hausbesitzerin. Ich habe extra mehr Geld dafür bezahlt, dass sie mich ohne Mietvertrag darin wohnen lässt, und bezahle die Miete bar auf die Hand, um keine Spuren zu meiner wahren Identität zu hinterlassen. Sogar die verdammte Handynummer, die ich ihm von mir gegeben habe, ist bloß auf eine Prepaid-Karte zurückzuführen.

All das muss Callahan nun wissen, was bedeutet, dass er nun endlich einen triftigen Grund hat, mich und meine Absichten zu hinterfragen. Dass er recht hatte, mir zu misstrauen, und irgendetwas mit mir nicht stimmt.

Ergo bin ich so gut wie tot.

»Was dauert so lange, Pfirsichblüte?«

Ich zucke zusammen und starre mit geweiteten Augen die Badezimmertür an. Sie ist geschlossen, aber nicht verschlossen. Scheiße.

Im selben Moment, als ich darauf zustürme, um sie zu verriegeln, bewegt sich die Klinke nach unten und die Tür schwingt auf. Ich keuche leise und setze mein bestes Lächeln auf, als Callahan den Raum betritt, sein Gesicht eine undurchschaubare Maske, seine Augen voller Dunkelheit.

»Ich … ich wollte gerade fragen, ob du mit mir duschen möchtest«, presse ich hervor und räuspere mich, da meine Stimme dünn und zittrig klingt. Immer noch lächele ich und bei Gott, ich kann in seinen Augen förmlich sehen, wie verkrampft es wirken muss, da diese einen harten Ausdruck annehmen und mich mit dem Boden festnageln. Ich glaube, er weiß, dass ich es weiß. Er weiß, dass ich gelauscht und eins und eins zusammengezählt habe.

Jetzt geht es also ums blanke Überleben.

Da er keine Anstalten macht, mich zu packen, verhören, oder wieder zu bedrohen, spiele ich weiterhin das unschuldige und nichtsahnende Mädchen. Ich gehe auf ihn zu und greife an den Saum seines Shirts, um es ihm über den Kopf zu ziehen. Er lässt mich gewähren, doch das erste Mal lösen meine Berührungen keinen Hunger bei ihm aus. Ich erkenne nichts als beängstigende Dunkelheit und unterschwellige Wut in seinen Augen. Es ist, als könnte ich förmlich spüren, wie das Monster in ihm ausbrechen und mir wehtun will, doch er lässt es nicht. Er starrt mich bloß an, beobachtet still, wie ich sein Shirt zu Boden werfe und an den Saum meines eigenen greife, um es ebenfalls auszuziehen. Denn wenn ich eine Chance habe, ihn zu besänftigen und davon abzuhalten, mich noch hier und jetzt in seinem Badezimmer umzubringen, dann indem ich ihn von diesem Bedürfnis ablenke. Und ein anderes Bedürfnis in ihm wecke.

Und was lenkt Männer schon besser ab als eine nackte, willige Frau?

Leider macht er den Versuch zunichte, als würde er sich genau davor bewahren wollen. Als wüsste er, er könnte nicht mehr klar denken, sobald er mich nackt und willig vor sich hat, packt er blitzschnell mein Handgelenk und zwängt es unnachgiebig nach unten, sodass mein Shirt wieder hinunterrutscht. Ich fange in seinem harten Griff zu zittern an und sehe mit angehaltenem Atem zu ihm auf.

»Was ist los?«, wispere ich, meine Stimme klingt vor Anspannung und Furcht fremd.

Callahan neigt den Kopf, lässt seinen Blick über mich schweifen, ohne dabei auch nur den Funken einer Emotion auszustrahlen, und lächelt mich schließlich an. Dieses Lächeln lässt das Blut in meinen Adern gefrieren. Mir wird mit einem Mal eiskalt und mein Atem wird in meiner Lunge zu Eis.

Spätestens, als er endlich einen Ton von sich gibt, bricht die Hysterie in mir aus und meine panische Furcht kennt keine Grenzen mehr.

»Ich bevorzuge es, zu wissen, mit wem ich mir eine Dusche teile, also lass uns zuerst klären, wessen süße Muschi es wirklich ist, die mich so verzaubert hat.«

Ich schlucke so hart, dass es wehtut, und weiche einen abrupten Schritt zurück. »Ich … ich weiß nicht, was du meinst, Liebling.«

Sein Lächeln ist so finster wie die Nacht, als er mir sein wahres Gesicht zeigt, nun wo er seine Maske fallen lässt. Es ist beängstigend, so auch die nächsten Worte aus seinem Mund, als er mit wilder und wütender Entschlossenheit auf mich zukommt. »Du hast drei Sekunden, mir zu sagen, wer du verdammt noch mal bist, oder ich ertränke dich in meiner Badewanne, *Liebling.*«

Mit entfährt ein ersticktes Keuchen, bevor ich das Einzige tue, das mir in diesem Moment sinnvoll erscheint.

Ich laufe um mein Leben.

Leider komme ich nicht weit, da er so schnell reagiert, dass ich kaum blinzeln kann. In dem Moment, in dem ich an ihm vorbeistürme, streckt er den Arm aus und fängt mich mühelos ab. Wie einen Schraubstock schlingt er den Arm um meinen Bauch, hebt mich hoch, und trägt mich aus dem Raum.

Ich kreische und strampele, versuche nach ihm zu schlagen und mich aus seinem stählernen Griff zu befreien, doch es ist zwecklos. Er trägt mich unbeirrt durch den Flur in sein Schlafzimmer, wo er die Tür hinter sich zuknallt und einen Stuhl von der Wand bis in die Mitte des Raumes zieht.

Die Panik in mir droht mich zu zerreißen, als er mich neben dem Stuhl zu Boden wirft, sodass er die Sekunden, die ich brauche, um mich aufzurappeln, dafür nutzen kann, Seile aus der Truhe am Fußende des Bettes zu entnehmen. Ich zögere nicht und stürme wieder los, doch er ist auch dieses Mal schneller und fängt mich mühelos ein.

»Lass mich verdammt noch mal los!«, kreische ich ungehalten und strampele wieder wild, als er mich zurück zum Stuhl trägt, und mich dieses Mal darauf setzt.

Ich nutze die Sekunde, in der er nach meinen Armen greift, um sie an den Stuhl zu fesseln, und hole mit dem Fuß aus, um ihm hart in die Weichteile zu treten. Ich erwische ihn nicht so, wie ich es wollte, da er unnatürlich gut ausgeprägte Reflexe hat und den Tritt kommen sieht, und so rechtzeitig zur Seite ausweicht, sodass ich bloß seine Hüfte streife. Trotzdem zögere ich nicht, ihn erneut zu treten, und beiße ihm zusätzlich in die Finger, als er mich im Gesicht packen will. So fest, dass er knurrt und die Hand zurückreißt.

Im selben Moment lasse ich mich seitlich zu Boden fallen

und krabbele panisch über den Boden. Er folgt mir mit einem düsteren Gesichtsausdruck. Seine Kiefer sind verhärtet und seine Augen lodern vor Wut. Ich krabbele immer weiter und rappele mich am Ende des Raumes keuchend vom Boden auf.

»Lass mich gehen.« Meine Stimme überschlägt sich vor Atemlosigkeit, Panik und Wut. »Fass mich nicht an, Callahan!«

»Möchtest du unser Gespräch lieber in der Badewanne fortsetzen, Pfirsichblüte? Möglicherweise schluckst du dabei aber immer wieder ein wenig Wasser, sodass du Probleme beim Sprechen haben könntest«, sagt er mit einer verwirrend tonlosen und gleichgültigen Stimme, die nicht zu all den dunklen Emotionen in seinen Augen passt. Er wirkt vollkommen beherrscht, als er wieder auf mich zukommt, obwohl ich sehen kann, wie sehr es in ihm brodelt. Genau das macht ihn so gefährlich. Er hat sich immer unter Kontrolle. »Deine Entscheidung.«

»Fick dich.« Ich gehe zum Angriff über, denn Verteidigung erscheint mir sinnlos. Meine Fäuste fliegen durch die Luft, als ich entschlossen auf ihn zustürme und ihn wie eine Furie anspringe. Ich boxe ihm in den Bauch, die Schulter und den Kiefer, bevor er meine Hände mit einem Fluch abfängt und mich herumwirbelt.

Sein Unterarm schlingt sich um meinen Hals, während ich mit den Beinen nach ihm trete und uns hysterisch herumreiße, um mich von ihm befreien zu können. Doch all meine Gegenwehr lässt nach, als er ein wenig Druck mit dem Arm auf meine Kehle ausübt und mir der Sauerstoff ausgeht.

»Ca-alla-han …«, röchele ich und greife nach seinem Unterarm, doch er lockert den Würgegriff nicht. »Lass … los.«

»Ein kurzes Nickerchen wird dir dabei helfen, dich zu beruhigen«, flüstert er mir ins Ohr, während meine Gliedmaßen weich werden und meine Knie nachgeben. Meine Lider flattern und meine Augen rollen nach hinten. »Schlaf gut, Pfirsichblüte.«

14

Callahan

Ich sitze auf der Bettkante, ein Glas Jameson pur in der Hand, meine Augen konzentriert auf Pfirsichblüte gerichtet, die nach ihrem kurzen Nickerchen endlich aufzuwachen scheint. Sie war nicht lange bewusstlos, doch die Zeit hat ausgereicht, um mich selbst ein wenig zu beruhigen und meine Gedanken zu schlichten. Die Wut, die mich erfasst hat, als ich erfahren habe, dass sie nicht die ist, für die sie sich ausgibt, hat mich für einen Augenblick schwarzsehen lassen. Wie die Tatsache, dass sie mich weiterhin für dumm verkaufen wollte, obwohl wir beide wussten, dass ihr kleines Spiel mit mir nun ein Ende hat. So wurde mir auch klar, dass ich zu meiner Schande nicht dazu fähig wäre, meine Drohungen in die Tat umzusetzen. Nicht bei ihr. Irgendetwas an ihr muss mich den Verstand verlieren haben lassen, denn der Gedanke, sie in meiner Badewanne zu ertränken, erschreckt mich selbst vermutlich genauso sehr wie sie.

Ich will ihr nicht wehtun. Ich glaube auch nicht, dass ich es kann, sonst hätte ich es längst getan, als sie auf mich losging. Ihr

Versuch, mit mir zu kämpfen, war jämmerlich, doch ich rechne ihn ihr an. Es war mutig, wenn auch dumm.

Das Einzige, das ich von ihr möchte, sind ein paar Antworten, um ein wenig Licht in diese Sache zu bringen. Ich habe gottverdammt noch mal keine Ahnung, was sie mit all dem hier bezweckt.

Und es macht mich rasend, dass sich meine Befürchtungen letztendlich doch bestätigt haben. Ich könnte mit bloßen Händen Bäume ausreißen, weil das zudem bedeutet, dass mein Bruder recht damit hatte, meinem Urteilsvermögen bei dem Mädchen zu misstrauen.

Und ich hasse es, wenn mein Bruder recht hat.

Mein Misstrauen war begründet, nun habe ich den Beweis dafür. All die Zweifel, die ich an ihr hatte, und dieses seltsame Bauchgefühl, das mich in ihrer Nähe ständig begleitet hat, waren ebenfalls gerechtfertigt. Es gibt keine Isabelle Wilson, die am sechsten Januar vor dreiundzwanzig Jahren hier in London geboren wurde. Es gibt überhaupt keine Isabelle Wilson in ihrem Alter, die hier in London gemeldet ist. Ebenso hat keine Isabelle Wilson je an der University of Westminster studiert. Das Auto läuft nicht auf ihren Namen und das Haus, in dem sie lebt, ebenfalls nicht. Ihre Handynummer ist nicht nachverfolgbar, da es sich um eine Prepaid-Karte handelt. Es muss einen Grund geben, warum sie einen Ausweis fälschen ließ und dafür sorgte, dass nirgendwo ihr richtiger Name auftaucht, und ich brenne darauf, diesen zu erfahren.

Aber noch mehr, zu erfahren, warum zur Hölle sie mich ausgewählt und alles dafür getan hat, um sich in mein Leben zu schleichen. Dabei hat sie sich viel Mühe gegeben und eine überraschend gute Schauspielleistung dargeboten. Denn die Zeit, die wir miteinander verbracht haben, hat sich nicht wie eine Notwendigkeit ihrerseits angefühlt, nur um an mich heranzukommen. All ihre Blicke, Worte und Berührungen wirkten echt und ungekünstelt.

Diese Leidenschaft wirkte verdammt noch mal echt. Man

kann nicht so ficken, wie wir es taten, wenn man keinerlei Gefühle dabei verspürt.

Aber man kann jemandem nicht in die Augen sehen und dermaßen gut lügen, wenn man Gefühle für diese Person hegt. Denn genau das hat sie getan. Immer und immer wieder. Sie hat mich zum Narren gehalten, mich manipuliert und getäuscht.

Sie hat einen dummen, blinden und tauben Bastard aus mir gemacht. Nicht einmal auf meinen eigenen Bruder wollte ich hören, als er mich vor ihr gewarnt hat. Meine Instinkte habe ich genauso ignoriert wie ihn. Und zu allem Übel sitze ich nun hier, nicht bereit, zu tun, was ich bei jedem anderen täte, der mich auf diese bloßstellende Weise reingelegt hätte.

Declan hatte recht, mich einen Waschlappen zu nennen.

Als ihre Lider zu flattern beginnen, nehme ich einen Schluck vom Whiskey und stelle das Glas auf dem Boden zu meinen Füßen ab. Ich beobachte sie still dabei, wie sie zu sich kommt und ihr klar wird, warum sie gefesselt an einem Stuhl in meinem Schlafzimmer sitzt, und verfolge ausdruckslos ihre Bemühungen, sich loszureißen und aus den Seilen zu befreien. Erfolglos. Sie kann weder ihre Arme, die ich hinter der Rückenlehne gefesselt und zusätzlich an den Stuhlbeinen festgebunden habe, noch ihre Beine bewegen, die ebenfalls an die Stuhlbeine gefesselt sind. Mit dreifachem Knoten, nur für alle Fälle. Vielleicht ist meine hübsche Blüte ja eine verdeckte FBI-Ermittlerin, die für solche Situationen ausgebildet wurde, wobei ich das für ausgeschlossen halte. Dafür ist sie zu jung und zu amateurhaft dabei vorgegangen, als sie in mein Haus eingebrochen ist.

Es steht nun außer Frage, dass sie es war. Mein Verdacht war richtig. Natürlich war er das.

»Hast du gut geschlafen, Pfirsichblüte?«, frage ich sie, woraufhin sie ihre hübschen blauen Augen fest zusammenkneift und mich mit einem mordlustigen Blick bedenkt. Ich lächele. »Du sahst so friedlich aus. Ich wollte dich nicht wecken.«

»Mach mich verdammt noch mal los!«, schreit sie mich an und bewegt sich wild auf dem Stuhl.

Ich sehe ihr wieder still dabei zu. Sie flucht und wirft einen Blick über die Schulter, um auf ihre Arme zu schauen, um zu erkennen, wie sie gefesselt ist, doch auch dieses Wissen wird ihr nicht dabei helfen, sich zu befreien. Ich warte, bis sie diese Erkenntnis ebenfalls trifft, und lächele sie kühl an, als sie danach wieder mit Mordlust in den Augen zu mir sieht.

»Du hast mich gewürgt, bis ich bewusstlos war«, wirft sie mir empört vor. »Was zur Hölle stimmt nicht mit dir?«

»Nun«, sage ich immer noch lächelnd und verknote die Hände auf meinem Schoß. Die Gelassenheit und Überlegenheit, die ich ausstrahle, scheinen sie rasend zu machen, denn sie flucht wieder vor sich hin. »Du hast mir keine andere Wahl gelassen. Zugegebenermaßen gäbe es auch andere Möglichkeiten, dich zu überwältigen, aber das war die schmerzfreieste für dich, Liebling. Du solltest es zu schätzen wissen.« Als sie hart schluckt, frage ich mit einer gehobenen Augenbraue: »Oder hättest du einen Schlag auf den Kopf bevorzugt? Alternativ hätte ich dich natürlich auch wirklich in meiner Badewanne ertränken können.«

Ihre Gesichtszüge werden schneidend scharf und ihr Kinn bewegt sich trotzig in die Höhe. »Hättest du mich ertränkt, hättest du aber nie erfahren, was du so unbedingt von mir wissen möchtest.«

Ich mahle die Kiefer aneinander. »Richtig. Lass uns direkt damit anfangen, die offenen Fragen zu klären, damit wir die Sache mit der Badewanne hinter uns bringen können.«

Als sie anfängt schallend zu lachen, runzele ich die Stirn. Bislang hat noch keiner auf eine solche Drohung aus dem Mund eines Mannes wie mir auf diese Weise reagiert. Wer findet es schon lustig, ertränkt zu werden?

Als ich verstehe, dass sie auf diese Weise reagiert, weil sie nicht daran glaubt, dass ich meine Drohung wahrmachen könnte, ballen sich meine Hände zu Fäusten. Mein Blut kocht vor Wut, weil sie recht damit behalten soll. Es sind bloß leere Worte aus meinem verdammten Mund und sie weiß es.

Das ärgert mich.

»Du findest diese Situation hier lustig?«, frage ich sie mit täuschend ruhiger Stimme und erhebe mich in aller Gemächlichkeit vom Bett.

Ihr Lachen verstummt und ihre blauen Augen verfolgen mich wachsam durch den Raum, bis ich hinter sie trete und sie mich nicht mehr sehen kann. Als sie den Kopf in den Nacken legen will, drücke ich dagegen und schlinge gleichzeitig eine Hand um ihre zarte Kehle. Ich lasse sie sadistisch langsam tiefer gleiten, finde meinen Lieblingspunkt zwischen ihren hervorstehenden Schlüsselbeinen und drücke den Daumen erst sanft, dann mit mehr Druck dagegen. Sie versteift sich und gibt erstickte Geräusche von sich. Ich drücke noch fester zu. Als ich den Finger aus der kleinen Drosselgrube nehme, hustet sie leise.

»Wir können auch hier miteinander spielen, Pfirsichblüte. Ich brauche keine Badewanne dazu. Wie du siehst, kenne ich subtilere Methoden, jemanden zu quälen, als diese Person unter Wasser zu drücken. Das wäre doch sehr radikal, findest du nicht?«

»Arschloch«, spuckt sie verächtlich aus, woraufhin ich meinen Daumen nun auf meinen Lieblingspunkt am Rücken des Menschen lege. Ich umkreise die Stelle zwischen Schulterblatt und Wirbelsäule, bis ich den richtigen Punkt finde, und bohre den Finger schließlich hinein, bis sie vor Schmerz aufheult. »Autsch! Hör auf damit!«, schnauzt sie mich schmerzerfüllt an. »Wo lernt man denn so etwas?!«

Ich lächele, als ich sie umrunde und die erschrockene Verwunderung in ihrem Blick erkenne. Sie dachte wohl, es gäbe nur die bekannten Methoden, um jemanden zu quälen, doch diese rohe Brutalität will ich bei ihr nicht anwenden. Es wäre schade, ihr hübsches Gesicht zu entstellen und zu einfach, ihre leichten Knochen nach der Reihe zu brechen.

»In meiner Familie«, antworte ich ihr schließlich und stütze die Arme seitlich ihres Körpers auf der Rückenlehne des Stuhls ab. Sie sieht missmutig zu mir auf, während ich auf sie herabstarre und ihr tief in die blauen Augen sehe, bevor ich erkläre: »Ich kann dir gerne jede nur erdenkliche Weise demonstrieren, einen Menschen ohne jegliche Anstrengung oder Brutalität zu quälen, denn wir haben Zeit und ich bin gewillt, zu tun, was nötig ist, bis du deinen hübschen Mund aufmachst und endlich kooperativer wirst.« Auch wenn sie es hinter einer stoischen Miene zu verbergen versucht, erkenne ich die Angst in ihren Augen. Das ist gut. »Soll ich damit fortfahren? Es gibt noch so einige Tricks, die ich dir zeigen könnte. Das würde dir vielleicht nicht gefallen, aber beeindrucken würde es dich allemal.«

»Nein«, murmelt sie resigniert, dennoch reckt sie trotzig das Kinn empor und erwidert meinen Blick und die stille Drohung darin tapfer. »Lässt du mich gehen, wenn ich dir deine Fragen beantworte?«

Ich muss lachen. Sie ist so witzig, meine Blüte. »Was denkst du denn?«

Unsicherheit flackert in ihren Augen auf und sie runzelt beunruhigt die Stirn. »Was willst du denn sonst mit mir machen, wenn du deine Antworten von mir bekommen hast? Mich für immer gefesselt in deinem Schlafzimmer festhalten?«

»Diese Option klingt verlockend. Ich werde darüber nachdenken.« Ich schenke ihr ein böses Lächeln, welches sie mit einem finsteren Blick kommentiert.

Meine Finger finden die zarte Haut an ihrer rosigen Wange und mein Lächeln vertieft sich, als sie sich der Berührung entzieht, indem sie die verrücktesten Verrenkungen mit ihrem gefesselten Körper und Kopf macht. Leise lachend höre ich auf, sie zu foltern, indem ich sie streichele, und nehme meinen Platz ihr gegenüber auf der Bettkante wieder ein.

»Also meine Blüte, bist du bereit, ein wenig zu plaudern? Ich weiß, dass das nicht unsere bevorzugte Beschäftigung ist, aber ein bisschen Abwechslung kann bestimmt nicht schaden.«

Sie verdreht dramatisch ihre Augen. Die Andeutung, dass wir immer nur ficken, kommentiert sie nicht. Stattdessen lässt sie mich entschlossen wissen: »Wenn du ohnehin nicht vorhast, mich gehen zu lassen, werde ich einen Scheiß tun und dir irgendwelche Fragen beantworten.« Sie zuckt mit den Schultern und lächelt zuckersüß. »Pech für dich, Liebling. Hol dir deine Antworten woanders.«

Meine Augen verengen sich wütend. Die Zeit, Spielchen zu spielen, ist vorbei. »Nenne mir deinen richtigen Namen«, fordere ich sie daher im Verhörstonfall auf, der schon so manche Menschen zum Zittern gebracht hat, ohne dass ich mich ihnen überhaupt angenähert habe.

Pfirsichblüte lässt er kalt, denn sie ignoriert mich existenziell, während sie sich gespielt gelangweilt im Raum umsieht. Dann stellt sie zusammenhangslos fest: »Merkwürdig, dass du die Räume deines Hauses so hübsch eingerichtet hast, aber dein Büro wie eine verdammte Gruselkammer hältst.«

Automatisch verkrampfen sich meine Muskeln vor Zorn. Dennoch lächele ich sie kühl an, als ich frage: »Hast du dich bei deinem kleinen Einbruch etwa gegruselt? Das tut mir leid.«

Sie zuckt wieder mit den Schultern, wirkt ungerührt. »Ich schätze, das bringt ein Einbruch so mit sich.«

Ich lasse meine Finger knacksen, bevor ich sie knete. Meine Geduld wird spürbar weniger und die Unruhe in mir nimmt gefährliche Ausmaße an. »Wie heißt du?«, frage ich sie also erneut, doch wieder straft sie mich mit Schweigen, bevor sie irgendeine zusammenhangslose Bemerkung über meine Gruselkammer alias mein Arbeitszimmer macht. Ich spreche strenger, als ich sie ein weiteres Mal auffordere: »Nenne mir deinen richtigen Namen und den Grund dafür, dass du mit mir gefickt hast.«

Bei meinen letzten Worten starrt sie mich seltsam verwirrt und beleidigt an. So klingen auch die nächsten Worte aus ihrem Mund, als sie murmelt: »Das ist keine Frage, deren Antwort du noch nicht kennst, Callahan.«

Ich taxiere sie und suche die Lüge in ihren blauen Augen, finde jedoch nichts als unterschwellige Wut darin, weil ich ihr unterstelle, nur mit mir geschlafen zu haben, um an mich heranzukommen. Oder an was auch immer sie von mir will.

»Willst du damit sagen, du hättest nicht mit mir gefickt, weil du einen Plan verfolgst, den ich nicht kenne?«, frage ich sie geradeheraus, woraufhin sie mich unsicher anblinzelt. »Na sag es schon, Pfirsichblüte. Gehörte das zu deinem hinterhältigen Plan?«

»Anfangs schon«, gesteht sie leise. »Aber sobald wir uns das erste Mal nähergekommen sind, hatte ich ganz andere Dinge im Kopf als meinen Plan. Eigentlich habe ich mein Ziel schon früher immer mal wieder aus den Augen verloren, wenn wir zusammen waren.«

»Dein Ziel«, wiederhole ich tonlos, ohne auf ihr Geständnis einzugehen, das mich etwas besänftigt, obwohl es das nicht sollte. Ich glaube ihr, doch ich könnte mich wie immer täuschen. *Sie* könnte mich wie immer täuschen. »Welches Ziel?«

Demonstrativ sieht sie weg und schweigt wie ein Grab.

Ich seufze angestrengt. »Irgendwann wirst du mir ja doch alles erzählen, also fang lieber jetzt damit an, bevor du Tage in diesem Stuhl verbringst, bis du vor Verzweiflung darum bettelst, mit mir sprechen zu dürfen. Ich bin kein guter Gefängniswärter, musst du wissen. Ich würde mich nicht allzu gut um dich und deine Bedürfnisse kümmern. Denn für gewöhnlich halte ich niemanden bei mir fest, sondern mache kurzen Prozess mit Leuten, die mir ein Dorn im Auge sind.«

Ihr Blick verändert sich, als sie ihre Augen wieder auf meine richtet. Ich sehe, wie sie versucht, abzuwägen, ob ich tatsächlich ernst machen und sie gefesselt an diesem Stuhl tagelang ausharren lassen würde, und offenbar überzeugt sie etwas in meinem Blick davon, dass ich es würde.

Ich weiß nicht, ob ich es könnte. Ich würde daran denken, dass sie hungert, ihre Handgelenke von den Seilen ganz wund wären und ihr Körper von der unbequemen Haltung taub.

Jaysus, seit wann bin ich so eine verfickte Pussy?

»Ich bin keine Bedrohung für dich«, eröffnet sie mir schließlich mit gesenkter Stimme. »Du kannst mich also ohne Bedenken gehen lassen, Callahan. Du wirst mich nie wiedersehen.«

»Das wird nicht passieren, denn ich entscheide darüber, ob du eine Bedrohung für mich bist oder nicht«, lautet meine entschlossene Antwort, mein Blick verdunkelt sich. »Nenne mir jetzt verdammt noch mal deinen Namen und erkläre mir, warum du mich wochenlang manipuliert und benutzt hast. Was hast du in meinem Haus gesucht, als du eingebrochen bist? Was ist es, das du von mir willst?«

Ich sehe es in ihrem Kopf arbeiten und frage mich, warum sie mir nicht einfach sagen will, was hinter all dem steckt. Ihr Plan ist gescheitert, sie ist aufgeflogen. Welchen Unterschied macht es noch für sie, die Absicht dahinter zu schützen? Sie scheint Geheimnisse zu haben, die sie um alles auf der Welt hüten will, und welche ich um alles auf der Welt lüften möchte.

Ich werde sie lüften. Früher oder später wird sie mir alles erzählen, was ich wissen will, weil ihr gar keine andere Wahl bleibt. Ich werde sie nicht gehen lassen. Das kommt nicht in Frage.

Ich spreche etwas aus, das auf der Hand liegt, um das Gespräch wieder anzukurbeln. Vielleicht entlocke ich ihr damit wenigstens irgendeine hilfreiche Information. »Du weißt, wer ich bin.«

»Natürlich weiß ich, wer du bist«, entgegnet sie ohne zu zögern forsch. »Ich weiß alles über die Mullans.«

Ich lächele düster. »Dann solltest du es besser wissen, als dich in mein Leben zu drängen und mir etwas vorzumachen. Meist reagiere ich nicht gut darauf, wenn man mich zum Narren hält.«

Ihr provokantes Lächeln konkurriert mit meinem. »Tja, dann sollte man dich vielleicht nicht so leicht zum Narren halten können.«

Meine Handfläche juckt. Ich will ihr diesen frechen Mund stopfen und den Hintern versohlen, bis sie mich um Verzeihung anfleht und die Wahrheit nur so aus ihr heraussprudelt.

»Also«, sagt sie mit hochgezogenen Augenbrauen. »Zurück zum Wesentlichen. Wann lässt du mich nun gehen?«

Das Mädchen hat Eier, das muss ich ihr lassen. Ich starre sie fragend an, als wären mir die Worte aus ihrem Mund nicht geläufig. Ich verstehe sie auch nicht. Wie kann sie so vorlaut sein, während sie einem Mann wie mir, von dem sie weiß, wer er ist und welche Dinge er tut, gefesselt an einem Stuhl gegenübersitzt?

»Du bekommst nicht, was du willst«, erklärt sie mir überzeugt. »Da kannst du mich noch solange verhören und mir deine Finger irgendwo reindrücken. Deswegen frage ich, wann du mich gehen lässt.«

»Gar nicht«, lautet meine ebenso überzeugte Antwort.

Sie blinzelt mich an. »Entschuldige, das klang gerade so, als sagtest du *gar nicht*.«

»Wenigstens stimmt alles mit deinen Ohren, wenn du schon hier solche Einschränkungen zu haben scheinst.« Ich tippe mir auf die Stirn und ihr Blick verfinstert sich auf eine wutverzerrte Weise.

»Bist du jetzt verrückt, oder was? Willst du mich tatsächlich für immer hier einsperren?«

»Wer sperrt dich ein, Liebling?« Ich sehe mich gespielt verwirrt um. »Alle Türen in diesem Haus stehen weit offen.«

»Dann eben an einen beschissenen Stuhl fesseln«, faucht sie. »Also?!«

»Ja.«

»Was, ja?«

»Ich werde dich für immer an einen beschissenen Stuhl fesseln, wenn du mir nicht endlich sagst, was ich hören will. Du wirst dieses Haus nie wieder verlassen«, gebe ich ihr bekannt, woraufhin sie mich skeptisch beäugt. Erst wirkt sie auf eine amüsierte Weise verwirrt, doch als sie den Ernst in meinen Augen erkennt, schluckt sie schwer und wirkt beunruhigt. »Du bist eine hübsche Dekoration für mein Schlafzimmer. Ich stelle dich einfach neben die Pflanze zum Fenster, was sagst du?«

»Fick dich, sage ich«, zischt sie scharf.

»Oder in mein Arbeitszimmer, damit es nicht ganz so gruselig wirkt.« Ich grinse über die Idee, auf die sie mich gebracht hat, während sie die Zähne fletscht. »Dann hätten wir dieses Problem auch gelöst. Meine Kunden freuen sich bestimmt, etwas so Hübsches wie dich betrachten zu können, während wir Geschäfte miteinander machen. Vielleicht hänge ich dich nackt an die Wand.«

»Herrgott noch mal, du bist verrückt«, murmelt sie ungläubig vor sich hin, dabei schüttelt sie den Kopf. Ihr wirres, langes Haar verdeckt ihr schönes Gesicht wie ein Vorhang, als sie den Kopf nach unten fallen lässt. »Ab jetzt ignoriere ich dich einfach. Mit Irren wie dir ist ein Gespräch sinnlos.«

»Meinst du Iren, Pfirsichblüte?«, reize ich sie. »Ich bin sehr stolz auf meine Herkunft.«

Sie gibt ein unwirsches Geräusch von sich, bevor sie gehässig murmelt: »Nein, ich meinte schon das, was ich sagte. Mit *Irren*. Dein Verhalten schreit geradezu nach psychiatrischer Anstalt.«

»Ich glaube, das gefällt dir«, meine ich überzeugt, woraufhin sie mich ansieht, als hätte ich tatsächlich den Verstand verloren. »Denn unser verrückter Sex hat dir auch gefallen. Auf dem Küchenboden, auf der Treppe, im Flur … Nicht zu vergessen auf dem Esstisch in deinem Haus.«

»Jetzt ignoriere ich dich wirklich«, beschließt sie todernst und blickt demonstrativ auf ihre gefesselten Füße.

Ich überlege, ihr wieder ein paar Körperstellen zu zeigen, die sich ideal dafür eignen, jemandes Aufmerksamkeit auch gegen seinen Willen zu bekommen, entscheide mich dann jedoch für eine andere Strategie. Bei mir wird sie nicht nachgeben, weil sie meine Schwäche erkannt hat. Sie ist meine Schwäche und das ist für uns beide offensichtlich, da wir längst an einem anderen Punkt wären, hätte sie keine Macht über mich. Ich schüchtere sie zwar ein, aber nicht ausreichend, damit sie mir gibt, was ich von ihr möchte. Wenn sie mich ansieht, ist Furcht nicht das vorherrschende Gefühl, das sie dabei empfindet.

Deswegen bin ich der Falsche, um dieses Verhör fortzusetzen.

Und ich kenne die ideale Person dafür, die sich bestimmt über meine Bitte, hier ein wenig nachzuhelfen, sehr freuen wird. Ich sehe schon sein psychopathisches Grinsen vor mir und die

Genugtuung in seinen irre funkelnden Augen, wenn ich zugebe, dass er recht hatte.

Also fische ich wortlos das Handy aus meiner Hosentasche, wähle die Kurzwahltaste eins, und lege es mir ans Ohr. Als kein Freizeichen mehr ertönt, gebe ich entspannt von mir: »Declan, ich mache dir ein frühzeitiges Geburtstagsgeschenk. Komm in mein Haus. Hier verlangt etwas nach deiner feinfühligen Fingerfertigkeit.«

Mit einem Mal reißt sie den Kopf nach oben und ihre Augen weiten sich vor Schock. »Du bluffst«, unterstellt sie mir mit einer Hoffnung in der Stimme, die verrät, dass diese Strategie die richtige ist. Jetzt habe ich sie genau dort, wo ich sie haben wollte.

Weil ich nicht antworte, sondern Declan lausche, der wie erwartet mit krankhafter Freude in der Stimme zustimmt, sich auf den Weg zu mir zu machen, fragt sie voller Fassungslosigkeit: »Du rufst doch nicht gerade ernsthaft deinen mordlustigen Bruder zu dir, der mich hasst, um mich zu foltern, damit ich zu reden anfange?«

Zufriedenheit erfüllt meine Brust, da ich bloß noch Panik in ihrem Blick erkennen kann. Nun packt sie der Ernst der Lage und ihr wird bewusst, dass ich auf jeden Fall bekomme, was ich will. Es gibt keine Möglichkeit, in der sie mich wieder um den Finger wickelt und bekommt, was *sie* will.

Deswegen verlasse ich keine Sekunde später wortlos den Raum und lasse sie in ihrer Panik versinken.

»Callahan!«, ruft sie mir empört hinterher, doch ich ignoriere sie. »Du verdammtes Arschloch! Schmor in der Hölle!«

Auch das ignoriere ich ungerührt, weil mich schon so manche Menschen zum Schmoren in der Hölle verurteilt haben.

15

Peaches

Declan kann es wohl kaum erwarten, mich auf diese unkonventionelle Weise näher kennenzulernen, denn schon nach wenigen Minuten höre ich die Haustür unten ins Schloss fallen. Mir dreht sich der Magen um.

Callahan meint es verdammt ernst. Er hetzt seinen geisteskranken Bruder auf mich, der mich bei unserer letzten Begegnung mit purer Mordlust in den Augen angestarrt hat.

Ich versuche, ruhig zu bleiben, und nach außen hin nicht zu zeigen, dass ich mir vor Angst beinahe in die nicht vorhandene Hose pisse. Das hier ist verdammt noch mal schrecklich. Ich sitze gefesselt an einem Stuhl, im Haus eines Mullan, und werde wie ein Feind verhört und nun vermutlich auch genau wie einer gefoltert. Denn im Gegensatz zu Callahan hat Declan keinerlei Gefühle für mich. Er wird nicht zimperlich oder zögerlich sein, das steht fest.

Ich höre Schritte und versteife mich. Leise kann ich ihre Stimmen wahrnehmen, doch sie ertönen zu weit entfernt, sodass ich nicht verstehen kann, was genau sie sagen. Bestimmt gibt Callahan seinem Bruder eine kurze Zusammenfassung der

Geschehnisse und dieser überlegt sich passende Foltermethoden für mich. Ich wusste ja, dass es unschön für mich enden könnte, wenn ich diesen riskanten Weg einschlage, doch nach all den Wochen habe ich mich nicht mehr in Gefahr gefühlt, wenn ich mit Callahan zusammen war. Stattdessen habe ich mich wohl, geborgen und sicher gefühlt.

Diese dummen, lästigen Gefühle einer Frau. Ich beruhige mich mit dem Gedanken, dass ich nichts dafürkann, denn laut Studien ist es unvermeidbar, dass Frauen Gefühle für die Männer entwickeln, mit denen sie schlafen. Das hat wohl etwas mit den Hormonen zu tun, die dabei ausgeschüttet werden. Und da Callahan mir mehrfach markerschütternde Orgasmen beschert hat, ist es also vollkommen normal, dass ich ihn gleichzeitig hasse und verliebt in ihn bin.

Vollkommen normal.

Rede ich mir ein.

Ein Geräusch nahe dem Schlafzimmer lässt mich die Luft anhalten. Ich starre mit angsterfüllten Augen zur Tür und konzentriere mich mit aller Kraft, ihr Gespräch zu belauschen, doch es scheint schon vorbei zu sein.

»Du kannst nach unten gehen. Ich komme hier zurecht.« Declan. Ich höre das diabolische Grinsen aus seiner Stimme heraus.

»Bist du sicher?«, fragt Callahan zweifelnd.

»Vertraust du mir etwa nicht, Brudi?« Declan.

»Ich nenne es gesunde Skepsis«, antwortet Callahan trocken.

Ich höre, wie Declan seufzt, bevor er leise ein paar Worte sagt, die ich nicht verstehe. Schritte ertönen im Flur, dann auf der Treppe. Ich schlucke. Callahan überlässt mich nun also wirklich dem Freak. Gott möge mir beistehen.

Als sich die Schlafzimmertür schwungvoll öffnet, setze ich mein bestes Pokerface auf und nehme eine lockerere Haltung ein, so gut es mir gefesselt eben möglich ist. Ich werde ihm nicht die Genugtuung geben, mir meine Angst anmerken zu lassen, sondern mir einfach einreden, dass Callahan noch immer genug für mich empfindet, um seinem Bruder verboten zu haben, mich richtig zu verletzen. Oder gar in einem Anflug von geistiger Umnachtung zu töten. Bei Declan liegt alles im Bereich des Möglichen. Er ist unbeherrscht, unruhig, impulsiv und mörderisch. Sein Bruder kennt ihn am besten und dieser war es, der mir das gesagt hat.

Trotzdem schenke ich ihm ein zuckersüßes Lächeln, um ihn zu nerven, sobald er den Raum betritt und die Tür hinter sich schließt. Er erwidert es mit einem genauso süßen Lächeln, was mich tatsächlich etwas aus der Fassung bringt. Ich runzele die Stirn und er schlendert gemächlich auf mich zu, während er seine schwarze Lederjacke achtlos auf den Boden wirft.

»Endlich lernen wir uns richtig kennen.« Immer noch so bescheuert lächelnd bleibt er vor mir stehen und streckt mir seine große Hand entgegen, dessen Knöchel geschwollen sind, als hätte er erst vor kurzem mit der Faust irgendein Gesicht bearbeitet. Keine sonderlich beruhigende Feststellung.

Als ich ihn bloß anstarre, da ich ihm wohl kaum die Hand reichen kann, so wie ich an diesen verdammten Stuhl gefesselt bin, stößt er affektiert hervor: »Ach, tut mir leid. Wie dumm von mir.« Lachend zieht er die Hand zurück und tätschelt stattdessen meine Wange. »So muss es wohl auch gehen, Zuckerpuppe.«

»Nimm die Finger weg«, murre ich grimmig. »Oder ich beiße sie dir ab.«

Lauthals lachend schlägt er sich auf die Brust, als hätte ich gerade den Scherz des Jahrhunderts gemacht. Ich blinzele ihn beunruhigt an. Er hat definitiv eine Schraube locker, das ist sicher.

»Du bist witzig«, stellt er immer noch lachend fest und schüttelt geradezu amüsiert den Kopf. »Wir werden bestimmt viel Spaß miteinander haben.« Ein irres Funkeln liegt in seinen Augen. Sie sind graublau und stürmisch wie die seines Bruders und nun, wo ich ihn von nahem sehe, stelle ich des Weiteren fest, dass sie dieselben markanten Gesichtszüge haben. Außerdem ein hartes Kinn und einen großen Mund mit vollen

Lippen. Declan wirkt weniger rau als sein Bruder, da er jünger und glattrasiert ist, doch der Ausdruck in seinen Augen … Dieser verrät, dass er unberechenbar und gefährlich ist. Seine Augen verraten all seine perfiden Gedanken.

Während ich hier sitze, festgebunden und ihm vollkommen ausgeliefert, und seine große und breite Statur in dem engen schwarzen Shirt und den dunklen Jeans beäuge, fängt mein Magen vor Unbehagen und ängstlicher Nervosität zu krampfen an. Er hat wie Callahan etwas wirklich Einschüchterndes an sich, selbst wenn er lächelt oder lacht. Ich sehe feste Muskeln unter seinem Shirt und sein Bizeps, an dem es endet, ist aufgepumpt, als hätte er gerade trainiert. Adern zeichnen sich geschwollen und dick auf seinen Armen und dem Hals ab. Er wirkt wie ein wildes Tier, doch er ist genauso hübsch wie sein Bruder, um ehrlich zu sein. Selbst mit diesem rötlich braunen Haar und der blassen Haut.

»Wir wurden uns schon einmal vorgestellt, also können wir diesen Teil wohl überspringen«, meint er nun täuschend freundlich und betrachtet mich durch seine stürmischen Augen im Detail. Dabei lässt er den Blick so auffällig und zeitlupenmäßig über mich gleiten, dass allein das wie eine Folter für mich ist. Ich werde unruhig auf meinem Stuhl und er lächelt wissend auf mich herab. »Zu Beginn möchte ich klarstellen, dass alles, was mein Bruder dir vermutlich über mich gesagt hat, der Wahrheit entspricht.« Ich blinzele ihn wieder beunruhigt an, während er in sadistischer Gelassenheit durch den Raum spaziert. Dabei erzählt er genauso gelassen: »Ich bin ein wandelndes Nervenbündel, so war es schon immer. Als Kind hat mich niemand gemocht, selbst meine Mutter konnte mich nicht leiden. Ich bin unruhig, schnell nervös, laut und unbeherrscht. Ich halte mich an keine Regeln. Und ich langweile mich schnell.« Er bleibt stehen und wirft mir einen beinahe drohenden Blick zu, doch dabei lächelt er wieder auf diese verrückte Weise. »Und dann passieren wirklich schlimme Dinge.«

Bemüht, unbeeindruckt zu wirken, frage ich trocken: »Bist du dann fertig mit deinem Steckbrief?«

»Oh, noch lange nicht, Zuckerpuppe.« Er grinst mich schief an, ich verdrehe meine Augen. »Ich höre mich gerne reden, weißt du?«

»Ich füge es der Liste deiner lästigen Eigenschaften hinzu«, murmele ich zynisch.

»Ich dachte, es wäre nur fair, dich vorzuwarnen«, erklärt er nun gespielt ernst und nickt mir eindringlich zu. »Ich bin ein fairer Kerl. Meine Gegner im Ring wissen immer, was sie erwartet, und du solltest es auch wissen. Nicht, dass du dich später erschreckst, wenn ich dir aus Langeweile wortlos einen Finger abschneide oder so.« Als er plötzlich ein Messer aus seiner Hosentasche zieht und aufklappt, stockt mir der Atem.

Himmel, der Kerl ist wirklich verrückt. Er hat diese Psychonummer gut einstudiert.

Er fährt sich mit der Klinge über das Kinn, während er wieder durch den Raum spaziert und mir währenddessen zusammenhangslos erzählt: »Mein Vater sagte gerade heute zu mir, er würde meinem Urteilsvermögen nicht trauen. Ist das zu fassen? Welch Ironie. Dieser alte Wichser nervt mich hart. Schon früher war unser Verhältnis schlecht, aber heute habe ich bloß noch das Bedürfnis, ihm die Eier abzuschneiden und in seinen Mund zu stopfen.«

Ich starre ihn bloß an. Dazu fehlen mir wirklich die Worte.

»Dass Callahan immer schon der Lieblingssohn meiner Eltern war, hat mich früher gestört, aber heute ist es mir ziemlich schnuppe, zumal meine Mutter tot ist und mein Vater sich nach Irland verpisst hat«, fährt er fort. »Dem Himmel sei Dank, oder? Den alten Wichser braucht hier niemand. Solange ich meinen Bruder habe, ist die Welt in Ordnung.«

»Besteht die Folter darin, solange auf mich einzureden, bis ich mir vor Langeweile die Kehle aufreißen will? Wenn ja, hast du mich fast so weit«, sage ich nüchtern.

Declan sieht mich betroffen an. »Ich langweile dich? Oh nein, das tut mir leid. Das war natürlich nicht meine Absicht.« Als er entschlossen auf mich zukommt, versteife ich mich, zeige mein Unwohlsein jedoch nicht. Er hockt sich vor meinen Stuhl und grinst mich an. »Wir können das Gespräch auch ein wenig interessanter gestalten. Beispielsweise könnte ich dich ritzen, während ich dir von mir erzähle. Oder dir nach der Reihe jeden Finger abschneiden, während ich dir meine intimsten Gedanken anvertraue. Was sagst du?«

Ich starre das Messer in seiner Hand an und schlucke. Da er wirkt, als würde er es vollkommen ernst meinen, schüttele ich zögerlich den Kopf und murmele kleinlaut: »Nun, ich denke, das wird nicht nötig sein … So langweilig ist mir dann auch wieder nicht.«

»Gut.« Er grinst wieder und richtet sich zu seiner mächtigen Größe auf. Mit der Klinge hebt er mein Kinn an und fragt stirnrunzelnd: »Wo waren wir stehengeblieben? Ach ja, bei meiner verkorksten Kindheit.« Er blinzelt und seufzt. »Da fällt mir gerade eine Geschichte ein, Zuckerpuppe. Sie ist wirklich gut. Willst du sie hören?«

»Unbedingt«, sage ich voller Sarkasmus.

Er ignoriert es und fängt sofort an, weiterzusprechen, während er wieder durch den Raum tigert. Offenbar kann er wirklich nicht stillsitzen oder einmal die Klappe halten. Allmählich leuchtet mir ein, warum Callahan ihn liebevoll als *lästig* bezeichnet hat.

»Als Callahan und ich noch Kinder waren, flogen wir jedes Jahr in den Ferien nach Irland, um unsere Großeltern zu besuchen. Ihnen gehörte ein fettes Haus, das von einem Hektar Wald umgeben war. Mir hat es dort nie gefallen, aber Callahan mochte es, weil es so ruhig war. Wie dir bestimmt schon aufgefallen ist, ist er der entspanntere und ruhigere von uns beiden. Schon als Kind war er so. Immer leise und still brütend. Dennoch haben wir ein paar wirklich üble Dinge verbrochen, als wir jung waren, aber dazu komme ich später vielleicht.«

Ich stöhne auf. »Gott, bitte nicht …«

Unbeeindruckt fährt er fort: »Jedenfalls waren wir mal wieder in den Ferien in Irland und haben uns gelangweilt. Oder sagen wir, ich habe mich gelangweilt. Callahan findet immer eine Beschäftigung für sich. Ich habe ihn also angefleht, mit mir in den Wald zu gehen, um verstecken zu spielen, doch er wollte nicht, weil uns unsere Mutter verboten hat, das Haus zu verlassen. Zumindest durften wir nicht in den Wald gehen.« Abrupt verstummt er und reißt den Kopf stirnrunzelnd zu mir herum. »Kennst du die Legende von Irland?«

Allmählich will ich mir die Ohren zuhalten und laut kreischen. Stattdessen murmele ich eher zu mir selbst: »Nein, aber ich bin mir sicher, du wirst mir gleich davon erzählen.«

»Der Legende nach gibt es in Irland keine Schlangen, weil der Nationalheilige St. Patrick die giftigen Tiere einst von der Insel verjagt hat«, eröffnet er mir und verdreht die Augen. »Was für ein Scheiß. Wenn überhaupt, war das Klima dafür verantwortlich, denn in der damaligen Eiszeit konnten Schlangen nur schwer überleben. Irland war von einer dicken Eisschicht überzogen und als sich das Eis zurückzog, wanderten die übrig gebliebenen Gifttiere über die damals existierenden Landbrücken nach England. Glaubst du, es sind tatsächlich alle Schlangen ausgewandert? So als hätten sie sich untereinander abgesprochen und beschlossen, weiterzuziehen? Irgendwohin, wo es netter für sie ist?«

Ich schnaufe. »Nein?«

»Kluges Mädchen.« Er zeigt mit dem Messer auf mich. »Natürlich gab es noch Schlangen. Nicht mehr sehr viele, aber sie waren da, irgendwo versteckt in den Tiefen der Wälder. Das bringt mich zurück zu meiner Geschichte – wir durften laut unserer Mutter also nicht in den Wald, weil sie Angst davor hatte, dass wir über eine der seltenen Schlangen stolpern würden und diese uns beißen und vergiften könnte.«

»Lass mich raten«, sage ich in der kurzen Pause, die er dafür nutzt, um einmal Luft zu holen. »Ihr seid trotzdem gegangen und – Überraschung – es gab tatsächlich Schlangen im Wald.«

Declan grinst wie ein Haifisch. »Ich fange an, dich zu mögen, Zuckerpuppe.« Ich verdrehe die Augen. »Wir gingen also in den Wald, haben verstecken gespielt, und dann sammelte Callahan wie üblich ein paar Stöcke ein, wobei er darauf achtete, dass sie massiv und nicht allzu dünn waren, damit es nicht so wehtat.«

Verwirrt runzele ich die Stirn. »Hä? Stöcke?«

»Oh«, macht Declan überrascht. »Das hat dir mein Bruder offenbar während eurer intimen Kuschelsessions nicht ins Ohr geflüstert.« Er kommt auf mich zu und seufzt theatralisch. »Etwas und vermutlich das Einzige, das ich von meinem Vater geerbt habe, ist seine Neigung zum Sadismus. Er ließ uns immer selbst auswählen, womit wir bestraft werden möchten, wenn wir gegen eine der Regeln verstoßen haben. Und bevor er uns mit seinen Fäusten bearbeitete, sammelten wir lieber Stöcke, die wir ihm dann gaben, damit er uns den Arsch blutig versohlen konnte. Wir haben es ein paar Mal mit sanfteren Schlaginstrumenten wie Hausschlappen versucht, aber das hat uns bloß eine noch härtere Abreibung eingebrockt. Mit Stöcken gab sich mein Vater zufrieden, wobei er immer nörgelte, wenn es eben keine dünnen waren, denn die hinterließen sichtbarere Spuren und deutlich mehr Schmerz.« Er zuckt mit den Schultern, während ich erschrocken zu ihm aufsehe. Himmel, das klingt grausam. »Außerdem gab er uns manchmal die Möglichkeit, zu wählen, ob wir beide oder bloß einer von uns verdroschen werden soll. Wenn einer verschont blieb, bekam der andere auch seine Bestrafung. Er wurde also doppelt bestraft.« Ich erschauere. Das ist wirklich krank. »Wie auch immer«, seufzt er schulterzuckend und reibt sich mit der Klinge grüblerisch über das Kinn. »Wo waren wir? Ach, ja. Beim Verstecken spielen im Wald.« Er läuft wieder wild durch den Raum. Nun bin ich tatsächlich daran interessiert, wie die Geschichte endet. »Nachdem wir also gespielt haben und Callahan wie ein artiger Junge Stöcke gesammelt hat, wollten wir zurück ins Haus gehen, um unsere Hiebe zu kassieren, die – nebenbei bemerkt – nur mir hätten gelten sollen, da ich Callahan immerhin quasi dazu gezwungen habe, mit mir in den Wald zu gehen. So war es immer, als wir noch Kinder waren. Ich habe ihn in eine Scheiße nach der anderen geritten, aber heute denke ich, dass das gut war, denn er wäre nicht, wer er ist, hätte er nicht so viel Leid und Drama erfahren, als er jung war. Unsere Kindheit war verdammt verkorkst. Eine üble Sache, aber Schwamm drüber.« Kurz entdecke ich einen Anflug von nicht psychotischen Gefühlen in seinem Blick, und fast glaube ich, diese als Bedauern und Enttäuschung zu identifizieren, doch so schnell sie aufblitzten, so schnell sind sie auch wieder weg. Seine Stimme klingt emotionslos, als er endlich zum Ende kommt. »Kurz bevor wir aus dem Wald spazierten, passierte es. Es raschelte unter all den Blättern und Ästen auf dem Waldboden und ich – krankhaft neugierig und impulsiv wie immer – habe natürlich sofort nachgesehen, welches Tier sich dort versteckt. Dann bin ich ängstlich davongehuscht. Es war eine riesige Schlange, eingerollt zwischen all den Blättern und mit wunderschön gefleckter Schlangenhaut. Sie schimmerte rosig, obwohl sie dunkelgrün war, und ihre Augen leuchteten in all der Dunkelheit. Ich war auf eine Hosenscheißer-mäßige Weise fasziniert, aber Callahan …« Nun schüttelt er den Kopf und wirft die Hände in die Luft. »Was soll ich sagen? Er als der eigentlich Klügere von uns beiden wurde verzaubert von dem schönen und seltenen Anblick und musste die verlockend schimmernde Haut der Schlange unbedingt berühren. Weißt du, das ist so ein Problem bei Callahan. Er kann hübschen, einzigartigen Dingen nicht widerstehen. Er will sie berühren und zu seinem machen. Auch wenn er weiß, dass er es nicht sollte, und ihm seine Instinkte sagen, dass er die Finger davon lassen soll, geht er das Risiko ein. Er wird schwach und handelt nicht mehr rational.« Declan bedenkt mich mit einem vielsagenden Blick und ich verstehe die Andeutung.

Ich bin so ein hübsches, einzigartiges Ding, bei dem er schwach geworden ist und nicht mehr rational gehandelt hat. Obwohl er wusste, dass er sich verbrennen könnte, konnte er die Finger nicht von mir lassen. Er kannte die möglichen Risiken, da er mir von Anfang an misstraut hat, und trotzdem hat er sich von mir verzaubern lassen. Jetzt verstehe ich, worauf Declan hinauswill. Die Anekdote kommt an.

Aber er ist noch nicht fertig. Ich glaube, der Kerl ist nie fertig.

»Er musste erst gebissen und vergiftet werden, um zu verstehen, wie dumm er war. Um sich seines Fehlers bewusstzuwerden und daran zu erinnern, dass man ihn gewarnt hatte. Doch er wollte seinen engsten Vertrauten kein Gehör schenken und musste mit den Konsequenzen leben. Diese bedeuteten ein paar unschöne Nächte in einem Krankenhaus, bis sein Körper entgiftet war. Ich saß an seinem Bett und heulte mir die Seele aus dem Leib, denn er konnte unmöglich krepieren – was hätte ich dann allein in diesem lieblosen Elternhaus gemacht? Wer hätte all die Hiebe, die mir galten, kassiert, nur damit ich verschont bleibe? Denn er war derjenige, der die Bestrafung auf sich genommen hat, wenn unser Vater uns eine Wahl ließ. Manchmal wurde er so blutig von ihm geschlagen, dass er tagelang nicht sitzen konnte, und wenn wir beide versohlt wurden, weil ich ihn zu etwas Dummem angestiftet hatte, war das Einzige, was Callahan danach tat, meinen verdammten Arsch mit Salbe einzuschmieren.«

Mein Magen krampft, doch mein Herz flattert seltsam. Das ist eine gleichzeitig herzzerreißende und schöne Geschichte. Denn sie beweist Callahans gutmütigen und loyalen Charakter. Er tut alles für die Menschen, die er liebt. Gleichzeitig wird mir klar, dass selbst er menschlich genug ist, um Fehler zu machen, wie die Schlange zu streicheln, obwohl sie giftig war. Allmählich formt sich ein anderes Bild in meinem Kopf von ihm. Er war auch einmal ein kleiner, unschuldiger Junge, der eine Scheißkindheit hatte, welche ihn zu dem gemacht hat, was er heute ist. Sie hat ihn so stark, resistent und abgehärtet gemacht. Er ist nicht angreifbar, weil er gelernt hat, es nicht zu sein, aber dennoch verletzlich wie jeder andere auch.

Schuldgefühle drohen meinen Körper zu sprengen, als Declan und ich einen stillen Blick miteinander tauschen. Seine stürmischen blaugrauen Augen brennen sich in meine, als er mit rauer Stimme hervorpresst: »Callahan ist der intelligenteste, stärkste, und furchtloseste Mensch, den ich kenne. Er ist loyal und trägt das Herz am rechten Fleck, aber selbst er hat Schwächen. Frauen sind eine dieser Schwächen. Hübsche, geheimnisvolle, und versaute wie du.« Ich blinzele bloß, da kommt er langsam auf mich zu und senkt seine Stimme, als er weiterspricht: »Ich habe ihn vor dir gewarnt, aber er wollte nicht hören. Sein Bauchgefühl hat ihm gesagt, dass er dir nicht trauen kann, und er hat es ignoriert. All den Warnsignalen hat er keine Beachtung geschenkt, selbst dann nicht, als er dich des Einbruchs in sein Haus verdächtigt hat, wovon ich erst vorhin erfahren habe. Nebenbei bemerkt, zeigt das von Verrücktheit und Todessehnsucht, aber nun gut. Du hattest deine Gründe.«

Bei seinen letzten Worten runzele ich die Stirn, doch ich komme nicht dazu, mich zu fragen, warum er das sagt, denn er plappert wie ein Wasserfall weiter.

»Irgendetwas muss an dir also besonders sein, wenn er mehrmals und über einen längeren Zeitraum so blind, taub und dumm war, um nicht zu durchschauen, welch durchtriebenes Spiel du mit ihm spielst. Ich versuche die ganze Zeit, herauszufinden, was es ist, aber ich komme nicht dahinter.« Er legt den Kopf schief und mustert mich wieder auf diese intensive und forschende Weise, die mich versteifen lässt. »Bist du so gut zu ficken? Du siehst nicht aus wie ein Mädchen, das es hart und grob mag. Schließlich kenne ich die Vorlieben meines Bruders.« Nun zeichnet sich ein breites Grinsen auf seinem Gesicht ab. »Wir haben uns oft eine Frau geteilt, daher weiß ich, wie verrückt er tatsächlich ist. Oft habe ich befürchtet, er würde unser Objekt der Begierde zerbrechen, bevor ich an die Reihe komme, so hart wie er es rangenommen hat. Da unterscheiden wir uns doch sehr voneinander. Ich ficke gern hart, aber manchmal darf es ruhig ein wenig zärtlicher sein. Ich liebe es, zu kuscheln, weißt du? Aber noch mehr, wenn Frauen diese Sache mit ihren Nägeln auf meinem Kopf machen. Brrr. Dieses Kraulen ist der Himmel auf Erden.«

»Herrgott, Declan«, entfährt es mir am Rande meiner Beherrschung. Dieser Kerl strapaziert meine Nerven wie kein anderer. »Können wir endlich zu dem Teil kommen, bei dem du mich folterst und verhörst? Das ist ja kaum auszuhalten.«

»Jeder sagt mir, ich solle mir auch eine Frau suchen oder wenigstens öfter mal eine ficken, und ich verstehe es einfach nicht«, stößt er verwirrt hervor, ohne meinen Worten oder dem frustrierten Stöhnen Beachtung zu schenken, und streicht mit der Klinge mein langes Haar über die Schulter. Ich erschauere. Seine Augen blitzen auf eine gefährliche Weise, als er in meine sieht und unheilvoll flüstert: »Denn siehst du, wie es meist endet? So wie mit dir. Und davor will ich mich bewahren, denn auch ich bin nicht immun gegen die Anziehung hübscher Dinge.« Er schnalzt mit der Zunge und fährt mit der Messerklinge über meine Lippen. »Frauen sind manipulativ, hinterhältig und verlogen. Ich habe es schon früh gelernt, als ich beobachten durfte, wie sich meine Mutter nachts aus dem Haus schleicht, um ihren Liebhaber zu treffen. Mein Vater ist ein unnachgiebiger, durchsetzungsfähiger und misstrauischer Bastard, doch selbst er ließ sich von ihren Lügen um den Finger wickeln und glaubte ihr jede Scheißausrede, die sie ihm lieferte, wenn er sie erwischt hat, wie sie früh morgens nach Hause kommt. Vermutlich hat Callahan diese Schwäche von ihm geerbt. Gott sei Dank aber nicht mehr, oder?« Er lacht über seinen eigenen Scherz. »Nun kennst du auch den Grund, warum ich meine Freizeit lieber in einem Boxring oder Fitnessstudio verbringe, anstelle meines Bettes mit einer nackten Frau.«

»Ja und das ist echt toll«, sage ich ironisch und schnaube vor Verzweiflung. »Bist du jetzt endlich fertig? Mir fallen schon die Ohren ab, verdammt. Redest du immer so scheiße viel?«

Das erste Mal wirkt sein Grinsen echt und nicht irre. Seine Augen funkeln belustigt, als er vor sich hin nickt. »Ja, ich verstehe, was Callahan an dir findet. Du bist so rotzfrech, dass man dich fast als unterhaltsam bezeichnen könnte. Und natürlich eine Augenweide, das muss man dir lassen, Zuckerpuppe.« Ich blinzele überrumpelt und zugegebenermaßen etwas geschmeichelt, als er schwärmerisch murmelt: »Diese Augen und dieser Mund … Jaysus.« Er schüttelt sich, als wolle er die

Gedanken loswerden, und setzt seine psychotische Fassade wieder auf. Im Bruchteil einer Sekunde wird sein Gesicht hart und seine Augen berechnend und kalt. Die Ader an seinem Hals pocht wütend und er betrachtet mich mit einem Mal voller Verachtung. Dunkle Energie geht von ihm aus und ich weiß, dass er nun nichts weiter als eine Bedrohung für mich ist. Nicht der Bruder des Mannes, mit dem ich eine leidenschaftliche Affäre hatte. Sondern bloß eine fast zwei Meter große und verdammt breit gebaute Bedrohung, die mich mit bloßen Händen in der Luft zerreißen könnte.

Trotzdem kann ich mir nicht verkneifen, zu bemerken: »Dein Verhalten deutet auf eine bipolare Persönlichkeitsstörung hin. Du solltest vielleicht einen Arzt aufsuchen, nur so nebenbei bemerkt, damit ich auch einmal etwas zu unserem Gespräch beitrage, das du eigentlich mit dir selbst führst.« Ich lächele zuckersüß.

»Erstes Semester Psychologie, hm?« Er schmunzelt selbstgefällig, als ich überrumpelt zurückzucke. »Warum du dich dann für Biochemie entschieden hast, ist mir ein Rätsel, aber nun gut. Jedem das seine.«

»Woher … woher weißt du, dass ich erst ein Semester lang Psychologie belegt habe?«, entfährt es mir schockiert.

Declan wendet sich ab und das erste Mal lässt er sich entspannt auf der Bettkante nieder. Er verschränkt die Arme vor der Brust und starrt mich überlegen an. »Denkst du wirklich, ich würde meine Zeit mit dir auf diese Weise verschwenden – so sehr ich unseren Intimtalk auch schätze –, indem ich dir Kindheitsgeschichten und rührselige Dinge aus meiner Vergangenheit erzähle, wenn ich nicht längst hätte, wofür Callahan mich hierhergeholt hat? Ich hätte ihm gleich geben können, was er so unbedingt will, doch worin läge da der Spaß?«

Irritation erfasst mich. »Du sprichst von den Antworten, die er von mir haben will?«

Declan betrachtet mich wie ein dummes, naives Ding. »Denkst du, ich würde meinen Bruder in sein eigenes Verderben laufen lassen, nur weil dieser zu eigensinnig und verzaubert von einer Muschi ist, um auf mich zu hören? Hat dir die Geschichte mit den Stöcken denn nichts vermittelt? Ich stehe immer noch tief in seiner Schuld. Er würde mir noch heute den Arsch mit Salbe einschmieren, wenn es darauf ankäme, und ich würde verdammt noch mal dasselbe für ihn tun. Also war es das Mindeste, dass ich diese Sache in die Hand nehme und ein paar Nachforschungen über seine süße Pfirsichblüte anstelle. Nicht, dass er schon wieder von einer Schlange gebissen und vergiftet wird.« Er zwinkert.

Ich schlucke trocken und meine Kehle schnürt sich zu. Scheiße, scheiße, scheiße.

»Oh ja, ich sehe, du verstehst.«

»Du weißt, wer ich bin«, murmele ich entsetzt, da ich mit dieser Wendung der Ereignisse nicht gerechnet habe. Ich dachte, ich könnte meine Geheimnisse weiterhin schützen, um mich selbst außer Gefahr zu wissen, obwohl ich ohnehin schon im Netz der Spinne gefangen bin, doch die Hoffnung war groß, dass ich einen Weg finde, mich daraus zu befreien.

Das wird nun wohl nicht mehr passieren. Ich bin aufgeflogen. Richtig aufgeflogen.

Wenn die Männer wissen, wer ich bin und was ich die ganze Zeit wollte, werden sie auch einen Weg finden, mich verschwinden zu lassen, wie sie Parker verschwinden ließen.

16

Peaches

Declan und ich starren uns an. Das erste Mal hält er endlich seine Klappe, doch gerade wünschte ich, er täte es nicht. Mir wäre lieber, er würde mich wieder wie ein Wasserfall mit Worten überschwemmen, anstatt mich mit diesen verrückten, rachsüchtigen Augen anzusehen, sein Blick eine Mischung aus Vorwürfen und ... irgendetwas anderem, das ich nicht genauer benennen kann. Es ist auch schwer bei einem Psychopathen, seine wahren Gedanken und Gefühle zu erraten. Ich mache mir nicht mehr die Mühe, sondern warte auf mein Schicksal, welches nun besiegelt erscheint.

Nach einigen Minuten der tödlichen Stille bricht er wieder sein Schweigen. Gleichzeitig erhebt er sich und läuft erneut im Raum auf und ab. Der Kerl ist ungelogen die Unruhe in Person. Er muss sich andauernd bewegen und all seine Gedanken mitteilen. Seine Finger tippen dabei nervtötend gegen seinen Oberschenkel. Das macht mich nervös.

»Durch die süße Angst in deinen hübschen blauen Augen erkenne ich, dass du es weißt, doch ich drücke mich trotzdem deutlicher aus, damit wir uns auch wirklich verstehen«, meint er nun ruhig, während er alles andere als ruhig vor mir hin und her tigert. Dann bleibt er abrupt stehen und starrt mit verengten Augen auf mich herab. »Ich weiß, wer du bist, *Pfirsichblüte*. Ich weiß alles über dich. Und somit habe auch die Antworten auf alle Fragen, die sich Callahan gerade in seinem liebestrunkenen Hirn stellt.«

»Okay«, sage ich einfach. Denn was sollte ich schon groß darauf sagen? Es gibt nichts mehr zu erklären, wenn er alles über mich weiß. Denn dann weiß er auch von meiner Verbindung zu den Mullans und dem Grund für mein hinterhältiges Verhalten und meine Vorliebe für Stalking und Einbrüche.

»Wie es der Zufall so will, habe ich heute die letzten Puzzleteile zusammengefügt, kurz bevor Callahans Anruf erfolgte«, erzählt er mir und verschränkt die Arme vor der Brust. Das Messer hat er – dem Himmel sei Dank – auf dem Bett liegen gelassen. Er wollte mich scheinbar nur einschüchtern, nicht wirklich verletzen. Oder kommt das noch?

Meine Eingeweide verknoten sich.

»Möchtest du gar nicht wissen, warum ich dir von Anfang an misstraut habe?«

Ich zögere, doch dann nicke ich, weil er es mir ohnehin erzählen wird. »Was hat mich verraten?«

»Du.« Ich runzele die Stirn und er lächelt düster. »Ich habe dich erkannt.«

»Wir haben uns noch nie zuvor gesehen«, erinnere ich ihn zweifelnd. »Wie willst du mich also erkannt haben?«

»Du siehst jemandem sehr, sehr ähnlich.« Er hebt eine Augenbraue und ein stolzes Funkeln tritt in seine Augen. »Ich vergesse niemals das Gesicht eines Mannes, mit dem ich zusammengearbeitet habe. Zugegebenermaßen waren es im Laufe der Jahre viele Gesichter, die Callahan und mich aufgesucht haben, wodurch ich ihm nicht verübeln kann, dass er sich an dieses eine bestimmte nicht erinnert und es in deinem nicht wiedererkannt hat, aber ich habe es. Relativ spät, aber doch. Spätestens als ich von all den seltsamen Zufällen gehört habe, wusste ich, dass mit dir etwas faul ist. Ich habe fortan alles darangesetzt, herauszufinden, was es ist.«

Beunruhigt sehe ich ihm hinterher, als er zur Tür marschiert, doch er schnappt sich bloß seine Lederjacke und zieht eine dünne, braune Akte heraus, die mein Herz sofort zum Rasen bringt. Ich habe Akten wie diese in Callahans Büro entdeckt, als ich bei ihm eingebrochen bin, darin waren Informationen und Notizen gesammelt. Doch über meinen Bruder gab es keine Akte.

Doch offensichtlich gibt es eine, nur war sie gut versteckt an einem anderen Ort.

Mit der dünnen Mappe in der Hand spaziert er wieder durch den Raum und erzählt: »Callahan und ich haben für jeden unserer Kunden eine Akte angelegt. Vielleicht brauchen wir sie später einmal, wer weiß. Doch natürlich bewahren wir diese wertvollen Informationen an einem sicheren Ort auf, und nicht in seinem verdammten Arbeitszimmer, Zuckermaus.« Er zeigt mir seine weißen Beißerchen und ich kneife die Augen zusammen.

Schon klar, es war dumm, zu erwarten, ich würde alle wichtigen Informationen in seinem Büro finden, in das jeder Blinde einbrechen könnte, aber dennoch war es einen Versuch wert. Ich hatte nicht viele andere Möglichkeiten, dem Verschwinden meines Bruders nachzugehen.

»Also habe ich mich durch alle Akten gearbeitet, bis ich mich endlich erinnert habe, wem du so ähnlich siehst«, fährt er fort und tippt sich auf die Stirn. »Die Akte habe ich dann schnell gefunden und mich sofort wieder daran erinnert, wer dieser Kerl ist. Parker Blossom aus Birmingham. Netter Typ, vielleicht ein wenig zu dramatisch, wenn du mich fragst, und eindeutig außer Kontrolle, wenn es um die Benutzung von Haarstylingprodukten geht. Diese Frisur …« Er reißt theatralisch die Augen auf. »Kein Tornado hätte die zerstören können.«

»Was ist -«

»Ich bin doch noch nicht fertig, Sonnenschein. Hab noch

ein klitzeklein wenig Geduld. Gleich wird es spannend, versprochen«, fällt er mir heiter ins Wort, woraufhin ich die Zähne knirschen lasse. Er macht mich sauer, verdammt noch mal. Er schürt meine Anspannung und lässt mich wie auf glühenden Kohlen darauf warten, endlich zu erfahren, was ich schon so lange wissen will.

Mit der Mappe in der Hand wedelt er in der Luft, als er grinsend sagt: »Du brennst darauf, zu erfahren, was sich darin befindet, nicht wahr?« Ich starre ihn bloß grimmig an und er lacht. »Ja, ich kenne dieses Gefühl. So ging es mir auch, als ich unbedingt wissen wollte, was hinter deinem hübschen Gesicht steckt, Liebes.«

»Hör mit diesen bescheuerten Kosenamen auf«, fauche ich entnervt. »Und komm endlich zum Punkt, Herrgott noch mal!« Mir platzt gleich der Kopf. Das ist mit Abstand die schlimmste Folter, die ich mir vorstellen könnte.

Mit Declan Mullan in einem Raum eingesperrt zu sein und ihn ertragen zu müssen.

Tadelnd schüttelt er den Kopf. »Na, na. Geduld ist eine Tugend, *Zuckerpuppe*.«

Ich will ihm die Kehle aufreißen.

Stattdessen halte ich den Mund und warte vor Anspannung zitternd darauf, dass er endlich mit dem rausrückt, wofür zu wissen ich sogar bereit war, zu sterben. Andernfalls hätte ich mich niemals auf diese riskante Sache hier eingelassen. Nicht mit einem Mann wie Callahan. Er ist nicht wie andere Männer. Diese ganze Familie ist nicht wie andere Familien. Sie ist total krank, und auch wenn mich das nicht so abschreckt, wie es vermutlich sollte, war ich nicht dumm genug, um die Gefahr nicht zu erkennen oder einschätzen zu können.

Und nun sitze ich hier, gefesselt an diesem beschissenen Stuhl, einem Psycho ausgeliefert, dessen liebste Foltermethode es ist, die Menschen in den Tod zu labern. Fantastisch. Tatsächlich bilden sich allmählich Suizidgedanken in meinem Kopf.

Als Declan auf mich zukommt, rechne ich mit dem Schlimmsten, doch er geht bloß vor meinem Stuhl in die Hocke und betrachtet mich eindringlich. Ich tue dasselbe bei ihm. Er ist zwar ein Verrückter, aber ein schöner Verrückter allemal.

Dann überrascht er mich, als er mit tiefer und ernster Stimme sagt: »Ich muss zugeben, ich bin ein wenig beeindruckt von dir. Du bist ein hohes Risiko eingegangen, um herauszufinden, was deinem Bruder zugestoßen ist, und das ist etwas, das ich durchaus anzuerkennen weiß. Ich täte für meinen Bruder dasselbe. Deswegen werde ich dich weder töten, was mein Bruder ohnehin nicht erlaubt hat, noch foltern, was er mir ebenfalls ausdrücklich verboten hat, dieser Spaßverderber. Stattdessen gebe ich dir, wofür du hier bist. Die Antwort auf alle deine Fragen. Im Gegenzug verlange bloß eine kleine Sache von dir, Zuckermäuschen.«

Misstrauisch beäuge ich ihn. »Und die wäre?«

»Dass du dich von meinem Bruder fernhältst. Du wirst gehen und dich nie wieder blicken lassen, denn er hat etwas Besseres verdient als eine kleine, verlogene und hinterhältige Schlampe an seiner Seite.«

Seine Worte tun mir weh, doch ich zeige es nicht, da mich selbst verwirrt, dass dem so ist. Es sollte mich absolut kalt lassen, was er sagt, aber das wäre gelogen. Dennoch entgegne ich zynisch: »Sorry, aber wenn du denkst, ich würde noch etwas mit Callahan zu tun haben wollen, nachdem ich den Beweis dafür bekommen habe, dass er am Verschwinden meines Bruders die Schuld trägt, bist du wirklich dumm, Declan.«

Seine Antwort darauf ist ein Kichern. »Herrje, du hast ein viel zu schlechtes Bild von uns. Klar, der Name Mullan sorgt nicht unbedingt für Freudensprünge und Herzflattern, sondern eher panisches Weglaufen und Herzinfarkte, aber so übel sind wir nun auch wieder nicht.«

Argwöhnisch mustere ich ihn, bevor ich skeptisch frage: »Willst du damit sagen, er hätte nichts mit dem Verschwinden meines Bruders zu tun? Oder du?«

Er verzieht geradezu beleidigt das Gesicht. »Warum sollten wir jemanden umbringen, der uns eine Stange Geld dafür bezahlt hat, unsere Dienste in Anspruch zu nehmen? Die –

wohlgemerkt – exzellent sind. Es hat sich noch keiner über eine Zusammenarbeit mit uns beschwert, im Gegenteil. Und wir pflegen einen sozialen und höflichen Umgang mit unseren Kunden, das steht fest.«

Ich traue ihm nicht. Er labert Scheiße, das tut er schon die ganze Zeit.

»Du wirst genügend Zeit haben, dich selbst davon zu überzeugen, denn hier drin findest du deine Antworten. Die Antworten auf *all* deine Fragen«, erklärt er gelassen und hält die Akte wie einen Köder vor mein Gesicht. Ich lechze danach, sie ihm aus der Hand zu reißen und zu lesen, doch leider machen mir die Seile um meine Hände einen Strich durch die Rechnung.

Declan erhebt sich und wirft sie mir auf den Schoß. »Hier drin findest du den Namen des Mörders deines Vaters und seinen damaligen Aufenthaltsort, der bis heute sein Wohnort ist. Ich habe mich extra für dich schlau gemacht. Für diese Information hat uns dein Bruder bezahlt und wir haben sie ihm wenige Tage später gegeben. Damit war unsere geschäftliche Beziehung beendet. Wir haben nach einem letzten Anruf, der zwei Tage später folgte, nie wieder etwas von ihm gehört. Was vermutlich auch daran liegt, dass er seinen Rachefeldzug nicht überlebt hat. Auch darüber habe ich mich schlau gemacht.«

Mein Herz hört auf zu schlagen, bevor es in Flammen aufgeht. All seine Worte dröhnen in meinem Kopf und überschlagen sich. Denn sie ergeben Sinn und bestätigen verdammt noch mal alles, was ich befürchtet habe.

Mit einem gewaltigen Unterschied – mein Verdacht war die ganze Zeit falsch. Nicht Callahan hat meinen Bruder auf dem Gewissen, sondern der Mörder meines Vaters.

Und gerade wurde mir bestätigt, dass mein Bruder tatsächlich tot ist. Obwohl ich es insgeheim schon wusste, trifft mich der Schock darüber wie ein Faustschlag tief in die Magengrube.

Declan gibt mir ein paar Sekunden, um diese Informationen zu verdauen, und ich erkenne so etwas wie Anteilnahme in seinem Blick, nun wo sich meine Welt erneut auf den Kopf stellt. Das Wissen, dass mein Bruder nicht mehr lebt und Callahan nichts getan hat, als ihm das zu geben, was er wollte, wirft mich völlig aus der Bahn. Noch mehr aber zu wissen, dass es da draußen einen Bastard gibt, der beide meiner letzten lebenden Verwandten auf dem Gewissen hat. Er trägt das Blut meines Vaters und Bruders auf den Händen.

Declan räuspert sich, um meine Aufmerksamkeit wieder zu erlangen, und als ich benommen zu ihm aufsehe, zeigt er auf die Mappe und stößt tonlos hervor: »Wenn du Gerechtigkeit willst, hast du hier drin die Adresse, wo du sie findest. Und auch wenn mir egal ist, was mit dir geschieht, mag dich mein Bruder offensichtlich immer noch und deswegen bin ich so nett, dir einen Rat mit auf deinen Weg zu geben: Lass die Sache ein für alle Mal auf sich beruhen. An dieser Adresse findest du nur deinen eigenen Tod. Eventuell auch die Leiche deines Bruders.« Er zuckt mit den Schultern und mir weicht all die Farbe aus dem Gesicht. »Dieser war nämlich genauso dumm, sich mit Männern wie uns anzulegen und zu denken, unversehrt damit davonzukommen. Was ist stattdessen passiert? Er ist nie wieder irgendwohin gekommen. Wir hatten ihn gewarnt, aber er wollte nicht hören.«

Meine Unterlippe fängt zu bibbern an, und ich verstecke es vor ihm, indem ich die Zähne darin vergrabe. Ich spüre einen Druck hinter meinen Augen, doch ich erlaube mir nicht, jetzt zu weinen. »Ihr … ihr habt ihn gewarnt?«

»Mehrmals.« Sein Kiefer zuckt etwas angespannt. »Als er hier war und wir ihm all die Informationen gegeben haben, die wir sammeln konnten, hat Callahan ihm davon abgeraten, den Mann aufzusuchen, der euren Vater auf dem Gewissen hat, und ihm die Gründe dafür genannt. Er hat ihm unverhohlen gesagt, dass er diese Begegnung nicht überleben würde, doch dein Bruder hat offenbar etwas anderes geglaubt, denn nun ist er seit Monaten verschwunden, nicht wahr?« Ein bitteres Lächeln stiehlt sich auf seine Lippen, als mir gegen meinen Willen eine Träne aus dem Augenwinkel kullert. »Ich weiß, Süße. Das muss hart sein, zu hören. Aber wenn du jemandem die Schuld am

Tod deines Bruders geben willst, dann ihm selbst und ganz bestimmt nicht Callahan. Bei ihrem letzten Telefonat hat er deinem Bruder noch einmal gesagt, dass das eine dumme Idee ist und er sich nicht mit einem Mann wie diesem Bastard anlegen soll. Er hat ihm gesagt, dass dieser Männer hinter sich hat, dass er mit Vorsicht zu genießen ist und kriminelle Machenschaften am Laufen hat, doch dein Bruder war vor Rachsucht blind und taub. Als Callahan mir erzählte, dass er deinem Bruder sogar angeboten hat, den Job für ihn zu erledigen, da es schließlich das ist, was wir in erster Linie tun, und dein Bruder abgelehnt hat, weil er den Kerl unbedingt selbst zur Strecke bringen wollte, konnte ich es nicht glauben.« Er schnaubt amüsiert. »Gleichzeitig hatte ich einen Scheißrespekt vor ihm. Er hatte Eier und war entschlossen, euren Vater zu rächen. Das ist nichts, das man ihm vorhalten kann.«

Ich schließe die Augen und atme tief durch. Meine Brust fühlt sich schwer und eng an und ich zittere am ganzen Körper. Mich erfüllen so viele widersprüchliche Gefühle auf einmal, dass ich zu platzen drohe.

Ich kann nicht fassen, dass ich so falschlag. Callahan ist hier nicht der Böse, wenn überhaupt ist er der ritterliche Samariter, der meinem Bruder bloß helfen wollte. Das ist so abgefuckt, dass ich wütend auf mich selbst werde, weil ich nicht in Betracht gezogen habe, dass es auch so verlaufen sein könnte. Ich sah nur das, was ich über Callahan weiß, und nagelte ihn sofort als Schuldigen fest. Alles hätte anders laufen können, hätte ich ihn einfach nach meinem Bruder gefragt. Vielleicht hätte er mir alles erzählt. Alles *wäre* nun anders, wäre ich die Sache anders angegangen.

Aber ich konnte immerhin nicht wissen, was passiert ist. Und es wäre ein noch viel größeres Risiko gewesen, Callahan einfach damit zu konfrontieren. Denn wäre er für das Verschwinden meines Bruders verantwortlich, wäre auch ich spurlos verschwunden.

Declan wirft einen Blick auf seine Uhr und seufzt, womit er mich aus den trüben Gedanken reißt. »Also, lass uns das Thema endlich abschließen, denn ich habe heute noch ein Date im Fitnessstudio. Kurz zusammengefasst: Der Mörder deines Vaters ist der Mörder deines Bruders und hier hast du alles, was du brauchst, um ihn zur Strecke zu bringen. Wie du es tust, ist mir schnuppe, Süße, und auch ob du es dummerweise tatsächlich versuchst. Wenn du zustimmst, dich nie wieder hier blicken zu lassen, lasse ich dich nun mit all diesen wertvollen Informationen aus dem Haus spazieren. Dein Versprechen, nie zurückzukommen, gilt es einzuhalten, da ich dir andernfalls die Beine brechen muss, um das zu verhindern. Dann eventuell noch deine süßen Finger und später auch deine süße Nase. Vielleicht schneide ich dir auch die hübschen blauen Augen heraus, wer weiß. Je nachdem, wie meine Laune zu diesem Zeitpunkt ist.« Er grinst debil, mein Blick verfinstert sich. »Ich werde Callahan erzählen, du wärst abgehauen, und damit leben, dass er mich dafür hasst, nicht besser auf dich aufgepasst zu haben. Das ist mir recht. Lieber das, als er lässt sich noch einmal von dir hinterhältigem Miststück um den Finger wickeln.«

Was er mir anbietet, kann ich nicht ablehnen. Es ist ein Freifahrtschein und die Lösung all meiner Probleme. Ich werde mir die Chance, zu erfahren, wer der Mörder meiner Familie ist, nicht entgehen lassen, selbst wenn das bedeutet, Callahan nie wiederzusehen.

Also nicke ich zögerlich, bevor ich ihn dennoch aus einem drängenden Impuls heraus bitte: »Okay. Ich gebe dir mein Versprechen, aber eine Sache musst du noch für mich tun, Declan.«

»Ich denke nicht, dass du in der Position bist, etwas zu fordern. Zumal mein Angebot so großzügig ist, dass ich es selbst kaum glauben kann, wenn man bedenkt, dass ich dir viel lieber irgendetwas abschneiden würde.«

Ich seufze. Keine Ahnung, warum, doch aus welchem Grund auch immer finde ich ihn allmählich sympathisch. Er ist so verrückt, sarkastisch und blutrünstig, dass er fast schon witzig ist. »Gib mir noch eine Nacht mit deinem Bruder.«

Declan schnauft. »Jaysus, bist du wirklich so sexbesessen? Langsam dämmert mir, was mein Bruder so an dir mag.«

Ich muss lachen, auch wenn in mir ein erstickendes Gefühlschaos herrscht. Der Sturm an Emotionen wirbelt durch mich hindurch, doch die vorherrschenden sind Bedauern und Schuld, da ich Callahan so hinterlistig getäuscht und belogen habe und ihn nun nie wiedersehen werde. Und er mich hassen und als Miststück in Erinnerung behalten wird.

Darum erkläre ich eindringlich: »Es geht nicht um Sex, du Idiot. Ich will … ich will noch eine Nacht mit ihm verbringen. Ich will mich innerlich verabschieden und ich will nicht, dass meine letzten Worte an ihn jene waren, die ich vorhin ausgesprochen habe.«

»Welche waren es?«, will er neugierig wissen.

Ich blinzele schuldbewusst. »Du verdammtes Arschloch, schmor in der Hölle …?«

Declan verzieht belustigt das Gesicht. »Nun, das kann ich irgendwie nachvollziehen. Na gut, Zuckerpuppe, du bekommst deinen Abschied. Eine Nacht. Du plapperst nichts über unseren Deal aus oder verrätst ihm, dass ich weiß, was er nicht weiß, verstanden? Früher oder später findet er es schon heraus, doch da bist du längst über alle Berge. Morgen früh werde ich ihn aus dem Haus locken und dich befreien. Du gehst und kommst nie wieder zurück.« Eine Warnung liegt in seinen stürmischen Augen und ich nicke rasch. Er beugt sich zu mir hinunter und umfasst mein Kinn drohend mit den Fingern, bevor er flüstert: »Und lass dir eines gesagt haben, Süße … All die Dinge, die du eigentlich nicht wissen solltest, behältst du lieber für dich. Nimm den Namen Mullan um deinetwillen nicht in den Mund und ziehe uns nicht in deine dramatischen Familienangelegenheiten mit rein. Verstanden?«

Ich erwidere seinen einschüchternden Blick unbeeindruckt und reiße den Kopf zur Seite, sodass seine Finger von meinem Kinn rutschen. »Ich ziehe euch nirgendwo mit rein und plappere euren Namen und die Dinge, die ich über euch weiß, nicht aus. Keine Sorge. Mir geht es nur um meinen Bruder, es ging immer nur um ihn. Ich will Gerechtigkeit, mehr wollte ich nie.«

Declan lacht. »Gerechtigkeit? Die findest du in dieser Welt nicht, Liebes. Schon allein das zu denken, beweist, wie naiv du bist. Du denkst, du bewegst dich in der Dunkelheit, dabei hast du noch nicht einmal einen Schatten von der Welt gesehen, in der wir leben.« Er kneift in meine Wange und blickt besserwisserisch auf mich herab. »Wie Callahan deinem Bruder gesagt hat, dass er keine Gerechtigkeit für euren Vater finden wird, sage ich es nun auch dir. Er riet ihm, sich nicht mit der Dunkelheit vertraut zu machen, in der Männer wie wir leben, und dasselbe rate ich dir. Doch ich ahne, dass es ebenso wenig Einfluss auf dich hat wie auf deinen Bruder.« Er lächelt. »Genau wie ihm sind dir die Konsequenzen seines Handelns egal, auch wenn sie dir insgeheim bewusst sind. Es liegt wohl an euren Genen. Ihr habt etwas Selbstzerstörerisches an euch, hm? Sehnt euch tief in euch drin nach einem qualvollen Tod …« Kurz blickt er mich bedauerlich an, doch dann schüttelt er sich und tritt einen Schritt zurück. »Wie auch immer. Wir haben eine Abmachung, aye?«

»Das haben wir. Gib mir nur diese Nacht mit deinem Bruder und danach seht ihr mich beide nie wieder. Ich werde ihm nichts von unserem Deal verraten, versprochen«, erwidere ich aufrichtig und bin innerlich dankbar dafür, dass er mir diese Nacht gewährt, um mich von Callahan zu verabschieden und ihm ein letztes Mal nah zu sein.

Von meinem Stuhl aus, an dem ich gefesselt bin, aber was solls. Besser das als gar nichts.

Als sich Declan wortlos und sichtlich zufrieden die Akte schnappt, sie unter der Matratze des Bettes versteckt, und sich danach mit seiner Lederjacke in der Hand abwendet, flüstere ich mit einem Stechen in der Brust: »Ich mag ihn wirklich, Declan. Es war nicht alles gespielt. Und es tut mir leid, dass er sich an mir seine Finger verbrannt hat, wie er es vor Jahren bei dieser anderen Frau getan hat. Das war nicht meine Absicht.«

Declan hält inne und wirft mir einen unleserlichen Blick

über die Schulter zu. Dann einen flüchtigen auf das Bett, bevor er darauf zu marschiert und die Akte wieder unter der Matratze hervorzieht. Er zieht seine Lederjacke an, stopft sie hinein, und schließt den Reißverschluss. »Er findet schon morgen eine andere, mach dir mal keine Sorgen um ihn. Und die Akte nehme ich sicherheitshalber mit. Du bekommst sie morgen.« Mit diesen Worten verlässt er das Zimmer und ich lasse den Kopf tief ausatmend hängen.

17

Callahan

Es fühlt sich wie Stunden an, seit ich Pfirsichblüte meinem Bruder überlassen habe, und allmählich mache ich mir Sorgen, da er immer noch nicht hier unten erscheint. Zwar habe ich ihm ausdrücklich verboten, sie in irgendeiner Weise zu verletzen, doch Declan ist sprunghaft und impulsiv, außerdem hat er absolut keinen Sinn für Kontrolle und Selbstbeherrschung. Ich kann bloß hoffen, dass meine Drohung, ihm die Eingeweide herauszuschneiden, Wirkung auf ihn hatte und er sich an sein Versprechen hält, meiner Gefangenen nichts anzutun.

Allerdings kennt Declan weit nervigere Methoden, jemanden zu foltern, als diesen mit einem Messer zu bearbeiten. Allein dieses selbstgefällige, sadistische Grinsen und irre Funkeln in seinen Augen ist die pure Folter, wenn man ihm ausgeliefert ist. Er ist verrückt und hat schon so manche Leute in den Wahnsinn getrieben. Mich eingeschlossen.

Es ist mein drittes Glas Whiskey, als ich endlich Schritte auf der Treppe höre. Sofort bin ich auf den Beinen und marschiere aus dem Wohnraum in den Flur, wo mein Bruder mit einem dreckigen Grinsen auf mich zukommt, welches mir den Whiskey unwillkürlich wieder den Rachen hochsteigen lässt.

»Was soll dieses Grinsen in deinem Gesicht?«, frage ich argwöhnisch und mustere ihn blitzschnell. Er wirkt zufrieden, fast schon glücklich. Das kommt selten vor.

»Jaysus, deine Blüte ist köstlich«, sagt er zu meinem Entsetzen und sein Grinsen wird noch breiter, als ich die Hände zu Fäusten balle und die Zähne fletsche. Mein Impuls ist es, ihm die Fresse zu polieren und danach den Boden mit ihm aufzuwischen, doch er entwischt mir lachend und erklärt rasch: »Langsam, Brudi, ich scherze doch nur. Deine Drohung vorhin war unmissverständlich.« Als ich ihn misstrauisch anstarre, meine Kiefer verhärtet und meine Fäuste zitternd, fügt er locker hinzu: »Selbst, wenn ich nicht genau weiß, wofür welche Eingeweide wichtig sind, hänge ich doch irgendwie an ihnen.«

»Verdammt noch mal«, entfährt es mir seufzend. »Heute ist ein schlechter Tag, um mich zu nerven, Declan. Also, raus mit der Sprache. Was hat sie dir erzählt?«

Er schlendert schulterzuckend in meine Küche. »Nichts.«

Stirnrunzelnd sehe ich ihm hinterher, bevor ich ihm ungläubig folge. »Nichts?«

Er schnappt sich ein Sandwich aus meinem Kühlschrank, als wäre es seiner, und beißt wie ein hungriger Löwe davon ab. Salat hängt aus seinem Mund, als er entschuldigend nuschelt: »Sorry, Bruder, aber sie ist eine ganz schön harte Nuss.« Wieder zuckt er mit den Schultern. »Ohne sie zu foltern, wirst du nur schwer Antworten von ihr bekommen. Ich habe alles versucht – außer all dem, was mir verboten wurde, was beträchtlich viel ist –, doch sie blieb stur. Da kam keine Silbe aus ihrem hübschen, rosaroten Mund.«

»Du verarschst mich doch«, unterstelle ich ihm grollend. »Was zur Hölle habt ihr dann so lange miteinander gemacht?«

»*Wir* nicht viel«, entgegnet er schmatzend. »Ich habe geredet und geredet und geredet und sie hat ab und an mal eine feindliche Bemerkung geschoben oder mich darauf hingewiesen, dass sie sich gerne die Kehle aufreißen würde. Das war es eigentlich im Großen und Ganzen schon.«

Das kann unmöglich sein. Declan würde niemals einfach so aufgeben, schon gar nicht in diesem Fall. Er war mehr als zufrieden und selbstgefällig, als ich mich bei ihm entschuldigt habe, weil er recht hatte und ich seine Zweifel und Bedenken an dem Mädchen als lästig und unsinnig abgetan habe. Weil ich ihn mit O'Sullivan und Donovan aufgezogen und an jenem Abend des Kampfes ignoriert habe. Er zwang mich vier Mal, zu wiederholen, dass er recht hatte und ich ein Vollidiot bin.

»Sagst du mir die Wahrheit?«, frage ich ihn ernst, meine Augen prüfend auf seine gerichtet.

»Aye.«

»Und es stört dich nicht, dass wir immer noch nicht wissen, wer dieses Mädchen ist und was sie von mir wollte? Warum sie mit mir gefickt hat und in mein Haus eingebrochen ist?«

Er blinzelt mehrmals, bevor er zögerlich anmerkt: »Der Fairness halber muss ich zugeben, dass ich denke, dass das eine mit dem anderen nichts zu tun hat.« Ich runzele verständnislos die Stirn, da steckt er sich den Rest des Sandwiches in den Mund und erklärt kauend: »Ich glaube nicht, dass sie nur mit dir gefickt hat, weil sie irgendetwas von dir wollte. Die Kleine steht auf dich, was vermutlich nicht zu ihrem Plan gehörte.«

Mein Herz pocht spürbar schneller gegen meine Rippen, doch ich verdränge diese Worte aus seinem Mund sofort wieder aus meinem Kopf, weil es egal ist, was sie fühlt oder nicht fühlt. Sie ist eine Verräterin, eine Lügnerin und Manipulatorin. So jemanden brauche ich in meinem Leben nicht.

Was ich brauche, sind Antworten. Gründe, Erklärungen, irgendetwas. Die Unwissenheit macht mich krank.

»Ich komme morgen wieder«, eröffnet mir mein Bruder und schlägt mir im Vorbeilaufen auf die Schulter. »Dann verhöre ich sie weiter. Ich hatte sie heute fast so weit, dass sie mit der Sprache rausrückt, und morgen werde ich sie knacken. Versprochen.« Er grinst dämlich. »Glaube mir, sie will nicht noch einmal freiwillig Zeit mit mir verbringen. Offenbar findet sie mich anstrengend.« Er verzieht betroffen und schockiert das Gesicht. »Keine Ahnung, warum.«

Gegen meinen Willen muss ich schmunzeln. Merklich entspannter als vorhin rufe ich ihm hinterher: »Sei um acht Uhr da. Ich habe danach etwas zu erledigen, du musst auf sie aufpassen.« Ich will mit den Männern zu ihrem gemieteten Haus fahren und es durchsuchen. Am liebsten täte ich es schon heute, doch ich will sie nicht noch länger meinem Bruder überlassen. Bestimmt spielt sie tatsächlich schon mit dem Gedanken, sich die Kehle aufzureißen.

»Perfekt«, ruft er zurück, dann höre ich die Haustür aufschwingen. »Und hey, Brudi?«

»Was?«

»Du wirst sie doch nicht wirklich in deiner Badewanne ertränken, wie du ihr angedroht hast, oder? Ich meine, du tickst nicht plötzlich aus und stellst irgendeinen Scheiß an, hm?«

Ich marschiere in den Flur, verschränke die Arme vor der Brust und betrachte ihn skeptisch. »Warum? Magst du sie plötzlich?«

Als wäre das lächerlich, fängt er zu lachen an und bedenkt mich mit einem irren Blick. »Jaysus, nein. Die Kleine ist rotzfrech und nervtötend. Aber ich will nur sichergehen, dass du …« Er mustert mich nachdenklich und winkt dann ab, als ob er darauf kommen würde, wie abwegig das wäre, was er denkt. Wie, dass ich dem Mädchen tatsächlich etwas tun könnte. »Vergiss es. Wir sehen uns morgen um acht. Gib ihr den restlichen Abend frei. Sie musste für heute genug ertragen.« Mit diesen Worten verlässt er das Haus.

Ich schüttele den Kopf, gehe zur Tür, und schalte die Alarmanlage ein. Nur im unteren Geschoss, falls meine Blüte über Nacht wie durch Zauberhand ihre Fesseln lösen und versuchen sollte, zu verschwinden. Rasch gehe ich nach oben, damit ich den Alarm nicht auslöse, und marschiere ins Badezimmer, um zu duschen. All meine Muskeln sind angespannt, als ich mich danach auf den Weg zum Schlafzimmer mache, wo ich sie wie erwartet auf ihrem Stuhl wiederfinde.

Sie hebt den Kopf und sieht mich durch ihre blauen Augen vorsichtig an. Ich erkenne Erschöpfung darin und führe diese auf Declan zurück. Er hat diese Wirkung auf Menschen.

»Hallo, Gefängniswärter«, sagt sie versöhnlich, was mich wundert, da ihre letzten Worte nicht annähernd so nett waren, doch ich ignoriere es und gehe zu meinem Kleiderschrank, um mich anzuziehen.

Als ich das Handtuch von meinen Hüften reiße, spüre ich ihre Augen auf meinem Hintern und werfe ihr einen fragenden Blick über die Schulter zu.

Ruckartig sieht sie weg und fragt betont locker: »Also, wann gibst du mir etwas zu essen, trinken, und lässt mich duschen und auf die Toilette gehen?«

»Gar nicht«, sage ich unbeeindruckt und schlüpfe in Boxershorts und eine tiefsitzende Trainingshose. Ich bleibe oberkörperfrei, als ich entspannt zum Bett marschiere und mich darauf sinken lasse. Mit hinter dem Kopf verschränkten Händen erwidere ich ihren empörten Blick belustigt. »Was denn? Ich habe dir gesagt, dass ich ein schlechter Gefängniswärter bin.«

»Callahan … komm schon«, versucht sie mich zu besänftigen, ihre Augen mit einem stillen Flehen auf meine gerichtet. Zusätzlich drückt sie ihre Unterlippe nach außen. Zu meiner Schande bin ich nicht immun gegen diesen gut einstudierten Hundeblick. »Du kannst mich auch überallhin begleiten. Von mir aus darfst du mich sogar füttern.« Nun klimpert sie mit den langen Wimpern.

Ich schenke ihr ein kühles Lächeln. »Kein Interesse.«

Tatsächlich zuckt sie zurück und wirkt beleidigt. Schmollend starrt sie an die Wand und tippt mit den Zehen unruhig auf den Boden. Weil ich sie einfach ignoriere und den Fernseher an der Wand hinter ihr einschalte, fragt sie keine Minute später erbost: »Das war es jetzt also? Du lässt mich die ganze Nacht lang gefesselt hier sitzen, während du in diesem verschwenderisch großen und weichen Bett liegst und dich an meiner Hilflosigkeit ergötzt? Und *fernsiehst?* Ich hielt dich für anständiger. Pft.«

»Wie kannst du mich auch nur in irgendeiner Hinsicht für

anständig halten, wenn du weißt, was ich beruflich mache?«, frage ich nüchtern, woraufhin sie schluckt. »Mein Interesse an einem Gespräch mit dir ist übrigens gleich null, wenn du mir nicht verrätst, was ich wissen möchte, also halt die Klappe.«

Wieder zuckt sie zurück, bevor sie den Kopf hängen lässt. Wenn ich mich nicht täusche, trägt ihr hübsches Gesicht einen gekränkten Ausdruck und ihre Augen werden glasig. Irgendwie wirkt sie emotional und etwas aufgelöst, doch warum? Was kann Declan zu ihr gesagt haben, dass sie ihre Deckung fallen hat lassen? Ihre Aufmüpfigkeit und ihr Starrsinn sind verschwunden. Es wirkt, als hätte er die Schutzmauern um sie herum eingerissen und das mit bloßen Worten. Sie sieht mich ganz anders an als vorher. Anders als jemals zuvor. Ich kann nicht erklären, was die Veränderung ausmacht oder genau ist, doch ich erkenne es in ihren glasklaren Augen, die nun wieder meine suchen.

»Worüber hast du mit meinem Bruder gesprochen?«, will ich daher wissen und richte mich ein wenig im Bett auf.

Sie lächelt. »Über Wälder, Schlangen und Stöcke.«

Widerwillig muss ich ebenfalls lächeln. Das überrascht mich nun tatsächlich etwas. »Er hat dir die Geschichte erzählt?« Sie nickt, ihre Augen glitzern dabei. »Warum?«

»Es ist eine gute Geschichte«, sagt sie mir, und ich lächele wieder, weil das mein Bruder auch jedes Mal sagt, wenn er sie Donovan erzählt, der sie schon in- und auswendig kennt. Er liebt diese blöde Geschichte, vermutlich aber nur den Teil, wo ich vergiftet im Krankenhaus lag. Generell liebt er Kindheitsgeschichten, obwohl unsere Kindheit so erbärmlich war. »Du hast nie erwähnt, dass dein Vater ein verdammtes Arschloch ist.«

Ich gluckse. »Nun, und du hast nie erwähnt, dass du mich bloß täuschst und benutzt. Jetzt sind wir wohl quitt.«

»Das stimmt nicht«, widerspricht sie mir ernst. »Nicht ganz zumindest.«

Ich schaue wieder in den Fernseher.

»Vielleicht könnten wir etwas zusammen essen und reden«, schlägt sie nun hoffnungsvoll vor, doch mein geradezu irritiert belustigter Blick gibt ihr zu verstehen, dass ihre romantische Fantasie eine romantische Fantasie bleiben wird. »Hasst du mich jetzt?«

Ich seufze und richte meine Aufmerksamkeit wieder auf den Fernseher. »Schade, dass du keine Ausschalttaste hast.«

»Jetzt sei nicht so hässlich«, zischt sie vorwurfsvoll.

Ich lache leise. »Warst du es nicht, die mir erst vor kurzem gesagt hat, ich wäre ein verdammtes Arschloch, das in der Hölle schmoren soll?«

Ertappt blinzelt sie. »Ja, was das angeht … Da war ich möglicherweise gerade etwas empfindlich, weil du mich glauben hast lassen, du hättest deinen Psychopathen von Bruder hierher beordert, um mich zu foltern.«

Widerwillig sehe ich sie an. Ich kann einfach nicht anders, ihr Blick fesselt mich. Alles an ihr weckt in mir das Bedürfnis, sie zu berühren und für mich zu beanspruchen, aber dieses Mal werde ich nicht dumm sein. Ein zweites Mal lasse ich mich von ihr nicht um den Finger wickeln. »Ich habe ihm verboten, dir wehzutun.«

»Ich weiß«, sagt sie leise. »Warum eigentlich? Ich bin mir sicher, Declan hätte eine große Freude dabei gehabt, mir nach der Reihe jeden Finger abzuschneiden, mich zu ritzen, oder mir meine hübschen blauen Augen herauszuschneiden, wie er so liebevoll andeutete.«

Ich schnaube amüsiert. Natürlich hat Declan ihr eine Auflistung all der Dinge gegeben, die er gerne mit ihr machen würde. Das ist so sein Ding. Und er hat tatsächlich für jeden ganz eigene Pläne und Foltermethoden. Anhand der, die sie mir gerade genannt hat, weiß ich, dass er ebenso eine Schwäche für hübsche Frauen hat wie ich. Selbst solch hinterhältige wie Pfirsichblüte. Denn seine eigentlichen Foltermethoden sind um einiges grausamer. Jemandem die Finger abzuschneiden ist fast schon freundlich und gnädig für seine Verhältnisse. Sonst sind seine Fantasien nicht ganz so erbarmungsvoll und zart.

»Ohne deine hübschen blauen Augen wärst du nicht so hübsch«, gebe ich ihr eine Antwort, die eigentlich keine ist, und ziehe eine Augenbraue in die Höhe. »Es wäre schade darum. Oder deine schlanken Finger, die diesen süßen Farbton tragen, der zu deinem Namen passt.« Ihr Lächeln vergeht, als ich einen anderen Tonfall anschlage und fordere: »Nenne mir deinen richtigen Namen. Ich denke, es ist an der Zeit, ihn mir zu verraten.«

»Du kennst ihn bereits«, murmelt sie leise.

Ich verenge die Augen. »Verarsche mich nicht. Pfirsichblüte ist wohl kaum dein richtiger Name. Und Isabelle Wilson auch nicht.«

Sie murmelt etwas, das ich nicht verstehe, doch da sie mir offensichtlich keine wahre Antwort geben möchte, ignoriere ich sie und fahre die Lautstärke des Fernsehers hoch. Sie seufzt angestrengt und starrt Löcher in meinen Kopf, doch ich erwidere ihre aufdringlichen Blicke nicht. Ich weiß, dass sie mich dazu bringen will, mit ihr zu reden oder sie gar gehen zu lassen, aber dieser Fall wird nicht eintreten.

»Callahan.«

Ich reagiere nicht.

»Ignoriere mich nicht«, bittet sie mich mit einer Stimme so süß und verlockend wie Honig.

Es zeigt keine Wirkung auf mich. Mein Blick ist starr auf die Wand hinter ihr gerichtet.

Sie wackelt auf ihrem Stuhl, um meine Aufmerksamkeit auf sich zu lenken, und kneift die Augen zusammen, als auch das nichts bringt. Dann versucht sie, zu hüpfen, was ihr natürlich nicht gelingt, und mit einem Mal fällt der Stuhl samt ihr um und sie schreit gequält auf: »Ah! Scheiße … Aua!«

Ich kann kaum blinzeln, da bin ich auf den Beinen und im nächsten Moment in der Hocke direkt vor ihrem Stuhl, den ich ruckartig wieder aufstelle. Ich mustere sie eingehend und taste ihre Beine und Knie ab. »Hast du dir wehgetan?«

»Nein«, wispert sie mit bebender Stimme und ihre Augen werden mit einem Mal ganz groß. »Aber wie fürsorglich und besorgt du um mich bist, ist wirklich herzallerliebst …«

Finster starre ich sie an, und ihre Lippen zucken, weil sie

versucht, ihr Grinsen zu verbergen. Ich gebe ein unwirsches Geräusch von mir und erhebe mich kopfschüttelnd aus meiner Hocke. »Mich zu verspotten, bringt dich nicht weiter. Eher verschlimmert es deine Lage.«

»Nein, warte!«, ruft sie rasch und starrt mich flehentlich an. »Ich verspotte dich nicht. Das … das war wirklich süß. Aber ich habe bloß so getan, als hätte ich mir wehgetan, damit du mir deine Aufmerksamkeit schenkst.« Schuldvoll blinzelt sie. »Entschuldige.«

Ein eiskaltes Lächeln zeichnet sich auf meinem Gesicht ab, als ich zynisch sage: »Tja, das ist das, was du am besten kannst, nicht wahr? Menschen zu täuschen und zu lügen. Du bist die geborene Schauspielerin.«

Etwas in ihrem Blick verändert sich. Ihre Gesichtszüge werden sanfter und ihre Augen weicher. »Callahan, es tut mir leid. Ich … ich habe dich falsch eingeschätzt und -«

»Du tust es immer noch«, unterbreche ich sie ungerührt. »Denn du denkst offenbar, dass es etwas ändern würde, wenn du die Reuevolle spielst. Dass ich mich von dir um den Finger wickeln und dich einfach gehen lassen würde.«

»Nein.« Ihr langes Haar bewegt sich in verführerischen Wellen, als sie heftig den Kopf schüttelt. »Ich will dich nicht um den Finger wickeln. Ich will bloß … reden.«

»Darüber, dass ich dich gehen lasse?« Ich lache spöttisch. »Das wäre Zeitverschwendung, denn das wird nicht passieren.«

»Darüber, was zwischen uns war«, stellt sie mit fester Stimme klar, ihre Augen entschlossen auf meine gerichtet. »Ich möchte nur ein paar Dinge klarstellen, bevor …«

»Bevor?«

Sie räuspert sich und schüttelt den Kopf. »Vergiss es. Können wir einfach reden, bitte?«

»Nein. Selbst dann nicht, wenn du vortäuschst, einen epileptischen Anfall zu haben, werde ich dir mehr Aufmerksamkeit schenken. Du hast sie nicht verdient.« Meine Stimme klingt dunkel und hart, und ihr Blick fällt vor Enttäuschung in sich zusammen. Ihre Schultern krümmen sich nach unten, als ich hinzufüge: »Also gib dir keine Mühe, Liebling. Es ist zwecklos.«

Mit diesen Worten verlasse ich den Raum, um mir ein Glas Whiskey in meinem Arbeitszimmer zu gönnen. Ich brauche es. Dringend. Denn entgegen meinen Behauptungen und meines Verhaltens, lässt sie mich alles andere als kalt. Ich tue mir schwerer als gedacht damit, sie so zu behandeln, wie sie es nach allem verdient hätte.

18

Peaches

Ich werfe den Kopf in den Nacken und starre an die weiße Decke. Mein Körper schmerzt von dieser unbequemen Sitzposition und meine Arme sind inzwischen taub. Ich muss pinkeln und überlege, mich einfach nass zu machen, befürchte jedoch aufgrund Callahans abweisendem Verhalten, dass er mich in meiner eigenen Pisse ausharren lassen würde, also halte ich mit aller Kraft zurück, meine volle Blase zu entleeren. Meine Kehle ist staubtrocken und ich lechze nach einem Schluck Wasser.

Wo ist mein sexy Gefängniswärter? Ich langweile mich hier.

»Liebling?«, rufe ich lauthals in der Hoffnung, Callahan würde mich hören, wo auch immer er seit gefühlten Stunden ist, seit er mich allein gelassen hat. »Ich sage es ja nur ungern, aber ich stehe kurz davor, dir auf den hübschen Boden zu pinkeln. Wenn du also so nett wärst, mir wenigstens einen Eimer hinzustellen, oder was auch immer in deinen Augen entgegenkommend wäre, wäre ich dir sehr verbunden!«

Als ich tatsächlich Schritte wahrnehme, reiße ich den Kopf

herum und blinzele hoffnungsvoll zur geschlossenen Tür. Sie schwingt auf und der sexyste Mann, der mir je begegnet ist, betritt den Raum mit einem apathischen Blick.

Er ist umwerfend, ungelogen. Auf eine wilde Weise wunderschön, brutal und verheerend gutaussehend. Ich frage mich, ob er absichtlich obenrum nackt ist und diese tiefsitzenden, engen Jogginghosen trägt, die das ausgeprägte V zwischen seinen Beckenknochen betonen. Es führt mit einem Flaum heller Härchen auf seinem Unterbauch zu seiner glorreichen Männlichkeit. Diese seltsamen Empfindungen in mir tauchen unwillkürlich wieder auf, diejenigen, die mich die Kontrolle über meine Gedanken verlieren lassen, und ich identifiziere sie als klare Anzeichen von Verliebtheit. Dieser raue und dunkle Mann hat mir ganz eindeutig den Kopf verdreht und das ist mir absolut fremd. Ich dachte nicht, dass es je etwas anderes als misstrauische Distanz zwischen uns geben könnte, doch ich weiß, dass auch er anders empfindet, selbst wenn er das nicht will. Ich hatte nie geplant, ihm auf emotionaler Ebene näherzukommen, doch die Dinge entwickelten sich kompliziert und unvorhersehbar. Alles ist höllisch verwirrend und ich erkenne in seinen stürmischen Augen, dass er genauso fühlt. Da ist mehr als Wut über meinen Verrat und Abneigung gegenüber meinen Taten. So viel mehr.

Da ist etwas zwischen uns, das man kaum erklären kann … Eine Art dunkle Anziehung, die von Sekunde zu Sekunde mächtiger wird, eine Verbindung. Primitives Verlangen trägt den Rest dazu bei, dass ich unter seinem intensiven Blick wie Kerzenwachs schmelzen will.

Ich sage mir, dass es okay ist, ihn zu wollen und begehren, dass es okay ist, Schuldgefühle zu haben, weil ich ihn reingelegt habe, und dass meine Gefühle normal sind, selbst wenn er ein übler Kerl ist, der üble Dinge tut, denn das Einzige, das zählt, war schon immer nur mein Bruder und nun weiß ich, dass Callahan absolut nichts mit seinem Tod zu tun hatte. Er hat ihm nichts getan, sondern wollte ihm sogar helfen, indem er ihn gewarnt hat. Er hat angeboten, den Mörder meines Vaters selbst zu beseitigen, doch mein Bruder war dumm und stur. Er wollte es tun.

Und ist bei dem Versuch gestorben.

Eine Welle von Trauer bricht über mir ein, doch ich erlaube mir nicht, meine letzten Stunden mit Callahan damit zu verbringen, in Kummer zu ertrinken, sondern versuche stattdessen das Beste herauszuholen und Wiedergutmachung zu leisten, ehe ich ihn verlasse. Ich halte mein Versprechen, nie wieder zurückzukommen, wenn Declan seines hält und mir alle Informationen gibt, die ich brauche, um weiterzuziehen.

Also setze ich ein sanftes Lächeln auf und bitte ihn: »Könntest du die Seile lösen, damit ich auf die Toilette gehen kann?«

Callahan zögert. Sein Kinn arbeitet, während mich seine stürmischen Augen quasi auf dem Stuhl festnageln, so abschätzend starrt er mich an. Dass sie immer wieder zu meinen nackten Beinen zucken, entgeht mir nicht. Ich deute es als ein gutes Zeichen. Das ist mehr, als er mir bisher gegeben hat. Außer kalten Worten und eisigen Blicken kam recht wenig von ihm.

Ich kann es ihm nicht verübeln, aber trotzdem macht es mich wahnsinnig.

»Ich sterbe außerdem vor Durst«, sage ich mit einem flehentlichen Blick und großen, unschuldigen Augen. »Bitte, Callahan …«

Er brütet vor sich hin, doch schließlich nickt er kaum merklich und tritt hinter mich, um die Seile an meinen Händen und Füßen zu lösen. Ich atme erleichtert aus und murmele einen Dank. Oder zwei. Oder drei. Als er seine Finger wie einen Schraubstock in meinen Arm bohrt und mich hochzieht, sehe ich ein wenig belustigt zu ihm auf.

»Schon klar, du willst mich nicht verlieren, aber seien wir mal ehrlich … Viel kann ich gegen dich ohnehin nicht ausrichten, das hast du bewiesen. Außerdem bist du viel schneller als ich, das kann ich ruhigen Gewissens zugeben. Ich war noch nie eine Sportskanone.«

Als sein rechter Mundwinkel zuckt. Als er die Finger um meinen Arm ein wenig lockert, wenn auch nur minimal, lächele ich. Dann lasse ich mich von ihm aus dem Raum und ins Badezimmer führen, wo er mir eine Minute allein gibt, um auf die Toilette zu gehen. Ich wasche danach meine Hände und trinke eine riesige Portion Wasser, bevor ich mein Gesicht reinige und mit einem Handtuch trockenreibe. Im selben Moment öffnet Callahan die Tür und nickt Richtung der Dusche in der Ecke des Raumes. In der Hand hält er eines seiner Shirts.

»Wasch dich, wenn du willst«, erlaubt er mir und wirft mir das Shirt zu. Er schließt die Tür von innen und lehnt sich mit verschränkten Armen dagegen, dabei zucken seine Muskeln verführerisch. »Ich werde hierbleiben.«

»Willst du dann nicht gleich ein Bad mit mir nehmen?«, locke ich ihn und beiße mir auf die Unterlippe. »Nicht, um mich zu ertränken, versteht sich. Nur, um mit mir zu plantschen.«

Ein leiser, amüsierter Laut stiehlt sich aus seinem Mund und ich grinse, doch dann vergeht es mir, als er plötzlich finster dreinschaut, als würde er sich nicht erlauben, freundlich zu mir zu sein und meine Worte mit einer menschlichen Reaktion zu belohnen.

Augenrollend reiße ich mir das Shirt vom Leib und steige unter die Dusche. Ich stelle das Wasser an, drehe ihm den Rücken zu, und fange an, meinen Körper mit seiner Seife einzuschäumen. Meine Wirbelsäule kribbelt und ich weiß, dass er mich anstarrt. Er beobachtet mich still von seiner Position vor der Tür aus und kann es durch die klare Glaswand problemlos. Mir wird wärmer, was nicht am heißen Wasser liegt, dessen feuchter Dampf mir zu Kopf steigt und ihn benebelt. Vermutlich liegt auch das nicht an der Dusche, sondern ihm. Allein zu wissen, dass er dort steht und mich ansieht, während er hart für mich wird, erregt mich.

Ich weiß, dass er hart für mich wird, weil ich genauso auf ihn reagiere. Ich werde feucht für ihn, obwohl er nichts tut, um meinem Körper diese Reaktion zu entlocken. Das ist verrückt.

Mir kommt ein Gedanke in den Sinn, den ich ohne zu zögern in die Tat umsetze. Ich drehe mich zu ihm um, sodass er meine nackte Vorderseite uneingeschränkt betrachten kann, schließe die Augen und massiere Shampoo in meine Haare. Dabei mache ich es wie die Models in Werbesendungen, stöhne vor Entspannung auf und bewege mich ekstatisch, als wäre es der Himmel auf Erden, dieses dämliche Shampoo in mein Haar zu massieren. Ich übertreibe dabei so maßlos, dass ich ihn zum Lachen bringe.

»Wirklich?«, fragt er mich mit hochgezogenen Augenbrauen. Die Belustigung blitzt in seinen Augen, die nun viel weicher erscheinen. »Komm schon, Pfirsichblüte.«

»Was denn?«, frage ich unschuldig und fahre mit den Händen über meine Brüste, um den Schaum auch dort einzumassieren. »Nachdem ich mich als Detektivin, Stalkerin und Einbrecherin versucht habe, muss ich mir nun einen neuen Job suchen. Der eines Werbespot-Models wäre doch etwas, oder denkst du, ich bin nicht talentiert genug dafür?«

Seine Augen verbrennen mich förmlich, während sie meine Hände verfolgen, die immer unanständiger meine Brüste kneten. Man muss sich eben gründlich und *überall* waschen, hat man mich gelehrt. Seine Stimme klingt rauer und angespannt, als er knapp erwidert: »Du hast Talent.«

»Danke.« Ich lächele zuckersüß und lasse meine Hand tiefer gleiten, bis sie meine intimste Stelle erreicht, die vor Sehnsucht nach ihm heiß pocht. Sein Blick verdunkelt sich mit einem Mal und seine Zähne knirschen, als ich die Finger zwischen meine Labien tauche und leise aufstöhne.

»Man hat mir einmal gesagt, ich hätte eine sexy Stimme … Vielleicht versuche ich es als Angestellte einer Sexhotline.« Ich stöhne wieder auf und reibe mich fester, woraufhin sich all seine Muskeln anspannen und seine Kiefer aneinander mahlen. Wildes Feuer lodert in seinen Augen. Ich reize und quäle ihn, und es ist pure Absicht. »Oh Gott, ja … Das ist so gut … Oh, Himmel … Ja!«, imitiere ich besagte Frauen und kaum, dass ich blinzle, steht Callahan unmittelbar vor der Duschkabine und knurrt.

»Hör auf.«

Ich trete an die Glasscheibe heran, wische den feuchten Dunst mit der Hand fort, und blicke mit klimpernden Wimpern in seine verengten Augen. »Warum, Liebling? Ich gehe nur meine Möglichkeiten durch.«

»Diese Möglichkeiten bestehen nicht«, murrt er. »Du wirst nicht in einer verdammten Sexhotline arbeiten.«

»Weil du mich als Dekoration an die Wand in deiner Gruselkammer hängst?«, necke ich ihn. »Für immer? Damit mich all die Männer, die dich aufsuchen, anglotzen und bewundern können?«

»Nein.« Er knurrt wieder. Wow, er ist wirklich leicht aus der Reserve zu locken. »Wasch dich ab und komm raus.«

»Nö.« Ich trete entschlossen zurück und fahre mit meiner Show fort, die aus Brüste kneten und mich selbst massieren besteht. »Du musst mich schon aus dieser Dusche zerren, wenn du -«

Ich komme nicht einmal dazu, den Satz zu Ende zu sprechen, da Callahan die Kabinentür aufreißt und auf mich zutritt. Ich ächze und japse nach Luft, als er mich an der Taille packt und quasi gegen die kalte Fliesenwand schleudert. Dass er nass wird, da er direkt unter dem Strahl der Regendusche an der Decke steht, scheint ihm vollkommen egal zu sein. In seinen Augen erkenne ich nichts als Wut, die sich mit ungezügeltem Hunger mischt. Gefährlichem Hunger.

»Ich muss zugeben, damit habe ich nicht gerechnet«, entfährt es mir heiser und ich blicke in seine stürmischen Augen auf, die immer noch verengt sind. »Also wollen wir doch plantschen, Liebling? Dafür eignet sich die Badewanne allerdings besser.«

»Halt den Mund.« Seine Hände umklammern meine Taille, als wolle er mich zerquetschen, und ich liebe, wie besitzergreifend er mich dabei ansieht. Durch diese raue und besitzergreifende Art an ihm wird meine Brust schwer und ich fühle mich automatisch kleiner.

Automatisch verliebter.

»Callahan«, flüstere ich, als ich bemerke, wie er mit seiner Selbstbeherrschung kämpft, weil ich unbedingt möchte, dass er sie verliert. Ein letztes Mal will ich ihn spüren und schmecken, bevor ich ihn für immer verlasse, was vermutlich für uns beide das Beste ist. »Ich -«

»Halt den Mund«, sagt er wieder, seine Stimme bebt und verrät das Gefühlschaos in ihm. Die Ader an seinem Hals pulsiert vor Wut, doch gleichzeitig zuckt sein Schwanz vor Verlangen nach mir an meinem Bauch.

Ich kann förmlich spüren, wie er mit sich hadert, seinem Verlangen einfach nachzugeben, doch irgendetwas hält ihn davon ab. Irgendetwas hat ihn fest im Griff und ich weiß, dass es dieses Mal nicht mehr so einfach sein wird, ihn zu bezirzen. Egal wie betörend ich mich gebe, sein Misstrauen an mir und all die Dinge, die er nicht weiß, lassen den Zauber zwischen uns seine Magie verlieren.

Trotzdem bin ich enttäuscht und ein wenig gekränkt, als er wortlos aus der Dusche tritt. Dabei zieht er mich am Arm mit sich und drückt mir gleich darauf ein Handtuch an die Brust. Er sieht mich nicht mehr an, bis ich mich abgetrocknet habe und in das frische Shirt von ihm geschlüpft bin, und sagt kein einziges Wort, als er mich zurück in sein Schlafzimmer bringt.

Doch ein wenig seines Zorns auf mich scheint durch andere Gefühle ersetzt worden zu sein, denn statt mich wieder an den Stuhl zu fesseln, fesselt er mich an das Bettgestell. Nun liege ich mit ausgestrecktem Körper auf der Matratze und habe genügend Bewegungsfreiheit, um mich halbwegs gemütlich hinzulegen.

Ich drücke das Gesicht in das Kopfkissen und atme seinen vertrauten Duft ein, während er sich seiner nassen Jogginghose entledigt und mit dem Rücken zu mir auf die andere Seite des Bettes legt. Dann schaltet er den Fernseher aus und badet uns in Dunkelheit, doch durch das Fenster dringt das Licht der Straßenlaternen zu uns durch. Ich kann seine Umrisse erkennen, seine dunklen Boxershorts und die Muskeln an seinem breiten Rücken. Aber sein Duft ist es, der mich umhüllt. Zedernholz und Whiskey.

Ein paar Minuten lang ist es trügerisch still zwischen uns, doch ich weiß, dass er nicht schläft. Dafür sind wir beide zu aufgewühlt und uns der Nähe des anderen zu bewusst. All die tobenden Gedanken, die zwischen uns schweben, errichten eine Art Mauer zwischen seiner Bettseite und meiner. Ich versuche sie niederzureißen.

»Ich bin keine Gefahr für dich und ich glaube, das weißt du insgeheim«, flüstere ich leise in die Dunkelheit und auch wenn er nicht reagiert, weiß ich, dass er meinen Worten aufmerksam lauscht. »Ich will dir nicht schaden. Ich habe nichts gegen dich oder deinen Bruder ausgehackt. Und ich habe nicht mit dir geschlafen, weil ich dachte, es tun zu müssen.«

Er dreht sich zu mir um, seine Augen blicken fest in meine. Er gibt keinen Ton von sich, doch er will, dass ich weiterspreche, also tue ich es.

»Ich kann dir nicht sagen, warum ich all das getan und dich immer wieder belogen habe, aber manche Dinge waren keine Lüge.« Mein Herz fühlt sich schwer an, als ich schlucke und gestehe: »Das zwischen uns … das war echt. Ist es immer noch. Man kann so etwas nicht spielen, Callahan. Ich glaube, auch das weißt du.«

Seine Stimme klingt ruhig und rau, als er leise fragt: »Warum sagst du mir dann nicht einfach die ganze Wahrheit?«

Ich lächele verbittert. »Ich kann dir nicht mehr sagen, als ich schon habe.«

»Du hast mir nichts gesagt«, meint er unzufrieden.

Ich zögere. Nun, wo ich die Wahrheit über ihn kenne, würde ich ihm gerne auch meine sagen. Doch ich habe Declan ein Versprechen gegeben und so kann ich es nicht. Vorhin habe ich versucht, ihm all die Antworten auf seine Fragen indirekt mitzuteilen, doch er hat den Köder nicht geschluckt. Ich sagte ihm, er würde meinen richtigen Namen schon kennen, doch er hat nicht zugehört.

»Du hast mich benutzt und hintergangen. Immer wieder belogen und mich zum Narren gehalten, obwohl ich dir erzählt habe, dass mir vor Jahren eine Frau dasselbe angetan hat«, wirft er mir nun vor und seine Enttäuschung über mich zerreißt meinen Schutzmantel und brennt die Mauer zwischen uns nieder. »Du hast mir in die Augen geschaut und behauptet, ich könnte dir vertrauen. Du sagtest, du wärst nicht wie sie, aber du bist schlimmer.«

Ich spüre, wie mich seine ehrlichen und anklagenden Worte in zwei Hälften reißen. Mein Puls rast und meine Stimmbänder flattern, da sich ein Schluchzen aus meiner Kehle stehlen will, ich es jedoch hinunterschlucke. Man hört es in meiner Stimme, als ich brüchig flüstere: »Ich … ich wollte nie, dass es so kommt. Ich wollte nicht …«

»Was wolltest du nicht?«

»So für dich empfinden«, gestehe ich krächzend. »Das macht mir mehr zu schaffen als dir, schätze ich.«

Seine Augen verengen sich misstrauisch, doch er muss erkennen, dass es die Wahrheit ist, denn seine Gesichtszüge glätten sich mit einem Mal und sein Blick wird offener, fast schon freundlich. Ich lächele sanft und will die Hand nach ihm ausstrecken, doch das Seil hindert mich daran und schneidet mir in die Haut.

»Mach es ab«, bitte ich ihn leise. »Es ist nicht notwendig.«

Seine Augen verdüstern sich wieder und all die Emotionen, die ich geglaubt habe, darin zu erkennen, verpuffen zu Staub. Offensichtlich habe ich das Falsche gesagt und unser Moment ist vorbei.

»Ich möchte dich nur berühren können«, erkläre ich ihm besänftigend. »Willst du das nicht auch?«

»Egal wie gut du mir einen wichst, Pfirsichblüte, dieses Mal wickelst du mich nicht um den Finger«, erwidert er kaltschnäuzig.

Ich zucke zurück. »Darum geht es nicht, Callahan. Ich will dich bloß berühren. Ich will dich die ganze Zeit berühren.«

Ich sehe das Zögern in seinen Augen und dann greift er tatsächlich nach oben und löst die Knoten aus einem der Seile, sodass meine rechte Hand nach unten fällt.

Ich lächele sanft. »Auch die andere?«

Argwöhnisch zieht er die Augenbrauen zusammen.

Ich strecke die freie Hand nach seinem Gesicht aus und lasse mich nicht davon irritieren, dass er erst mit dem Kopf zurückweicht, bevor er mir gewährt, ihn an der stoppeligen Wange zu streicheln. Dabei füllt sich meine Brust mit Wärme und … irgendetwas anderem, das mich an Liebe erinnert.

»Du kannst mir vertrauen, versprochen. Auch wenn ich dir in den letzten Wochen das Gegenteil bewiesen habe. Ich führe nichts im Schilde und ich versuche auch nicht, dich zu täuschen oder manipulieren«, flüstere ich sanft. »Befreie mich auch aus dem anderen Seil.«

»Du könntest es selbst tun«, erinnert er mich rau.

»Ich mache es aber nicht, wenn du es mir nicht erlaubst.«

Das scheint ihn milde zu stimmen, da er wieder mit einem Zögern nach oben greift und nun auch die Knoten des zweiten Seils löst, bevor er beide Seile achtlos auf seinen Nachttisch wirft. Ich weiß, dass er mich später wieder damit fesseln wird, doch für den Moment bin ich zufrieden damit, ihm wenigstens für eine kurze Zeit näherkommen zu können.

Also zögere ich nicht, rutsche ein wenig näher an ihn heran, und berühre ihn vorsichtig auf der Schulter. Ich streiche die Finger zärtlich über seinen kräftigen Arm, schließe sie um seinen Bizeps und drücke ihn. Ich mag, wie er sich anfühlt. Alles an ihm wirkt unzerstörbar und perfekt geformt. Ich lasse meine Hand zu seiner prallen Brust gleiten, streichele die weichen Härchen dort und zeichne danach die Einkerbungen seiner Bauchmuskeln nach. Sie spannen sich unter meiner Berührung an und seine Atmung beschleunigt sich. Er mag es, von mir berührt zu werden, auch wenn er immer noch Feindseligkeit in seinen graublauen Augen trägt.

»Habe ich dir schon einmal gesagt, dass du verdammt sexy bist, Callahan Mullan?«

Ich glaube, die Andeutung eines Lächelns auf seinen vollen Lippen zu sehen. »Mehrmals, aber sag es noch einmal.«

Ich lächele und beuge mich zu ihm, um vor seinem Mund zu flüstern: »Du bist verdammt sexy, Callahan Mullan.«

Ohne Vorwarnung und schneller, als ich blinzeln kann, packt er mich unter den Achseln und wirft mich mit dem Rücken auf die Matratze. Dann ist er auch schon über mir, fixiert meine Hände seitlich meines Kopfes und raunt vor meinem Mund: »Und du bist verdammt manipulativ, namenlose Frau.«

Ich blinzele. Er ist etwas nachtragend, wie mir scheint. »Manipuliere ich dich etwa, wenn ich dir sage, dass ich dich will?«

»Das kommt darauf an.«

»Worauf?«

Seine Augen tragen einen ernsten Ausdruck, als er sich zurückzieht und rau hervorpresst: »Darauf, ob du die Worte ernst meinst oder wieder lügst.«

»Ich meine sie ernst.« Ich recke beleidigt das Kinn empor. »Ich meine sie verdammt ernst, du Arschloch.«

»Warum bin *ich* jetzt das Arschloch?«, will er leise wissen, doch da liegen keine Vorwürfe in seiner Stimme, sondern reine Verständnislosigkeit. »Ich habe dich nie belogen. Ich habe dich nicht benutzt. Selbst dann nicht, als ich es konnte und jedes Recht dazu hatte.«

»Deswegen mag ich dich so«, entfährt es mir, ohne dass ich darüber nachdenken kann, und ich spüre, wie meine Wangen erröten. »Weil du doch kein so übler Kerl bist, wie ich angenommen habe. Eigentlich bist du ganz anders, als ich es mir vorgestellt habe.« Verlegenheit nistet sich in meiner Brust ein, als er mich bloß anstarrt, ohne etwas darauf zu sagen. »Hörst du mich?«

»Ich höre dich«, flüstert er mit einer Stimme, die plötzlich weich und samtig klingt. Verführerisch wie schmelzendes Karamell und süß wie heiße Schokolade an kalten Wintertagen. »Und ich will dir glauben.«

»Dann tu es.« Ich bewege meine Hand, eine stille Aufforderung, sie loszulassen, und lächele, als er sie freigibt und sich auf der Matratze stützt. Er kniet über mir und sein imposanter Oberkörper ist alles, was ich sehen kann.

Ich lecke meine Lippen und strecke den Arm nach seinem Hals aus, bevor ich die Hand um seinen Nacken schließe und ihn sanft zu mir herunterziehe. Er bewegt sich nicht und so blinzele ich unsicher, doch dann spüre ich, wie er langsam nachgibt und sein Gesicht näher zu meinem bringt. Als sich unsere Lippen berühren, ist es, als würde mich ein Stromschlag treffen, ich fühle mich elektrisiert.

Leise keuchend fordere ich ihn auf: »Küss mich, Callahan.«

Er tut es. Dieses Mal ohne ein Zögern, stattdessen mit wilder Entschlossenheit. Er will das hier genauso sehr wie ich und ich spüre, wie all die Anspannung aufgrund der Ereignisse der letzten Stunden von uns abfallen, als wir uns in dem leidenschaftlichen Kuss verlieren, der mir den letzten Funken Verstand raubt. Mein Körper wird weich unter seinem, und all seine Muskeln lockern sich, während unsere Zungen heftig miteinander spielen und unser schwerer Atem in den Mund des anderen dringt.

Seine Hand ist rau in meinem Haar, zieht daran und krallt sich darin fest. Ich wölbe mich ihm entgegen und kralle die Nägel stöhnend in seine stramme Haut, als er mich so fest beißt, dass kein Zweifel daran besteht, dass er mich bestrafen will. Alles, was er jetzt mit mir macht, wird eine Bestrafung für alles sein, was ich zuvor getan habe, das ist mir klar. Doch ich will es. Ich sehne diese süße Brutalität und Folter mit jeder Faser meines Körpers herbei. Ich will nicht, dass es endet, doch das wird es, also gebe ich ihm alles von mir, was noch übrig ist.

»Fick mich«, keuche ich an seinem Mund und werde ebenfalls grob, als ich ihm mit den Nägeln über den Rücken kratze.

Er knurrt und packt mich mit einer Hand an der Kehle. Er

stützt sein Gewicht darauf, als er seine Unterhose hinunterreißt, und schnürt mir die Luft ab, und er tut es ganz bewusst.

Ich röchele leise, während er sich der Unterhose komplett entledigt, ohne von mir abzulassen, und schnappe geräuschvoll nach Luft, als er meinen Hals freigibt, um sein Shirt von meinem Körper zu reißen. Er macht es so schnell, ruppig und ungeduldig, dass ich aufstöhne.

Dann packt er meine Oberschenkel, spreizt sie unnachgiebig, bis es fast wehtut, und reißt mein Becken mit einem Ruck an seines. Sein harter Schwanz federt gegen meine feuchte Muschi, und sie zuckt in dem Verlangen, von ihm ausgefüllt zu werden.

Er erfüllt mir den Wunsch, auch wenn er es bloß tut, um sich selbst damit zu befriedigen. Als er sich mit einem kräftigen Stoß bis zum Anschlag in mich versenkt, stöhnt er auf und ich verkrampfe mich unter ihm, doch das unangenehme Gefühl der extremen Fülle lässt sofort nach und stattdessen fängt mein Körper vor Euphorie zu zittern an.

»Callahan …«

Er schlägt mir eine Hand auf den Mund und knurrt: »Halt den Mund, Pfirsichblüte. Ich bin verdammt noch mal wütend auf dich. Ich hasse es, dass du diese Macht über mich hast.«

Mein Herz schmilzt bei seinem Geständnis, obwohl er so forsch und streng mit mir umgeht. Als er anfängt hart in mich zu stoßen, schließe ich mit wohliger Glückseligkeit in der Brust die Augen.

Das ist es. Die Bestrafung, die ich erwartet habe, diese süße Brutalität, nach der ich lechze. Callahan fickt mich so strafend tief und kraftvoll, dass ich wild durchgeschüttelt werde, doch ich schlinge trotzdem die Beine um seine Hüften und verknote die Füße an seinem strammen Hintern. Es ist chaotisch und heiß, wie unsere Hüften gegeneinanderstoßen. Ich war noch nie so erregt, und so bewege ich mich wild unter ihm und heize ihn an, mich noch härter zu nehmen. Mich noch mehr zu bestrafen.

Und er tut es. Seine Stöße geraten außer Kontrolle, als wäre er betrunken. Nun ficken wir wie die Verrückten, doch es gibt keinen Halt mehr, denn wir sind zu sehr in diesem Wahnsinn verstrickt. Mein Kopf wird von den erotischsten Lauten erfüllt, die es gibt. Sein Keuchen und Stöhnen klingen animalisch, und unsere nackte Haut klatscht laut aneinander, wenn er sich bis zu den Hoden in mich rammt.

Unermüdlich fickt er mich in diesem unerbittlichen Tempo und dieser strafenden Härte weiter, bis er die Hand von meinem Mund nimmt und seine Lippen auf meine presst. Er murmelt mir etwas in den Mund, das ich nicht verstehe, und ich kommentiere es mit einem Stöhnen. Dann werden seine Stöße kontrollierter. Er küsst mich gierig und heftig, während seine Finger wieder die Sauerstoffzufuhr durch meinen Hals stoppen, und ich vergrabe die Hände erstickt keuchend in seinem Haar, während ich daran ziehe und reiße.

Der Orgasmus überschwemmt mich mit einer Flut an Endorphinen. Ich schreie ihm in den Mund und kratze über seine Brust, während ich mich aufbäume und verkrampfe. Zwischen meinen Beinen entfacht ein Feuerwerk und Hitze tanzt wie Funken auf meiner Haut.

Callahan packt meine Handgelenke, presst sie unnachgiebig in die Matratze, und beißt mir knurrend in den Hals. Meine Muschi umklammert ihn gierig und saugt ihn fest hinein. Benommen und vollkommen benebelt im Kopf wimmere ich, während sein Becken weiterhin hart gegen mich prallt, doch nun sind seine Bewegungen langsamer. Seine Lippen saugen sich an meinem Hals fest und ich weiß, dass er einen Bluterguss darauf hinterlässt, doch es ist mir egal. Ich will diesen Knutschfleck von ihm. Ich will, dass er mir eine Erinnerung an ihn gibt. Ich will die Spuren seiner Leidenschaft auf meinem Körper tragen.

Es folgt ein weiterer Biss, während sein Schwanz zu pulsieren und sein Becken zu zucken beginnt, und dann spüre ich, wie er über mir erschauert, bevor er heiße Ladungen Sperma in mich spritzt.

Sein Blick trifft verschleiert auf meinen und ich weiß, dass er es auch fühlt. Diese explosive Verbindung zwischen uns.

Ich keuche und schlinge die Arme um ihn, streichele seine feuchte Haut am Rücken und genieße, zu spüren, wie hart ihn der Orgasmus im Griff hat. In diesem Moment ist er machtlos und mir ausgeliefert. Ich genieße das plötzliche Machtgleichgewicht zwischen uns. Sein Körper fühlt sich so hart auf meiner weichen Haut an.

Callahan zittert leicht und atmet schwer gegen meine Brüste. Seine Zunge leckt über das Tal dazwischen, während er die letzten Tropfen seines Saftes mit kreisenden Bewegungen in mir verteilt. Ich habe an den unterschiedlichsten Stellen Schmerzen, dort wo er mich gewürgt und gebissen hat, doch nichts ist so überwältigend wie dieses heiße, kribbelnde Gefühl in meiner Brust, als seine Lippen meine finden und sanft liebkosen.

Er küsst mich zärtlich, nachdem er mich wie ein außer Kontrolle geratenes Tier gefickt hat. Nach allem, was ich getan habe, und er nur über meine Absichten spekulieren kann, küsst er mich wie es ein Ehemann bei seiner Frau tun würde, nachdem sie ihrer abendlichen Routine bestehend aus Fernsehen und Blümchensex nachgegangen sind. Er ist dabei so ungewohnt zärtlich, dass ich mich vor Gänsehaut schüttle. Ich erwidere den Kuss genauso sanft, und das erste Mal gibt es nichts Rohes und Primitives zwischen uns. Dieser Kuss hat nichts Sexuelles an sich, obwohl sein Schwanz immer noch tief in mir steckt.

Seine Hände sind überall auf mir, als wolle er mich noch einmal spüren und dieses Gefühl, welches er dabei empfindet, in seinem Hirn verewigen, da er weiß, dass das nicht mehr vorkommen darf. Vielleicht ahnt er auch, dass es unser letztes Mal war, auch wenn er nicht weiß, welchen Deal ich mit Declan gemacht habe. Er kann mich nicht für immer festhalten und will sich selbst davor bewahren, ins Verderben zu laufen, indem er mich wieder und wieder an sich heranlässt.

Es ist süß, dass ein so starker Mann wie er eine Schwäche wie diese hat. Ein Mädchen, das ihm den Kopf verdreht hat. Nicht einmal ein besonderes Mädchen, denn er könnte bei Gott weitaus hübschere, erfahrenere und ehrlichere Frauen in seinem Bett haben.

Aber er will mich. Sein Körper verrät es mir und sein Herz, das schwer und schnell gegen seine Rippen pocht. Ich fühle es auf meiner feuchten Haut, die fiebrig glüht.

Ich streichele ihn ebenfalls und lasse mich von ihm berühren, wie auch immer er möchte, denn ich weiß, dass unser Moment gleich vorbei sein wird. Tränen wollen bei diesem Gedanken kindisch über meine Wangen kullern, doch ich bin stärker als das. So etwas wie das hier war nie geplant.

Hingabe. Liebe. Schuld.

Darum lasse ich den Moment enden, auch wenn es schmerzt, und nehme die Hände von ihm, als er sich mit einem letzten Blick in meine Augen zurückzieht. Sie sind trüb und dunkel, tragen Frustration und Schwermut in sich. Ich lasse ihn in meinen Augen lesen, was ich ihm alles nicht sagen kann, und schlucke meine Proteste, als er nach meinen Armen greift und die Seile um meine Handgelenke wickelt. Dann fesselt er mich wieder an das Bettgestell und rollt seinen Körper von mir.

Die Anspannung, die sich gerade eben erst gelöst hat, kehrt mit mehr Druck zurück, und ich versuche, dieses unbekannte Gefühl einzuordnen. Die plötzliche Leere zwischen meinen Beinen und die fehlende Wärme seines Körpers lassen mich einsam fühlen. Genau so, wie ich es war, als ich meine Sachen gepackt habe und nach London gezogen bin, um für Gerechtigkeit für meinen Bruder zu sorgen. Schon monatelang zuvor war ich einsam, und ich weiß, dass auch noch für eine lange Zeit Einsamkeit mein stetiger Begleiter sein wird. Ich habe keine Familie mehr und all die Freunde, die ich einmal hatte, sind weg, weil ich die Freundschaften nicht mehr pflegte, da ich mich auf andere Dinge fokussiert habe. Zeit für Kaffeeklatsch und Clubbesuche gab es dabei keine. Ich habe mich damit abgefunden, mit dieser erdrückenden Leere in mir, und mich sogar mit ihr angefreundet, doch nun überwältigt sie mich mit einem Mal wieder und hinterlässt ein noch viel größeres Loch in meiner Brust.

Denn für eine kurze, surreale Zeit war dieses gefüllt. Callahan hat das Leck gestopft und nun reißt es erneut auf. Dieses Mal tut es sogar noch mehr weh, weil ich wieder etwas verloren habe, von dem ich nicht einmal wusste, dass ich es hatte oder wollte.

19

Callahan

Declan ist pünktlich auf die Minute, als könnte er es kaum erwarten, meine Blüte wieder einem Verhör zu unterziehen und mit seiner lästigen Art zu foltern. Es ist Punkt acht Uhr morgens, als es an der Haustür klingelt, und ich gehe vom Badezimmer ins Schlafzimmer, um mir Jeans und Pullover anzuziehen. Pfirsichblüte sitzt aufrecht im Bett, die nackten Beine angewinkelt, sodass sie ihre Brüste verdecken, das dichte, braune Haar ein wildes, sexy Durcheinander von unserer Nacht.

In der wir uns stöhnend in den Bettlaken gewälzt haben. Jaysus, vielleicht bin doch ich der verrückte Bruder.

Während ich mich anziehe, spüre ich ihren Blick auf mir. Es liegt etwas Komisches in der Luft, seit wir aufgewacht sind, etwas Schweres und Belastendes, und ich spüre so etwas wie Nervosität von ihr ausgehen. Möglicherweise hatte Declan recht und sie ist nun so weit, endlich zu reden, da sie keine weiteren Stunden mit ihm zusammen verbringen will. Dass er sie nervös macht, kann ich verstehen. Aber ich schätze, es liegt auch an der gestrigen Nacht, dass sie ihre Augen unaufhörlich auf mir hat und diesen fremden Ausdruck im Gesicht trägt.

Fast sieht es bedauerlich aus. Ob sie bereut, dass wir gefickt haben? Schließlich hat sie es initiiert. Ich hatte nur einen Moment der Schwäche.

Rede ich mir ein.

»Ist das Declan?«, fragt sie mit seltsam hoher Stimme.

Ich drehe mich nicht zu ihr um, als ich möglichst tonlos antworte, während ich in einen cremefarbenen Pullover schlüpfe: »Aye.«

»Tut mir leid, ich spreche kein Rätselisch«, zieht sie mich aufgrund der irischen Bezeichnung für das Wort *Ja* auf, woraufhin ich fast lachen muss, dann aber einfach gar nicht reagiere.

Es fällt mir schwer, sie anzuschauen und dann zu verlassen, um ihr Haus zu durchwühlen, also bringe ich es kurz und schmerzlos hinter mich. Vielleicht bekomme ich heute ja endlich meine Antworten. Ich übe mich in Geduld, für sie bringe ich diese gerne auf. Wenn die Antworten nicht allzu schlimm sind und ihre Erklärungen dazu plausibel, kann ich in Erwägung ziehen, ihr zu verzeihen. Dann sehen wir weiter.

Denn aus irgendeinem absonderlichen Grund kann ich mich nicht mit der Vorstellung anfreunden, Pfirsichblüte gehen zu lassen. Nur, wenn ich weiß, dass wir uns wiedersehen und das von letzter Nacht wiederholen werden, auch wenn dieser Wunsch vermutlich noch viel dümmer ist als meine Blindheit für ihre Show und Taubheit für ihre Lügen.

Doch letzte Nacht … Das war keine Show. Das waren keine Lügen aus ihrem Mund. Ich weiß es. Daran gibt es keinen Zweifel, keinen Funken Misstrauen.

»Bist du sauer auf mich?«, fragt sie nun unsicher, woraufhin ich ihr einen flüchtigen Blick über die Schulter zuwerfe. Ihre blauen Augen funkeln seltsam, als sie vorsichtig fragt: »Wegen gestern?«

Ich runzele die Stirn und wende den Blick von ihr ab. Während ich meine Hose schließe, klingelt es ein weiteres Mal an der Haustür, dieses Mal ertönt das Klingeln länger und lästiger. Declan wird ungeduldig. Ich schnappe mir ein langes Shirt und werfe es Pfirsichblüte über die Schulter zu, damit sie sich anzieht. »Nein. Zieh das an.«

»Sagte er voller Wut und bewarf mich mit einem Shirt«, murmelt sie neckisch, und dieses Mal kann ich nicht anders und schmunzele. Wie kann man dieses Mädchen nicht mögen? Sie ist selbst in den unpassendsten Situationen schlagfertig und amüsant. Selbst, wenn sie sich unwohl fühlt, hat sie einen kecken Spruch auf den Lippen. Das gefällt mir so an ihr.

Als ich vollständig bekleidet bin, drehe ich mich zu ihr um und überprüfe, ob sie wie befohlen das Shirt angezogen hat. Durch ihren vielsagenden Blick auf die Seile wird mir klar, warum sie immer noch splitterfasernackt auf meinem Bett hockt. Ich verstecke mein Schmunzeln, gehe auf sie zu, und löse die Knoten in den Seilen. Mein Blick will nicht von ihren perfekten Brüsten gleiten, also zwinge ich mich dazu, indem ich mich ruckartig abwende.

Ihre Hand schlingt sich um meine. Ihre Augen blinzeln mich fragend und erwartungsvoll an.

»Ich bin nicht wütend auf dich«, stelle ich ruhig klar. »Warum sollte ich wütend sein? Außer aus den bekannten Gründen.«

Sie presst die Lippen aufeinander und zuckt mit den Schultern. Währenddessen klingelt Declan ein drittes Mal und dieses Mal hört er gar nicht mehr damit auf. Wir ignorieren ihn beide und verlieren uns kurz in den Augen des anderen, bevor sie die Hand zurückzieht und nickt. Dann schlüpft sie in das Shirt und ich erhasche einen letzten Blitz auf ihre süße Muschi, bevor sie das Shirt richtet und aufsteht, um ihren Platz auf dem Stuhl einzunehmen.

»Bleib da«, sage ich ihr, weil sich alles in mir dagegen sträubt, sie wieder an den bescheuerten Stuhl zu fesseln. Ihre Handgelenke sind wund und gerötet. »Declan wird bei dir bleiben, bis ich zurückkomme. Die Seile sind nicht notwendig, schätze ich.« Dabei ziehe ich eine Augenbraue warnend in die Höhe.

Sie nickt mit einem kleinen Lächeln, das ihre blauen Augen zum Leuchten bringt. Ihr Haar ist immer noch ein wildes Durcheinander und ich muss dem Bedürfnis widerstehen, meine Faust hinein zu krallen und ihre rosigen Lippen zu küssen. Auf ihrem zarten Hals zeichnet sich meine Leidenschaft von letzter Nacht in Form eines rundlichen, dunklen Flecks ab, und auf ihrer Halsbeuge erkenne ich meine Zahnabdrücke von dem Biss, den ich ihr gegeben habe, als sie unter mir gekommen ist.

Mein Schwanz drückt unwillkürlich gegen meinen Reißverschluss.

Als ich mich abwende, da mich das penetrante Klingeln daran erinnert, dass Declan draußen in der Kälte und vermutlich schon grimmig darauf wartet, hereingelassen zu werden, stößt sie hektisch hervor: »Callahan, warte!«

Verwirrt drehe ich mich zu ihr um, die Stirn in Falten gelegt.

Eine niedliche Röte überzieht ihre Wangen, als sie nervös lächelnd fragt: »Gibst du mir einen … Abschiedskuss?« Als sich mein Stirnrunzeln vertieft und sich meine Verwirrung in Irritation verwandelt, fügt sie betont locker hinzu: »Du weißt ja, wie Declan ist. Man kann nicht wissen, ob er mich nicht doch aus einer Laune heraus zu Wurmfutter macht.«

Immer noch verwirrt mustere ich sie, doch das Klingeln meines Handys reißt mich von der Frage, warum sie sich so merkwürdig verhält und so dermaßen nervös ist, los, und so nehme ich Declans Anruf genervt entgegen. »Es ist nicht nötig, Sturm zu läuten. Ich höre dich laut und deutlich. Kannst du dich noch einen Moment gedulden, bitte?«

Ein theatralisches Seufzen ertönt. »Aye.« Dann legt er auf und ich stecke das Handy in meine Hosentasche, bevor ich auf Pfirsichblüte zugehe und sie eindringlich betrachte.

»Declan wird dir nichts tun«, beruhige ich sie in der Annahme, dies sei der Auslöser für ihre Anspannung, woraufhin sie zaghaft nickt. »Niemand wird dir etwas tun. Nur über meine Leiche.«

Die brutale Ehrlichkeit in meinem Geständnis überrumpelt sie. Womöglich auch, weil sie daran gezweifelt hat, ob ich etwas für sie empfinden würde. Jetzt weiß sie es. Nun sollten sich all ihre Zweifel und Unsicherheiten legen und auch die Angst, dass ihr etwas durch meine Hand oder die meines Bruders zustoßen könnte.

Trotzdem verschwindet dieses seltsame Funkeln in ihren Augen nicht, als sie meine Hände ergreift, sanft meine Handgelenke drückt, und danach auf die Zehenspitzen geht, um mir einen süßen Kuss auf den Mund zu hauchen. »Dann … Bye, Callahan.«

»Ich komme bald wieder«, verspreche ich leise an ihren Lippen. Sie lächelt nur. Meine Hand findet nun doch ihr dichtes und seidiges Haar, und meine Finger gleiten durch die Strähnen, während ich ihr einen gleichermaßen süßen Kuss zurückgebe. Ihr Lächeln vertieft sich, doch es erreicht ihre Augen nicht. »Bis bald, Pfirsichblüte.«

Ich wende mich ab und verlasse das Schlafzimmer.

»Mach's gut, Liebling«, höre ich sie noch leise sagen, bevor ich sie meinem Bruder überlasse und mich auf den Weg zu ihrem Haus mache, wo O'Sullivan schon auf mich wartet.

20

Peaches

Als Declan keine Minute später das Schlafzimmer betritt, mustert er mich kritisch, bevor er leise seufzt. »Also ging es doch ums Ficken, wie ich sehe, nun wo du frei beweglich und mit wirrem Haar durch die Gegend läufst.«

»Wir haben nicht miteinander geschlafen«, flunkere ich etwas verlegen, woraufhin er mir einen skeptischen Blick zuwirft. »Das ist Bullshit.«

»Sagte sie mit einem Knutschfleck am Hals«, spottet er und ich lache laut auf, weil ich exakt diese Formulierung erst vorhin bei Callahan angewandt habe, um ihn zu necken. Declan wirkt verwirrt, doch ich winke bloß ab und er fragt nicht weiter nach. Er öffnet den Reißverschluss seiner Lederjacke und fragt gehetzt: »Also, wo sind deine Sachen?«

Ich blinzele. »Na, in meinem Haus.«

»Das ist schlecht, denn Callahan ist gerade auf dem Weg dorthin.«

»Was?«, schießt es schockiert aus mir hervor. »Verdammt, und jetzt? Ich brauche meine Sachen. Wenigstens ein bisschen meiner Kleidung, meine Kreditkarte und meinen Pass.«

Angestrengt fährt er sich über das Gesicht, während er die braune Akte, ein Bündel zusammengerollte Geldscheine und etwas, das wie ein Busticket aussieht, auf die Matratze wirft. Als er die zerwühlten Laken sieht, verzieht er das Gesicht und schnuppert in die Luft. »Es riecht hier sogar verdammt noch mal nach Sex.«

»Declan«, dränge ich und gehe auf ihn zu. »Wie lösen wir dieses Problem also?«

Seine graublauen Augen sind entschlossen und ohne jegliches Mitleid für meine Situation, als er erklärt: »Ganz einfach, Zuckerpuppe. Du verzichtest auf deine Sachen, nimmst mein Geld und das Zugfahrticket, und verpisst dich.«

Ich starre ihn an, als wären mir die Worte aus seinem Mund nicht geläufig.

»Ich kann dir deine Sachen nachschicken«, bietet er schließlich an. »Deinen Pass brauchst du für die Fahrt nicht. Wenn du dir ein Motelzimmer nimmst, anstatt eine luxuriöse Suite in einem Fünf-Sterne-Hotel, brauchst du deinen Ausweis auch dort nicht. Mit dem Geld, das ich dir gebe, kannst du dir in der Zwischenzeit ein paar neue Klamotten kaufen und die Unterkunft bezahlen.«

Ich zögere, doch dann stimme ich mit einem Nicken zu. Das klingt machbar. Außerdem habe ich meinen gefälschten Ausweis bei mir, das sollte also kein Problem darstellen. Die Kreditkarte konnte ich nicht bei mir tragen, da sie auf meinen richtigen Namen läuft. Da das Geldbündel verdammt dick ist, mache ich mir keine Sorgen, hungern zu müssen, bis er mir meine Sachen zuschickt. Nur meine Waffe brauche ich, aber das werde ich zu einem späteren Zeitpunkt ansprechen. Es könnte heikel sein, ihn wissen zu lassen, dass ich darauf vorbereitet war, seinen Bruder zu töten, wenn notwendig.

»Okay, dann machen wir es so«, stimme ich zu. »Aber wenn Callahan gerade auf dem Weg zu meinem Haus ist, wird er die Kiste mit meinen Geheimnissen unter dem Bett finden. Darin befinden sich auch mein Pass und Portemonnaie.«

Declan überlegt kurz, bevor er sein Handy aus der Hosentasche fischt und eine Nachricht darauf tippt. »O'Sullivan wird sich darum kümmern. Er wird alles Wichtige verschwinden lassen, bevor Callahan auftaucht.«

Ich blinzele überrascht. »Du hast ihn eingeweiht und vertraust ihm, dass er Callahan nichts verrät?«

Kein Anzeichen der Unsicherheit liegt in seinen Augen, als er nickt. »Er ist mehr mein Freund als seiner. Donovan hingegen würde uns sofort verpetzen.«

»Okay. Ich gebe dir dein Geld zurück, sobald ich meine Sachen habe«, verspreche ich, da er mir absolut nichts schuldig ist, was er einfach ignoriert. »Hörst du?«

»Ich lasse dir meine Kontodaten zukommen«, spottet er, doch ich erkenne ein winziges Lächeln auf seinen Lippen, als er mich mit einer Handbewegung auffordert, meine Kleidung zu holen und mich umzuziehen. »Wir werden unsere Telefonnummern tauschen müssen«, ruft er, während ich mich im Badezimmer, wo ich vor zwei Tagen meine Tüte mit der frischen Kleidung auf der Waschmaschine hinterlassen habe, umziehe und mein Haar in Ordnung bringe. »Und du wirst mir eine kurze Nachricht mit der Adresse deines Motels schicken. Dorthin schicke ich dir die Sachen.«

»Danke«, rufe ich zurück und fange an, mir die Zähne zu putzen. Als er mit einem geradezu fassungslosen Blick im Türrahmen stehenbleibt, frage ich verwirrt: »Was?«

»Du weißt, dass du gerade dabei bist zu fliehen?«, fragt er mich, als zweifele er an meinem Geisteszustand. »Und du putzt dir verdammt noch mal die Zähne?«

Ich blinzele.

»Jaysus.« Er schüttelt seufzend den Kopf. »Beeil dich einfach.«

»Ok«, spucke ich aus und spucke dabei auch etwas Zahnpasta auf den Boden. Wir starren gleichzeitig darauf herab und ich nuschele rasch: »Ich mache es weg.« Als er sich schnaubend abwendet, so als wäre ich nicht mehr zu retten, rufe ich mit Schaum vorm Mund: »Schon klar, Flucht und so! Ich hab's verstanden.«

Er murmelt irgendetwas Unverständliches vor sich hin. Ich schüttele amüsiert den Kopf und spüle meinen Mund aus. Danach trage ich meinen rosaroten Lippenstift auf, wie ich es immer tue, auch wenn ich weiß, dass Declan darüber innerlich die Augen verdrehen wird. Nachdem ich mein Haar mit dem Haargummi irgendeiner früheren Schlampe zusammengebunden habe, kehre ich zurück ins Schlafzimmer und finde Declan vor dem Bett wieder. Er blättert durch die Akte, die er mitgebracht hat. Meine Finger zittern vor Aufregung, da ich immer noch darauf brenne, zu erfahren, was sich darin befindet.

»Du kannst sie lesen, wenn du im Zug sitzt«, sagt er, ohne mich anzusehen, und wirft einen Blick auf sein Handy. »O'Sullivan ist im Besitz deiner geheimnisvollen Kiste und später fahre ich zum Haus, um deine Kleidung zu holen. Callahan ist gleich dort. Der ideale Zeitpunkt, um dich aus dem Staub zu machen. Er wird mindestens zwei Stunden dort verbringen, weil er nichts finden wird und deswegen vermutlich das ganze Haus auseinandernimmt. Die Zeit reicht locker aus. Der Zug fährt in fünfundvierzig Minuten ab.«

»Und wohin bringt er mich?«, frage ich mit einem Kloß im Hals.

»Nach Manchester.«

Ich runzele überrascht die Stirn. Manchester also. Dort lebt der Bastard, der meine Familie auf dem Gewissen hat. Ich habe keinerlei Verbindung zu dieser Stadt, da ich noch nie dort war.

Es ist die Stadt, in der mein Bruder gestorben ist. Das reicht, um sie zu hassen.

»Zuckerpuppe?«

Ich reiße meinen Kopf gedankenverloren nach oben und begegne seinem etwas angespannten Blick. »Hm?«

»Du hältst dich an dein Versprechen, ja?«, fragt er mit einer Warnung in seinen berechnenden Augen, woraufhin ich still nicke. »Warum glaube ich dir nicht?«

»Ich werde nicht zurückkommen«, sage ich ruhig. »Zumal

ich den Besuch in dieser Stadt vermutlich gar nicht überleben werde.«

Declan sieht mich seltsam an, doch er kommentiert diese nüchterne Feststellung nicht. Stattdessen winkt er mich zu sich und ich stopfe all die Sachen in meine kleine Handtasche. Die Akte zwischen meinen Fingern zu fühlen, macht mich gleichzeitig glücklich und todtraurig.

»Danke, Declan«, flüstere ich erstickt, und nun sind seine Augen viel weicher, als sie etwas überrascht auf meine treffen. »Du müsstest das nicht für mich tun.«

»Ich tue es für meinen Bruder«, redet er sich heraus.

»Deswegen gibst du mir dein Geld, kaufst mir ein Zugticket und versprichst, mir meine Sachen nachzuschicken?«, frage ich zweifelnd.

Er zögert, doch dann verdreht er die Augen und zuckt mit den Schultern. »Na gut, ich müsste es nicht tun, aber ich tue es. Vielleicht sichere ich mir so doch noch einen Platz im Himmel.« Er zwinkert.

Ich lächele ihn an. Vielleicht ist auch er kein so übler Kerl, wie ich dachte. Nur eben ein wenig psychotisch und verrückt. »Callahan wird verdammt wütend ein, wenn du ihm sagst, dass ich dir entwischt bin.«

»Damit kann ich leben«, meint er knapp.

»Er wird auch auf mich wütend sein«, murmele ich bedrückt. »Er wird sich wieder hintergangen fühlen.«

»Damit musst du jetzt wohl auch leben. Er wird es ebenfalls überleben«, lautet seine barsche Antwort, und ich bin nicht überrascht, dass er keine tröstenden Worte für mich übrighat. »Also, bereit?«

Nein. »Aye.«

Nun zeichnet sich ein breites Grinsen auf seinem Gesicht ab und es erhellt sich mit einem Mal auf eine hübsche Weise. »Du verbringst zu viel Zeit mit Iren, Süße, das steht fest.«

Ich verdrehe lächelnd die Augen und folge ihm aus dem Zimmer, während mein Magen zu krampfen beginnt. Was ich tue, fühlt sich falsch an, doch ich habe es versprochen und es ist die einzig richtige Entscheidung. Für Callahan und mich. Wohin sollte das mit uns auch schon führen?

Ich hätte es irgendwie gerne herausgefunden.

Aus einem Impuls heraus kehre ich noch einmal ins Schlafzimmer zurück, laufe zum Bett und drücke meine Lippen auf Callahans Kopfkissen. Der hübsche rosarote Kussabdruck soll eine Erinnerung an mich sein. Wenigstens eine Kleinigkeit, die ich ihm von mir hinterlasse, wenn ich mich schon nicht von ihm verabschiede.

Als die Haustür hinter mir ins Schloss fällt und Declan mich im strömenden Regen zu seinem Bugatti führt, mit dem er mich direkt zum Bahnhof bringt, weiß ich, dass ich niemals herausfinden werde, wohin das mit uns hätte führen können.

Und die Erkenntnis schmerzt tief in meinem Herzen.

Die Zugfahrt nach Manchester ist die Hölle. Sie dauert statt geplanten drei Stunden viereinhalb, was der unfreundliche Lokführer zu Beginn direkt ins Mikrofon geschnauzt hat, da er eine Baustelle umfahren muss, was ihm offenbar selbst auf den Keks geht, und der Mann, der den Sitzplatz neben mir hat, stinkt so bestialisch, dass ich fast würgen muss. Ich wollte mich umsetzen, doch der Zug ist brechend voll. Es gibt nicht einmal mehr Stehplätze.

Mein Magen knurrt infernalisch vor Hunger und ich warte angespannt darauf, dass der Sack neben mir endlich einschläft, damit ich die Akte aus meiner Tasche ziehen und verschlingen kann. Mehrmals kippt sein Kopf zur Seite, doch er blinzelt immer wieder. Nach einer gefühlten Ewigkeit döst er mit einem Schnarchen ein.

Endlich.

Augenblicklich reiße ich meine Tasche auf und fische die Akte heraus. Ich drehe mich zum Fenster und klappe sie so auf, dass die Frau mir gegenüber und der Junge hinter mir nicht sehen können, was ich mir hier anschaue.

Mir wird übel, als mir zuallererst der Name des Mörders meines Bruders und Vaters ins Auge springt. Er klingt hässlich, wie es seine Taten waren.

Arlo Tremblay.

Deine letzte Stunde hat bald geschlagen, mein Freund.

Mit einem sauren Geschmack von Rachsucht in der Kehle blättere ich die wenigen Dokumente durch. Notizen von Callahan sind darauf zu finden, seine Handschrift ist elegant und auf eine maskuline Weise unvollkommen. Er hat seine Gedanken darauf notiert und erklärt, wie er zu welchem Entschluss kam. Beispielsweise der Verbindung meines Vaters zu diesem Drecksack, der zur damaligen Zeit offenbar bei uns in Birmingham lebte, was erklären würde, warum mein Vater dort verstarb, während ich nun nach Manchester reise. Auch das üble Viertel, in dem man ihn gefunden hat, ist notiert.

Auf den weiteren Zetteln gibt es Nummern und andere Namen, die für mich jedoch nicht von Belang sind. Doch einer erweckt mein Interesse, weil ich ihn kenne.

Es ist der Name einer Frau, die eine Zeit lang mit meinem Vater ausging.

Susan Rory. Sie war auch eine Amerikanerin, die nach England ausgewandert ist. Sie war nett, doch irgendwann habe ich nichts mehr von ihr gehört. Mein Vater meinte damals, es sei zu kompliziert und er hätte die Beziehung zu ihr beendet.

Mir stockt der Atem, als ich die Notizen zu ihrer Person lese.

Die Notizen zu ihrer Verbindung zu Arlo Tremblay. Sie waren zusammen, eine sehr lange Zeit sogar. Zumindest hatten sie ein Verhältnis, welches sie laut Callahan beenden wollte, als sie meinen Vater kennenlernte, doch Arlo schien dieser Entschluss nicht sehr gefallen zu haben. Offenbar ist er ein Mann, der Verlustängste hat. Im Anhang zu diesem Dokument gibt es Kopien von Nachrichten, die einen Chatverlauf zwischen Susan und Arlo zeigen. Sie schreibt in der ersten Nachricht, dass er sie in Ruhe lassen soll, woraufhin die Ausgeburt des Teufels schreibt, dass sie besser alle Augen offen halten sollen, wenn sie auf die Straße gehen.

Sie.

Plural.

Er sprach von meinem Vater und ihr.

Hasserfüllt zerknülle ich das Dokument in meiner Hand und blättere die letzten Seiten durch. Alles, was ich finde, bestätigt das Puzzle, welches sich gerade in meinem Kopf zusammensetzt. Das Ergebnis ist kein schönes, sondern hässlich und haarsträubend.

Mein Vater ist gestorben, weil er eine Beziehung mit einer Frau einging, die mit einem kriminellen Kerl zusammen war, der sie nicht freigeben wollte. Seine Drohnachrichten belegen das und auch der Auszug des Chatverlaufs zwischen meinem Vater und Susan. Er schreibt ihr, dass er wegen seiner Kinder nicht riskieren kann, sich mit einem Typen wie Tremblay anzulegen, auch wenn er wünschte, er könnte sie beschützen. Er bittet sie um Verständnis, dass er sich an erster Stelle um uns kümmern muss, und danach erst auf sich selbst und andere schauen kann. Sie schreibt, dass sie das versteht, und entschuldigt sich, ihn in diese Sache hineingezogen zu haben.

Meine Augen füllen sich mit Tränen. Ich frage mich, ob dieser Typ meinen Vater nicht zur Strecke gebracht hätte, aus kranker Rachsucht oder dem Bedürfnis, zu demonstrieren, dass man die Finger von einer Frau wie seiner lassen soll, die gar nicht mehr seine sein wollte, wenn mein Vater die Beziehung früher beendet hätte. Vermutlich wusste er zu Beginn nichts von ihrer dunklen Vergangenheit mit einem Mann wie diesem. Wer geht auch schon damit hausieren, mit einem widerwärtigen Kriminellen zusammen gewesen zu sein?

Denn nichts anderes ist Arlo Tremblay. Anhand all dieser Informationen kann ich genau sagen, was für eine Art Mann er ist. Ein niveauloser, ehrenloser und feiger Hund, das ist er. Ich hasse ihn so sehr, ohne ihm jemals begegnet zu sein, dass Tränen der Wut heiß über meine Wangen auf das Papier tropfen.

Ich schlucke schwer, während ich die Liste all seiner Straftaten überfliege und mir den Namen des Gefängnisses durchlese, in dem er fünf Jahre lang eingesperrt war. Nicht annähernd lang genug. Unter anderem ist er ein Dieb, ein ehemaliger Zuhälter und einer, der Drogen an Minderjährige vertickt.

Ein ganz feiner Kerl also.

Allerdings ist er nicht allein und angreifbar, denn er gehört einer Art kriminellen Organisation an, zu der einige andere sehr fragwürdige Typen gehören. Nicht viele. Insgesamt sind es bloß acht, die hier aufgelistet sind, aber acht sind stärker als einer. Sie dealen heute in großen Mengen mit Drogen an Schulen und Universitäten, betreiben einen bedenklichen Stripclub, der bestimmt ein getarntes Puff ist, und waren in ein paar üble Schlägereien verwickelt. Arlo selbst hat mehrere Anzeigen wegen schwerer Körperverletzung, die seltsamerweise jedoch immer wieder zurückgezogen wurden.

Alles klar. Mehr brauche ich nicht zu wissen.

Mein Vater hat zur falschen Zeit die falsche Frau getroffen, das ist die verfickt ungeschönte Wahrheit. Er wäre heute noch am Leben, hätte er einer anderen Frau schöne Augen gemacht. Das war ein Mord aus Rache. Ein Mord durchgeführt von einem Mann, der skrupellos und machtgierig ist. Der das Gesicht vor seinen Männern nicht verlieren und sich stattdessen als harter Kerl beweisen wollte, indem er dem neuen Liebhaber seiner Ex die Kehle aufschneidet.

Unwillkürlich frage ich mich, ob Susan heute noch lebt.

Vermutlich nicht.

Es gibt noch einige andere Notizen, doch gerade bin ich zu aufgewühlt, um sie alle zu lesen, und das Wichtigste weiß ich nun. Endlich.

Denn es klärt auch all die offenen Fragen über meinen Bruder. Nachdem ich zum letzten Mal etwas von ihm gehört habe, hat er sich offenbar auf den Weg nach Manchester gemacht. Und da er nie wieder nach Hause zurückkehrte, weiß ich, dass er den Mörder unseres Vaters gefunden hat. Er hatte seine Adresse, die Adresse seines Stammlokals und dieses Striplokals. Ich finde jedoch keine Namen der Lokale oder Adressen dazu, sondern bloß eine einzige Adresse in all den Notizen.

Eine, die rot eingekringelt ist.

Die Adresse des Zuhauses dieses Bastards.

Ich werde ihm bald einen Besuch abstatten.

Dann, wenn Declan mir meine Sachen zugeschickt hat. Denn unbewaffnet in die Arme eines Mörders zu laufen, geht bestimmt kein zweites Mal gut für mich aus.

21

CALLAHAN

Ich kralle die Finger so fest um das Glas, während ich meinen Bruder anstarre und überlege, wie ich ihn am besten töten könnte, dass es beinahe splittert. Viele Methoden, ihm qualvoll das Leben zu nehmen, kommen mir in den Sinn. Sie passen zu der Rachsucht, die gerade in mir wirbelt, welche genährt von unbändiger Wut wird.

Eine Option wäre es, ihn kopfüber an die Decke zu hängen und ausbluten zu lassen. Ich könnte mich stundenlang damit ablenken, ihm beim Sterben zuzusehen.

Eine Alternative dazu wäre, ihm nach der Reihe jedes Organ aus dem Körper zu schneiden, doch den Spaß würde er nicht bis Ende miterleben.

»Du siehst mich ein wenig merkwürdig an, Brudi. Muss ich mir Sorgen machen?«, reißt mich Declan aus meinen Fantasien, woraufhin ich einen Schluck von meinem Drink nehme und ihn kühl anlächele.

»Ich überlege nur gerade, wie ich dir am qualvollsten das Leben nehmen könnte, *Brudi.*«

»Hm«, macht er und tippt mit den Fingern unruhig auf seinen Oberschenkel. »Ausbluten wäre ideal dafür.«

»Das war meine erste Fantasie«, erzähle ich ihm gelassen. »Allerdings erscheint mir das doch eine Spur -«

»Zu grausam?«

Ich lächele wieder. »Zu barmherzig.«

Declan räuspert sich angespannt. »Nun, ich verstehe, dass du sauer bist, aber mich zu töten wäre doch etwas radikal, oder nicht? So viel Drama … Und die Sauerei erst.«

Mein Blick verdunkelt sich und ich mahle die Kiefer aneinander. »Erklär es mir noch einmal, bitte. Ich habe immer noch nicht ganz verstanden, wie das passieren konnte.«

Er schnauft und zuckt mit den Schultern. »Wie ich bereits sagte, ist deine Pfirsichblüte ein ganz schönes Schlitzohr. Kaum habe ich sie eine Sekunde lang aus den Augen gelassen, war sie weg.«

Mein Blick spricht Bände. Gedanklich führe ich meine Fantasien fort. »Und warum hast du sie aus den Augen gelassen, Declan?«

Er lehnt sich auf dem Sofa zurück und verschränkt die Hände auf dem Schoß. »Wie bereits erwähnt … Ich musste pissen.«

»Und wie konnte sie ohne Kleidung und ihre Tasche aus dem Haus spazieren? Ohne Schuhe?«, frage ich mit besorgniserregender Ruhe, von der Declan weiß, dass sie nichts Gutes verheißt.

Er blinzelt. »Nun, Bruder, auch das habe ich dir schon mehrmals in den letzten Stunden erklärt. Auch sie musste einmal pissen. Das ist nur menschlich, oder? Da du sie so vergötterst, wollte ich nicht der fiese Bruder sein, der sie sich vollpinkeln lässt, und als sie auf der Toilette war, hat sie sich umgezogen.«

»Und das kam dir nicht verdächtig vor?«

»Ne.« Er schüttelt gelassen den Kopf. »Sie war halbnackt und wollte eben nicht so vor mir herumlaufen. Ich bin schließlich verrückt, da weiß man nie.«

Ich lehne mich nach vorne und starre ihm ausdruckslos ins Gesicht. »Was ist mit ihrer Tasche? Sie ist ebenfalls weg. Wie meine Blüte ist sie spurlos verschwunden.«

»Die hat sich deine Blüte offensichtlich auch geschnappt und vor mir versteckt«, lautet seine Erklärung dafür. Er seufzt. »Hör mal, Cal, ich verstehe ja, dass du wütend bist, aber sie hat auch mich ausgetrickst. Ich entschuldige mich dafür, nicht gut genug auf sie aufgepasst zu haben, aber wenn jemand weiß, wie hinterhältig sie ist, dann ja wohl du.«

Ich knurre und reiße mein Handy an mich, um Donovan anzurufen. Ich habe ihn sofort nach meiner Rückkehr beauftragt, mit O'Sullivan die ganze Stadt nach dem Mädchen abzusuchen. Es ist nun schon Stunden her und ich habe nichts von den Männern gehört.

Als kein Freizeichen mehr ertönt, frage ich hoffnungsvoll: »Habt ihr sie?«

»Es gibt keine Spur von ihr«, erwidert er angespannt. »Tut mir leid, Callahan, aber ich glaube, das Mädchen ist längst aus der Stadt. In ihrem Haus war sie nicht und der gemietete Wagen steht noch vor der Tür.«

Ich schlage die Faust auf den Tisch und starre Declan tödlich an. »Raus hier, oder ich schwöre, ich setze meine Fantasien in die Realität um.«

Beschwichtigend hebt er beide Hände und steht von der Couch auf. »Schon gut, schon gut. Ich verpisse mich.«

»Donovan«, sage ich drängend ins Telefon und zerquetsche es zwischen meinen Fingern. »Du suchst weiter nach ihr. Ich beauftrage einen der Cops, die Augen ebenfalls für mich offen zu halten. O'Sullivan soll noch einmal in ihr Haus fahren und es auf den Kopf stellen. Wenn es sein muss, soll er mit einem Vorschlaghammer alle Wände niederreißen. Es kann verdammt noch mal nicht sein, dass wir nichts gefunden haben. Rein gar nichts! Das ist unmöglich. Wir müssen etwas übersehen haben.«

»Wir tun, was wir können, Callahan. Ich melde mich bei dir, falls es etwas Neues gibt«, meint er beruhigend, und ich lege einfach auf.

Declan umrundet den Couchtisch und sieht mit einem skeptischen Blick und verschränkten Armen auf mich herab. »Bist du nicht etwas zu theatralisch, Brudi? Sie ist nur irgendein Mädchen. Du findest morgen ein anderes.«

Ich hole tief Luft, erhebe mich, um ein paar Schritte zu gehen, anstatt ihm die Fresse zu polieren, doch dann reißt eine Sicherung in mir und ich werfe das Glas nach ihm. Er duckt sich rechtzeitig und so zerspringt es an der Wand hinter ihm in eintausend Teile.

»Das war theatralisch«, knurre ich, während er mich mit einem geradezu schockierten Blick bedenkt. »Es wäre verdammt noch mal theatralisch, würde ich dich tatsächlich an meine Decke hängen und ausbluten lassen! Ich bin kurz davor, es zu tun, Declan. Also verschwinde endlich.«

»Jaysus, du drehst durch«, schießt es kopfschüttelnd aus ihm hervor. »So kenne ich dich ja gar nicht. Wirst du jetzt so verrückt wie ich, oder was?«

Ich reibe mir über das Gesicht und blende ihn aus. Zu seiner eigenen Sicherheit. Der Typ hat wirklich kein Gefühl für heikle Situation, denn hätte er es, stünde er nun längst nicht mehr hier, nachdem er zugelassen hat, dass ich Pfirsichblüte verliere.

Ohne jede Spur. Ohne einen Weg, sie wiederzufinden.

Das Einzige, das sie mir hinterlassen hat, ist ein hübscher Kussabdruck in ihrer Lieblingsfarbe auf meinem Kopfkissen.

Declans Dummheit bringt mich zur Weißglut. Noch mehr aber der Gedanke, dass es ihm bestimmt nur recht ist, dass mich das Mädchen verlassen hat. Aus irgendeinem Grund gönnt er mir meine sexy Blüte nicht, so hinterhältig und manipulativ sie auch sein mag.

Ich reiße mein Handy an mich und wähle zum wiederholten Mal ihre Nummer. Wie zuvor geht nur ihre Mailbox ran und ich fluche vor mich hin, während Declan darum bemüht ist, mich auf seine Weise zu trösten.

»Schon klar, ist scheiße, Brudi. Du hast dich in ihre Muschi verliebt und jetzt vermisst du sie. Aber hör mal, das geht vorbei. Kein Grund so durchzudrehen, okay? Wenn das Mädchen die

Stadt verlassen hat, dann hatte sie ihre Gründe, und vermutlich ist es auch besser so.«

»Wie sollte sie die Stadt verlassen, Declan?«, frage ich scharf und drehe mich ruckartig zu ihm um. »Ohne Geld, ohne Ausweis, ohne ein verficktes Kleidungsstück? Das ergibt keinen Sinn.«

»Nach allem, was war, denkst du wirklich, sie hätte keinen Notfallplan gehabt? Sie erschien mir ziemlich klug und auf alles vorbereitet«, gibt er zu bedenken und auch wenn ich es hasse, stimme ich ihm gedanklich zu. Vermutlich war sie auf eine solche Situation vorbereitet. »Außerdem sagtest du, sie hätte einen gefälschten Ausweis bei sich gehabt. Mit dem wird sie sich einen Flug oder was auch immer gebucht haben.«

Zweifelnd runzele ich die Stirn. »Und wohin soll sie geflogen sein? Auf die Bahamas?«

»Keine Ahnung«, seufzt er allmählich genervt. Wieder tippen seine Finger unruhig auf sein Bein. »Vergiss sie einfach, Mann. Du kennst weder ihren Namen noch weißt du, was der Grund für ihre Intrigen war. Und du wirst es nie erfahren, also schließ verfickt noch mal damit ab und such dir eine Neue, die du ficken kannst.«

»Geh«, sage ich ihm am Rande meiner Beherrschung. »Solange du mir nicht sagst, wie du gedenkst, mir dabei zu helfen, deinen Fehler auszubaden, bist du hier unerwünscht.«

»Woah«, macht er schnaubend und wendet sich kopfschüttelnd ab. »Alles klar, du brauchst wohl ein paar Tage, um Trübsal zu blasen. Ich gebe sie dir. Allerdings erwarte ich dich Donnerstagabend bei meinem Kampf zu sehen. Du hast mir dein Wort gegeben. Wenn du nicht kommst, schicke ich dir einen Psychiater vorbei und lasse all deine psychischen Erkrankungen diagnostizieren, damit sie dich einweisen. In dieser Verfassung stellst du eine Gefahr für die Menschheit dar, es wäre also nur richtig, diesen Schritt zu gehen.«

»Geh deine Schritte Richtung meiner Haustür«, verspotte ich ihn ebenfalls. »Und warum Donnerstag? Die Kämpfe findet freitags statt.«

»Richtig, aber ich habe etwas umorganisiert, weil ich nicht auf ein so riesiges Publikum stehe, wie du weißt. Ich brauche diese Art von Bestätigung nicht, also werden nur ausgewählte Mitglieder beim Kampf dabei sein. Das war nur am Donnerstag möglich, da Freitag die öffentlichen Kämpfe stattfinden.«

Ich nicke vor mich hin. Der Gedanke, in wenigen Tagen zu sehen, wie Declan hoffentlich richtig übel vermöbelt wird, besänftigt mich ein wenig. »Ich werde kommen, keine Sorge. Und ich erhöhe meinen Einsatz um alles, was ich habe, damit der Amerikaner motivierter ist, mit dir den Boden aufzuwischen.«

»Hm«, höre ich ihn von Flur aus machen. »Ganz schön gehässig, selbst für dich.«

Er verschwindet und ich beschäftige mich wieder mit der Lösung meines Problems, während ich immer wieder die Telefonnummer wähle, die das Einzige ist, was ich noch von Pfirsichblüte habe. Meine einzige Verbindung zu ihr.

Doch am Ende des Abends bricht sie auch diese. Die Nummer wird von einer Tonbandstimme als ungültig erklärt.

Sie hat ihre Karte gewechselt.

Am nächsten Tag bin ich so früh auf den Beinen wie noch nie zuvor, wobei das so nicht ganz richtig ist, denn ich habe keine Sekunde lang geschlafen. Nachts habe ich mir den Kopf zerbrochen, um all die fehlenden Puzzleteile in meinem Kopf zu finden und zusammenzufügen, während ich eine Flasche Jameson geleert habe, was vermutlich eher kontraproduktiv war. Schließlich habe ich in einem Anflug von geistiger Umnachtung mein Arbeitszimmer auf den Kopf gestellt, wie Pfirsichblüte es vor Wochen getan hat, um zu finden, was sie gesucht hat. Doch es ist schwierig, etwas zu finden, wenn man keinen blassen Schimmer hat, *wonach* man sucht.

Ich zermarterte mir das Hirn, bis ich einsehen musste, dass

ich hier keine Antworten finde. Sie hat sie ebenfalls nicht gefunden. Also habe ich das nächstbeste getan, das mir in den Sinn kam, um Erklärungen oder wenigstens Hinweise zu bekommen. Irgendeine Spur zu diesem Mädchen, dessen richtigen Namen ich nicht einmal kenne.

Ich werde nicht sterben, ohne das herausgefunden zu haben. Denn ich bin mir sicher, ihr unverschämt hübsches Gesicht verfolgt mich bis in den Tod, wenn ich sie niemals wiederfinde.

Ich bin zu unseren Bankschließfächern in eine gut gesicherte Bankfiliale am Rande Londons gefahren und habe mich dort durch alle Akten unserer Kunden gewühlt. Es sind unfassbar viele und es hat mich Stunden und meine letzten Nerven gekostet. Ich habe jedes verdammte Blatt Papier gelesen, doch einen Scheiß herausgefunden. Bei keinem meiner ehemaligen Kunden konnte ich eine Verbindung zu ihr herstellen. Nichts. Da ich nicht weiß, wo sie tatsächlich geboren und aufgewachsen ist, musste ich nach Strohhalmen greifen und Verbindungen suchen, die auf den ersten Blick keinen Sinn ergeben. Ich weiß zu wenig von dem Mädchen.

Doch ich weiß, dass es keine Verbindung zwischen all diesen Männern und ihr gibt. Nichts hat meinen Verdacht erregt, nichts hat mir einen Hinweis geliefert. Rein gar nichts hat auf Pfirsichblüte hingewiesen.

Also überlegte ich, ob ich womöglich an der falschen Stelle suche. Ob ich wieder zu blind bin, um das Offensichtliche zu sehen. Denn was, wenn meine Arbeit absolut nichts mit ihren Intrigen zu tun hatte? Was, wenn die Dinge, die ich getan habe, keinerlei Rolle bei ihrem Vorhaben spielten? Vielleicht geht es hier um etwas vollkommen anderes, doch mir erschließt sich nicht, was das sein sollte.

Mein Geld kann das Mädchen nicht gewollt haben, denn es war nicht schwer zu erkennen, dass sie selbst genug davon hat. Ihre Kleidung war stets von teuren Marken. Außerdem könnte sie sich leicht an einen ungefährlicheren Mann mit Vermögen schmeißen, um diesen zu bezirzen, wenn sie sein Geld wollte, und müsste dafür nicht einen Mullan wählen. Schließlich weiß sie, wer ich bin. Sie wusste es die ganze Zeit.

Donovan hat bis in die Morgenstunden die ganze Stadt nach ihr abgesucht und auch der Cop, der mir einen Gefallen schuldet, ist durch die Straßen gefahren und hat Ausschau nach ihr gehalten, doch keiner der beiden hat das Mädchen gesehen. O'Sullivan hat ihr Haus ein weiteres Mal auf den Kopf gestellt, doch mehr als das, was wir beim ersten Mal gefunden haben, hat er nicht entdeckt. Und das ist ernüchternd. Da gibt es bloß Kleidung in ihren Schränken, Zeitschriften in den Schubladen, Lebensmittel im Kühlschrank und einen Laptop, der mit einem Code gesperrt ist. Ich habe ihn heute Morgen zu einem Hacker gebracht, mit dem ich schon mehrmals zusammengearbeitet habe, doch dieser braucht etwa zwei Tage, um mir den Laptop entsperrt zurückzubringen. Ich kenne jegliche Art von Verstecken in Häusern, doch nirgendwo gab es einen Schatz zu finden. Doch ich weiß, dass sie ihre Geheimnisse irgendwo versteckt haben muss. Wenigstens ihren richtigen Reisepass oder Personalausweis, und irgendwelche Bankkarten, um an Geld heranzukommen.

Ich bezweifle, dass ich etwas Relevantes auf ihrem Laptop finden werde, denn Pfirsichblute ist die Meisterin darin, ihre Spuren zu verwischen. Nichts deutet auf ihre wahre Identität hin. Nichts erklärt mir, was sie von mir wollte, und warum sie nun einfach gegangen ist, ohne sich zu verabschieden.

Wobei sie einen Abschiedskuss von mir forderte, als wir uns zum letzten Mal gesehen haben. Sie hatte schon geplant, abzuhauen, diese kleine, hinterhältige Schlange.

Ich fluche und massiere meine Schläfen. Verdammte Migräne. Ich wünschte, ich könnte sie einfach vergessen, wie Declan fordert, und sie verachten, wie ich mir selbst einzureden versuche, aber alles, was ich fühle, ist ein schmerzhaftes Gefühl von Verlust. Ich fühle mich leer und ausgesaugt, irgendwie erschöpft. Als hätte man mir etwas Überlebensnotwendiges entrissen. Als würden all die Organe in mir versagen.

Als würde ich langsam, aber sicher, sterben, wenn ich sie nicht wiederfinde.

Das Bedürfnis, sie zu suchen und endlich Antworten zu erhalten, ist ungesund und zwanghaft und frisst mich förmlich auf. Ich kann nicht eher ruhen, bis ich habe, was ich will. Ich kann nicht klar denken, bis ich sie leibhaftig vor mir habe und in ihre hübschen, verlogenen blauen Augen sehe.

Obwohl ich mir jämmerlich und armselig dabei vorkomme, verbringe ich auch die letzten Stunden dieses Tages damit, ihre nicht mehr existierende Nummer wieder und wieder zu wählen.

22

Peaches

Heute ist Dienstag. Vor zwei Tagen habe ich in einem Hotel in Manchester, Bolton, eingecheckt, das etwas heruntergekommen, aber preiswert und in einer halbwegs netten Gegend ist, und warte seither auf ein Lebenszeichen von Declan, da ich nicht weitermachen kann, ohne meine Sachen von ihm zu bekommen. Ich brauche meine Waffe und Zugriff auf mein Konto. Also sitze ich seit Sonntag bloß hier rum und tue nichts weiter, als an Callahan zu denken und mich zu fragen, was er wohl nun von mir denkt. Ob er mich hasst und gleichzeitig vermisst.

Gestern habe ich mir ein paar Lebensmittel und notwendige Kleidung und Hygieneartikel gekauft, doch da ich nicht vorhabe, lange hierzubleiben, und an Declans Versprechen festhalten will, dass er mir meine Sachen zukommen lässt, habe ich mir nicht sehr viel Mühe bei der Auswahl der Kleidung gegeben. Ein paar Shirts, eine Jeans, und Unterwäsche. In diesem kleinen Hotelzimmer gibt es nichts außer einem genauso kleinen Fernseher, der meine einzige Unterhaltung darstellt. Ich bin meinen Gedanken völlig ausgeliefert.

Ich werde von Stunde zu Stunde unruhiger, während ich mich zwanghaft davon abhalte, die Akte meines Bruders wieder und wieder zu lesen. All die Informationen, die ich dort über meinen Vater und seinen Mörder finde, tun mir weh, und es wäre selbstzerstörerisch, mir diesen Schmerz bewusst immer wieder zuzufügen. Doch allmählich nimmt meine Geduld ein Ende und der starke Drang, diesem Dreckskerl gegenüberzutreten und ihm eine Kugel ins Hirn zu jagen, foltert mich bis auf die Knochen.

Vor Monaten war mein Plan, für den Fall, dass ich herausfinde, wer hinter allem steckt, Beweise zu sammeln und diese der Polizei auszuliefern, doch heute weiß ich, wie naiv dieser Gedanke war. Denn diese Beweise belegen zwar für jeden gesunden Menschenverstand, dass Arlo Tremblay ein Mörder ist, doch für ein Gericht sind das keine Beweise für eine Verurteilung. Ginge ich mit der Akte zu den Cops, würden sie ihn vielleicht verhören, aber bestimmt hätte er ein Alibi für jenen Abend vor vier Jahren und mit dem Verschwinden meines Bruders kann man ihn nicht nachweisbar in Verbindung bringen. Auf dem moralisch korrekten Weg finde ich also keine Gerechtigkeit. Außerdem möchte ich Callahan und Declan nicht mit alldem in Verbindung bringen und ihre Namen bei den Cops ausplaudern. Das wäre nicht fair.

Demnach gibt es nur einen einzigen Weg für Gerechtigkeit. Ich muss meine Rachsucht auf eine andere Weise stillen. Eine Weise, die meine Seele vielleicht für immer verderben wird, doch das nehme ich gerne in Kauf, denn etwas anderes hat dieser Dreckskerl nicht verdient. Er soll mit seinem Leben dafür bezahlen, das Leben meiner Familie genommen zu haben. Ich denke, es ist nur fair. In gewisser Weise hat er mir auch mein Leben genommen. Nichts ist mehr so, wie es war.

Niemand wird diesen Bastard vermissen. Ich tue der Welt einen Gefallen damit, ganz sicher.

Letztendlich gebe ich dem starken Drang nach, schnappe mir mein Handy und wähle Declans Nummer, die er mir bei unserem einsilbigen Abschied gegeben hat. Kaum war ich in Manchester angekommen und habe das Handy eingeschaltet, sprangen mir förmlich einhundert verpasste Anrufe ins Auge. Sie alle waren von Callahan. Also habe ich das Einzige getan, das mir sinnvoll erschien und ihm womöglich dabei hilft, mich zu vergessen, und die Prepaid-Karte beim Anbieter deaktiviert und weggeworfen, bevor ich mir in einem Supermarkt eine neue gekauft habe.

Es läutet nicht sehr lange, bis es still in der Leitung wird. Er meldet sich in einem lächerlich seriösen Tonfall, der überhaupt nicht zu ihm passt, mit seinem Nachnamen, und ich kichere ins Telefon.

Sein Seufzen lässt mich wissen, dass er weiß, wer am anderen Ende der Leitung ist. »Ich habe mich schon gefragt, wann du anrufst und mich wegen deiner Sachen nervst.«

»Mullan«, äffe ich ihn in einem gruselig tiefen und möglichst einschüchternden Tonfall nach, woraufhin er schnauft. »Peaches hier.«

»Sieh an, sie nennt sich nicht mehr Pfirsichblüte«, veräppelt er mich.

Ich verdrehe amüsiert die Augen. »Du kennst meinen richtigen Namen, also wäre es doch seltsam, würde ich mich weiterhin so nennen, oder?«

»Stimmt«, sagt er. »Wobei Pfirsichblüte ja eigentlich dein richtiger Name ist. War das eigentlich beabsichtigt von deinen Eltern?«

»Jup.«

»Warum nennt man sein Kind Peaches Blossom?«, fragt er verwirrt. »Das lädt doch förmlich dazu ein, dich zu mobben.«

Ich verdrehe wieder meine Augen, bevor ich ihm erzähle: »Meine Mutter hatte immer schon ein Faible für die Farbe Rosarot, und auch ihr Lippenstift und Nagellack trugen die Farbe einer Pfirsichblüte. So wie heute meine Lippen und Nägel und der Anhänger meiner Kette, die mir mein Vater geschenkt hat. In der Schwangerschaft hat sie mich dann schon, als ich noch in ihrem Bäuchlein war, so genannt, und als sie bei meiner Geburt verstarb, ohne sich mit meinem Vater auf einen Vornamen für mich geeinigt zu haben, und wir immerhin den Nachnamen Blossom tragen, lag es für ihn auf der Hand, auf welchen Namen er mich tauft. Als Gedenken an meine Mom, schätze ich. Jedenfalls wollte er nicht, dass es zu lächerlich klingt, und da er nirgendwo den Namen *Peach* für ein Mädchen gehört hat, hat er sich für die weit verbreitete Variante *Peaches* entschieden. Und seither bin ich Pfirsichblüte.«

»Was für eine bezaubernde Geschichte«, sagt er mit gespielter Rührseligkeit. »Hätte ich Gefühle, würde ich nun aufgrund all dieses Seifenopferdramas in deiner Familiengeschichte heulen.«

Ich kneife die Augen zusammen. »Du bist ein verdammter Arsch, weißt du das?«

Ich könnte schwören, ihn grinsen zu hören, als er betont gleichgültig entgegnet: »Erzähl mir was Neues.« Da ich bloß beleidigt schweige, räuspert er sich und murmelt mit plötzlich viel freundlicherer Stimme: »Die Geschichte ist jedenfalls viel netter als alle, die ich aus meiner Kindheit und über meine Eltern zu erzählen habe.«

Ich lächele in mich hinein.

Der Moment seiner Menschlichkeit scheint vorbei zu sein, als er quasi drängend äußert: »Also, du rufst wegen deiner Sachen an? Ich habe sie heute Morgen verschickt.«

»Und wann kommen sie an?«, frage ich ungeduldig.

Er seufzt. »Bin ich ein verdammter Postbote, oder was? Keine Ahnung.«

»Man wird dir doch bestimmt gesagt haben, wie lange das Paket braucht, bis es hier in Manchester ankommt«, zische ich. »Also?«

»Zwei Tage«, eröffnet er mir knapp. »Donnerstag solltest du deine Sachen haben.«

Ich atme erleichtert aus. Das klingt gut. Zwei Tage kann ich mich noch gedulden, diesen Wichser zur Strecke zu bringen, und mich in diesem hässlichen Zimmer langweilen. »Und hast du sicher alles eingepackt?«, frage ich angespannt, wobei mich eigentlich nur etwas im Besonderen interessiert. »Meine Kleidung, meinen Pass, mein Portemonnaie, und …«

»Deine Schminke?«, zieht er mich auf. »Natürlich, Liebes. O'Sullivan hat jeden deiner Lippenstifte für dich eingepackt.«

Ich verdrehe abermals die Augen. »Ich meine es ernst. Du weißt doch schon, worauf ich hinauswill, Declan.«

»Ich meine es auch verdammt ernst«, sagt er. »Dieser Typ hat dir all deine Schminksachen eingepackt, als hätte er nichts Besseres in seinem Leben zu tun, als im Badezimmer einer Frau zu wühlen. Er war sogar so sorgfältig, deine Kleidung zu falten und deine Schuhe in Plastiktüten zu wickeln, damit nichts schmutzig wird. Er hat deine Waffe entladen und gereinigt, die Munition separat verstaut, und deine Messer geschärft. Und deine Unterwäsche hat er farblich sortiert, bevor -«

»Verarschst du mich?«, platzt es schallend lachend aus mir heraus. »Bitte, sag ja.«

»Das mit der Unterwäsche war etwas übertrieben, aber der Rest entspricht der vollen Wahrheit, Zuckerpuppe.« Er lacht ebenfalls leise. »Wobei ein kleines Detail vielleicht nicht ganz stimmt.«

Misstrauisch runzele ich die Stirn: »Und welches?«

»Vielleicht war doch ich es, da ich nicht wusste, wie ich mit meinen Schuldgefühlen meinem Bruder gegenüber umgehen soll«, gesteht er mir und klingt überraschend ernst und etwas niedergeschlagen dabei. »Es ist schlimmer als befürchtet. Er hat mich aus seinem Haus verbannt und spricht nicht mehr mit mir. Der Kerl will meinen fucking Kopf rollen sehen, sag ich dir.«

»Das tut mir leid«, erwidere ich mit einem Kloß im Hals und werde unwillkürlich selbst wieder verzweifelt. »Sucht er nach mir?«

»Aye.« Er schnaubt. »Er tut nichts anderes als das. Ich glaube, er hat nicht einmal richtig gegessen, seit du weg bist.«

Ich schlucke hart und bemühe mich um einen lockeren

Tonfall, der meine wahren Gefühle verbergen soll, als ich sage: »Na, dafür hat er ja seinen heißgeliebten Whiskey …«

Stille.

Ich räuspere mich. »Danke wegen der Sachen, Declan.«

»Kein Problem«, meint er kurz angebunden. »Dann war es das also, richtig?«

»Schätze schon«, murmele ich bedrückt.

Er zögert, doch dann fragt er: »Wann wirst du die Adresse aufsuchen, die in der Akte vermerkt ist?«

»Gleich am Donnerstag, wenn ich im Besitz meiner Sachen bin.« Weil er schweigt wie ein Grab, sage ich zynisch: »Nicht nötig, mir zu sagen, dass ich auf mich aufpassen soll oder so.«

»Wie wäre es, wenn du mir stattdessen Glück für meinem Kampf wünschst?«

Ich blinzele. »Ist der nicht erst am Freitag?«

»Der Zeitplan hat sich geändert.«

»Oh.« Ich lächele falsch, obwohl er es nicht sehen kann. »Na dann, Hals- und Beinbruch – im buchstäblichen Sinne, versteht sich.«

»Brat«, zischt er und es klingt wie ein Schimpfwort, doch ein Hauch von Belustigung schwingt in seiner tiefen Stimme mit. »Bestimmt willst du jetzt wissen, was das bedeutet, nicht wahr?« Er kichert selbstzufrieden. »Tja, das wirst du niemals erfahren, Süße.«

Ich gebe ein unwirsches Geräusch von mir, bevor ich kurzerhand selbst irgendein Schimpfwort erfinde, dessen Bedeutung er niemals erfahren wird, aber bestimmt genauso gerne wissen will. »Kujonko.«

»Zum Teufel, was ist ein Kujonko?«, schießt es prustend aus ihm hervor.

»Du bist ein Kujonko.«

»Von mir aus«, murmelt er amüsiert, und dann wird es wieder ein paar Sekunden lang still. »Also dann, *Rotzgöre*, mach's gut.«

Ich lächele. Jetzt hat er es mir also doch verraten. »Mach's gut, du Psycho«, sage ich leise, bevor es tot in der Leitung wird.

Das Lächeln stirbt, als mir klar wird, dass dies meine letzte Verbindung zu einem der Mullans war. Von nun an gibt es keinen Mann mit diesem Namen mehr in meinem Leben, wobei nur ein Mann im Besonderen dabei eine Rolle spielt. Einer, der mein Herz fest im Griff hat, selbst wenn er meilenweit entfernt und vermutlich mordlustig meinetwegen ist.

23

Callahan

Es ist Donnerstag und meine Gedanken kreisen immer noch wie Geier um meine Blüte. Offenbar bin ich krankhaft besessen von ihr, was ich inzwischen ohne Scham zugeben kann. Doch das ist in Ordnung, sage ich mir. Irgendwann musste es schließlich einmal so kommen.

Seit heute Vormittag habe ich Zugriff auf ihren Laptop, mein Hacker hat wie immer hervorragende Arbeit geleistet. Aber auch das Ergebnis meiner Suche nach Hinweisen in all den Ordnern und im Internetsuchverlauf ist ernüchternd. Das Einzige, das ich nun mit Gewissheit feststellen konnte, ist, dass meine süße Blüte keine Autorin ist, die in einer fiktiven Welt Detektivin spielt, sondern in einer realen. Sie googelte ziemlich häufig in den letzten Monaten meinen Namen. Sie recherchierte Vermisstenfälle überall auf der Welt, doch keiner steht in Zusammenhang mit mir. Auch über die Bedienung von Waffen, wo man illegal Munition kaufen kann, und über Störsender und Einbruchsmaterial hat sie sich schlaugemacht.

Ich habe sogar in Betracht gezogen, dass das der Grund für all ihre Taten gewesen sein könnte. Dass sie krankhaftes Interesse an der Aufklärung von ungelösten Kriminalfällen hat und sich deswegen an mich gehängt hat – immerhin habe ich schon so einige Fälle dieser Art hinterlassen. Weil das absolute Scheiße ist, die sich mein überfordertes Hirn zusammengereimt hat, da es selbst die lächerlichsten Dinge und verrücktesten Erklärungen in Erwägung zieht, habe ich den Gedanken sofort wieder verworfen.

Also stehe ich nach all den Tagen immer noch bei null. Ich habe nichts. Verdammt nochmal gar nichts. Auch keine Spur zu ihrem Verschwinden. Dass sie nicht mehr in London ist, ist naheliegend, doch wohin könnte sie gegangen sein? Lebt sie vielleicht doch in Amerika? Sie ist keine Britin.

Plötzlich kommt mir die glorreiche Idee, Donovan und O'Sullivan in die USA einzufliegen, damit sie dort jeden Winkel nach ihr absuchen, doch das wäre vermutlich etwas sadistisch und verrückter als all meine Fantasien über den Mord an meinem Bruder, denn die USA hat solide dreihundertachtunddreißig Millionen Einwohner und die Chance, sie unter all diesen Menschen zu finden, ist … nun ja, nennen wir es unrealistisch.

Jaysus. Ich glaube, ich verliere meinen Verstand.

Seufzend werfe ich einen Blick auf die Uhr und erhebe mich von der Couch im Wohnzimmer. Ich trinke das Glas Whiskey aus und marschiere widerwillig nach oben, um zu duschen. In wenigen Stunden kämpft mein dummer, unachtsamer, lästiger, und hoffentlich bald übel zugerichteter Bruder gegen den Amerikaner und ich werde mein Wort halten, ihm dabei zuzusehen. Diese Show lasse ich mir nicht entgehen, auch wenn ich selbst die kurze Zeit, die dieser Kampf beansprucht, für verschwendete Zeit halte, in der ich weiter nach Pfirsichblüte suchen könnte.

Ob es sich so anfühlt, wenn man verliebt ist? Ich weiß nichts über diese Art von Liebe, ich habe sie in all den Jahren nie erfahren. Dieses Gefühl tief in mir, das mich ständig begleitet, ist mir fremd. Es erinnert mich an Übelkeit. Die Magenschmerzen passen dazu.

Das ist es also, wonach sich die Menschen so sehr sehnen? Möge der Herr mit ihnen sein.

Bis auf diese eine Frau, die mich vor Jahren genauso getäuscht hat wie Pfirsichblüte, hatte ich nie ernsthaftes Interesse an dem weiblichen Geschlecht. Ich habe gefickt, um mir Vergnügen zu bereiten und mich von meinem Job abzulenken, aber keine Frau öfter getroffen oder richtig kennengelernt. Doch man kann meine Gefühle für dieses Miststück nicht mit denen vergleichen, die ich für Pfirsichblüte habe. Wenn ich damals dachte, mein Herz wäre verliebt, bin ich heute von Kopf bis Fuß mit Liebe vollgepumpt. Ich fühle mich kränklich von diesen Empfindungen in mir.

Vielleicht bin ich aber auch bloß ein wenig betrunken und übernächtigt.

Als ich in meinem Badezimmer ankomme, reiße ich mir lustlos die Klamotten vom Leib und drehe das Wasser in der Dusche auf. Ich schnappe mir ein frisches Handtuch und werfe es auf die Waschmaschine. Ich verfehle sie und es rutscht in den Spalt zwischen Wand und Gerät.

Genervt reiße ich es an mich und stocke in der Bewegung, als ich den Lippenstift auf dem Fliesenboden entdecke. Er muss von der Badewanne gefallen und in den Spalt gerutscht sein, denn er liegt verborgen in der Ecke unter einem Stromkabel.

Mein Herz rast in meiner Brust, als ich mich daran erinnere, dass Pfirsichblüte eine Menge dieser hübschen Lippenstifte mit schwarzer Kappe besaß. Alle im selben Farbton. Ihrem Farbton. Sie hatte immer einen in ihrer Handtasche und diese lag zuletzt auf meiner Waschmaschine.

Das ist ihr Lippenstift.

Warum ich lächeln muss, als ich ihn aus dem Spalt fische, weiß ich nicht, aber ich komme mir armselig dabei vor. Nun hat sie mir außer ihrem Kussabdruck doch etwas zurückgelassen, eine kleine Erinnerung an meine hübsche Blüte mit den rosaroten Lippen und perfekt manikürten Nägeln. Vermutlich nicht absichtlich, aber das ist nicht von Belang.

Jaysus, könnte Declan sehen, wie ich diesen verfickten

Lippenstift an meine Brust drücke und lächele, würde er wirklich ernst machen und mich einweisen lassen.

Prompt höre ich damit auf.

Ich suche einen geeigneten Platz für ihn und verziehe das Gesicht, als ich all die Überbleibsel ehemaliger Betthäschen in einer der Schubladen finde. Kurzerhand ziehe ich die Lade heraus und kippe den Inhalt in den Mülleimer. Dann lege ich Pfirsichblütes Lippenstift hinein. Ich will die Schublade zufrieden schließen, doch plötzlich fällt mein Blick auf das kleine selbstklebende Etikett auf der Unterseite des Gehäuses und all meine Muskeln verkrampfen sich mit einem Mal.

Gedankenfetzen erschüttern meinen Kopf, als ich den Namen des Farbtons mit der Nummer 13 lese.

Peach Blossom.

Verdammte Scheiße.

Die Antwort auf all meine Fragen war die ganze Zeit zum Greifen nah. Sie war direkt vor meiner Nase, wenn das Mädchen bei mir war. Denn das Mädchen selbst ist die Antwort auf all meine Fragen. Sie ist der Hinweis, nachdem ich gesucht habe, und das gesamte verfickte Puzzle, nicht bloß ein Teil davon.

Ihre Worte echoen in meinem Kopf und schlagartig wird alles glasklar darin. Der Nebel klärt sich und meine Sichtweise auf viele Dinge ändert sich so plötzlich, dass ich meinen eigenen Gedankengängen kaum folgen kann. Die Erkenntnis, die mich nun endlich einholt, trifft mich mit solch einer Wucht, dass es mir quasi alle Lichter ausbläst.

Beim letzten Mal, als ich sie nach ihrem richtigen Namen gefragt habe, sagte sie mir, dass ich ihn kennen würde. Ich habe nicht richtig hingehört. Ich habe scheiße noch mal nicht richtig zugehört.

Denn da hat sie mir die Antwort auf all meine Fragen gegeben. Indem sie mir verraten hat, dass ich diese längst kenne.

Wie konnte es mir nicht schon eher einleuchten? Wie zur verdammten Hölle konnte ich nicht längst dahinterkommen?

»Blossom«, murmele ich fassungslos vor mich hin, während

mein Herz droht, aus meiner Brust zu springen. Ich stütze mich am Waschbecken ab und schließe die Augen, während ich mich krampfhaft zu erinnern versuche, mit wem ich diesen Namen verbinde.

Einem jungen Kerl.

Einem, der meiner Pfirsichblüte verdammt ähnlichsieht, wie ich nun feststelle, als sein Gesicht vor meinen geschlossenen Augen aufblitzt. Dasselbe dichte und braune Haar, dieselben eisblauen Augen, derselbe volle Mund.

Einem, der mir zu unserer Zeit erzählt hat, er hätte eine jüngere Schwester.

Peaches. Peaches Blossom aus Birmingham.

Einem Kerl, dessen Akte in all den Akten gefehlt hat. Deswegen habe ich die Verbindung nicht schon eher herstellen können. Deswegen habe ich nichts gefunden, als ich vor ein paar Tagen all die Akten durchforstet habe.

Und es gibt nur eine verdammte Erklärung für das Verschwinden dieser Akte. Nur eine, die auch das Verschwinden meines Mädchens erklären würde, und nur eine, die mich dazu bringen könnte, meine Fantasien tatsächlich in die Realität umzusetzen.

Denn es gibt nur einen Menschen auf dieser gottverdammten Erde, der Zugang zu den Bankschließfächern hat, die auf meinen Namen laufen.

Declan.

Er muss lange vor mir herausgefunden haben, was ich so inständig zu durchschauen versuchte. Er musste längst wissen, wer das Mädchen ist, als ich ihn in mein Haus gerufen habe, um sie zu verhören, und somit wusste er auch, was sie von mir wollte. Es liegt zweifelsohne auf der Hand.

Denn ich weiß, dass ihr Bruder, nachdem er mich dafür bezahlt hat, herauszufinden, wer der Mörder seines Vaters ist, verschwunden ist. Ich habe seine Vermisstenanzeige in der Zeitung gelesen, die vermutlich Pfirsichblüte … oder Peaches zu dieser Zeit aufgegeben haben muss. Ich hatte ihn davor gewarnt, seinen Plan durchzuziehen, doch er wollte nicht hören. Er wollte Gerechtigkeit und Vergeltung.

Wie meine süße Blüte.

Sie wollte mir nie etwas Schlechtes. Sie wollte nur wissen, was mit ihrem Bruder geschehen ist. Wollte bloß erfahren, ob ich etwas mit seinem Verschwinden zu tun hatte, da sie bestimmt herausgefunden hat, dass wir Kontakt zueinander hatten. Er war hier bei mir in London und wir haben telefoniert, nachdem er mit all den Informationen aus London abgereist ist. Bestimmt hat sie danach alles über mich und meine Tätigkeiten herausgefunden. Alles über die Mullan-Familie.

Und dann ist sie wie ihr Bruder gekommen, um für Gerechtigkeit zu sorgen. Vielleicht wollte sie auch Rache an mir nehmen, weil sie mich für den Schuldigen hielt, doch das ist für mich nicht von Bedeutung. Denn sie kannte mich nicht und es ging um ihre Familie, ihr Fleisch und Blut.

Ich würde jetzt behaupten, dass ich dasselbe für meinen Bruder täte, doch gerade ist das Einzige, das ich will, ihn zu töten.

Er hat mich angelogen. Hintergangen. Zum Narren gehalten.

Wie sie.

Doch seine Absichten dahinter waren nicht annähernd so ehrenhaft. Er hat mir etwas weggenommen und dafür wird er bezahlen. Nun wird mir auch klar, wie sie ihm entwischen und so schnell London verlassen konnte, warum ich nichts in ihrem Haus gefunden habe und weshalb sie so seltsam bei unserer letzten Begegnung war. Und an dem Abend zuvor. Sie war emotional, doch nun erkenne ich, dass es nicht an mir lag.

Mein Bruder muss ihr die Akte gegeben haben. Die Akte mit all den Informationen, die ihren sicheren Tod bedeuten, denn es steht außer Frage, welches ihr nächstes Ziel ist. Oder war.

Das kann ich ihm nicht verzeihen. Er hat sie in den sicheren Tod geschickt, als er ihr den Namen und Wohnort des Mörders ihres Vaters und Bruders gegeben hat. In die Arme dieses

Bastards hat er sie laufen lassen und mir dabei dreist ins Gesicht gelogen.

Es ist schon Tage her.

Pfirsichblüte muss tot sein, denn den Versuch, diesen Mann zu überwältigen, kann sie nicht überlebt haben, und mit ihr stirbt jegliche Liebe, die ich für meinen Bruder empfunden habe.

Stattdessen wächst tiefsitzender Hass.

Ich mache auf dem Absatz kehrt, marschiere die Treppe nach unten und reiße mein Handy im Wohnraum an mich. Ich wähle die Nummer des Clubbesitzers, der die illegalen Kämpfe veranstaltet, und eröffne ihm tonlos, als er den Anruf entgegennimmt: »Planänderung. Ich werde der Mann sein, gegen den Declan heute Abend kämpft. Und ich würde all deinen Gästen raten, auf mich zu setzen, denn er wird diesen Ring nicht lebendig verlassen.«

24

Callahan

Ich lasse mir von Donovan meine Hände bandagieren und nicke ihm knapp zu, als dieser mit seiner Aufgabe fertig ist. Ihm ist augenscheinlich unwohl dabei, in dieser Sache hinter mir zu stehen, oder aber ihm ist einfach nur unwohl in meiner Nähe, da ich pure Aggressivität ausstrahle, wie selbst er das nicht von mir kennt. In meinem Kopf gibt es bloß Raum für zwei Gedanken: Meine Trauer um Pfirsichblüte und meinen Hass auf meinen Bruder.

»Bist du dir sicher, dass du das tun willst?«, fragt mich Donovan mit angespannter Stimme.

Ich sehe ihn apathisch an. Es ist mir egal, ob er denkt, ich sei verrückt, wegen eines Mädchens, das mich belogen und hintergangen hat, meinen eigenen Bruder umbringen zu wollen, denn im Moment fühle ich mich auch ziemlich verrückt. »Aye.«

»Er hat das für dich getan«, versucht er mir weiszumachen, woraufhin ich ihn an der Schulter beiseitestoße, um diesem unsinnigen Gespräch ein Ende zu setzen, bevor es überhaupt richtig begonnen hat.

Ich lege meinen seidenen schwarzen Umgang um und ziehe die Kapuze über meinen Kopf. Donovan lässt nicht locker, er wird immer nervöser hinter mir.

»Callahan, sei ein weiser Mann. Sei nicht wie Declan und triff Entscheidungen aus einer Gefühlslage heraus. Wut sollte dich nicht auf diese Weise kontrollieren.«

»Aye«, rufe ich, als der Veranstalter in den kleinen Umkleideraum kommt und fragt, ob ich bereit bin. Donovan ignoriere ich, der nun tatsächlich fast schon panisch wirkt. Er muss die Entschlossenheit und diese blanke und kochende Rachsucht in meinen Augen sehen. Das ängstigt ihn ganz offensichtlich, denn die nächsten Worte kommen beinahe flehentlich aus seinem Mund.

»Bestimmt hat er das Mädchen nicht zum Sterben weggeschickt. Das würde er nicht tun. Er weiß es besser, als dich auf diese Weise zu verärgern, denn er wusste, du würdest früher oder später dahinterkommen. Warum also sollte er das tun? Lass uns diese Sache anders regeln.«

Ich stecke den Zahnschutz in meinen Mund, schnappe mir meine Boxhandschuhe und streife sie über meine Hände. Dann stelle ich mich vor Tür und schließe die Augen, während ich darauf warte, dass meine Einlaufmusik abgespielt wird. Declan hat vor zwei Minuten den Ring betreten und ich brenne darauf, sein Gesicht zu sehen, wenn er erkennt, dass es nicht der Amerikaner ist, gegen den er heute kämpfen wird.

Und verlieren wird.

Die Einlaufmusik wird ihn schon einmal etwas verwirren, da sie nicht die des Amerikaners ist, der immer klischeehaft zu *Eye of the Tiger* in die Halle läuft. Mein Lied ist und bleibt *Killing In The Name* von *Rage Against The Machine*. Ich habe lange nicht mehr offiziell vor Publikum geboxt, doch Declan weiß von früher, dass diese Musik meine ist. Niemand sonst ist je zu ihr in den Ring gestiegen. Nur ich.

»Lass uns das in Ruhe klären«, redet Donovan ein weiteres Mal auf mich ein, und wieder ohne Erfolg. »Ich weiß, dass

Declan oft dumme Entscheidungen trifft, aber er ist dein Bruder. Er würde so etwas nicht machen, nicht mit Vorsatz. Vielleicht ist das Mädchen gar nicht dort, wo du es vermutest. Vielleicht hat er sie zurück nach Hause geschickt.«

Ich fahre zu ihm herum und blaffe: »Und warum sollte er das tun? Wo ist die Akte? Warum hat er mir nicht gesagt, was er weiß? Warum hat er sie mir weggenommen in dem Wissen, dass ich sie behalten wollte?«

Donovan schweigt. Darauf weiß er keine Antwort.

Im selben Moment ertönt mein Lied und ich hole tief Luft, sammele mich, um meine volle Konzentration auf diesen Kampf richten zu können, und trete aus der Tür. Die wenigen Männer, die die Ehre haben, diesen Kampf mitzuerleben, weichen zur Seite aus, als ich im Gegensatz zu Declan, der immer wild in den Ring hüpft und dabei ein fettes Grinsen im Gesicht trägt, langsam und still durch die Kellerhalle marschiere. Ich halte den Kopf gesenkt, sodass mein Gesicht im Verborgenen bleibt, und steige durch die mit Kunststoff ummantelten Seile in den Ring. Die Musik ist das Einzige, das ertönt, denn ich habe den Kommentator darum gebeten, mich nicht anzukündigen, wie es so üblich ist.

Ich lege viel Wert auf das Überraschungsmoment.

All meine Sinne sind geschärft und mein Fokus liegt auf der Kontrolle meines Körpers, der vor Adrenalin bebt, als ich schließlich die Kapuze herunterreiße und in das Gesicht meines Bruders blicke, der in der Bewegung innehält und mehrmals blinzelt.

»Was zum Teufel …?« Er sieht sich irritiert in der vollen Halle um. »Wo ist der Amerikaner?«

»Du kämpfst nicht gegen ihn«, erkläre ich und werfe den Umhang achtlos beiseite.

Durch den Zahnschutz nuschele ich, doch Declan scheint keine Probleme damit zu haben, mich zu verstehen. Seiner ist noch bei O'Sullivan, der außerhalb des Rings vor Declans Ecke steht und uns beunruhigt beobachtet. Er ist klüger, als sich in diese Familienangelegenheit einzumischen, doch ich sehe, dass er es gerne würde. Er will Declan beschützen. Die beiden hatten immer schon einen besseren Draht zueinander und er weiß, dass ich der stärkere Gegner bin.

Declan schnauft. »Warum nicht? Hat die Fotze gekniffen, oder was?«

»Nein, er war mehr als bereit dafür.« Ich schenke ihm ein düsteres Lächeln. »Aber das bin ich auch. Denn du kämpfst gegen mich.«

Declan sieht sich erst verwirrt um, als würde er nach versteckten Kameras Ausschau halten, und dann lacht er nervös auf, als er keine finden kann. »Ich kämpfe nicht gegen dich, Callahan.«

»Warum nicht?« Ich schlage die Handschuhe aneinander und blicke ihn herausfordernd an. »Wolltest du nicht erst vor kurzem gegen mich kämpfen? Du sagtest, du bräuchtest mal wieder einen fairen Kampf mit einem ebenbürtigen Gegner.« Ich mache eine ausschweifende Handbewegung. »Hier hast du deinen Kampf. Zeig, was du draufhast.«

»Was soll der Scheiß?«, fragt er nun ernst und schüttelt durcheinander den Kopf. Sein Blick fällt auf Donovan, der nun auch in der ersten Reihe steht und steif zu uns aufsieht. Sein Gesichtsausdruck vermittelt ihm, dass hier etwas nicht in Ordnung ist. »Dieser Kampf wird nicht zwischen uns beiden stattfinden.«

»Oh, das wird er.« Ich lasse meinen Blick durch die Leute schweifen und nicke dem Kampfrichter knapp zu, als ich ihn entdecke. »Diese Menschen sind nicht umsonst hierhergekommen, Bruder. Also lass uns ihnen eine gute Show bieten.«

Declan schnalzt mit der Zunge und macht Anstalten, sich die Boxhandschuhe auszuziehen. »Du weißt verdammt noch mal, dass ich nicht gegen dich kämpfe, Callahan.« Als ich entschlossen auf ihn zutrete, weicht er mir aus und blafft: »Was ist in dich gefahren? Du weißt, dass ich mit ernsten Absichten hierhergekommen bin. Ich will gewinnen.«

Ich gebe ihm einen Stoß auf die Schulter. »Ich auch, also lass uns sehen, wer von uns beiden der Stärkere ist.«

Declan schluckt nervös, als er die wilde Entschlossenheit in meinen Augen erkennt. Seine zucken unsicher umher, bevor er mich erinnert: »Wir haben gelernt, solange zu kämpfen, bis der Gegner aufgibt.«

»Und niemals selbst aufzugeben«, füge ich hinzu.

»Tja, du weißt also, worauf es hinausläuft, wenn wir diesen Kampf beginnen«, meint er um eine gleichgültige Fassade bemüht, doch ich erkenne die Verwirrung und Unsicherheit in seinem Blick. »Wir werden uns umbringen.«

»Nein, Bruder.« Ich gehe mit einem Lächeln auf ihn zu und stoße meine Hände gegen seine Schultern. »Sterben wird nur einer von uns beiden, und das bist du.«

Seine Augen werden vor Entsetzen groß, und im selben Moment ertönt der Startgong, der die erste Runde ankündigt. Donovan wirft Declan seinen Zahnschutz zu, doch ich bin schneller.

Ich zögere nicht und lande im Bruchteil einer Sekunde meine Faust in seinem Gesicht. Dann wieder und wieder, bis er realisiert, was geschieht, und die Arme geübt nach oben reißt, um den nächsten Schlag abzublocken. Seine Deckung ist gut, aber ich bin besser und so lande ich einen perfekten Nierenschlag, der ihn aufstöhnen lässt.

Er wirkt empört darüber, dass ich unfair kämpfe, denn das tue ich eigentlich nie. Um ihm zu zeigen, dass ich mir meiner Fähigkeiten sicher bin, spucke ich meinen Zahnschutz zu Boden.

Ich weiß, dass er gleich zum Angriff übergehen wird, weil ich jeden seiner verdammten Schritte kenne. Ich kann seine Gedanken lesen und wie ein verdammter Hellseher vorhersagen, was er als Nächstes tun wird. Etwas, das ich ihm voraushabe, denn ich bin nicht annähernd so vorhersehbar, selbst für meinen Bruder nicht.

Deswegen rinnt ihm schon nach wenigen Minuten Blut aus der Nase und er strauchelt keuchend, während ich unversehrt für eine Atempause zurückweiche. Sein Blick wirkt gequält, jedoch nicht vor Schmerz, als er mit schweißnasser Stirn zu mir aufsieht.

»Warum machst du das, verdammt noch mal?«

Meine Kiefer mahlen wütend aneinander. »Weil du mich angelogen hast, Declan.«

Seine Augen weiten sich im Bruchteil einer Sekunde. Jetzt versteht er endlich.

Ich hole aus und deute einen Kinnhaken an, ziele jedoch erneut auf seinen Magen und verpasse ihm dort einen so üblen Schlag, dass er sich würgend krümmt. Ich bringe kein Mitleid für ihn auf, daher zögere ich nicht, seinen Moment der Schwäche auszunutzen, und verpasse ihm von unten einen weiteren Schlag auf die Nase.

»Kämpf!«, fordere ich ihn auf und verpasse ihm einen Schlag auf den Hinterkopf.

Er flucht. Anhand des verbotenen Schlages erkennt er, dass ich nicht vorhabe, fair zu spielen. Spätestens, als ich meine Boxhandschuhe ausziehe und achtlos zu Boden werfe, bevor ich ihm einen Faustschlag aufs Auge verpasse, weiß er, dass es hier nicht um die Unterhaltung der Leute geht, die hohe Summen auf uns gesetzt haben.

Das hier ist etwas Persönliches. Und wir regeln es wie echte Männer.

»Fuck!«, schreit er aus und reißt den Kopf zurück, bevor er wie ein Tier knurrend auf mich zustürmt. Im Laufen reißt er sich die Handschuhe von den Händen und lässt die Fäuste durch die Luft fliegen. Er ist wütend und das macht ihn schlampig.

Ich weiß, wo er mich treffen will, und so blocke ich seinen Uppercut gekonnt ab, doch sein Schlag in meine Magengrube und der Tritt in meine Rippen lassen mich vor Schmerz aufkeuchen.

Jetzt ist er in seinem Element. Dass er mich tritt, beweist, dass es ihm nun ebenfalls nicht mehr ums Gewinnen geht.

»Du willst dich prügeln, wie in guten alten Zeiten? Wegen

eines verfickten Mädchens, das über dich bloß an Informationen herankommen wollte, um uns zu ruinieren? Dann bitte!«, schreit er mich an und will mich erneut mit dem Fuß treten. Weil er dieses Mal auf mein Knie zielt und ich doch etwas empfindlich bin, wenn es um meine Kniescheiben geht, trete ich mit meinem Fuß in seinen Bauch und nehme ihn in den Würgegriff, als er sich stöhnend nach unten krümmt.

»Bastard«, schimpft er mich, doch er röchelt dabei, weil ich ihm mit aller Kraft die Luft abschnüre. Unsere Körper sind schon verschwitzt und glänzen feucht, und mein Puls liegt in einem gefährlich hohen Bereich.

Wild versucht er, sich aus dem Würgegriff zu befreien, und nutzt mein Ausweichen nach hinten, um mir auf den Fuß zu treten. Hart.

Ich ächze und lasse von ihm ab, da drischt er schon wie ein Wahnsinniger auf mich ein. Doch die meisten seiner Schläge blocke ich gekonnt ab, bis mich ein wirklich übler seitlich auf der Nase erwischt, der mich kurz verschwommen sehen lässt, während ich zur Seite schwanke.

»Du hast sie doch nicht mehr alle, Callahan! Sie ist nur irgendeine verlogene Fotze!«, schreit er rasend, Blut tropft aus seinem Mund.

Ich verziehe fluchend das Gesicht und schmeiße mich auf ihn. »Aber sie war meine verlogene Fotze!« Wir stürzen zu Boden, die Menge johlt und feuert uns an, doch ich habe nur Augen und Ohren für ihn, während ich ihn unter meinem Gewicht begrabe und meine Fäuste in sein Gesicht schmettere. »Sie ist nicht nur irgendein Mädchen, das ich gefickt habe, und das wusstest du verdammt noch mal genau!« Ich ramme meinen Ellbogen in seinen Kiefer und keuche auf, als er mir im selben Atemzug seitlich in die Rippen schlägt. Ich erkenne pure Frustration in seinem blutverschmierten Gesicht. »Du hast mich angelogen! Du hast herausgefunden, wer sie ist und was sie von mir wollte, und sie gehen lassen, ohne es mir zu sagen. Du hast sie direkt zu dem Mörder ihrer Familie geschickt. Du bist schuld an ihrem Tod.«

Ich reiße den Arm zurück, um zu meinem ultimativen K.O.-Schlag auszuholen, der den meisten Männern den Kiefer gebrochen hat, halte jedoch keuchend inne, als ich seine nächsten Worte durch das Gejohle der Menschen höre.

»Sie kann nicht tot sein, außer sie wurde von einem verdammten Auto überfahren, aber dafür kann ich wohl nichts!«

Meine Faust ist immer noch zielsicher und entschlossen in perfekter Position, um den Schlag auszuführen.

»Ich habe die Adresse in der Akte gefälscht, die ich ihr gegeben habe, und sie zu einem hübschen Ort gelockt, wo sie den Kerl niemals finden wird. Ergo erfreut sie sich noch bester Gesundheit, du Arschloch«, spuckt er mit ein bisschen Blut aus.

»Was?« Überrumpelt starre ich auf ihn herab. Heiße Erleichterung flutet meinen verschwitzten Körper, an dem jeder Muskel schmerzt und krampft. Ich lasse den Arm sinken und frage ungläubig: »Du hast sie in eine falsche Stadt geschickt?«

Er verdreht dramatisch die Augen, während er murmelt: »Das war wohl irgendeine Kurzschlussreaktion von mir, keine Ahnung. Es ist ja nicht so, als könnte ich das Mädchen leiden … Sie ist verdammt nervtötend und rotzfrech. Außerdem langweilen sie meine Geschichten.« Er zuckt mit den Schultern. »Jedenfalls wird sie die Suche früher oder später aufgeben. Niemand außer uns hat die Informationen, die sie braucht, um den Kerl zu finden. Also mach dir mal nicht in die Hose, Brudi.«

In diesem Moment füllt sich meine Brust mit solch einer Wärme, dass ich lächeln muss. Doch es vergeht mir, als mich seine Faust auf dem rechten Auge trifft, bevor er die Hüften hochstemmt und mich von sich wirft.

»Ich bin im Gegensatz zu dir nicht blind oder taub, Callahan. Es war nicht schwer zu durchschauen, dass du was für deine süße Blüte übrighast. Schließlich durfte ich ihr nicht einmal einen Finger abschneiden, obwohl sie zehn davon hat. Deswegen habe ich beschlossen, sie auf die nette Weise loszuwerden, und dafür zu sorgen, dass sie ihre Antworten bekommt, ohne wie ihr Bruder und Vater zu enden.« Er hievt sich vom Boden hoch und stemmt die Hände in die Hüften, dann starrt er beleidigt auf mich herab. Ich sehe ihn bloß noch durch ein Auge. »Es war vielleicht scheiße, dich anzulügen und die Kleine wegzuschicken, aber ich war sauer, weil du mich ausgeschlossen hast. Du hast auch gelogen, denn du hast mit keinem Wort erwähnt, dass du deine Ms. Right getroffen hast, die eine Vorliebe für Einbrüche und Flüche hat. Pft. Also habe ich dir das heimgezahlt.« Er zuckt mit den Schultern und spuckt Blut aus seinem Mund auf seine Hand, welches er angewidert an seinen Shorts abwischt. »Außerdem wollte ich dir damit einen Gefallen tun. Ich dachte, es wäre besser für dich, wenn sie einfach aus deinem Leben verschwindet. Doch ich konnte nicht wissen, wie verrückt du deswegen wirst und dass du vollkommen überschnappst.« Tadelnd schüttelt er den Kopf. »Und nachdem du mein bezauberndes Gesicht entstellt hast, sind wir wohl jetzt ein für alle Mal quitt, du Arschloch.« Eher widerwillig reicht er mir die Hand.

Ich atme schwer aus und spüre, wie eine riesige Last von meinen Schultern fällt. *Pfirsichblüte lebt. Und er weiß, wo sie ist.*

Ich ergreife seine Hand, lasse mich von ihm auf die Beine ziehen, und nicke ihm still zu. Es braucht keine Worte, um auszudrücken, wie viel Wertschätzung und Dankbarkeit ich für ihn empfinde. Nun erkenne ich, dass auch das, was mein Bruder getan hat, ehrenhaft war. Er wollte mich beschützen und Pfirsichblüte ebenso. Er hat den Tod nicht verdient.

Nicht heute zumindest. Bei Declan kann man nie wissen, welche Scheiße er morgen anstellt.

Mit einem Schulterklopfen beende ich den Kampf und sage: »Komm, ich lade dich auf ein Glas Whiskey ein.«

»Den schuldest du mir wohl«, zischt er, doch das kleine Lächeln auf seinen aufgeplatzten Lippen entgeht mir nicht.

Wir steigen zur Enttäuschung und Entrüstung aller Anwesenden aus dem Ring, doch keiner von uns beiden schenkt den Buh-Rufen Beachtung. Der Kampf ist vorbei, die Show ist zu Ende.

Als wir die Umkleidekabinen erreichen, klopfe ich ihm auf den Rücken und sage: »Wir nehmen den Drink auf der Fahrt zu Pfirsichblüte zu uns.«

Declan schenkt mir ein vielsagendes Lächeln. »Das habe ich mir fast schon gedacht.«

25

Peaches

Wie versprochen erhalte ich meine Sachen am Donnerstag. Declan scheint tatsächlich so nett gewesen zu sein, mir all meine Kleidung einzupacken, denn es sind zwei riesige Kartons, die mir der Postbote am frühen Nachmittag übergibt. Gestern habe ich mich um einen großen Reisekoffer gekümmert, damit ich mein Gepäck einfacher transportieren kann, wenn ich Manchester verlasse.

Was hoffentlich schon morgen der Fall sein wird, denn wenn heute alles nach Plan läuft, hält mich hier nichts mehr. Ich hasse die Stadt, weil sie eine so hässliche Bedeutung für mich hat. Und weil *er* sie seinen Wohnort nennt.

Ich bin zugegebenermaßen ziemlich nervös und angespannt, denn ich bereite mich nicht jeden Tag darauf vor, einen Kerl zu töten, der mir mit Leichtigkeit zuvorkommen könnte. Deswegen ist das Überraschungsmoment meine beste Waffe. Neben der in meinem hinteren Hosenbund, die von meinem Mantel verdeckt wird, und dem Klappmesser in meiner Manteltasche.

Ich rufe mir ein Taxi und nenne dem Fahrer die Adresse, die

ich von Declan habe. Der alte Mann wirkt verwirrt, sagt jedoch nichts, sondern tippt sie in das Navi und fährt los.

Ich zappele unruhig auf dem Sitz und kaue meine Nägel blutig, während ich steif aus dem Fenster sehe. Die Minuten vergehen wie Stunden und meine Nervosität wächst. Mir wird etwas übel, je näher wir dem Ziel kommen. Immer wieder werfe ich einen Blick auf das Navi und verfolge die Pfeile darauf. Die angegebenen Meilen werden immer weniger.

Ich schließe die Augen, stecke die Hände unter meine Schenkel, damit ich aufhöre, an meinen Nägeln zu kauen, und gehe im Kopf noch einmal meinen Plan durch, der grundsätzlich ziemlich einfach ist. Einfach und effizient.

Den Wunsch, diesen Kerl leiden zu sehen, werde ich mir nicht erfüllen können, also muss ich es kurz und schmerzlos machen. Ich muss realistisch bleiben. Sobald Tremblay erkennt, dass ich eine Bedrohung für ihn darstelle, bin ich tot. Das ist mir klar. Er würde nicht zögern und mich durch seine körperliche Überlegenheit überwältigen. Daher ist mein Plan, es gar nicht so weit kommen zu lassen.

Ich werde an seine Haustür klopfen, meine Waffe auf seine Stirn richten, und abdrücken.

Und dann werde ich um mein Leben laufen und mich verstecken, damit ich nicht in einer Gefängniszelle lande. Ich werde mein Hotelzimmer räumen und die Stadt verlassen.

Ich fühle mich verrückt, weil ich das tatsächlich tue, doch ich weiß, dass ich niemals ein ruhiges und friedliches Leben führen werde, wenn ich diesen Mann am Leben weiß. Ich werde niemals glücklich sein und mit meiner Vergangenheit abschließen, wenn ich nicht für Gerechtigkeit sorge. Für Vergeltung. Ich kann kein neues Kapitel in meinem Leben aufschlagen, wenn ich das alte nicht abschließe.

Mit einer Kugel in dem Hirn des Mannes, der mir alles genommen hat.

Durch ihn habe ich mehr verloren als bloß die winzige Familie, die ich noch hatte und die immer mein Anker war. Ich habe mein Studium aufgegeben, somit auch meine glänzende

Zukunft, und all meine Freundschaften weggeworfen, die ich bis dahin so gepflegt habe. Mein Leben bestand in den letzten Monaten nur noch daraus, herauszufinden, warum es so verdammt beschissen ist. Warum in meiner Familie all diese schrecklichen Dinge passieren. Ich kann damit klarkommen, dass wir Blossoms offensichtlich kein Glück im Leben haben, und akzeptieren, dass ich meine Mutter niemals kennenlernen durfte, weil sie ihr Leben gab, um mir meines zu schenken, und auch, dass meine einzige Tante in jungem Alter von zweiundvierzig Jahren eingeschlafen und nicht mehr aufgewacht ist, weil ihr Herz einfach aufhörte zu schlagen. Auch, dass ich niemals Großeltern hatte, weil sie väterlicherseits schon früh bei einem Autounfall ums Leben kamen und es mütterlicherseits nur eine Großmutter gab, die an Gebärmutterhalskrebs verstarb, als mein Bruder ein Jahr alt war. Aber damit, dass man meinen Vater wegen einer dummen Affäre und meinen Bruder im Alter von siebenundzwanzig Jahren ermordet hat, kann ich nicht klarkommen. Das kann und will ich nicht akzeptieren. Selbst wüsste ich, dass mich morgen ein Laster überrollt oder Blitz in mich einschlägt, wäre das verdammt noch mal in Ordnung für mich, weil es eines natürlichen Weges geschieht. Niemand hätte seine Finger im Spiel, es ist der Lauf der Natur, es ist Bestandteil des Lebens. Menschen sterben nun mal.

Aber Menschen sollten nicht grundlos und brutal durch die Hand eines anderen sterben.

Mein Vater war ein guter Mensch. Er hat Parker und mich zu guten Menschen erzogen. Er hat uns Moral gelehrt und den richtigen Weg aufgezeigt. Die beiden hatten etwas Besseres verdient. Und auch wenn ich weiß, dass sich mein Vater im Grab umdrehen würde, könnte er vom Himmel auf mich herabsehen, weil er niemals gutheißen würde, was ich vorhabe, werde ich es durchziehen. Denn ich glaube nicht an diesen Scheiß. Tot ist tot. Es gibt keinen Himmel und keine Hölle. Keine Engel, die von oben herabstarren, und keinen Teufel, der mit seiner Mistgabel in der Hölle auf all die bösen Menschen wartet. Es gibt nur den Tod und das Grab unter der Erde, in dem man als Leiche verwest.

Nur aus diesem Grund bin ich bereit, das durchzuziehen. Selbst wenn das bedeutet, dass vielleicht auch ich bald Wurmfutter sein werde.

»Wir sind da, Miss.«

Ich richte meine Aufmerksamkeit erst auf das Fenster, dann mit einem Stirnrunzeln auf den Fahrer. »Das ist die Adresse, die ich ihnen genannt habe?«

Er dreht den Kopf zu mir um und nickt.

»Das ist unmöglich die richtige Adresse«, stelle ich irritiert fest und werfe erneut einen Blick durch die Fensterscheibe. »Sie müssen sich verfahren haben.«

»Habe ich nicht«, erklärt er mir überzeugt und zeigt auf das kleine Navigationsgerät. »Das Navi lügt nie, sehen Sie. Wir sind am Ziel angekommen.«

Ich blinzele ihn ungläubig an. Wieder fällt mein Blick auf die Fensterscheibe. Ich spüre, wie die Anspannung tief in mir wächst, bis sie sich in blanke Wut verwandelt, die mein Blut gefährlich zum Kochen bringt.

»Es hat mich gewundert, dass Sie den weiten Weg auf sich genommen haben, um extra zu diesem Geschäft zu fahren, denn es gab in ihrer Nähe andere, wissen Sie?«, sagt der Fahrer glucksend, als würde er sich insgeheim über mich lustig machen. »Das macht übrigens siebenundzwanzig Pfund.«

Mit einem Fluch reiße ich die Wagentür auf, statt ihm das Geld zu reichen, und sehe mich mit verengten Augen um. »Kujonko!«

Declan, dieser Mistkerl.

Jetzt steht er als Nächster auf meiner Liste.

Er hat mich zu einem verdammten Blumenladen geführt. Ein riesiger Blumenladen mitten im Nirgendwo. Es gibt weit und breit keine Häuser oder Wohngebäude.

Das kann doch nicht sein Ernst sein. Will er mich verarschen?

Offensichtlich ja.

Ich beschimpfe ihn gedanklich, während ich zurück in den Wagen steige und die Tür zuknalle. Ich teile dem Fahrer unwirsch mit, mich wieder dorthin zurückzufahren, wo er mich eingesammelt hat, und reiße mein Handy aus der Manteltasche. Dabei fällt fast das Messer heraus.

Wütend wähle ich Declans Nummer und weite fassungslos meine Augen, als sich eine Tonbandstimme meldet, die mir irgendeinen Scheiß erzählt, der übersetzt bedeutet, dass er meine Nummer blockiert hat. Ich kann ihn nicht mehr erreichen. Er hat meine Nachrichten und Anrufe gesperrt.

Meine Faust zittert, als ich sie mir gegen die Stirn drücke, während ich die Augen krampfhaft schließe und einen tiefen Atemzug nehme. Ich stehe einen weiteren davon entfernt, zu explodieren. Zorn und Verzweiflung sind wie verhedderte Stromkabel in meiner Brust.

Ich kann das einfach nicht glauben. Er hat mich angelogen. Wahrscheinlich hat er mich nicht nur zur falschen Adresse, sondern auch in die falsche Stadt geschickt. Indem er mir das Zugticket gekauft hat, hat er sichergestellt, dass ich auch tatsächlich hier lande.

Hier, vor einem verdammten Blumenladen.

Ich verstehe es nicht. Ich versuche seine Absicht hinter dieser Lüge zu durchschauen. Wollte er mir etwas heimzahlen? Dass ich seinen Bruder verarscht habe? Wollte er mir deswegen eins auswischen und mich ebenfalls hintergehen, damit ich weiß, wie sich so etwas anfühlt? Wenn man jemandem dreist ins Gesicht lügt? Denn etwas anderes fällt mir dazu nicht ein. Welchen Grund sollte er sonst gehabt haben, mich in eine falsche Stadt und zu einer falschen Adresse zu schicken? Er gab mir alle Informationen, die ich haben wollte. Warum also diese nicht?

Kurz will ich glauben, dass er das zu meinem Wohl getan hat – zu meiner eigenen Sicherheit –, weil er mich beschützen wollte, doch diesen lächerlichen Gedanken schiebe ich rasch wieder beiseite. Das ist Unsinn. Warum sollte es diesen Psycho interessieren, was mit mir geschieht? Er kann mich nicht einmal leiden.

Kaum bin ich wieder in meinem Hotelzimmer und hinter verschlossener Tür, fange ich richtig zu toben an. Ich wähle sinnlos seine Nummer, während ich meine Wut an Möbeln und den Kartons auslasse. Ich trete sie beiseite und schleudere die verdammte Akte wild durch die Luft. Alle Zettel verteilen sich auf dem Boden und ich sinke frustriert stöhnend auf meine Knie.

Was jetzt?

Fluchend krabbele ich über den Teppich und wühle in all den Dokumenten. Ich lese mir die, auf denen die Adresse angeführt ist, wieder und wieder durch, doch ich finde keine weitere Adresse. Auch keinen anderen Stadtnamen. Manchester ist hier als der Wohnort des Dreckskerls notiert.

Doch dann entdecke ich etwas anderes. Etwas, das mir bislang nicht aufgefallen ist.

Dieser verdammte Arsch!

Die weiße Farbe des Papiers ist an jenen Stellen, an denen der Stadtname und Straßenname angeführt sind, heller. Ich halte den Zettel in die Höhe, Richtung des Fensters, durch das Tageslicht scheint, und blinzele angestrengt, bis ich die Form eines Rechtecks erkennen kann.

Jemand hat hier etwas ausgebessert.

Jemand hat hier den Stadtnamen und den Straßennamen ersetzt.

Diese Dokumente sind nicht die originalen, es sind Kopien. Allerdings in Farbe und die Schrift, mit der man etwas korrigiert hat, ist identisch mit der in den Zeilen darunter und darüber. Deswegen ist es mir bis jetzt nicht aufgefallen. Doch nun, wo ich genauer hinsehe, erkenne ich winzig kleine Unterschiede. Sie ist etwas geschwungener. Das muss Declans Handschrift sein.

Ich erinnere mich an den Moment nach Declans und meinem Gespräch in Callahans Schlafzimmer, als ich ihm gestanden habe, dass ich seinen Bruder wirklich mag und es mir leidtäte, wie es verlaufen ist, und an seinen plötzlichen

Entschluss, die Mappe doch mitzunehmen, obwohl er diese gerade erst unter der Matratze für mich versteckt hatte. Waren meine Worte der Auslöser dafür, dass er sich in letzter Sekunde doch umentschieden hat, mich nicht in die Arme dieses Mörders laufen zu lassen?

Herrgott noch mal. Vermutlich sollte ich ihm dafür danken, doch ich will nichts anderes tun, als ihm den hübschen Kopf abzureißen. Arrghh.

Wie im Wahn wühle ich mich durch die Zettel und überfliege all die Angaben, während ich auf dem Boden hocke. Ich halte die Zettel einen nach dem anderen in die Höhe, um zu sehen, wo er noch etwas retuschiert hat. Er muss Tipp-Ex oder Sticker auf den Originalen verwendet haben, denn die Fälschung ist einwandfrei. Da er fast haargenau dieselbe Handschrift wie sein Bruder hat, wäre ich niemals darauf gekommen, hätte mich dieses Taxi nicht vor einem bescheuerten Blumenladen absetzen wollen.

Auf einem der Dokumente entdecke ich tatsächlich etwas. Mein Herz überschlägt sich in meiner Brust. Es ist einer jener Zettel, den ich mir im Zug nicht genauer durchlesen wollte, da ich zu aufgewühlt war und hier keine bedeutungsvollen Informationen notiert sind.

Dachte ich zumindest.

Doch nun, wo ich den Zettel in das Licht halte und die Farbunterschiede erkenne, weiß ich, dass es auch hier Informationen für mich gab. Die Stellen, an denen er etwas korrigiert hat, sind eine Nuance heller als der Rest des weißen Blattes, doch an manchen Stellen hat er nur etwas unkenntlich gemacht und nicht durch falsche Angaben ersetzt.

Doch er hat sich einen Fehler geleistet.

Und was für einen.

In all den vielen Zeilen, die für mich nicht von Belang sind, finde ich etwas, das mich direkt zu dem Mann locken wird, den Declan vor mir verstecken wollte.

Den Namen des Striplokals, welches er sich mit seinen kriminellen Freunden teilt. Er wurde offensichtlich mehrmals unkenntlich gemacht, doch in dieser einen Zeile hat er ihn wohl übersehen. Den Namen des Stammlokals dieses Dreckskerls kann ich nirgendwo finden, doch der des Striplokals reicht mir vollkommen aus.

Ich krabbele über den Boden zu meinem Mantel, den ich während meines kleinen Tobsuchtsanfalls wild durch das Zimmer geschleudert habe, und ziehe das Handy darunter hervor, welches ich ebenfalls zu Boden gedonnert habe. Dem Himmel sei Dank hat es meinen kleinen Anfall überlebt.

Ich öffne Google und tippe ›Club Phoenix Großbritannien‹ ein. Es erscheinen mehrere Ergebnisse, doch keines dieser Lokale wird als Stripclub beschrieben. Also ändere ich meine Strategie und tippe den Clubnamen nach der Reihe mit jedem Stadtnamen Englands ein, bis ich endlich finde, wonach ich suche.

Stripclub Phoenix, Jewellery Quarter, Birmingham.

Arlo Tremblay hat Birmingham also niemals verlassen. Unglaublich! Er war jahrelang nur wenige Meilen von mir entfernt. Vielleicht bin ich dem Mörder meines Vaters sogar einmal über den Weg gelaufen, ohne es zu wissen. Wir lebten in einem wohlhabenden Vorwort in Birmingham – Edgbaston –, wo ich auch zur Uni ging. Der Bezirk Jewellery Quarter liegt quasi um die Ecke. Er ist bekannt, da er durch die Schmuckindustrie geprägt ist. Man findet dort Diamantenhändler, Schmuckwerkstätten, Kunstgalerien, und das Museum of the Jewellery Quarter mit einer erhaltenen Schmuckmanufaktur aus den 1980er-Jahren. In der Gegend gibt es außerdem viele trendige Bars, Restaurants und Clubs.

Mein Bruder ist also doch nach Birmingham zurückgekehrt. Er ist in unserer Stadt gestorben, während ich nichtsahnend für die Uni gepaukt habe. Warum bloß hat er mir nicht einfach alles erzählt?

Nun, die Frage beantwortet sich von selbst. Überhaupt, da ich nun weiß, dass Arlo Tremblay die ganze Zeit über in unmittelbarer Nähe war. Parker wollte mich aus allem raushalten und beschützen. Bestimmt wusste er, ich würde ihn das nicht allein durchziehen lassen. Er wusste, ich würde verrückt werden und überschnappen und den Kerl aufsuchen. Natürlich wusste er das.

Immerhin hat er dasselbe getan. Wir waren immer schon gleich, aus demselben Holz geschnitzt.

Ich hieve mich vom Boden hoch und fange in aller Ruhe an, das Chaos hier in Ordnung zu bringen. Mein Puls hat sich mit einem Mal verlangsamt und nun bin ich beinahe besorgniserregend ruhig. Ich packe die Sachen aus den Kisten in den großen Reisekoffer, google nach Schnellzügen von Manchester nach Birmingham, und buche mir noch online ein Ticket. Abfahrt ist in einer Stunde, die Dauer der Fahrt beträgt zweieinhalb Stunden.

Ich fahre nach Hause und bringe zu Ende, was dort angefangen wurde.

26

Callahan

Es ist Mitternacht, als wir endlich in Manchester ankommen. Bolton war unser Ziel, denn hier hat sich Pfirsichblüte laut Declan niedergelassen. Wir haben alle Verkehrsregeln gebrochen, die es auf dieser Welt gibt, und es in vier Stunden von London hierher geschafft. Ich bin mental wie physisch erschöpft, doch ich erlaube mir nicht, meinem Kopf und meinem Körper eine Pause zu gewähren, bis ich mein Mädchen gefunden habe. Jeder meiner Muskeln brennt vom Kampf mit Declan und die Verletzungen, die er mir zugefügt hat und welche nur provisorisch verarztet wurden, bevor wir aufgebrochen sind, tragen ihr Übriges dazu bei, dass ich mich wie ausgekotzt fühle.

Doch für Pfirsichblüte würde ich alles ertragen, was nötig ist. Die Aussicht, sie endlich wiederzubekommen, lässt mich all die körperlichen Schmerzen und die Müdigkeit, die in meine Knochen kriecht, vergessen.

Wir marschieren in der Dunkelheit die Straße hinauf und mein Magen wird immer unruhiger, je näher wir dem Hotel kommen, in dem sie wohnt. Ich muss genauso angespannt wirken, wie ich es bin, denn Declan durchbohrt mich von der Seite mit seinem Blick. Er verspottet mich mit seinen irre funkelnden Augen.

»Na, schon nervös, das Mädchen deiner Träume wiederzusehen?«, zieht er mich auf, doch ich ignoriere ihn. Meine Konzentration liegt einzig und allein auf dem Hotel, in dem noch Lichter brennen. »Vielleicht hättest du einen Strauß Rosen und eine Schachtel Pralinen mitbringen sollen. Oder besser noch ein Feuerwerk für sie in die Luft gehen lassen sollen, während ihr mit zwei Pferden in den Sonnenaufgang reitet. Würde irgendwie zu dieser neuen, schwulen Version von dir passen.«

»Halt den Mund.« Wir erreichen das Hotel und ich mustere flüchtig das Innere durch das kleine Glasfenster in der Eingangstür. »Und wir sind hier auch sicher richtig?«, frage ich ihn zweifelnd. »Es wirkt nicht sehr … ansprechend.«

»Nun, offensichtlich hat das Mädchen nicht sehr hohe Ansprüche, wenn sie sich mit einem wie dir abgegeben hat«, lautet seine Erklärung für den heruntergekommenen Zustand des Hotels, dazu schenkt er mir ein breites Grinsen, welches ich ihm aus dem Gesicht schlagen will. »Oh, tut mir leid. Ich habe vergessen, dass sie das ja bloß hat, weil sie über dich herausfinden wollte, was mit ihrem Bruder geschehen ist.«

Ich bin geneigt, seinen Kopf gegen die Mauer zu schlagen, sage stattdessen aber müde: »Tu dir selbst einen Gefallen und halte einmal den Mund. Zwar bin ich zu erschöpft, um dich zu Brei zu schlagen, aber Pfirsichblüte bekommt meine Erlaubnis, das für mich zu übernehmen. Wie ich schon einmal feststellen durfte, hat sie keine Angst vor einem Nahkampf mit einem Mullan.« Bei dem Gedanken stiehlt sich ein stolzes Lächeln auf meine Lippen. »Sie könnte dir mit ihren süßen, rosaroten Nägeln die Augen auskratzen. Oder besser noch – die Zunge abschneiden. Was für eine wundervolle Vorstellung.«

Declan kneift beleidigt die Augen zusammen. »Wenn es von nun an so läuft, dass ihr zwei euch gegen mich verbündet, dann hätte ich das gern früher gewusst und mir den anstrengenden Weg hierher erspart.«

Ich zeige die Straße hinunter. »Du kannst gerne wieder fahren. Niemand braucht dich hier.«

Anstatt zu gehen, stößt er mich an der Schulter beiseite und zieht schmollend die Tür auf. »Na klar, damit ihr mich wieder ausschließen könnt. Pft.« Er schlägt sie mir vor der Nase zu und ich verdrehe meine Augen.

Ich ahne, dass das hier auf eine verkorkste Dreiecksbeziehung hinausläuft, bis mein Bruder seine eigene Frau gefunden hat. Eine Aufgabe, die ich mir schnellstens zu Herzen legen werde.

Als ich ihm in das kleine Hotel folge, entdecke ich ihn schon vor einem hölzernen Empfangspult. Er läutet die Glocke, um einen Mitarbeiter zu rufen, und ganz typisch Declan hört er vor Ungeduld gar nicht mehr damit auf. Das zeigt die gewünschte Wirkung auf die Angestellte, die nach wenigen Sekunden mit einem mürrischen Blick aus der Tür hinter dem Pult kommt.

»Ja, bitte?«

Declan schenkt ihr sein debiles Grinsen, bevor er sagt: »Wir brauchen die Zimmernummer einer Rotzgöre, die offensichtlich keine sehr hohen Ansprüche zu haben scheint, wenn sie Ihr Haus als Unterkunft gewählt hat. Pfirsichblüte ist ihr Name.«

Die Angestellte blinzelt und ich seufze.

»Peaches Blossom«, korrigiere ich. »Sie ist seit ein paar Tagen bei Ihnen zu Gast. Und entschuldigen Sie meinen Bruder. Wie Sie sehen, hat er ein paar üble Schläge auf den Kopf abbekommen.«

Die Angestellte bedenkt Declan mit einem angepissten Blick, bevor sie murmelt: »Warum wohl …« Ich grinse, während sich Declans Blick verfinstert. Sie tippt etwas in die Tastatur und sieht stirnrunzelnd auf den Monitor, bevor sie den Kopf schüttelt. »Tut mir leid, die Dame nächtigt nicht bei uns.«

Ich versteife mich unwillkürlich und werfe Declan einen scharfen Blick zu. Wenn er mich wieder angelogen hat, mache ich kurzen Prozess mit ihm. Dieses Mal wirklich.

Dieser jedoch wirkt verwirrt und schüttelt ebenfalls den Kopf. »Was zur Hölle reden Sie denn da? Ich weiß, dass sie seit Sonntag hier unterkommt. Sie hat mir diese Adresse und den Namen des Hotels geschickt und ich habe ihr hierher Sachen zukommen lassen.«

»Oh«, macht sie nun, als würde ihr ein Licht aufgehen Ich entspanne mich wieder, doch ihre nächsten Worte lassen das Blut kochend durch meine Adern rauschen. »Ich erinnere mich an den Postboten, den ich zu ihrem Zimmer geschickt habe. Das Mädchen hat heute ausgecheckt, deswegen findet sie das System nicht. Ich habe unter aktuelle Buchungen nachgesehen.«

»Wann hat sie ausgecheckt?«, schießt es augenblicklich aus mir hervor und ich trete näher an das Pult heran. »Sehen Sie nach. Sofort.«

»Es ist schon ein paar Stunden her«, erklärt sie und mustert mich eingeschüchtert. »Warum denn?«

»Hat sie gesagt, wohin sie gegangen ist?«, fragt Declan mit einem beunruhigten Gesichtsausdruck. Er meidet meinen Blick, der ihn zu töten versucht. »Oder irgendetwas anderes, das uns dabei helfen würde, sie zu finden?«

Die Angestellte nimmt ihm seinen Seitenhieb von vorhin offenbar übel, da sie ihn keines Blickes würdigt, während sie mir zugewandt antwortet: »Als sie ausgecheckt hat, hat sie mich darum gebeten, ihr ein Taxi zu rufen, welches sie zum Bahnhof bringen soll. Als ich gefragt habe, wohin die Reise geht, sagte sie nach Hause.« Sie zuckt mit den Schultern. »Wo das ist, habe ich nicht gefragt, tut mir leid.«

Birmingham.

Scheiße.

Ich wirbele zu meinem Bruder herum, der sofort beide Hände beschwichtigend in die Höhe hält und hervorpresst: »Ich hatte keine Ahnung, dass sie abgereist ist! Nachdem ich vor zwei Tagen mit ihr telefoniert habe, habe ich nichts mehr von ihr gehört.« Er runzelt die Stirn und blinzelt. »Was möglicherweise auch daran liegt, dass ich ihre Nummer gesperrt habe, da ich wusste, sie würde mir üble Sprachnachrichten hinterlassen, in denen sie mich beschimpft, sobald sie herausfindet, dass ich sie zu einem Blumenladen gelockt habe.«

Ich atme angestrengt aus und fahre mir über das Gesicht. »Hat sie dir gesagt, wann sie vorhat, diesen beschissenen Blumenladen aufzusuchen?«

Declan räuspert sich. »Nun ja, sie dachte, sie würde Tremblay aufsuchen, also musste sie warten, bis ihre Waffen ankamen … Was heute der Fall war.«

Ich verenge meine Augen zu Schlitzen. »Also weiß sie, dass du sie hinters Licht geführt hast. Und jetzt ist sie zufälligerweise auf dem Weg nach Birmingham, wo der Mann wohnt, den sie hier gesucht hat.«

»Man fährt mit dem Zug nicht lange dorthin«, erinnert er mich. »Sie wird also schon angekommen sein.«

Ich stimme ihm gedanklich zu und versuche diese Wendung der Ereignisse nachzuvollziehen. Schließlich frage ich misstrauisch: »Und du sagst, du hast jede Spur zu dem Kerl vernichtet? Auf den Dokumenten, die du ihr gegeben hast, gibt es keinerlei Hinweise darauf, dass er immer noch in Birmingham lebt?«

»Nein, keine«, meint er überzeugt. »Ich bin mir sicher, dass ich alles ausgebessert habe.«

»Wie sicher bist du dir?«

»Ziemlich sicher«, sagt er.

Ich fluche und packe ihn am Saum seiner Lederjacke, bevor ich ihn hart mit dem Rücken gegen die Wand donnere. Die Angestellte, die uns verstohlen beobachtet und belauscht, schnappt hörbar nach Luft. »Ziemlich sicher reicht nicht, Declan. Es geht hier um ihr verdammtes Leben.«

»Woah, beruhige dich«, schießt es mit großen Augen aus ihm hervor. Er schnalzt mit der Zunge. »Hau mir jetzt keine rein, Brudi. Das wäre eine Spur zu dramatisch, wenn man bedenkt, dass mein gesamtes Gesicht deine Faustabdrücke trägt, oder?«

Ich schlage ihn noch einmal gegen die Wand. »Ich frage dich ein letztes Mal, Declan. Wie sicher bist du dir, dass sie nicht weiß, wo sie diesen Bastard findet?«

Seine graublauen Augen stürmen und ich kann durch sie förmlich das Chaos in seinem Kopf sehen, das immer dort herrscht, doch nun denkt er ernsthaft nach und es poltert darin. Seine Augen zucken unsicher über mein Gesicht, und schließlich seufzt er und gesteht: »Ich kann nicht ausschließen, dass ich womöglich irgendwo übersehen habe, etwas auszubessern oder unkenntlich zu machen. Ich bin nur ein Mensch, verdammt noch mal. Aber ich habe bestimmt nicht absichtlich irgendwo eine Spur für sie hinterlassen, das schwöre ich.«

Weil ich ihm glaube, lasse ich ihn los und fahre mir über das Gesicht. »Für wie realistisch hältst du es, dass ein Mädchen, das Monate damit zugebracht hat, eine Spur zum Verschwinden ihres Bruders herzustellen, und dieser Spur schließlich sogar in eine andere Stadt gefolgt ist, wo sie sich wochenlang mit einem Mann beschäftigt hat, den sie verdächtigte, in die Sache involviert zu sein, und der Spur danach wieder in eine fremde Stadt gefolgt ist, am Ende aufgrund der Falschheit dieser Spur einfach aufgibt und nach Hause zurückkehrt? Die Sache einfach auf sich beruhen lässt, wo sie doch so kurz davor war, ihren Plan zu Ende zu bringen?«

Declan starrt mich an und sein Gesicht ist mit einem Mal sehr ernst. »Um ehrlich zu sein, für sehr unrealistisch.«

Mein Zorn ihm gegenüber kennt keine Grenzen mehr. Er brennt heißer als Feuer. »Sie ist nicht nach Birmingham gefahren, weil sie aufgegeben hat und nach Hause wollte. Sie ist dorthin gefahren, weil du einen Fehler gemacht und ihr eine Spur hinterlassen hast. Eine Spur, die sie direkt zu dem Bastard führen wird.«

Er sagt nichts, und das ist auch nicht nötig. Er hat Scheiße gebaut, und das wissen wir beide. Das Einzige, das wir jetzt tun können, ist so schnell wie möglich nach Birmingham zu fahren und Pfirsichblüte zu finden, bevor sie etwas Dummes tut, für das sie mit ihrem Leben bezahlt.

Ich werfe ihm einen letzten vernichtenden Blick zu, wende mich ab, und verlasse das Hotel. Ich rufe Donovan an, der in

London geblieben ist. Er meldet sich nach dem zweiten Freizeichen.

»Du musst für mich nachschauen, welche Züge vom Bahnhof hier in Bolton heute Abend nach Birmingham gefahren sind. Ich brauche die Abfahrts- und Ankunftszeiten«, erkläre ich ihm drängend.

»Ist das Mädchen nicht in Manchester?«, fragt er besorgt.

»Nein. Declan war zu dumm, alle Spuren zu verwischen, was vermutlich der Grund dafür ist, warum ich es auch sonst immer tue, nachdem er sich ausgetobt hat. Er wurde dumm geboren«, sage ich kalt und in dem Wissen, dass mein Bruder hinter mir her marschiert und alles aus meinem Mund hört. »Schick mir die Daten so schnell wie möglich. Ich melde mich wieder.«

Ich lege auf und steige in den Wagen, mit dem wir hierhergefahren sind. Declan folgt mir schweigend. Wenigstens einmal hält er den Mund und klopft nicht irgendwelche unpassenden Sprüche.

»Mit dem Auto brauchen wir länger, als sie mit dem Zug gebraucht hat«, presse ich unzufrieden hervor und starte den Motor, bevor ich aufs Gaspedal trete und losfahre. »Hast du dir in deinem dummen, unnützen Hirn wenigstens gemerkt, welche Stellen du ausgebessert hast? Kennst du seine Adresse und die Namen der Lokale, die auf den Dokumenten angeführt waren? Auf den Originalen? Ohne das werden wir sie nur schwer finden.«

»Aye.« Er trommelt mit den Fingern auf seinem Oberschenkel und starrt aus dem Fenster. Dann spüre ich seinen Blick auf mir, während ich mich auf die Fahrbahn und darauf konzentriere, ihn nicht umzubringen. Nüchtern stellt er fest: »Wahrscheinlich war es der Name eines Lokals, den ich vergessen habe, zu entfernen. Denn die Adresse des Kerls habe ich retuschiert. Ich habe eine falsche angegeben.«

»Welche Lokale kommen infrage?«, frage ich ihn, ohne ihn anzusehen. Meine Stimme klingt tonlos und doch schwingen nichts als Vorwürfe darin mit.

»Die Stammbar des Kerls und der Stripschuppen, in dem er immer abhängt. Er gehört einem seiner Kumpel. Beides befindet sich im Bezirk Jewellery Quarter.« Mein Kopf dreht sich und meine Augen starren düster in seine. Er fischt das Handy aus seiner Hosentasche und tippt eine Nachricht. »Ich schreibe O'Sullivan, dass er mir die Adressen beider Lokale zukommen lassen soll. Ich habe sie notiert.«

»Du hast es versaut«, platzt es aus mir heraus. Meine Selbstbeherrschung pulverisiert sich durch diese unpassende Gelassenheit, die er ausstrahlt, als ginge es hier nicht um das Leben eines Mädchens, sondern das eines verdammten Haustieres, das weggelaufen ist und nun Gefahr läuft, von einem Auto überfahren zu werden. Ich schlage auf das Lenkrad und brülle ihn frustriert an: »Warum, Declan? Warum bist du verdammt noch mal so unachtsam? Warum kannst du nie etwas richtig machen? Du wunderst dich, dass Vater dir früher nie Verantwortung übertragen hat? Das ist der verfickte Grund! Auf dich kann man sich nicht verlassen, denn du baust eine Scheiße nach der anderen! Du fragst, warum ich derjenige von uns beiden bin, der Entscheidungen trifft und Deals aushandelt? Der die wichtigen Gespräche führt und sich ständig darum kümmert, dass wir nicht der Gefahr auflaufen, aufzufliegen? Hier hast du deine Antwort. Du bist zu nichts als dem gut, was du tust. Zu kämpfen und töten. Das ist es, was du kannst. Es ist das Einzige, bei dem du etwas taugst, und das ist scheiße noch mal traurig.«

Er starrt mich an, als könnte er nicht glauben, was ich gerade zu ihm gesagt habe. Oder dass ich ihn tatsächlich anschreie, denn es passiert selten, dass ich dermaßen die Kontrolle verliere. Ich bin immer ruhig, selbst wenn ich vor Wut schäume.

Aber irgendwann kann selbst ein Mann wie ich nicht mehr ruhig bleiben.

Seine Kiefer verhärten sich und die Finger, die auf seinen Oberschenkel geklopft haben, sind nun in den Sitz gekrallt und zittern. Er atmet immer schwerer und ich weiß, dass er gleich ebenfalls die Beherrschung verlieren wird.

Ich habe ihn verletzt, das ist der Grund. So cool, abgestumpft, und unerschütterlich sich mein Bruder auch geben mag, ich sagte immer schon, er sei im Kopf noch ein kleiner Junge. Und er ist auch verletzlich wie einer. Declan bekämpft man nicht mit Fäusten oder Waffen. Nur Worte können ihm wirklich etwas anhaben. Sie allein sind dazu fähig, ihn zu verletzen. Nur zeigt er das nie, und die Menschen leben in dem Irrglauben, er wäre ein durchgeknallter Wahnsinniger, der immer blöde Sprüche klopft und dem alles um sich herum egal ist.

Dafür, dass er schon so viele Menschen auf grausame Weisen gefoltert hat und früher selbst einige schmerzhafte Erfahrungen machen musste, ist er seltsam empfindlich, was Worte anbelangt.

Man würde es nie glauben, aber er ist ein Sensibelchen. Das versucht er mit den unsensiblen Dingen zu kompensieren, die er tut, und seinen unsensiblen Reaktionen in den unpassendsten Situationen.

Daher überrascht er mich mit seiner Reaktion auf meine Anfeindungen.

Denn er geht nicht wie üblich in die Defensive und gibt all die verbalen Schläge zurück.

Stattdessen schlägt er mit der flachen Hand auf die Fensterscheibe und brüllt: »Verdammt, glaubst du, ich wüsste nicht, dass ich Scheiße gebaut habe, Callahan? Denkst du, ich verstehe den Ernst der Lage nicht, hm? Denkst du wirklich, dass ich so stockdumm bin?« Er schlägt wieder auf die Scheibe, bevor er frustriert murmelt: »Offenbar bin ich so dumm, wenn ich diesen Fehler gemacht habe. Scheiße noch mal, ich weiß nicht, wie das passieren konnte!«

Ich sehe ihn bloß an.

Er lächelt verbittert in meine Richtung. »Glaubst du, ich wüsste nicht, dass es unserer brüderlichen Liebe einen kleinen Dämpfer verpassen würde, wenn dem Mädchen meinetwegen etwas zustößt?«

Ich lache ohne jeden Humor in meiner Stimme. »Das ist sehr milde ausgedrückt, Declan.«

»Wir werden sie finden«, beschwört er mich nun todernst. Seine Augen tragen wieder diesen irren Ausdruck und auch sein Blick wirkt verrückt, als er fest entschlossen sagt: »*Ich* werde sie finden und jeden Bastard in jedem verfickten Lokal in Birmingham umbringen, wenn es sein muss, damit diese Sache ein für alle Mal ein Ende hat. Ich werde sie dir zurückbringen. Du hast mein Wort.«

Meine Hände verkrampfen sich um das Lenkrad, doch seine Worte besänftigen mich. Nun, wo ich sehe, dass es ihm nicht scheißegal ist, wie er tut, und er verspricht, mir zu helfen, meine Blüte wiederzufinden und in Sicherheit zu bringen, kann ich ihm vielleicht verzeihen, dass er so gedankenlos und dumm gehandelt hat. Wieder einmal. Ich könnte ein ganzes Buch mit seinen Dummheiten füllen, ungelogen.

»Versprechungen sind nicht viel wert, wenn keine Taten folgen«, entgegne ich ein wenig ruhiger und werfe ihm einen flüchtigen Blick zu. »Wenn du dein Wort brichst, wage besser niemals, eine Frau zu mögen, denn du willst nicht wissen, welche bösen Dinge ich mir schon in meinem Kopf für sie ausmale, nur um dich fertigzumachen.«

Ein kleines Lächeln zeichnet sich auf seinen Lippen ab und die angespannte Stimmung zwischen uns scheint sich wieder zu lösen. Mit einer hochgezogenen Augenbraue bemerkt er: »Ist das nicht wieder ein wenig dramatisch? Einer unschuldigen Frau, die es noch gar nicht in meinem armseligen Leben gibt, böse Dinge anzudrohen, nur um mich zu bestrafen?« Ich antworte nicht, doch mein Mundwinkel zuckt. Er lehnt sich im Sitz zurück und verschränkt die Hände hinter dem Kopf. »Scheint so, als hätte nicht nur ich sadistische und psychotische Neigungen von unserem Vater geerbt. Das schockiert mich nun tatsächlich etwas von seinem Goldjungen.«

»Du wärst überrascht«, sage ich wieder vollkommen beherrscht. »Und dramatisch ist alles, was mit Pfirsichblüte zu tun hat, denn ich mag dieses Mädchen auf eine höchst dramatische Weise.« Mein Blick zuckt zu ihm und seine Augen leuchten vor Belustigung. »Verstehst du mich?«

»Oh, ich verstehe dich, Brudi. Ich verstehe ganz genau, was du mir damit sagen willst«, entgegnet er und lässt die Augenbrauen tanzen. »An mir wird eure dramatische Liebe nicht scheitern, sei dir sicher. Ich halte mein Wort, denn du bist ganz offiziell unzurechnungsfähig, wenn es um sie geht, und ich hänge an meinem hübschen Gesicht und erbärmlichen Leben.« Als ich lache, grinst er wieder bescheuert. »Vertraust du mir, dass ich sie dir zurückbringe, komme was wolle?«

Ich höre auf zu lachen und sehe ihn an. Nun betrachtet er mich ernst und ich tue es ihm gleich. »Aye. Du bist mein Bruder. Ich vertraue niemandem mehr als dir.«

Er nickt mir still zu. Seine verrückten Augen sagen mir, dass er bereit ist, alles dafür zu tun, um seinen Fehler wiedergutzumachen und mir mein Mädchen zurückzubringen. Weil ich ihn kenne, weiß ich, dass mit *alles* auch tatsächlich *alles* gemeint ist. Und das erste Mal bin ich froh darüber, dass er absolut keine Grenzen kennt und ein blutdürstiger Psychopath ist.

Es ist schon nach zwei Uhr morgens, als wir endlich den Bezirk in Birmingham erreichen, in dem sich der Stripclub und die Bar befinden, in denen sich Arlo Tremblay und seine Männer regelmäßig herumtreiben. Da heute Donnerstag – oder eher Freitagmorgen – ist, ist hier nichts mehr los, die Straßen sind leer und dunkel. Ich parke den Wagen auf der gegenüberliegenden Straßenseite der Bar, die wie wenige andere Lokale noch geöffnet hat, und bedeute Declan, es weiter bei Pfirsichblüte zu versuchen, während ich einen Blick hineinwerfen gehe. Da er erst ihre Nummer gesperrt hat, ist es nicht überraschend, dass sie nun auch seine Nummer blockiert hat. Allerdings frustrierend.

Ich entferne mich kaum zwei Schritte vom Wagen, da höre ich, wie seine Autotür ins Schloss fällt, und seufze. Natürlich kann er nicht einmal fünf Minuten lang stillsitzen und auf mich warten. Er wäre nicht Declan, würde er nach dieser zweieinhalbstündigen Autofahrt nun nicht nörgeln.

»Jaysus, ist mir langweilig!«

»Hast du sie erreicht?«, lautet meine ungerührte Frage.

»Nein, die Kleine ist wohl nachtragend.« Er holt mich mit einem frustrierten Blick ein. »Wann geht hier verdammt noch mal die Action los?«

Ich seufze. »Darf ich dich daran erinnern, dass du es warst, der darauf bestanden hat, mich zu begleiten? Weil du dich sonst ausgeschlossen fühlst?«

Er wirft mir einen scharfen Blick zu, bevor er selbstsicher lächelt. »Du brauchst mich hier, Brudi. Denn was, wenn sich deine Süße in der Zwischenzeit schon einen neuen Stecher gefunden hat? Wer außer mir soll dir beim Beseitigen der Leiche helfen?«

Als ich gereizt knurre, grinst er debil. Die Vorstellung ist wirklich unschön, was nichts mit dem Beseitigen einer Leiche zu tun hat. Das ist eine Lappalie. Mir allerdings vorzustellen, irgendein Schwanzlutscher hätte seine gierigen Finger auf meiner süßen Blüte …

»Bleib ruhig«, reißt mich Declan belustigt aus den Gedanken und bedeutet mit einem Nicken auf meine Finger, die ich wie immer knete. »Brich sie dir nicht. Du brauchst sie schließlich noch, um deine Süße zu befummeln. Darf ich da eigentlich mal zuschauen?«

Ich verdrehe die Augen über ihn und zeige auf die Bar, die eher den Namen Kneipe verdient hätte. »Wir werden hier nachfragen. Und mit nachfragen meine ich genau das.« Warnend sehe ich ihn an. »Wir machen keinen unnötigen Stress, verstanden?«

»Und wenn Tremblay und seine Männer da sind?«, fragt er.

Ich zögere.

»Ohne Pfirsichblüte?«

Meine Entscheidung ist schnell gefallen. »Dann töten wir sie alle.«

Sein maliziöses Grinsen lässt ihn noch verrückter aussehen. »Jaysus, und schon kehrt die gute Laune zurück.«

Ich ignoriere diese besorgniserregende Bemerkung und visiere das Ziel an. Er folgt mir gelassen.

Kaum betreten wir das Lokal, scannen meine Augen unwillkürlich jeden Winkel des Raumes und haften dann an dem Mann, der hinter dem Tresen steht und einer Kellnerin Anweisungen gibt. Es sind nicht mehr viele Gäste anwesend, nur ein paar betrunkene Arbeitslose, die halb auf den Tischen hängen. Eine andere Kellnerin wischt den Boden im hinteren Bereich.

Tremblay ist nirgendwo zu entdecken. Ich weiß noch nicht, ob ich das gut oder schlecht finden soll. Ich hätte der Sache hier und jetzt ein Ende setzen können, aber so leicht soll es anscheinend nicht werden.

Ich nicke Declan knapp zu, der seine Augen wachsam überall hat und jede kleinste Bewegung im Raum verfolgt, und steuere auf den Mann hinter dem Tresen zu. Declan folgt mir und ich spüre seine plötzliche Konzentration, nun wo er eine Aufgabe hat, mit der er umzugehen weiß. Jetzt ist er in seinem Element. Während er die Besoffenen mit Zigaretten in den Händen beäugt, notiere ich mir gedanklich all die Ausgänge im Raum, durch deren Türen uns möglicherweise jemand überraschen könnte. Doch hier erscheint alles ungefährlich. Zumindest ungefährlich für jemanden wie uns.

»Ich bin auf der Suche nach jemandem«, unterbreche ich den Mann mit dem Schnurrbart unhöflich, woraufhin dieser sich von der Kellnerin abwendet und mich skeptisch betrachtet. »Einem Mädchen, dreiundzwanzig Jahre alt, langes braunes Haar und eisblaue Augen. Sie ist Ihnen bestimmt aufgefallen, sollte sie hier gewesen sein.«

Der Mann wirft auch einen Blick auf Declan, danach mustert er uns mit einem abschätzenden Blick und seine Augen nehmen einen anderen Ausdruck als Argwohn an. Etwas steif erklärt er: »Ich bin der Besitzer, aber nicht jeden Tag hier.«

»Nun, waren sie heute den ganzen Abend hier?«, will ich tonlos wissen.

Er schüttelt den Kopf. »Fragen Sie meine Angestellte. Sie hat seit vier Uhr nachmittags Schicht.« Er schnippt mit dem Finger. »Macy! Hierher!«

»Jaysus, als wäre sie ein verdammter Köter«, murmelt Declan hinter mir und ich erkenne Mordlust in seinen Augen, als er den Besitzer des Lokals feindlich anstarrt. »Darf ich -«

»Nein.«

»Nur -«

»Nein«, unterbreche ich ihn wieder entschlossen und er verzieht seufzend das Gesicht. »Wir sind hier nur, um Fragen zu stellen, mehr nicht.«

Als die vollbusige Kellnerin, die bis eben aufgewaschen hat, zur Bar kommt, beschreibe ich ihr Pfirsichblüte und spanne mich vor Hoffnung an, als sie nachdenklich die Stirn runzelt und nickt, als würde sie sich an sie erinnern. »Haben Sie sie gesehen?«

»Ich glaube schon«, murmelt sie über die Musik hinweg. »Vor zwei, drei Stunden, wenn ich mich nicht ganz täusche.«

»War sie allein?«, will Declan wissen, woraufhin sie nickt. »Na los, Puppe. Wir brauchen mehr Informationen.«

»Gib den Männern, was Sie wollen, und begleite Sie dann zur Tür«, mischt sich der Besitzer ein und ich folge seinem Blick zur Waffe in Declans Hosenbund, die er offenbar gerade entdeckt hat. »Ich will hier keinen Ärger, ja?«

»Natürlich«, sage ich ihm und ergreife Declans Hand, als dieser sich sofort wie ein blutrünstiger Bär vor ihm aufbauen will. Er liebt es, Leute einzuschüchtern, bis sie sich vollpissen. »Wir werden gehen, sobald wir haben, was wir möchten.«

Die Kellnerin blinzelt mich verunsichert an und ich fordere sie mit einer Handbewegung auf, zu sprechen. Sie räuspert sich. »Sie hat nichts getrunken oder so. Sie hat wohl nach der Reihe alle Lokale abgeklappert, denn sie erkundigte sich sofort nach einem Mann. Einem Stammkunden von uns. Sie sagte, sie wäre eine Freundin und könnte ihn auf dem Handy nicht erreichen, und bat mich, nichts zu verraten, weil sie ihn mit ihrem Besuch in der Stadt überraschen möchte. Sie war sehr nett.«

Das klingt ganz nach meiner Blüte. Verlogen und manipulativ, dabei aber immer äußerst charmant.

»Wie ist der Name dieses Mannes?«, will ich wissen, um mich zu einhundert Prozent zu vergewissern, das wir mit unserer Annahme richtig liegen.

»Arlo«, sagt die Frau mit einem unsicheren Lächeln. »Aber er ist schon früh gegangen heute.«

»Das heißt, die beiden haben sich nicht getroffen?«

»Nein.«

»Was wollte sie noch wissen?«, verhöre ich sie weiter, während der Besitzer immer unruhiger zu werden scheint.

»Nichts, denn ich habe ihr gesagt, wo sie ihn finden kann.« Ihr Blick zuckt zu Declan, der sie durchbohrend anstarrt. Ihre Finger zittern, als sie über ihre Bluse streicht und murmelt: »Morgen Abend im Phoenix. Er ist immer freitags dort.«

»Ist es möglich, dass er heute dort war? Oder immer noch ist?«, stellt Declan die Frage, die auch mir unwillkürlich auf der Zunge lag. Die Kellnerin schüttelt mit angsterfüllten Augen den Kopf. Bestimmt liegt es an Declans verrückten Augen. »Ist das ein Nein? Benutz deinen hübschen Mund zum Sprechen!« Jetzt verliert er wieder die Geduld.

Sie zuckt zusammen. »Nein, der Club hat donnerstags geschlossen. Wie gesagt, Arlo geht jeden Freitagabend dorthin. Das weiß ich von einem seiner Freunde, der ihn immer hierher begleitet.«

»Begleiten ihn diese Freunde auch in den Stripclub?«, lautet meine nächste Frage, um mich angemessen vorbereiten zu können.

Sie nickt. »Er gehört einem Freund von ihm.«

Ich schenke ihr ein Lächeln, um sie zu beruhigen. Sie wirkt, als würde sie gleich die Nerven verlieren, weil Declan sie immer noch so mordlustig anstarrt. Warum auch immer.

»Danke für die Informationen«, sage ich ihr. »Sie wissen nicht zufällig auch, wo das Mädchen untergekommen ist?«

Bedauerlich schüttelt sie den Kopf und weicht zurück, als

befürchte sie, Declan würde ihr aufgrund dessen den Kopf abreißen. »Leider nicht. Tut mir leid.«

»Das macht nichts«, meine ich bemüht freundlich und schiebe Declan ein Stück weit nach hinten. »Nun wissen wir ja, wo wir sie morgen Abend finden.«

Auch wenn es mir nicht gefällt, solange zu warten, werde ich es wohl aushalten müssen. Solange ich weiß, dass Pfirsichblüte in Sicherheit ist, kann ich mich gedulden, sie wiederzusehen. Und bis morgen Abend bin ich auch wieder in Topform, denn aktuell schreit mein Körper nach einem Bett.

27

Peaches

Ich klopfe lautstark an die verdunkelte Glasscheibe der Eingangstür des Stripclubs und setze mein bestes Lächeln auf, als mir ein grimmig dreinschauender Kerl ganz in Schwarz gekleidet öffnet.

»Ja?«, fragt er unwirsch und mustert mich auffällig.

Ich lächele immer noch zuckersüß, als ich wie selbstverständlich sage: »Hi, ich bin die neue Tänzerin. Also zumindest habe ich heute meinen Probearbeitstag.« Als er mich bloß verwirrt anstarrt, lasse ich meine Wimpern klimpern. »Ich bin Vanilla. Chocolate Chip hat das für mich organisiert.«

»Chocolate Chip?«, fragt er mit hochgezogenen Augenbrauen. »Ich kenne keine Tänzerin mit diesem Namen. Und von einer Vanilla habe ich auch noch nie etwas gehört.«

Ich gebe mich schockiert und sage voller Verzweiflung: »Wie bitte? Das kann nicht sein! Sie hat mir ganz sicher diese Adresse gegeben. Club Phoenix, richtig? Ich bin extra aus London angereist!«

Durcheinander nickt er, bevor er mit grausig kratzender Stimme erklärt: »Die hat dich wohl verarscht oder so. Ich habe noch nie von ihr gehört und arbeite schon seit Jahren hier.«

Ich schnappe nach Luft. »Das ist unmöglich! Sie hat mir das Vortanzen hier versprochen! Sie weiß doch, dass ich Geldprobleme habe, und hat versichert, mit ihrem alten Boss zu reden, um mir ein Vortanzen zu ermöglichen … Heute. Sie sagte, sie hätte hier gearbeitet.« Ich lasse meine Lippen bibbern, als müsste ich gleich weinen. »Ich brauche diesen Job unbedingt … Ich … ich …«

»Ganz ruhig«, versucht er mich zu trösten und wirft einen Blick über seine Schulter in das noch leere Lokal.

Der Club öffnet erst in einer Stunde, da ich jedoch die angeblich neue Tänzerin bin, musste ich früher hier sein, um mich umzuziehen und zu schminken. Ich schätze, so läuft es.

»Ich rede mal kurz mit meinem Boss, ja? Vielleicht kannst du ja trotzdem vortanzen. Tänzerinneren brauchen wir eigentlich immer.« Er lächelt etwas zu freundlich. »Und du bist schließlich ein hübsches Ding, da kann man wohl kaum Nein sagen, oder?«

Ich zwinge mir ebenfalls ein Lächeln ins Gesicht und atme gespielt erleichtert aus, während ich ihn wie zufällig am Arm berühre. Er folgt der Bewegung mit den Augen und leckt sich über die Lippe. »Danke! Wenn du deinen Boss überreden könntest, mir wenigstens eine Chance zu geben … Es würde mir alles bedeuten.« Als er in meine Augen aufsieht, erkenne ich nichts als Hunger in seinen. »Ehrlich, ich stünde auf ewig in deiner Schuld …«

Prompt bedeutet er mir, kurz zu warten, und macht auf dem Absatz kehrt.

Ich tupfe die Tränen, die bei meiner herausragenden Darbietung tatsächlich in meine Augen gestiegen sind, von meinen Wimpern, und werfe zufrieden mein Haar über die Schulter.

Ich habe mir gestern Abend, während ich in meinem Hotelzimmer saß, den Kopf darüber zerbrochen, wie ich es wohl am besten angehen soll, und mich letztendlich dafür entschieden, es anders zu versuchen als bei Callahan. Ich würde als normaler Gast in einem Club voller nackter Frauen vermutlich auffallen. Wenn ich dem Mistkerl dann auch noch einen Drink spendiere, wäre das verdächtig, und ich wüsste nicht einmal, ob er Interesse an mir zeigen würde, schließlich wäre er umgeben von Brüsten und Ärschen. Da ich ihn gestern in keinem Lokal angetroffen habe und mir die Kellnerin einer Kneipe sagte, ich könnte ihn heute Abend nur hier finden, hatte ich keine andere Wahl, als mir den nuttigsten Fummel zu kaufen, den Gottes Erde je gesehen hat, mich wie eine Prostituierte zu schminken, und nun auch noch einen auf Stripperin zu machen.

Es ist für das Große und Ganze, sage ich mir. Ich als die Neue werde ohnehin Aufmerksamkeit auf mich ziehen, doch ich werde meine bloß auf den Drecksack richten, als würde er mir gefallen, und ihn später nach draußen locken, um die Sache endlich hinter mich zu bringen. Ich habe meine geladene Beretta bei mir und ein Klappmesser, das ich als meine letzte Verteidigung irgendwo an meinem Körper verstecken werde.

Der Plan formt sich von Sekunde zu Sekunde detaillierter in meinem Kopf, während der Kerl in Schwarz zurückkehrt und mich schief angrinst.

»Kannst reinkommen«, eröffnet er mir quasi stolz, als hätte er gerade eine wirklich schwierige Aufgabe gemeistert, und ich gebe ihm seinen Moment des Triumphs, indem ich theatralisch seufze und mit einem dankbaren Lächeln eintrete. Ich höre die Tänzerinnen schon in den Umkleideräumen, sie sind laut und hysterisch, als würden sie streiten. »Der Boss sagt, du kannst heute Probetanzen. Je nachdem, wie du bei den Kunden ankommst, stellt er dich dann ein oder nicht.« Ich nicke und er beugt sich zu mir hinunter, um zu flüstern: »Aber ich bin mir sicher, dass du allen Männern gefallen wirst, Süße.« Seine Finger finden wie zufällig meinen Po und ich unterdrücke den Reflex, ihm das Knie in die Eier zu rammen.

Stattdessen ziehe ich mich unauffällig zurück und lächele verlegen. »Das ist so lieb von dir …«

»Dort hinten kannst du dich umziehen und schminken.« Er

zeigt auf den offenen Durchgang, aus dem der Lärm ertönt. »Lass dich nicht abschrecken. Das sind alles Zicken in einem Konkurrenzkampf. Zieh dich einfach um und bereite dich vor. Der Boss will dich vor deinem Auftritt noch einmal kurz sehen.«

Ich will das Gesicht verziehen, nicke stattdessen aber eifrig. »Okay. Dann bis später.«

»Ich komme darauf zurück, dass du mir etwas schuldest«, sagt er wie eine Drohung.

Schnell husche ich durch den überraschend großen Club in den Durchgang und betrete die überraschend winzige Umkleide, in der sich mindestens fünfzehn Mädchen versammelt haben. Parfümwolken schweben in der Luft, deren Nebel sich mit Zigarettenrauch mischt, und es riecht unterschwellig nach Schweiß. Igitt, wie in einer Sportlerumkleide. Die Outfits, in die die Tänzerinnen schlüpfen, drehen mir den Magen um. Alles Stofffetzen, die Brüste und Ärsche freilegen. Die Mädchen sind fast komplett nackt.

Mein gekauftes Outfit ist wohl doch nicht das nuttigste auf Gottes Erde.

»Wer bist du?«, fragt eine feindliche Stimme neben mir und ich drehe den Kopf zu einer Schwarzhaarigen, die mich mit zusammengekniffenen Augen taxiert. »Eine Neue?«

Ich räuspere mich. Dann beschließe ich, hier eine andere Geschichte zu erzählen, damit die Zicken mir nicht den Plan versauen, weil sie vor Konkurrenzdenken durchdrehen. Ich lächele sie an und erzähle gelassen: »Nein, ich springe nur ein.«

»Für wen?«

Ich blinzele und zucke mit den Schultern. »Das weiß ich nicht. Ich will nur Geld verdienen.«

Argwöhnisch mustert sie mich und die anderen tun es ihr gleich. Doch dann beschließen sie offenbar, dass ich keine Gefahr für sie bin, und wenden sich anderen Dingen zu.

»Da in der Ecke gibt's noch Platz«, sagt mir eine Blondine halbwegs freundlich, und ich nicke ihr dankbar zu.

Die nächste Stunde vergeht verdammt schnell. Ich schlüpfe in den schwarzen Body aus Latex, der mir in den Hintern schneidet, zwischen den Brüsten unanständig tief ausgeschnitten ist, und an den Seiten und am Rücken komplett frei ist, sodass kaum Raum für Fantasien bleibt, und verbessere mein nuttiges Make-up bestehend aus schwarzem Lidschatten, falschen Wimpern, und – jetzt kommt es – rotem Lippenstift. Rot!

Ich erkenne mich kaum wieder, als ich in den Spiegel blicke. Das hier ist nicht Pfirsichblüte. Nur meine rosaroten Nägel erinnern an das Mädchen tief in mir drin. Ich habe meine Kette mit dem rosaroten Anhänger abgelegt, weil ich die Bedeutung dieses Geschenkes nicht beschmutzen wollte, wenn ich mich als Stripperin versuche. Immerhin hat sie mir mein Vater zum Geburtstag geschenkt und der Anhänger ist ein Engel. Ein rosaroter Engel. Er sagte, das wäre das perfekte Geschenk für mich. Es würde unterstreichen, wer ich bin.

Nun … Heute Abend nicht, deswegen liegt die Kette sorgfältig verstaut in meinem Koffer im Hotelzimmer.

Ich gucke mir die anderen Mädchen an, die sich beleidigen, als wäre das hier gang und gäbe, und tue es ihnen gleich, indem ich maßlos beim Styling meines Haares übertreibe. Ich toupiere es, bis ich aussehe wie eine wilde Raubkatze, und sprühe tonnenweise Haarspray auf meinen Kopf.

Aus irgendeinem Grund erinnert mich das an Declan und ich muss lächeln, obwohl er so ein verlogener Arsch ist. Er sagte liebevoll über meinen Bruder, dass er die Kontrolle beim Verwenden von Haarstylingprodukten verloren hätte, denn nicht einmal ein Tornado hätte seine Frisur ruinieren können. Heute ist das wohl bei mir ebenso der Fall.

»Der Boss will dich sehen«, reißt mich eine der Tänzerinnen von meinem schockierenden Anblick los und ich begegne ihren feindlichen Augen im Spiegel. Sie betrachtet meinen Po und seufzt, als würde ihr nicht gefallen, dass er knackig ist. Oder überhaupt auch nur hier. »Am Ende des Durchgangs, letzte Tür.« Damit wendet sie sich ab und stolziert in ihren hohen Schuhen davon.

Ich schließe die Augen, sammele mich, und bereite mich

innerlich auf diesen Abend vor. Gott möge mir beistehen. Dann schnappe ich mir die ledernen Stiefel mit Bleistiftabsatz, die über meinen Knien enden und mein skandalöses Outfit vervollständigen, und stecke das Messer sicherheitshalber schon einmal in den Schaft. Das Leder liegt eng um meine Waden und so mache ich mir keine Sorgen, dass das Messer verrutschen könnte.

Nachdem ich noch eine halbe Flasche Parfum über mich gekippt habe, bin ich zufrieden und marschiere selbstbewusst zur Bürotür des Kerls, dem der Club gehört. Ich weiß, dass er ein Bekannter alias krimineller Kollege von Tremblay ist, also bereite ich mich innerlich auf alles vor. Sollte er versuchen, mich zu bedrängen, oder etwas anderes, das mir nicht gefällt, wird mein Plan daran scheitern, dass ich ihm das Gesicht zerschneide, bevor ich Tremblay in die Finger bekomme.

Aber wir wollen mit keiner so pessimistischen Einstellung in den Abend starten. Schließlich sind nicht alle Kriminelle solche Drecksäcke wie Arlo Tremblay, wofür die Mullans das beste Beispiel sind.

Beim Gedanken an Callahan schmilzt das Herz in meiner Brust. Ich sehne mich nach ihm, wie ich es nie für möglich gehalten hätte. Ich vermisse ihn total. Ich vermisse Sex mit ihm. Ich vermisse, wie er komische irische Wörter sagt, die ich nicht verstehe. Ich vermisse dieses stürmische Graublau seiner Augen und seinen Duft von Whiskey und Zedernholz. Ich …

Die Tür wird aufgerissen und ich erstarre zur Salzsäule.

Nicht etwa, weil mich der Mann, der sich vor mir aufbaut, aus meinen Gedanken reißt, sondern weil der andere Mann, der hinter ihm im Raum auf einem Stuhl sitzt, seinen Namen ruft.

Arlo.

Das ist er. Der Mörder meines Bruders und Vaters.

Ich stehe ihm direkt gegenüber, atme dieselbe Luft ein wie er. Ich kann ihn auch riechen. Er riecht ekelhaft und es passt zu seinem hässlichen Gesicht. Eine wulstige Narbe lenkt meine Aufmerksamkeit darauf, sie befindet sich auf seiner rechten Wange, die unrasiert ist. Doch die Narbe ist kahl, und so sticht sie einem unwillkürlich ins Auge. Er hat schwere, dichte Augenbrauen, die wie sein Haar stumpf und dunkelbraun sind, und große Nasenflügel, die sich wie die eines Pferdes aufblähen. Und er hat Alterungsfalten. Ich schätze ihn auf Anfang bis Mitte vierzig.

»Na aber hallo«, sagt er mit einer Stimme zu mir, die mir Magensäure den Rachen hochsteigen lässt. Er enthüllt eine Reihe gelber Zähne, als er mich angrinst, als wäre ich sein heutiges Abendessen. Wild und hungrig. »Du bist eine hübsche Überraschung.«

Mit stockt der Atem. Weiß er etwa, dass ich das Mädchen bin, das gestern in der Bar nach ihm gefragt hat und behauptete, ihn überraschen zu wollen? Das ist unmöglich! Genau aus diesem Grund habe ich mich für diese Option hier entschieden. Als angebliche Tänzerin sollte er mich nicht mit Mädchen in Verbindung bringen, welches sich nach ihm erkundigt hat.

Ich stottere tatsächlich, als ich ausspucke: »W-w-wie bitte?«

Sein Grinsen vertieft sich, wirkt schmierig. »Na, du bist doch die neue Tänzerin, die hier aus heiterem Himmel aufgetaucht ist, hm? Die, die keiner eingeladen hat?«

»Oh«, mache ich und das erste Mal fällt es mir schwer, ein Lächeln vorzutäuschen und mich süß zu geben. In seiner Gegenwart fühle ich nichts als Ekel und Hass. »Ja … Ja, das bin ich.«

Plötzlich und ohne Vorwarnung macht er einen Schritt auf mich zu, sodass ich zurückweichen muss, um ihn nicht zu berühren. Und, zum Teufel, ich will ihn nicht berühren. »Wirst du heute für mich tanzen?« Er hat seine Stimme gesenkt, als würde er mit mir flirten. »Ich gebe auch gutes Trinkgeld, wenn du es dir verdienst.«

Mir wird speiübel von seiner Gegenwart. Mein Atem flattert in meiner Kehle und meine Augen zucken wieder zu seiner hässlichen Narbe und dann zu seinen kalten, schwarzen Augen. »Ja, das … das würde ich gerne machen.«

»Die Frage erforderte eigentlich keine Antwort«, lässt er mich wie ein Arschloch wissen. »Mir gehört dieser Club hier quasi. Wie du siehst, sind der Besitzer und ich gute Freunde. Wenn du hier also arbeiten willst, machst du mir besser schöne Augen.« Mit diesen Worten wendet er sich ab. Dabei streift er mit den Fingern meinen Oberschenkel.

Ich erschauere und presse die Zähne so fest aufeinander, dass ich sie leise knirschen höre. Dieser Mann verdient den Tod aus so vielen verschiedenen Gründen, dass ich nichts als pure Mordlust verspüre.

Der Besitzer grunzt und winkt mich herein. »Zeig dich mir, Mädchen.«

Ich bemühe mich inständig darum, mir meine Gefühle nicht anmerken zu lassen, und betrete das dunkle Büro. Der Mann auf dem Stuhl ist etwa in Tremblays Alter und so fett, dass ich mich frage, wie dieser Stuhl überhaupt sein Gewicht tragen kann. Die Knöpfe seines Hemdes sind geöffnet und enthüllen einen dunklen Busch Haare auf seiner fetten Brust.

Gott, ich fühle mich plötzlich so unbehaglich. Vielleicht war dieser Plan doch keine gute Idee. Vielleicht bin ich tatsächlich verrückt, zu denken, ich könnte das hier durchziehen und würde es auch schaffen.

Der Mann nickt mit leeren Augen, nachdem er mich wie ein Stück Fleisch auf seine Qualität begutachtet hat. »Beherrschst du die Kunst des Lapdance?«

»Ja«, sage ich einfach.

Wieder nickt er zufrieden. »Dein Körper ist wie für die Bühne gemacht. Schüttele oft deinen Hintern und setz deine Titten gut in Szene, dann verdienst du hier gutes Geld. Und befolge die Befehle meiner Freunde. Was sie sagen, hat so viel Gewicht wie das, was ich sage. Du wirst sie bei dem Mann finden, der gerade hier war.« Er grinst. »Schenk ihm doch ein bisschen Zuwendung heute, ja? Er hat einen schlechten Tag.«

Ich auch, seit ich ihn getroffen habe.

»Natürlich«, sage ich mit meinem besten Lächeln, während ich mir innerlich vorstelle, welche Art der Zuwendung ich ihm schenken möchte. Eine, die damit beginnt, ihm den Schwanz abzuschneiden. »Soll ich jetzt nach vorne gehen?«

Er nickt nur. Also gehe ich.

Kaum betrete ich den Club, weite ich meine Augen. Verdammt, hier ist es brechend voll, obwohl er erst vor wenigen Minuten geöffnet hat. Ich sehe nichts als schmierige Männer an Tischen und Bänken und der beleuchteten Bar. Der Raum an sich ist sehr dunkel, fast schon finster. Ein paar rötliche Spots sind die einzige Lichtquelle oberhalb der metallenen Stangen auf den Podesten. Es gibt auch so etwas wie Laufstege, auf denen sich die Frauen schon lasziv rekeln. Die Musik hat diesen Sex-Vibe und vibriert in meiner Brust, so laut ertönt sie aus den Boxen.

Ich bleibe reglos stehen und lasse meinen Blick schweifen, während ich überlege, doch einfach kreischend davonzulaufen. Ich entdecke Tremblay in einer dunklen Ecke auf einer Couch, neben ihm zähle ich fünf weitere Männer. Sie alle sehen wie Ausgeburten des Teufels aus. Tremblay spürt meinen Blick auf sich und erwidert ihn mit einem widerwärtigen Lächeln. Meine Kehle wird eng.

Was habe ich mir bloß dabei gedacht? Ich kann unmöglich auf dem Schoß dieses Mannes tanzen, ihn bezirzen und verführen, und dann …

»Na los, beweg dich!«, schreit mir ein Mädchen unvermittelt zu, während sie mit Getränken in der Hand an mir vorbeiläuft. Als ich bloß wie festgenagelt stehenbleibe, kommt sie seufzend zu mir zurück. »Bist du neu?«

Ich nicke still. Ein Kloß voller Ekel und Furcht steckt in meiner Kehle und schluckt alle Wörter.

»Ok, schau«, sagt sie gestresst und zeigt auf die Bänke, die allesamt schon besetzt sind. »Dort kannst du nur tanzen, wenn dich einer der Männer zu sich ruft. Dann gibst du ihm einen Lapdance oder machst, was auch immer er will.« Sie zeigt zu den Laufstegen und Podesten. »Bis dahin tanzt du dort neben den anderen Mädchen. Keine Sorge, bald rufen die Männer nach der Reihe jede von euch zu sich. Und in zehn Minuten ist es hier so voll, dass du die anderen Mädchen gar nicht mehr bemerkst. Und ihre fiesen Blicke auch nicht.« Sie lächelt mich ermutigend an. »Du kannst dich auch durch die Menge tanzen, aber etwas an der Bar darfst du nur trinken, wenn einer der Männer dich einlädt. So weit, so klar?«

»Jap«, stimme ich zu und ringe mir ein verkrampftes Lächeln ab. »Danke dir.«

Sie huscht davon.

Mit verknotetem Magen und zittrigen Knien gehe ich zu einem der Laufstege, auf denen vier der Mädchen tanzen. Sie lächeln dabei verführerisch zu den Männern, die sie dabei beobachten, als würden sie hoffen, von ihnen zu sich gerufen zu werden. Natürlich. Dann verdienen sie etwas extra. Ich will sie nicht dafür verurteilen, was sie machen, denn bestimmt hat es gute Gründe.

Und das erinnert mich daran, dass ich ebenfalls meine Gründe habe, das hier zu tun, als ich auf den erhöhten Laufsteg steige. Ich werde jetzt nicht aufgeben. Ich bin zu nah an meinem Ziel dran. Ich habe nicht umsonst monatelang alles dafür getan, dem Mörder meines Bruders und nun sogar auch Vaters so nah auf die Fersen zu kommen, um jetzt einen Rückzieher zu machen. Ich habe mein Leben hier in Birmingham zurückgelassen, meine Uni geschmissen, Geld und Zeit in Recherchen investiert, gelogen, betrogen, gestalkt, und bin verdammt noch mal in das Haus eines Mullans eingebrochen. Ich wurde mit einem Messer bedroht, später verhört, während man mich stundenlang an einen Stuhl fesselte, war einem Psychopathen ausgeliefert, der mir davon erzählte, wie gerne er mir meine hübschen Augen herausschneiden würde, und habe mich dämlicherweise in den Mann verliebt, den ich für den Mörder meines Bruders hielt. Und dann habe ich ihn einfach aufgegeben. Für das hier. Für diesen Moment.

Das ist total abgefuckt. Zu abgefuckt, um es jetzt nicht zu Ende zu bringen. Aus irgendeinem Grund macht mich der letzte Punkt meiner Aufzählung an fragwürdigen und besorgniserregenden Taten am meisten wütend. Denn all diese Dinge, die ich getan habe, tat ich, weil ich mich verloren und einsam gefühlt habe und keinen anderen Sinn in meinem Leben sah.

Doch dann war ich nicht mehr verloren und einsam und hatte plötzlich einen Sinn in meinem Leben. Einen anderen als einem Mörder auf der Spur zu sein, um Beweise zu sammeln, die ich dann der Polizei übergeben kann, was ohnehin nichts gebracht hätte.

Callahan war dieser Sinn. Gott allein weiß, warum, doch es muss Schicksal gewesen sein. All das, was passiert ist. Denn es hat mich direkt zu ihm geführt. Und auch wenn die Dinge eine unschöne Wendung und ein bitteres Ende genommen haben, war ich für eine kurze Zeit wieder glücklich.

Und – scheiße –, sexuell so befriedigt wie noch nie zuvor.

Ich werde stinksauer und mache den Mann, der seine schwarzen, kalten Augen wie ein Falke auf mir hat, für alles Schlechte in meinem Leben verantwortlich. Nun auch dafür, dass ich dieses kurzweilige Glück aufgeben musste, weil meine Rachsucht stärker ist, was eigentlich gar nicht stimmt. Declan ließ mir keine andere Wahl, als zu gehen, und seien wir ehrlich – was hätte mich erwartet, wenn ich geblieben wäre? Wenn ich Callahan die Wahrheit erzählt und meinen Plan einfach fallen gelassen hätte? Als würde er überhaupt auch nur in Erwägung ziehen, so etwas wie eine Beziehung mit mir einzugehen, nach allem, was zwischen uns vorgefallen ist. Ich war nur eine Frau, die er mochte, weil sie gut zu ficken war. Nur ein Mädchen, das er interessant fand, weil es geheimnisvoll war. Und am Ende ein Feind, den er bei sich behalten wollte, weil er Antworten brauchte. Dass ich ihm entwischt bin, muss ihn ärgern, und das ist der einzige Grund, warum er nach mir sucht, wie Declan mir erzählte.

Ich bemerke erst, mich zur Musik zu bewegen, als ein paar Männer in meine Richtung grölen. Zu tanzen mochte ich schon immer, auch wenn ich kein Partymensch bin, und so fällt es mir zugegebenermaßen nicht schwer, den Kerlen hier zu geben, was sie wollen. Eine sexy Showeinlage, die auch meinen Kolleginnen nicht entgeht. Nun sind ihre Blicke noch feindseliger, während sie versuchen, mich von dem Laufsteg zu drängen. Sie kämpfen um das Rampenlicht, aber als Neue habe ich den Vorteil, dass jeder Mann neugierig auf mich ist.

Meine Augen suchen die des Bastards. Sofort treffen sie auf seine und ich zwinge mich, aufreizend zu lächeln. Er beobachtet mich, als würde er erst noch entscheiden, ob ich seiner würdig bin. Ob er mich auch tatsächlich für sich allein tanzen sehen will. Und ich gebe ihm, was er braucht, damit er die Entscheidung richtig trifft. Dabei blende ich alles um mich herum aus und fokussiere mich einzig und allein auf meine Aufgabe. Bald blühe ich darin auf und werde mit Scheinen beworfen, die ich einfach achtlos zu Boden fallen lasse.

Er nickt mir zu.

Jackpot.

Doch ich gehe nicht zu ihm, denn ich spiele ein Spiel nach eigenen Regeln.

Mein Blick schweift durch den Club, der immer voller und stickiger wird, und sucht den eines beliebigen anderen Mannes, welcher mich ohne zu zögern angetan zu sich winkt. Auch andere bedeuten mir, zu ihnen zu kommen, doch ich entscheide mich weise.

Ich lächele meinen Auserwählten an, weil er harmlos wirkt in seinem billigen grauen Anzug mit den strubbeligen Haaren und der dicken Brille, und gehe mit einem sexy Hüftschwung auf ihn zu. Er reißt die Augen auf, als könnte er nicht glauben, dass er das Glück hat, von allen Männern auserwählt worden zu sein. Als ich ihn erreiche, drehe ich den Kopf zu Tremblay um.

Er hat die Augen verengt und die Augenbrauen wütend zusammengezogen. Er wirkt etwas überrumpelt, weil ich nicht wie ein Hündchen gehorche und angekrochen komme.

Ich lächele ihn an, dann wende ich mich Mr. Brille zu und frage: »Wollen wir etwas an der Bar trinken?«

»Gerne«, schießt es fast euphorisch aus ihm hervor, und ich bin zufrieden, als er nicht zögert und mit mir zur Bar marschiert. Ich will nicht auf dem Schoß eines Kerls tanzen und mich von ihm antatschen lassen, wenn es auch anders geht. »Wie heißt du?«

»Vanilla«, sage ich ihm und nicke, als er auf sein Glas tippt, in welchem sich irgendein Zeug befindet. Er hebt es hoch und bedeutet der Kellnerin, noch eines zu machen. »Lieb von dir, danke.«

»Warum bist du zu mir gekommen?«, fragt er und errötet dabei im Gesicht, seine Augen sehen mich scheu und verlegen durch die dicke Brille an. »Du bist so hübsch und alle Männer haben Interesse, mit dir zu reden … Und dich tanzen zu sehen.« Er räuspert sich belegt und zerrt am Kragen seines dünnen weißen Hemdes, als wäre er irrsinnig nervös. »Und ich bin hier bei weitem nicht der Favorit unter euch Mädchen. Ich habe nicht so viel Geld wie die anderen und keinen besonderen Status in der Stadt. Ich bin … ganz normal eben.«

Dieses Mal ist mein Lächeln echt. Der Typ ist nett. »Danke«, bedanke ich mich für das Kompliment und nehme meinen Drink an mich. »Soll ich dir etwas verraten?« Er nickt und ich lehne mich näher zu ihm. »Normal ist verdammt viel besser als alles andere, glaub mir.«

Seine Augen sprühen Funken, so verliebt sieht er mich an. »Ich kann dir nicht viel Trinkgeld geben. Du musst also nicht so nett zu mir sein.«

»Du musst mir gar kein Geld geben«, meine ich freundlich. »Es reicht mir, hier mit dir zu stehen und zu reden.«

»Danke«, flüstert er schüchtern.

Ich würde ihn gerne umarmen, aber das wäre wohl unpassend. Ich habe Mitleid mit ihm. In seinen braunen Augen erkenne ich das Gegenteil von dem, was ich in den Augen all der anderen hier anwesenden Männer sehe. Dieser Mann ist höflich, ehrlich, und hat keine schlechten Absichten. Er sieht in Frauen keine Objekte. Er hat Respekt vor ihnen, was all die anderen nicht haben.

Eine Kellnerin läuft hinter die Bar und zeigt auf mich, während sie ein Tablett mit leeren Gläsern abstellt. »He, Neue.« Nun zeigt sie hinter mich, direkt auf die Sitzecke von Tremblay und seinen Freunden. »Du sollst für Arlo tanzen. Jetzt gleich.«

Der Mann neben mir blickt mich mit einem enttäuschten

Lächeln an, als wüsste er, dass ich gehen muss, weil er hier im Gegensatz zu Tremblay nichts zu melden hat. »Schon gut«, versichert er mir, als ich ihn entschuldigend anblicke. »Das passiert häufig. Vielleicht sehen wir uns ja nächste Woche wieder.«

»Vielleicht«, flunkere ich und leere den Drink in einem Zug. »Ich wünsche dir alles Gute. Danke für das Getränk.«

Er nickt nur und ich wende mich ab, um nun doch zu dem Bastard zu gehen, allerdings nur, um ihm mitzuteilen, dass ich meine Schicht beende. Das wird ihn noch wütender machen und er wird mein Angebot, den Abend zusammen und woanders ausklingen zu lassen, höchstwahrscheinlich annehmen. Ich muss ihn irgendwie von seinen Freunden weglocken. Und im Club kann ich ihm wohl kaum ein Messer in den Bauch rammen oder eine Kugel ins Hirn jagen.

Doch dann passiert etwas, womit ich absolut nicht gerechnet habe. Bei all den Dingen, die ich mir ausgemalt habe, wie der Abend verlaufen und woran mein Plan scheitern könnte, habe ich diese Option niemals in Betracht gezogen. Ich habe mit allen möglichen Männern hier gerechnet, aber nicht mit dem, der gerade wie unabsichtlich in mich hineinläuft, wie ich es bei unserer ersten Begegnung auch bei ihm tat.

»Ich muss sagen, ich bin enttäuscht, Pfirsichblüte«, stößt er mit seiner tiefen und kraftvollen Stimme hervor, die graublauen Augen wie immer stürmisch und intensiv auf meine gerichtet. Der Duft von Whiskey und Zedernholz steigt in mir in die Nase und das Herz sackt mir in den Magen. »Ich dachte, ich wäre der einzige Mann, dem du nachstellst.«

28

Peaches

»Ca-all-ahan?« Ich stottere tatsächlich wieder. »Was zur Hölle machst du denn hier?«

Er nimmt mich an der Taille, so fest, als wolle er verdeutlichen, dass ich zu ihm gehöre, und schiebt mich rückwärts gegen den Tresen. Seine Augen wie gebannt auf meine gerichtet, hält er mich zwischen seinem imposanten Körper und der Bar gefangen. Durch die Breite seiner Statur sehe ich nur noch ihn.

Ich blinzele ihn benommen an und frage mich, ob der Typ mir womöglich K.O. Tropfen in den Gin geschüttet hat, sodass ich halluziniere. Vielleicht war er deswegen so nervös.

Callahan kann unmöglich real sein. Wie verdammt noch mal sollte er mich hier gefunden haben? Und warum zur Hölle hat er ein blaues Auge?

»Dasselbe könnte ich dich fragen«, antwortet er mir schließlich auf meine Frage, was zur Hölle er hier tut, und legt den Kopf schief, während er mich und meine Reaktion auf ihn eingehend erforscht, als wolle er herausfinden, wie ich mich fühle, weil er mir hierher gefolgt ist. Ich habe absolut keine Ahnung, wie ich mich deswegen fühlen soll. »Was gedenkst du denn hier zu tun, Liebling, in diesem Hauch von nichts zwischen all diesen lüsternen Männern, die deinen hübschen Hintern anglotzen?« Seine Hand ergreift besagten Hintern und krallt sich so fest hinein, dass ich nach Luft schnappe. »*Meinen* hübschen Hintern anglotzen.«

Mein Körper vibriert, weil er sich der Nähe seines überdeutlich bewusstwird. Ich spüre, wie meine Knie weich werden, und fühle mein Herz unregelmäßig und sehnsüchtig gegen meine Rippen pochen, während meine Augen die seinen nicht loslassen wollen. Ich liebe, wie sie stürmen. Ich liebe sogar diese tiefe Dunkelheit darin. Auch mit diesem verfärbten und geschwollenen Auge sieht er umwerfend aus. Beim Betrachten seiner schönen Gesichtszüge wird mir fast schwindelig, was möglicherweise auch an den rötlichen Spots liegt, die nun aufflackern.

»Ich …« Ich räuspere mich, da meine Stimme belegt und zittrig klingt. Herrgott, allein sein Anblick bringt mich aus der Fassung. Doch was er sagt noch viel mehr. »Hast du mich etwa verfolgt?«

»Schockiert dich das wirklich so sehr?« Er lächelt entwaffnend. »Nachdem du mir selbst wochenlang nachgestellt hast? Und all diese zufälligen Begegnungen heraufbeschworen hast?«

Ich beiße mir auf die Lippe. Meinen Wangen glühen, doch es liegt nicht am Gin. »Wie hast du mich gefunden? Keiner weiß, dass ich in Birmingham bin …«

»Ich weiß es«, sagt er ruhig, seine Augen strahlen auf eine seltsame Weise. »Weil ich nicht einmal schlafen konnte, seit du einfach verschwunden bist. Und ich mir nicht erlaubt hätte, zu schlafen, bis ich dich wiederhabe.«

Mein Herz macht einen Satz. Doch dann fällt mein Blick hinter ihn, zu der Ecke, in der der Bastard immer noch sitzt und seine Augen auffordernd auf mir hat. Er wirkt wütend, mich so mit einem anderen zu sehen, und verdammt ungeduldig.

Panik keimt in mir auf. Was, wenn er irgendetwas gegen Callahan unternimmt, um zu zeigen, dass er hier das Sagen hat? Was, wenn die Situation eskaliert und ich niemals meine Rache bekomme? Wenn Callahan verletzt wird? Er ist allein, doch die sind zu sechst. Zu siebt, wenn man den Besitzer des Clubs mitzählt.

Ich muss Callahan loswerden. Ich lasse ihn keiner Gefahr auflaufen, selbst wenn ich ahne, dass er auf jede Art der Gefahr vorbereitet ist.

»Du musst gehen«, sage ich ihm entschlossen und sehe so ernst wie möglich zu ihm auf. Ich nicke heftig, um meinen Worten Nachdruck zu verleihen. »Jetzt sofort.«

»In Ordnung.« Er greift nach meiner Hand und macht Anstalten, mich aus dem Club zu ziehen. »Ich bringe dich nach Hause.«

Ich stemme die Fersen wie ein Pferd in den Boden und reiße die Hand von ihm los, doch er verstärkt den Griff und blickt mich mit purer Entschlossenheit und einer Warnung in den Augen an.

»Pfirsichblüte«, sagt er verdächtig leise. »Du tätest besser daran, jetzt mit mir zu kommen. Sonst endet es hier vielleicht sehr unschön.«

»Genau!« Ich reiße die Augen auf und ziehe wieder an meiner Hand, doch er gibt sie nicht frei. »Du musst gehen, Callahan. Ich … ich habe einen Plan. Und -«

»Ich bin mir sicher, dass du den hast«, fällt er mir belustigt ins Wort, doch seine Augen sind hart und unnachgiebig, als er mich mit einem Ruck an seinen stählernen Körper zieht. »Nur wirst du diesen nicht in die Tat umsetzen können, Liebling. Es tut mir leid, dir deine kühnen Fantasien von der Ermordung dieses Mannes zunichte zu machen, aber das Einzige, das du heute noch tun wirst, ist, mit mir nach Hause zu fahren.«

Wut keimt in mir auf, weil er mich verspottet. »Ich meine es verdammt ernst, Callahan, und mir ist egal, was du dazu zu sagen hast oder darüber denkst. Ich gehe nirgendwohin!«

Ich erkenne dieselbe lodernde Wut in seinen Augen, als er entgegnet: »Und ich meine es auch verdammt ernst. Es ist mir egal, was du darüber denkst oder dazu zu sagen hast, wir werden jetzt gehen. Wenn nötig, werfe ich dich über meine Schulter und trage dich hier raus.«

Empört verziehe ich das Gesicht. »Das würdest du nicht tun.«

»Finde es heraus.«

Unsere Blicke konkurrieren miteinander und ich werde unter der Unnachgiebigkeit und Herausforderung in seinem unwillkürlich kleiner. Gott, dieser Mann ist so betörend in seiner Unverschämtheit. Er macht mich wütend, weil er mich bevormundet und denkt, mir sagen zu können, was ich tue und nicht tue, doch gleichzeitig will ich ihm das Hemd vom Leib reißen und ihn wild durch diesen Club vögeln.

»Nichts kann mich davon abhalten, das hier durchzuziehen«, lasse ich ihn schließlich wissen, meine Stimme klingt fest und entschieden. »Ich bin zu weit gekommen, um jetzt aufzugeben, Callahan. Ich … ich brauche das. Ich kann sonst nicht weitermachen.« Die letzten Worte werden von einem verzweifelten Unterton begleitet, und etwas in seinem Gesicht verändert sich. Es wird weicher, als hätte er Verständnis für meine Gefühle und Mitleid, weil ich so empfinde. »Bitte, geh jetzt. Nimm mir nicht das Einzige, wonach ich mich seit fast einem Jahr sehne.«

»Nach dem Tod des Mörders deines Bruders, von dem du dachtest, dass ich es sei?«, fragt er, doch seine Stimme klingt nicht anklagend, sondern ernst. Als würde er wissen wollen, ob es das ist, was ich so unbedingt brauche, um weiterzumachen.

Ich schlucke. Dann nicke ich. »Ich hatte nie vor, dir etwas anzutun«, stelle ich klar. »Ich wollte nur Beweise sammeln. Doch nun, wo ich alle Beweise habe, wo ich diesen Mann gefunden und in seine Augen gesehen habe … Nun weiß ich, dass es nur einen Weg für Gerechtigkeit gibt.« Sein Blick wird frustriert und seine Kiefer spannen sich an, als würde ihm meine Denkweise nicht gefallen. »Du bist der Letzte, der mich dafür verurteilen kann, Callahan. Wir wissen beide, dass du das, was ich vorhabe, schon selbst getan hast. Ich will gar nicht wissen, wie oft.«

Unsere Augen verschmelzen miteinander und erkenne

Verständnis in seinen. Doch er kommt nicht dazu, etwas darauf zu erwidern, da er an der Schulter gepackt und nach hinten gezogen wird. Ich sehe den exakten Augenblick – nur den Bruchteil einer Sekunde später –, als seine automatischen und antrainierten Reflexe einsetzen wollen, doch ich starre ihn flehentlich an, denn der Mann, der ihn gepackt hat, ist niemand Geringerer als meine Zielperson.

»Gibt es hier ein Problem?«, fragt Tremblay und sieht zwischen Callahan und mir hin und her. Er ist kleiner als er, aber dennoch stämmig. Und offenbar furchtlos und davon überzeugt, dass ihm hier, in seinem vertrauten Umfeld, nichts zustoßen kann. »Das Mädchen gehört heute Abend mir. Also verpiss dich.«

Angsterfüllt sehe ich Callahan an. Ich flehe ihn mit den Augen an, nichts zu sagen, nicht mit ihm zu streiten oder gar Schlimmeres, und zeige ihm all die Verzweiflung, die ich seit Monaten mit mir herumtrage, damit er mir das hier nicht kaputtmacht. Wenn er jetzt etwas Falsches sagt, ist alles vorbei. Dann werde ich nie wieder die Chance bekommen, mich zu rächen, und alles war umsonst.

Tremblay wirkt angespannt, aber es ist kein Vergleich zu mir. Ich stehe steif wie ein Stock da, die Hände zu Fäusten geballt, die Augen fest auf Callahans, die mich ebenfalls fixieren. Sie sind unschlüssig, abschätzend. Als würde er in seinem Kopf alle Möglichkeiten durchgehen, wie wir diese Sache hier lösen könnten. Wie er sie lösen könnte. Als würde er sich fragen, wie übel ich es ihm tatsächlich nehmen würde, wenn er mir das hier kaputtmacht. Sein Kinn wird hart und arbeitet und er fängt an, seine Finger aneinander zu reiben.

Das macht mich noch nervöser.

Dann dreht er sich plötzlich zu Tremblay um und schenkt ihm ein unechtes Lächeln. »Das wusste ich nicht. Hier hast du sie.« Er macht eine Handbewegung in meine Richtung und wirft mir einen letzten flüchtigen Blick zu, bevor er sich abwendet. »Ich bin mir sicher, du hast deinen Spaß mit ihr.«

Ich kann nicht glauben, dass er einfach geht, doch genau das tut er. Mit gewohnt selbstbewusster Haltung marschiert er an all den Männern vorbei zum Ausgang. Und dann verschwindet er hinter der Tür.

Mein Herz explodiert in meiner Brust, weil er das für mich tut. Gleichzeitig – typisch Frau – bin ich beleidigt, weil er mich nicht genug zu mögen scheint, um mich zu zwingen, meinen Plan aufzugeben. Ich wollte unbedingt, dass er so reagiert, doch nun wo er mich tatsächlich mit diesem Mann zurücklässt, kann ich es nicht fassen. Ist ihm denn egal, wenn ich bei dem Versuch, ihn zu töten, sterbe?

»Komm jetzt«, ruft mich Tremblay und schnippt, als wäre ich ein verdammter Köter. »Ich warte schon lange genug auf dich.«

»Ich gehe jetzt«, teile ich ihm mit, meine Verwirrung und Enttäuschung schwingen in meiner Stimme mit. »Dieser … dieser Mann hat mich bedrängt. Ich fühle mich unwohl und will nicht mehr vor so vielen anderen Männern tanzen.«

Fassungslos sieht er mich an, seine hässlichen Augen gleiten von meinem Kopf zu meinen Füßen. »Erst machst du mich heiß und dann lässt du mich abblitzen?« Er lächelt düster. »Das kannst du mit jedem, aber nicht mit mir machen, Mädchen.«

Ich zwinge mich, meine Gefühle abzuschütteln und den Fokus wieder auf mein Ziel zu legen. Nun wo ich sehe, wie egal ich Callahan tatsächlich bin, bin ich noch entschlossener, das hier durchzuziehen. Wenn ich dabei draufgehe, dann ist es eben so. Denn wer würde mich schon vermissen, richtig?

»Du kannst ja mit mir kommen«, schlage ich ihm vor und gehe auf ihn zu, obwohl sich alles in mir dagegen sträubt, diesem Mann nahezukommen. »Ich möchte nicht von dir weg, sondern von all den anderen Männern.«

Nun betrachtet er mich anders. Auch sein Lächeln ist nun schmutzig, als er mich am Arm packt und fragt: »Was schwebt dir vor?«

Ich zucke mit den Schultern. *Hauptsache, ich töte dich.* »Hauptsache, wir haben Zeit für uns allein.« Ich lächele verführerisch.

»Also, was sagst du? Triffst du mich in fünf Minuten draußen? Ich muss meine Sachen holen.«

»Fünf Minuten«, sagt er eilig, als könne er es plötzlich kaum abwarten. »Beeil dich, ich bin schon den ganzen Abend hart für dich.«

Er wendet sich ab und ich verziehe angewidert das Gesicht. Ich zögere nicht, laufe in die Umkleide, und schnappe mir meine Sachen. Aus meiner Tüte hole ich meine Waffe heraus, während ich mich vergewissere, dass mich niemand beobachtet, und stecke sie in die linke Tasche meines Mantels, nachdem ich diesen angelegt habe. Dann überprüfe ich, ob sich mein Messer noch im Stiefel befindet, und verlasse anschließend entschlossenen Schrittes den Raum.

Mein Herz wummert in meiner Brust und wieder wird mir etwas übel, doch ich schenke den Warnsirenen, die in meinem Kopf schrillen, keinerlei Beachtung. Ich weiß nicht, wie man den perfekten Mord begeht, und bestimmt wird er alles andere als perfekt, aber Hauptsache der Bastard stirbt noch heute Abend.

Callahan ist ein Arsch, weil er mich das tatsächlich durchziehen lässt. Er überlässt mich einfach meinem Schicksal. Ich meine … ernsthaft? Sein Job ist es, Probleme aus dem Weg zu räumen. Wäre es zu viel verlangt gewesen, mir wenigstens anzubieten, mir dabei zu helfen, *mein* Problem zu beseitigen? Pft.

Ich packe eine der Tänzerinnen im Vorbeilaufen an ihrem Arm und befehle ihr etwas unfreundlich durch die aufwühlenden Gedanken: »Geh vor die Tür und sag Arlo Tremblay, dass ich ihn beim Hinterausgang treffe.«

Sie blinzelt mich an, als würde sie mich nicht verstehen.

Ich packe sie fester. »Geh jetzt und sag es ihm!«

»Okay, okay«, murmelt sie und schüttelt den Kopf über mich, als ich sie loslasse.

Ich mache auf dem Absatz kehrt und visiere den Notausgang an. Dieser führt, wie ich durch meine Recherchen schon weiß, in eine Seitengasse, in der es keine Möglichkeit für Autos gibt, zu parken. Daher ist die Chance groß, dass die Gasse verwaist ist. Dort gibt es nur Müllcontainer und keinerlei Beleuchtung.

Der ideale Tatort.

Auch mein Vater wurde in einer dunklen und dreckigen Seitengasse ermordet. Ich denke, es ist also nur fair, dass der Verantwortliche auf dieselbe Weise stirbt. Vielleicht schaffe ich es sogar, ihm die Kehle aufzuschlitzen, wie er es bei meinem Vater gemacht hat.

Kaum bin ich an der frischen Luft und die Tür fällt hinter mir ins Schloss, marschiert Tremblay um die Ecke des Gebäudes. Ich fange zu zittern an. Jetzt ist es so weit. Mit jedem Schritt, den er sich mir nähert, wächst meine Nervosität. Die Übelkeit steigt mir allmählich den Rachen hoch.

Ich bin bereit dafür, sage ich mir gedanklich. *Ich schaffe das. Ich kann das. Ich werde es tun. Er hat es verdient. Ich hasse ihn.*

»Haben wir uns missverstanden?«, fragt er mich wie ein Arschloch, als er mich erreicht. Meine Augen scannen unsere Umgebung, doch die Gasse ist wie erhofft ruhig und verlassen. »Ich habe vor dem Eingang auf dich gewartet.«

Ich antworte ihm nicht, weil es scheißegal ist, was er von sich gibt. Gleich wird er nichts mehr von sich geben können. Ich entscheide mich blitzschnell für meinen nächsten Zug, doch er überrumpelt mich.

Tremblay packt mich an der Taille und drückt mich mit dem Rücken gegen die Tür des Notausgangs. Ich versteife mich. Mein Herz wummert in meiner Brust, und die Musik, die im Club gespielt wird, vibriert an meinem Rücken. Seine Augen sind schwarz wie die Nacht, als er sich an mir reibt und beginnt, mich zu befummeln. Seine Hände wandern gierig unter den Mantel und drücken und kneten meinen Körper in dem hauchdünnen Body.

Gott verdammt noch mal, er ist so ein ekelerregendes Schwein.

Ich lasse ihn trotzdem gewähren.

Obwohl ich den Drang verspüre, in sein Gesicht zu kotzen, schließe ich die Augen und lasse diese Folter über mich ergehen, weil er dadurch abgelenkt ist und meinen Angriff nicht kommen sehen wird. Ich tue so, als würde mich erregen, wie er mich mit seinen Pranken begrapscht und nun auf dem Hals besabbert, und gebe ein gekünsteltes Stöhnen von mir, das ihn noch wilder werden lässt.

Er lächelt an meinem Hals und flüstert: »Du bist eine versaute, kleine Hure, nicht wahr? Du willst, dass ich es dir gleich hier besorge, richtig?«

»Ja«, lüge ich und drücke mich ihm entgegen. Dabei winkele ich mein rechtes Bein an und stütze den Fuß in den hohen Stiefeln an der Tür hinter mir ab. »Mach es mir gleich hier«, heize ich ihn an, um davon abzulenken, dass meine Hand nach unten wandert und sich meine Finger unter das Leder des Stiefels schieben. »Ich kann es kaum erwarten …« *Dich zu töten.*

Seine Küsse werden immer nasser und seine Erektion bohrt ein Loch in meinen Bauch. »Du dreckige Fotze«, knurrt er, entweder um mich zu beleidigen oder anzuturnen, wobei ich nicht glaube, dass Letzteres jemals der Fall bei einer Frau wäre. Ungestüm befummelt er meine Brüste. »Sag, dass du eine Fotze bist«, fordert er mich auf und ich ziehe aggressiv das Gesicht, während meine Finger das Klappmesser aus dem Stiefel ziehen.

»Das bin ich nicht«, flüstere ich leise und drücke auf den kleinen Knopf am Messergriff, um die Klinge auszufahren. Meine Hand zittert und meine Finger verkrampfen sich um den Griff. Adrenalin rauscht durch meine Venen und mein Herz hat ungelogen noch nie so schnell geschlagen. Es droht meine Brust zu sprengen, die sich immer hektischer bewegt. »Aber du bist eine.«

Im selben Moment, als er verwirrt den Kopf zurückreißt, reiße ich den Arm nach oben und ziele mit der scharfen Klinge auf seinen Hals. Ich bin so fest davon überzeugt, ihn zu treffen, dass ich vor Schock aufschreie, als er ruckartig meine Hand abfängt. Sein Gesicht verzerrt sich auf eine beängstigende Weise und ich sehe das Monster in ihm, als er mir das Messer aus den Fingern reißt.

»Dumme Fotze!«, schreit er mich an und ich zucke vor

Furcht, Panik, Überrumpelung und allen möglichen anderen Gefühlen zusammen und erstarre. »Du willst mich abstechen? Du lockst mich hier raus, um mir ein Scheißmesser in den Hals zu jagen? Tja, da war ich wohl schneller.« Nun lächelt er auf eine so bestialische und verrückte Weise, dass ich alles zurücknehme, was ich je über Declan gesagt habe. Nun erkenne ich einen wahren Psychopathen.

Und er jagt mir eine solche Angst ein, wie ich es für unmöglich hielt, dass ich tatsächlich nicht dazu im Stande bin, zu reagieren. Ich atme nicht, ich blinzele nicht, ich laufe nicht, ich schreie nicht. Ich ziehe auch meine Waffe nicht. Mein Körper ist gelähmt vor Schock und der Erkenntnis, versagt zu haben.

Der Erkenntnis, gleich zu sterben.

Doch dann passiert etwas Unvorhergesehenes. Etwas, das mich noch mehr viel mehr überrumpelt und erneut die Frage aufwirft, ob ich durch die unfreiwillige Einnahme von Drogen halluziniere.

Denn da fällt ein Schutzengel vom Himmel.

Jemand springt direkt neben dem Bastard zu Boden und schlägt ihm noch im Flug eine Waffe gegen den Kopf, sodass dieser mit einem Ächzen umkippt.

Ich blinzele und blinzele, während mein dunkler, fliegender Retter stolz grinst und in den Worten des Bastards sagt: »Tja, da war ich wohl schneller.«

Mein Hirn verarbeitet mehrere Informationen auf einmal, sodass ich bloß reglos dastehe und mit großen Augen auf Tremblay herabstarre, der offenbar bewusstlos ist.

Mein dunkler Retter alias Schutzengel ist niemand Geringerer als Declan. Dieser beherrscht die Kunst des Fliegens wohl offensichtlich doch nicht, sondern ist vom niedrigen Dach des Clubs heruntergesprungen. Und er grinst über alle Maße breit, als käme das hier seiner Vorstellung eines gelungenen Abends extrem nah und als wäre es die erfreulichste Situation, in der wir uns wiedersehen könnten.

Doch dann entdecke ich plötzlich auch Callahan mit verschränkten Armen an einem der Müllcontainer ganz in der

Nähe lehnen, sein Blick ist mit hochgezogenen Augenbrauen auf Declan gerichtet.

»Bist du jetzt zufrieden, Spiderman?«, fragt er ihn unbeeindruckt. »Weil du mir die Show gestohlen und mein Mädchen gerettet hast?«

Declan dreht sich zu ihm um und zuckt mit den Schultern. »Sorry, Brudi, aber die Chance, dir zu beweisen, dass du dich auf mich verlassen kannst und meine Worte immer Gewicht haben, konnte ich mir nicht nehmen lassen. Ich habe dir etwas versprochen, oder?« Er zwinkert mir zu. »Außerdem steigert das meine Chancen auf einen Dreier, hoffe ich doch schwer.«

Callahan verdreht die Augen, während er sich vom Container abstößt und geradezu entspannt auf uns zukommt. Er schenkt dem Bewusstlosen auf dem Boden keinerlei Beachtung, der nun zu sich zu kommen scheint, da er ein krächzendes Stöhnen von sich gibt.

Declan starrt ausdruckslos auf ihn herab. Dann hebt er den Fuß und tritt ihm mitten ins Gesicht. Ohne mit der Wimper zu zucken.

»Wer ist jetzt die dumme Fotze?«, feixt er und beugt sich zu ihm hinunter, um das Messer vom Boden aufzuheben. Tremblay läuft Blut aus der Nase und er verschluckt sich daran und hustet, als er den Mund öffnet, um Declan zu beschimpfen. »Oh je, verschluckst du dich etwa an deinem eigenen Blut? Das war nicht meine Absicht. Leider kann ich dir nicht einmal ein Taschentuch anbieten, wie unhöflich von mir.« Seine Augen tragen wieder diesen verrückten Ausdruck, als er ihm noch einmal hart mit seinem Stiefel ins Gesicht tritt.

Ich zucke zusammen und Tremblay gleitet wieder in die Bewusstlosigkeit.

»Es reicht«, sagt Callahan ruhig, der nun direkt vor mir steht, sein Blick wie gebannt auf mein Gesicht gerichtet. Seine Augen sind sanft und warm und ich erkenne Mitleid in ihnen, weil ich versagt und es nicht selbst geschafft habe, den Bastard zu überwältigen, wie ich es mir so fest in den Kopf gesetzt hatte.

Doch das ist vollkommen egal. Alles, was in diesem Moment zählt, ist er.

Callahan. Er ist nie gegangen. Er hat mich nie allein gelassen. Er war die ganze Zeit da. Unsichtbar und still und hat mich beobachtet, wie Declan auf dem Dach, während er mir gegeben hat, worum ich ihn gebeten habe. Ich sagte ihm, ich bräuchte das hier zum Weitermachen, und dass ich diesen Moment seit Monaten herbeisehne, und er wollte ihn mir nicht nehmen. Doch nun, wo ich versagt habe, musste er eingreifen, bevor es zu spät ist.

Wobei Declan ihm zuvorgekommen ist, da er offenbar etwas wiedergutzumachen hatte. Und er hat es ganz in seinem Stil getan.

Wären die beiden nicht, wäre ich nun tot. Oder später in dieser Nacht, nachdem Tremblay weiß Gott was mit mir getan hätte.

Aber ich lebe noch. Denn diese beiden verrückten Männer beschützen mich aus welchem Grund auch immer. Sie stehen wie zwei dunkle Helden vor mir, groß und mächtig, furchtlos und unbesiegbar. Sie sind nur meinetwegen nach Birmingham gekommen. Um mich zu beschützen.

Diese Erkenntnis überschüttet mich mit solch einer Menge an Glücksgefühlen, dass mir heiße Tränen in die Augen steigen. Vor Freude. Vor Dankbarkeit. Vor Erleichterung.

Und vor Liebe. Ich spüre dieses heiße Gefühl tief in mir ganz deutlich, während Callahans und mein Blick miteinander verschmelzen. Wir brauchen keine Worte, um zu kommunizieren. Unsere Augen drücken alles Wichtige aus.

»Es tut mir leid, Pfirsichblüte.« Seine tiefe und kraftvolle Stimme klingt seltsam weich und wie Musik in meinen Ohren. Sie liebkost mein überfordertes Herz mit Balsam. So auch seine nächsten Worte. »Ich wollte dir die Chance geben, es auf deine Weise zu machen, weil du mich so inständig darum gebeten hast, aber ich kann nicht zulassen, dass dir etwas passiert. Dafür bin ich zu egoistisch. Also musst du wohl oder übel Hilfe annehmen, wenn du das hier zu Ende bringen willst.«

»Schon okay«, sage ich mit verliebtem Herzflattern und lächele, obwohl Tränen aus meinen Augen kullern. »Das klingt sogar ganz gut …«

Callahan schenkt mir ein kleines Lächeln. Mein dunkler, starker, sexy Ritter. Der Moment könnte perfekt sein, doch Declans Augenrollen und Schnaufen zerstört ihn.

»Seid ihr dann fertig?«, fragt er angestrengt. »Wenn ja, bekomme ich jetzt die Erlaubnis, diesem Wichser eine Kugel in den Kopf zu jagen?«

»Ich muss dich leider enttäuschen«, entgegnet Callahan und sieht immer noch mich an, als gäbe es nichts anderes für ihn auf der Welt als mich. »Das Recht, ihn zu töten, ist Pfirsichblüte vorbehalten. Wir werden ihr dabei nur zur Seite stehen.«

Ich blinzele ihn an. Immer noch kann ich nicht glauben, dass das hier passiert. Ich bin überfordert. Doch dann lächelt er mich wieder an und Gott, er ist perfekt. Am liebsten würde ich ihn abknutschen und meine Dankbarkeit auf eine sehr hingebungsvolle Weise zum Ausdruck bringen, doch ich schätze, der Zeitpunkt dafür ist der falsche.

Stattdessen sehe ich mich flüchtig in der Umgebung um und frage schließlich etwas unbeholfen: »Also, was jetzt?«

Callahan nickt Declan knapp zu, der maßlos enttäuscht darüber wirkt, Tremblays Leben nicht hier und jetzt ein Ende setzen zu dürfen. Er nickt still zurück, beugt sich hinunter, und wirft sich den bewusstlosen Bastard über die Schulter. Dann drückt er mir mein Messer in die Hand und marschiert pfeifend durch die Gasse.

»Komm, Liebling.« Callahan nimmt mich an der Hand und folgt seinem Bruder. Ich kann nicht aufhören, ihn anzustarren, während ich vor Verliebtheit beinahe zu zergehen drohe. Dieser Wirbelsturm an Gefühlen überwältigt mich, und man sieht es mir ganz deutlich an.

Seine graublauen Augen treffen auf meine und funkeln amüsiert, als er fragt: »Warum siehst du mich so an, Pfirsichblüte? Dachtest du wirklich, ich würde dich einfach diesem Mann und deinem Tod überlassen?«

»Ich weiß nicht«, murmele ich belegt. »Du bist einfach gegangen …«

Sein Lächeln und seine Augen tragen denselben Ausdruck von wilder Entschlossenheit, als er rau flüstert: »Er sagte zu mir, du würdest heute Nacht ihm gehören, und ich hatte nicht das Bedürfnis, ihn zu korrigieren, da wir beide wissen, dass das unmöglich ist, weil du schon für immer mir gehörst.«

Mein Herz explodiert in meiner Brust und meine Wangen erröten spürbar. Ich bleibe mitten im Gehen stehen und starre ihn an. All die negativen Gefühle, die vor kurzem erst meinen Körper überschwemmt haben, als ich dachte, gleich sterben zu müssen, sind nun zur Gänze verschwunden, und mein Körper kribbelt stattdessen vor Euphorie.

Weil du schon für immer mir gehörst.

Die Worte brennen sich mir wie Brandzeichen auf die Haut.

Unsere Hände sind immer noch ineinander verschlungen, und Callahan bleibt nun auch stehen, um mich eingehend zu betrachten. Als wolle er gleichzeitig versuchen zu erforschen, was seine besitzergreifenden Worte in mir auslösen, und mir zu verstehen geben, dass es eine vollendete Tatsache ist. Ich gehöre ihm. Er wirkt nicht, als ließe er sich von diesem Glauben abbringen.

Mir würde nicht im Traum einfallen, es zu versuchen.

»Oder?«, fragt er mich leise und macht einen Schritt auf mich zu.

Ein Lächeln umspielt meine Lippen und ich kralle die Finger fester um seine große Hand, die meine hält und mich so sicher und geborgen an seiner Seite fühlen lässt. »Ja, ich schätze, das wissen wir beide.«

Callahan überbrückt auch den letzten Abstand zwischen uns, während Declan in einiger Entfernung Tremblays bewusstlosen Körper in den Kofferraum eines Wagens wirft, und zieht mich an der Hand an seinen muskulösen Körper. Dann nimmt er mein Gesicht in beide Hände und presst einen Kuss auf meinen Mund, der verdeutlicht, wie sehr er sich nach mir und meinem Körper sehnt, und wie ernst er die Worte aus seinem Mund tatsächlich meinte.

Ich seufze leise und lasse mich gegen ihn sinken, während ich seine breiten Handgelenke umfasse und mich an ihm festhalte, als wäre er mein Anker. Dann küsse ich ihn mit derselben Leidenschaft und Sehnsucht zurück.

»Callahan?«, flüstere ich an seinem Mund, woraufhin er sich widerwillig von mir löst und seine Augen durchdringend auf meine richtet. »Ich … ich will, dass er leidet.«

Nun verdunkeln sie sich im Bruchteil einer Sekunde und nehmen diesen bestimmten Ausdruck an, der mich früher verängstigt hat, doch heute empfinde ich nichts als Wertschätzung, Zuneigung und tiefe Entspannung in seiner Nähe. Ich fühle mich auf eine seltsame Weise vollkommen. Ich bin glücklich, weil ich diesen starken, attraktiven Mann an meiner Seite weiß, und sogar die Tatsache, dass Declan, der kleine Psycho, mich doch auch irgendwie zu mögen scheint, bereitet mir ein warmes und zufriedenes Gefühl tief in der Brust.

Das Loch in meinem Herzen füllt sich und all die Einsamkeit verschwindet, als wäre sie nie da gewesen.

»Ich weiß, Liebling«, sagt Callahan schließlich mit rauer Stimme und streicht mit dem Daumen über meine Wange, um die Tränen von vorhin fortzuwischen. »Und das wird er, versprochen.«

29

Callahan

Jemanden zu töten ist immer eine dreckige Sache. Buchstäblich wie im übertragenen Sinn. Ich habe es schon oft getan und kann nicht behaupten, stolz darauf zu sein, selbst wenn ich wenig Reue oder Scham deswegen empfinde. Ich sehe es als Teil meines Jobs an, und dieser macht aus, wer ich bin. Dieser hat mich dorthin gebracht, wo ich heute stehe. Dennoch überlasse ich die dreckigen Parts eines Jobs meist meinem Bruder, da dieser sich gerne die Hände schmutzig macht. Er mag es, zu foltern und quälen. Es gibt keine geschönten Worte dafür. Keine Entschuldigungen oder Erklärungen und wenn doch, wäre eventuell unsere verkorkste Kindheit dafür als plausibler Grund anzuführen. Doch wir wuchsen beide mit derselben strengen Hand unseres Vaters auf und ich lechze im Gegensatz zu meinem Bruder nicht nach Blut. Ich habe keinen Spaß daran, Menschen körperliche Schmerzen zuzufügen.

Declan kommt in dieser Hinsicht ganz nach unserem Vater und dieser ist ein erbarmungsloser Sadist.

Deswegen liegt es auf der Hand, es ihm zu überlassen, Pfirsichblüte ihren Wunsch zu erfüllen. Sie will, dass der Mann, der ihren Bruder und Vater auf dem Gewissen hat, leidet, und ich kann sie dafür nicht verurteilen. Sie hat jedes Recht, so zu empfinden. Jeder Mensch hat eine dunkle Seite in sich, nur liegt sie bei den meisten tief verborgen im Inneren und zeigt sich erst, wenn jemand sie heraufbeschwört.

Meine zarte Blüte besitzt diese dunkle Seite auch. Sie ist winzig und wird überschattet von ihrer bislang unbefleckten und reinen Seele, doch nach dem heutigen Abend wird diese beschmutzt sein.

Es ist vollkommen in Ordnung für mich. Wenn ich ein Mitspracherecht in dieser Angelegenheit hätte, würde ich sogar behaupten, es würde mich auf eine paradoxe Weise glücklich machen, denn zwei befleckte Seelen passen besser zueinander und könnten sogar die Ewigkeit miteinander verbringen.

In der Hölle.

Es wäre eine tragische Vorstellung, Pfirsichblüte von der Hölle aus lieben zu müssen, während sie im Himmel mit all den anderen Engeln fliegt.

Es mag egoistisch sein, sie in meine Dunkelheit zu ziehen, sie ihrer Unschuld zu berauben und einfach wegzusehen, wenn sie sich selbst in den Abgrund stürzt, doch ich weiß, dass es gerade dieser Abgrund ist, den sie braucht. Seit Monaten steht sie vor einer Klippe, bereit zu springen, und nun bietet sich ihr endlich eine Möglichkeit. Erst wenn sie wieder hochklettert, wird sie die Sonne in all ihrer Schönheit leuchten sehen.

Und ich werde da sein, um ihr die Hand zu reichen.

Sie wirkt nervös, aber auch zutiefst entschlossen, als wir den Wagen am Rande Birminghams vor einem weitläufigen Waldstück parken. Es ist nicht mein bevorzugter Ort, um jemanden zu töten und dessen Leiche zu beseitigen, aber bei weitem besser, als dies wie Declan gerne wollte in einer Seitengasse unmittelbar hinter einem gut besuchten Club zu tun, durch dessen Notausgang uns jederzeit jemand hätte überraschen können. Wir waren nicht dort, um einen Stapel an Leichen zu hinterlassen, und deswegen ist es gut, dass ich das Denken übernehme. Wie immer. Declan hätte sich keinerlei Gedanken darüber gemacht, sondern den Bastard mitten auf der Straße hingerichtet. Wenn er derjenige von uns beiden wäre, der Entscheidungen trifft, säßen wir heute schon lebenslang im Gefängnis, aber ich schätze seine Initiative trotzdem sehr.

Deswegen ist er derjenige, der Tremblay, der nun wieder bei vollem Bewusstsein ist, aus dem Kofferraum zerrt und sich über die Schulter wirft, und ich derjenige, der sich dessen Handy schnappt, um eine Nachricht an einen seiner Freunde zu verschicken. Tremblay wurde zuletzt mit Pfirsichblüte gesehen und es wäre ein schwerwiegender Fehler, dies so zu belassen. Wenn jemand spurlos verschwindet, wird die letzte Person, die mit diesem gesehen wurde, zuallererst verdächtigt. Es ist das übliche Prozedere. Deswegen werde ich dafür sorgen, dass niemand auf die Idee kommt, meine süße Blüte zu verdächtigen, auch wenn niemand ihren richtigen Namen kennt.

Und sie bei mir sowieso bis an den Rest ihres Lebens in Sicherheit ist.

Ich schreibe in Tremblays Namen eine Nachricht an den Besitzer des Clubs, in der ich mich wütend darüber auslasse, dass die neue Tänzerin eine dumme Fotze ist, die extra Geld dafür haben wollte, um ihr Höschen fallen zu lassen, und dass er sie nicht mehr bei sich arbeiten lassen soll. Ich verwende bewusst dieselbe Beleidigung, die er für meine Blüte verwendet hat, damit niemand einen Zweifel daran hat, dass diese Nachricht von ihm verfasst wurde. Danach schreibe ich einem anderen seiner Bekannten, der häufig in seiner Anrufliste vorkommt, dass sie sich erst morgen in ihrem Stammlokal wiedersehen. Dieser antwortet postwendend mit einem ›Geht klar‹.

Zufrieden nehme ich die SIM-Karte aus dem Handy und zerbreche sie zwischen meinen Fingern. Ich werfe sie achtlos zu Boden, stecke das Mobiltelefon jedoch ein, um es später im

Wald zu vergraben. Dabei spüre ich einen Blick auf mir und hebe den Kopf, um Pfirsichblüte zu mustern, die am Wagen lehnt und abwechselnd zwischen mir und Declan hin- und hersieht, der den Bastard schon in die Tiefen des Waldes bringt.

»Alles in Ordnung?«, frage ich sie, woraufhin sie zaghaft nickt. »Hast du deine Meinung geändert? Du musst es nur sagen, Liebling. Dann beauftrage ich Declan, es zu Ende zu bringen, und wir fahren nach Hause, ohne je wieder darüber zu sprechen.«

»Nein, ich … Das ist es nicht«, platzt es aus ihr heraus und sie kommt an ihrer Unterlippe kauend auf mich zu. Ich beuge den Kopf hinunter, um in ihre blauen Augen zu sehen, die einen fremden Ausdruck tragen. »Ich warte schon ewig auf diesen Moment, auch wenn ich immer dachte, Gerechtigkeit würde anders aussehen … Aber ich …«

Ich ziehe die Augenbrauen in die Höhe. Ich bin neugierig, weil sie plötzlich so verlegen und nervös wirkt. »Aber du?«

Sie schluckt und ihre Augen zucken zum Wald. »Ich weiß nicht, wie man so etwas macht.« Nun blinzelt sie unkontrolliert, während ich zu lächeln anfange. Sie ist so süß, meine Blüte. »Ich habe keine Ahnung, wie man jemanden foltert … Ich habe das noch nie gemacht.«

»Darüber brauchst du dir keine Gedanken zu machen«, beruhige ich sie mit leiser Stimme und nehme sie an der Hand, um Declan in den Wald zu folgen. »Declan wird dir gerne alles darüber beibringen.« Sie nickt nur etwas zögerlich, während ihre Augen in der Dunkelheit des Waldes umherschweifen. »Machst du dir Sorgen darüber, dass du das später bereuen könntest?«

Nun werden ihre Augen hart und entschlossen, als sie mit fester Stimme erwidert: »Nein. Absolut nicht.«

Ich nicke. Das ist gut. Es ist mir wichtig, dass sie weiß, dass sie das verfolgen wird. Sie soll sich darüber im Klaren sein, dass es leicht ist, zu sagen, man würde jemanden töten, aber nicht annähernd so einfach, es auch tatsächlich zu tun. Menschen sagen es gerne in ihrer Wut. Leute stellen sich oft vor, jemanden zu quälen, wenn sie Hass empfinden. Aber die wenigsten setzen ihre Drohungen und Fantasien auch tatsächlich in die Realität um.

Als könnte sie meine Gedanken lesen, blickt sie mich ernst an und drückt meine Finger, bevor sie mir erklärt: »Ich weiß, was ich hier tue, Callahan. Ich weiß, dass mich das in die Hölle katapultiert, auch wenn ich nicht an den Teufel mit der Mistgabel glaube. Du musst dir keine Sorgen machen, dass ich morgen aufwache und traumatisiert bin, weil ich nicht verarbeiten kann, was ich getan habe. Ich bin bei klarem Verstand. Und ich will das hier tun. Er hat es verdient.«

»Das hat er«, sage ich ruhig und bleibe stehen, als ich Declan entdecke, der Tremblay mit Kabelbindern an den Händen an einen dünnen Baumstamm gefesselt hat. Er sitzt auf dem Hintern und versucht sich loszureißen, was Declan bloß mit einem spöttischen Lächeln kommentiert, bevor er ihm ganz aus einer Laune heraus in die Eier tritt.

Ich nehme ihr Gesicht in beide Hände, um ihre Aufmerksamkeit auf mich zu ziehen, und flüstere vor ihrem Mund: »Du hattest genügend Zeit, um dir darüber klar zu werden, ob das hier auch tatsächlich das ist, was du willst. Ich sage dir, wie es ist, Pfirsichblüte – deine Entscheidung lässt sich nie wieder rückgängig machen. Es gibt später keinen Platz für Reue oder Schuld oder ein anderes Schamgefühl. Wenn du das hier durchziehst, wie du es wolltest, wirst du für immer mit dem Wissen, dass durch deine Hand jemand gestorben ist, leben müssen.« Sie hängt an meinen Lippen, während ich spreche, und wirkt konzentriert und aufmerksam. »Also, meine Blüte, kannst du das?«

»Ich kann.« Sie zögert keine Sekunde und ich erkenne keinerlei Zweifel in ihrem Blick. »Das bin ich meinem Vater und Bruder schuldig. Schlimmer wären all die Reue und Scham, wenn ich ihren Mörder einfach weiterhin glücklich sein Leben leben ließe und das obwohl ich weiß, dass er jederzeit wieder einen Menschen verletzen und Familien zerstören könnte.« Sie umfasst mein Gesicht mit beiden Händen und küsst mich zart auf den Mund, bevor sie flüstert: »Ich tue der Welt damit einen Gefallen.«

Ich will impulsiv die Augen schließen und mich ihrer Berührung und Nähe genussvoll hingeben, doch Declan zerstört auch diesen intimen Moment.

»Bist du dann fertig damit, sie zu therapieren? Mir wird allmählich langweilig«, ruft er schnaubend, woraufhin sie kichert und ich genervt seufze. Er winkt uns ungeduldig zu sich rüber und ich setze mich eher widerwillig in Bewegung, dabei nehme ich mein Mädchen wieder an der Hand. Declan grinst voller kranker Vorfreude, als er sie fragt: »Also, wie willst du es machen, Zuckerpuppe? Schneiden wir ihm zuerst die Nippel und den Schwanz ab, oder willst du direkt richtig loslegen?«

Pfirsichblüte blinzelt erst mich, dann ihn an. »Ihm die Nippel und den Schwanz abzuschneiden wäre also demnach die langsame und sanfte Tour?«

Declan wirkt verständnislos, als er stirnrunzelnd nickt. »Woran dachtest du denn? Willst du ihn streicheln, bis er tot umfällt?«

Ich bedenke ihn mit einem warnenden Blick, weil ich nicht will, dass er ihr zu viel zumutet, und sehe sie beruhigend an, doch offensichtlich braucht sie das gar nicht von mir, da sie augenrollend lacht und ihre Hand aus meiner befreit.

Ich will sie nicht loslassen, aber ich lasse sie zu ihm gehen. In diesem Moment will sie unabhängig sein. Sie will mich nicht brauchen, und genau deswegen überlasse ich es Declan, diese Sache hier zu Ende zu bringen. Mit mir würde es ihr keinen solchen Spaß machen. Er wird sie nicht andauernd fragen, ob alles in Ordnung ist, und all ihre Blicke und Worte analysieren, um zu sehen, ob sie das auch wirklich verkraftet. Er wird die Sache zu etwas Lockerem machen, wie sie das für ihn selbst auch ist. Nichts Besonderes. Und ich glaube, genau das braucht Pfirsichblüte.

Außerdem hat mich Declan angefleht, ihm diesen Moment

mit meinem Mädchen zu schenken, weil er meint, sie bräuchten einen Neuanfang. Irgendeine Art Verbindung, damit sie zusammenschweißen, da die beiden für den Rest ihres Lebens miteinander auskommen müssen, weil ich nicht vorhabe, sie jemals wieder gehen zu lassen.

Und was würde sich schon besser dafür eignen, als jemanden zusammen zu foltern und zu töten?

Ich bin dennoch steif und angespannt, als ich mich gegenüber an einen anderen Baumstamm lehne, um die beiden zu beobachten, während ich mich davon abzuhalten versuche, mich einzumischen. Ich betrachte Pfirsichblüte, die nun direkt vor Tremblay stehenbleibt und mit einem düsteren Blick auf ihn herabsieht. Nun wirkt ihr schönes Gesicht verbittert und voller Verachtung.

Und Declan grinst wie immer dümmlich.

»Ich will ihm ein paar Fragen stellen«, sagt sie und zieht ihren Mantel fester zu, um ihren Körper in dem knappen und engen Body zu verhüllen. »Und er soll mich nicht so anstarren.«

Declan tritt ihm in die Eier. »Starr sie nicht so an, horst du? All das gehört schon jemandem.«

Ich lächele. Später werde ich noch mit ihr darüber sprechen müssen, dass sie all diesen lüsternen Kerlen erlaubt hat, sie so anzusehen. Ich wollte ihr den Hintern versohlen, als ich sie im Club mit diesem Mann sprechen sah, und gleichzeitig wollte ich sie vor den Augen aller auf den Boden werfen und wie ein Tier ficken, damit sie verstehen, dass dieser süße Hintern schon jemandem gehört.

Jemandem, der bereit ist, jeden zu töten, der ihn auch nur eine Sekunde zu lange ansieht.

Mit diesem Höhlenmensch-Denken muss ich mich wohl erst noch anfreunden, weil es mir absolut fremd ist, aber solange sie es kann, kann ich es auch.

Pfirsichblüte atmet tief aus, geht vor dem Bastard in die Hocke, und starrt ihm verachtend ins blutverschmierte Gesicht. »Erkennst du mich?«

Er lächelt und präsentiert seine geröteten Zähne. Der

Anblick ist ekelhaft. »Ja, du bist die Schlampe, der ich den Kopf abgeschnitten hätte, wären ihre beiden Ficker nicht rechtzeitig aufgetaucht.«

Ich balle die Hände zu Fäusten und will ihm damit die Fresse polieren, doch Declan kommt mir zuvor und tritt ihm fluchend mit dem Stiefel ins Gesicht. Pfirsichblüte zuckt zurück, jedoch nur, um Declans Fuß auszuweichen.

»Falsche Antwort«, sagt dieser. »Versuchen wir es noch einmal.«

Tremblay flucht und reißt an seinen Armen, die um den Baumstamm gefesselt sind. »Macht mich verdammt noch mal los! Ihr habt ja keine Ahnung, mit wem ihr euch hier anlegt! Meine Freunde werden euch suchen und finden und dann für alles büßen lassen.« Er lächelt mein Mädchen grausam an und flüstert mit heiserer Stimme: »Und mit dir werden sie sich ganz besonders viel beschäftigen, weil du so hübsch bist. Sie -«

Declan setzt seinen sinnlosen Drohungen ein Ende, indem er ihm nun in den Magen tritt. Tremblay würgt und krümmt sich nach unten.

»Lass uns das Ganze ein wenig beschleunigen. Ich habe keine Nerven für all diesen Scheiß aus deinem Mund«, seufzt Declan und holt sein Messer aus der Innentasche seiner Lederjacke. Ohne zu blinzeln zerschneidet er dem Bastard mit einer fahrigen Handbewegung die Wange.

Pfirsichblüte schnappt nach Luft und springt auf, doch in ihren Augen erkenne ich nichts als krankhafte Faszination, als das Blut über seinen Hals strömt und er wie ein Mädchen zu kreischen beginnt.

Declan hält ihr das Messer hin und lächelt auf diese verrückte Weise. »Auch mal versuchen? Hilft gegen Stress.«

Sie starrt mit ihren großen, blauen Augen auf das Messer, an dem das Blut auf den dreckigen Waldboden tropft, und danach in sein Gesicht auf. Ich rechne mit einem Zögern, mit Einwänden oder Unsicherheiten in ihrem Blick, doch sie überrascht mich, als sie das Messer in die Hand nimmt und genauso ruckartig über Tremblays Wange zieht wie mein Bruder. Sie geht dabei nicht sehr zimperlich vor.

Declans Augen sprühen Funken vor Überraschung und Anerkennung. Er blinzelt sie an und dann fällt sein Blick krankhaft fasziniert auf mich. Er nickt mir mit einem breiten Grinsen zu, als wolle er sagen: *Bruder, du hast eine gute Wahl getroffen. Sie ist perfekt.*

»Beantworte meine Frage!«, verlangt Pfirsichblüte nun aufbrausend und ich erkenne Blutdurst in ihren wild funkelnden Augen, als sie sich wieder nach unten bückt und Tremblay ins zerschnittene Gesicht sieht. Nun hat sie Blut geleckt und will mehr davon. »Erkennst du mich nicht, hm? Denk nach!«

Der Bastard wimmert und ich glaube, Tränen in seinen Augen zu erkennen, doch er versucht es durch eine kaltschnäuzige Antwort zu verbergen. »Mir ist scheißegal, wer du bist, du dumme Fotze.«

Pfirsichblüte zerfetzt ihm ein weiteres Mal die Wange und dieses Mal rinnen ihm die Tränen nur so aus seinen Augen, als er aufheult und winselt und wild auf dem Boden zappelt, wobei das Rascheln der Blätter seine nervigen Geräusche schluckt.

»Das sollte es aber besser nicht sein!«, brüllt sie ihn an. Sie hält das Messer an seine Kehle und drückt es in seine blasse Haut. »Weißt du, was ich mit dir tun werde?«

Er blinzelt sie schwer atmend an, seine Augen verengt und seine Stirn leichenblass und verschwitzt.

»Ich werde dir die Kehle aufschlitzen, wie du es bei meinem Vater getan hast«, murmelt sie mit einem Lächeln, welches selbst mich ein wenig verängstigt. Declan hingegen starrt immer noch so krankhaft fasziniert und vollkommen überwältigt auf sie herab, als wäre sie eine göttliche Erscheinung. »Du erinnerst dich an meinen Vater? Ich glaube, er hat dir die Frau gestohlen.« Ihr Lächeln vertieft sich, als Tremblay sie sichtlich verwirrt mustert. »Susan.«

Nun gibt Tremblay ein unwirsches Geräusch von sich. »Dein Vater ist Raymond Blossom, dieser verfickte Samariter, der dachte, diese Schlampe vor mir retten zu können?«

»Verdammt richtig.« Sie richtet sich auf und starrt voller Abneigung und Rachsucht auf ihn herab, während sie mit dem Messer sein Kinn anhebt, damit er den Blick erwidern muss. »Er hat die Beziehung zu ihr allerdings beendet, weil er seine Kinder nicht in Gefahr bringen wollte. Du hast ihn trotzdem getötet.«

Tremblay lächelt mit leeren Augen, keinerlei Reue liegt in seinem hässlichen Gesicht. »Und ich würde es jederzeit wieder tun, allerdings würde ich ihn dieses Mal mehr leiden lassen. Meiner Meinung nach hat er keinen so schnellen Tod verdient.«

Declan rammt ihm die Faust ins Gesicht, woraufhin er wieder Blut hustet. »Ich erinnere mich nicht, dass sie dich zu deiner Meinung befragt hat, Fotze.«

Pfirsichblüte zittert vor Wut. Sie starrt Tremblay immer noch fest ins Gesicht, das nun allmählich ein wenig verunstaltet aussieht. »Du hast mir meinen Vater genommen. Und dann hast du auch meinen Bruder getötet. Parker Blossom. Er war alles, was ich noch hatte.« Ohne Vorwarnung sticht sie ihm das Messer in die Schulter, bis es bis zum hölzernen Griff in seinem Fleisch versinkt. Ich blinzele überrumpelt und sogar Declan zuckt leicht zusammen. »Erinnerst du dich an ihn? Er war erst siebenundzwanzig Jahre alt und hatte sein ganzes Leben noch vor sich. Doch du hast es ihm genommen.« Wieder geht sie in die Hocke, während sie das Messer quälend langsam aus seiner Schulter zieht und er vor Schmerz aufstöhnt. Dann setzt sie es mit diesem rachsüchtigen Lächeln an seinem Oberschenkel an und flüstert: »Wie hast du es bei ihm gemacht? Hast du ihm auch die Kehle durchgeschnitten?«

Trotz seiner offensichtlichen Schmerzen fletscht er die Zähne und knurrt: »Du willst wissen, wie ich es gemacht habe? Ich habe ihm die Seele aus dem Leib geprügelt, nachdem er genauso jämmerlich wie du versucht hat, mich zu erledigen, und dann habe ich ihn sich selbst überlassen. Erst als jeder Tropfen Blut aus seinem Körper gewichen war, habe ich ihn wie das Stück Scheiße beseitigt, das er war.«

Ihr Blick verzerrt sich fluchend und sie sticht das Messer mit voller Kraft in seinen Oberschenkel. »Stirb!« Sie zieht es heraus und sticht wieder und wieder zu, dabei spritzt das Blut in alle Richtungen. »Ich hasse dich!« Nun verliert sie völlig die Beherrschung und schlägt mit den Fäusten wild auf ihn ein, das Messer hält sie dabei immer noch zittrig in der Hand. Es schneidet ihm in den Bauch und die Brust.

Ich will mich schon in Bewegung setzen, um sie von ihm wegzuzerren und zu beruhigen, doch Declan kommt mir zuvor und reißt sie am Arm auf die Beine.

»Langsam, Zuckerpuppe«, sagt er ihr ruhig. »Wir wollen doch nicht, dass er uns so schnell wegstirbt, oder?«

Sie starrt keuchend auf den Kerl herab, der nun flennt und gleichzeitig wüste Drohungen ausspricht, dann nimmt sie einen tiefen Atemzug und nickt. Nun zittert ihr ganzer Körper wie Espenlaub.

Ich muss zugeben, sie macht sich ziemlich gut, wenn man bedenkt, dass sie bislang noch keiner Fliege etwas zuleide getan hat und mir gerade eben noch nervös eröffnete, sie wüsste nicht, wie so etwas funktioniert.

Ihr Blick sucht meinen und als ich die plötzliche Verzweiflung darin erkenne, stoße ich mich ohne zu zögern vom Baum ab und marschiere auf sie zu. Sie kommt mir entgegen, ihr Gesicht wird ganz blass. Eine Welle der Trauer übermannt sie und verdrängt die tief in ihr verwurzelten Gefühle, die sie dazu bringen, diesen Kerl bluten zu lassen. Ich erkenne nichts als Schmerz in ihren Augen, in denen sich nun bittere Tränen sammeln. Nun hat sie ihr Bedürfnis, ihn leiden zu lassen, gestillt. Jetzt ist es etwas anderes, das sie braucht. Sie klammert sich an mich und krallt ihre Nägel in meinen Rücken, ohne ein Wort von sich zu geben. Doch sie weint. So verzweifelt, dass sich alles in mir zusammenzieht.

Ich weiß, dass sie kein Mitleid will. Ich weiß, dass sie es auch nicht braucht. Das Einzige, das sie sucht, ist Trost, und ich gebe ihn ihr still. Sanft schlinge ich einen Arm um ihren zitternden Körper, drücke sie an mich, und lege die andere Hand auf ihren Hinterkopf. Ich streichele darüber und gebe ihr den Trost, den sie braucht, auch wenn sie nie darum bitten würde. Sie vergräbt ihr Gesicht an meiner Brust und schluchzt.

Ich tausche einen Blick mit Declan und nicke ihm zu.

Wir sind hier fertig. Denn was mein Mädchen wirklich gebraucht hat, war eine Antwort. Sie musste aus dem Mund dieses Mannes hören, dass ihr Bruder tot ist, um endlich mit seinem Verschwinden abschließen zu können. Das ist nur menschlich. Einen leeren Sarg zu beerdigen kann niemals befriedigend sein. Nun kann sie Frieden mit seinem Tod schließen und hat Gewissheit.

»Ich hasse ihn«, schluchzt sie an meiner Brust und ihr Körper bebt an meinem, weshalb ich sie noch fester an mich drücke. »Ich hasse ihn so sehr … Ich … Ich …«

»Ich weiß«, flüstere ich leise. »Ist schon gut, Liebling.« Sie weint immer heftiger und ich kann nichts anderes tun, als den Mann anzustarren, der dafür verantwortlich ist.

In diesem Moment hasse ich ihn auch.

Dann treffe ich eine Entscheidung.

»Stopp.«

Declan hält inne, die Waffe schon an die Schläfe dieses Bastards gerichtet, der nun plötzlich ganz andere Töne anschlägt. Er fleht und bettelt und macht sinnlose Versprechungen, doch niemand von uns hört hin. So endet es schließlich immer.

Ich drücke Pfirsichblüte sanft von mir und nehme ihr nasses Gesicht in meine Hände. Sie wirkt, als wäre es ihr unangenehm, dass ich sie so sehe, und doch klammert sie sich an meine Handgelenke, als wäre ich ihr einziger Halt.

Ich drücke einen Kuss auf ihre weichen Lippen und flüstere: »Erlaubst du mir, es für dich zu Ende zu bringen, so wie du es wolltest?«

Sie blinzelt mich an und ein paar Tränen lösen sich von ihren langen Wimpern. Ihre Wangen sind schwarz von der Mascara und ihr dunkelroter Lippenstift ist verschmiert. Er passt nicht zu ihr. Diese Emotionen in ihrem Blick sind so echt und greifbar, und ihre Schutzmauer komplett niedergerissen.

Das ist ihr wahres Ich. Das kleine Mädchen voller Kummer, welches tief in ihr drin schlummert. Es hat sich in den hintersten Winkel ihrer Seele zurückgezogen, damit sie diese taffe, abgestumpfte und starke Frau werden konnte, deren einziges Ziel es war, ihre Familie zu rächen. Die einsam und verbittert war.

Ich mag beide Versionen von ihr. Ich habe mich in die starke Frau verliebt, die ich kennenlernte, doch ich liebe dieses Mädchen, das sie mir zu zeigen bislang nicht bereit war.

Denn dieses ist keine Täuschung und mehr als bloß eine hübsche Hülle. Dieses ist keine Lügnerin, keine kühne Strategin und Manipulatorin.

Das hier ist Pfirsichblüte. Die einzig wahre.

Und sie hat noch nie so schön geblüht wie in diesem Moment.

»Es würde mir sehr viel bedeuten«, sage ich ihr und meine es vollkommen ernst.

Ich habe noch nie für eine Frau getötet. Ich habe noch nie aus Leidenschaft getötet, nie aus Liebe oder etwas anderem als einer lukrativen Vereinbarung mit einem Geschäftspartner. Doch für sie will ich es tun. Ich will Rache in ihrem Namen nehmen und das Blut dieses Mannes für immer auf meinen Händen tragen.

Ich will derjenige sein, der sie von all ihrer Seelenqual erlöst.

»Warum?«, fragt sie mich heiser und ihre blauen Augen forschen in meinen.

»Weil es etwas Persönliches ist«, liefere ich ihr eine Antwort, da ich all die anderen Worte nicht über meine Lippen bringe. »Ich will das für dich tun, Pfirsichblüte. Dieser Mann hat dir etwas genommen und jetzt werde ich ihm etwas nehmen. Und du wirst dabei zusehen, um Frieden zu schließen.«

Ihr Schluchzen hört auf und ihre Augen nehmen einen anderen Ausdruck an. Sie blinzelt ein paar Mal, bevor sie leicht nickt und meine Hände freigibt, damit ich zu Ende bringen kann, was sie begonnen hat. Ich zögere nicht, es zu tun. Ich wollte lange nichts mehr so gerne tun wie das hier.

»Bist du sicher, dass du das tun willst?«, fragt mich Declan, als ich auf ihn zugehe. Er steckt seine Waffe in den hinteren Hosenbund, als ich nicke, hält mich jedoch am Arm auf, als ich das Messer vom Boden aufheben will. Tremblay starrt mich mit angsterfüllten Augen an. Er weiß, dass ich im Gegensatz zu Pfirsichblüte nicht zusammenbreche.

Er weiß, dass ich absolut gar nichts dabei fühlen werde, ihn zu töten.

»Cal«, flüstert Declan mit seltsam ernster Stimme, und auch sein Blick wirkt angespannt, als ich ihn stirnrunzelnd erwidere. »Willst du es wirklich vor *ihr* tun?« Seine Augen zucken zu Pfirsichblüte, die uns still beobachtet. »Sie wird das hier nie wieder vergessen, das weißt du. Sie wird oft daran zurückdenken. Willst du wirklich, dass sie eine solche Erinnerung von dir hat? Dass sie dich als das sieht, was du bist? Es ist anders, nur zu wissen, was jemand tut, als es mit eigenen Augen zu sehen.«

Er hat recht und ich schätze es sehr, dass er anbietet, derjenige zu sein, den sie als Mörder in Erinnerung behalten wird. Der jedes Mal mit dem Bild dieses Abends in ihrem Kopf aufblitzen wird.

Doch ich will, dass ich es bin. Sie soll sehen, wer ich bin. Denn unsere Beziehung wurde schon einmal auf Lügen aufgebaut, doch ich habe nicht vor, das Fundament unserer Zukunft auch auf Lügen und Geheimnissen aufzubauen.

Ich will, dass sie genau weiß, mit welchem Mann sie zusammen ist. Ich will, dass sie dieses Bild vor Augen hat, wenn sie sich dafür entscheidet, mit mir zusammen zu sein. Denn ich werde nicht ändern, wer ich bin, oder mir einen Job als Mechaniker suchen.

Das hier ist verdammt noch mal genauso wichtig für sie wie für mich.

»Aye.« Ich nicke meinen Bruder zu. »Du hast recht, und genau deswegen werde ich es tun.«

Eher widerwillig zieht er sich zurück und ich nehme das Messer an mich. Es ist ihres, und deswegen fühlt es sich noch persönlicher an. Ich habe noch nie mit anderen Waffen als meinen getötet. Nicht einmal mit denen meines Bruders.

Tremblay beobachtet mich nun ganz still. In seinen Augen erkenne ich Akzeptanz, da er weiß, dass er jetzt sterben wird. Zu betteln bringt rein gar nichts und er will sich seine letzte Würde bewahren. Er wirkt schon benommen, da er viel Blut verloren hat, und seine blasse Haut glänzt feucht vor Schweiß. Sein Tod ist nun bloß noch eine Erlösung, die er nicht einmal verdient hätte.

Als ich die Kabelbinder an seinen Händen durchschneide und seinen Oberkörper nach vorne zerre, bevor ich mich hinter ihn stelle, spüre ich Pfirsichblütes Blick kribbelnd auf meiner Haut. Sie starrt mich an, ohne zu blinzeln oder zu atmen. Ihre Augen sind groß und wie gebannt auf meine gerichtet, und ich nehme auch meinen Blick keine Sekunde lang von ihrem, als ich die Hand in sein Haar kralle, seinen Kopf nach hinten neige, und die Klinge an seinem Hals ansetze.

Ihre Körperhaltung verändert sich und nun sehe ich ihr kleines Herz auf Hochtouren gegen ihre Rippen schlagen. Da liegen kein Entsetzen und keine Abneigung in ihrem Blick. Kein Wunsch, es selbst zu machen, und kein Sinneswandel, es lieber doch nicht zu tun.

Es ist nur eine Frage, die ich in ihren Augen lesen kann. Und dieses Mal beantworte ich sie ehrlicher.

»Du weißt, was ich bin, Pfirsichblüte. Du weißt, welchem Job ich nachgehe. Aber das hier … das ist kein Job für mich. Du sollst wissen, dass ich das für dich tue. Dass ich zum ersten Mal aus Liebe töte.«

Als die Worte meinen Mund verlassen, fangen ihre Augen endlich wieder zu strahlen an und all der Schmerz verschwindet daraus. Die Trauer ist wie weggeblasen und wird ersetzt von etwas, das ich noch nie bei ihr gesehen habe. Noch nie so deutlich bei irgendeinem Menschen.

Hoffnung. Mein unkonventionelles Liebesgeständnis, das während eines Aktes der Verdorbenheit erfolgt, gibt ihr Hoffnung auf eine Zukunft, die sie schon längst aufgegeben hat. Eine, in der sie glücklich ist.

Und dann lächelt sie, während ich die Klinge mit einer fließenden Bewegung über den Hals des Mannes ziehe, der keinen solch schnellen Tod verdient hätte.

30

Peaches

Die Fahrt zu meinem Hotel verläuft still. Dieses Mal sitzt Declan hinter dem Steuer und Callahan und ich auf der Rückbank. Declan fragte bloß nach dem Namen meines Hotels und hat sich kurz mit Callahan beraten, ob es klug wäre, die Nacht noch hier in Birmingham zu verbringen. Dieser geht offenbar davon aus, ich bräuchte jetzt Ruhe und etwas Zeit für mich, um all die Ereignisse der letzten Stunden zu verarbeiten und verdauen, weshalb er entschieden hat, hier zu übernachten und erst morgen Früh aufzubrechen.

Doch ich brauche keine Ruhe oder Zeit für mich, um irgendetwas zu verdauen. Denn da gibt es nichts mehr zu verdauen, nichts mehr, worüber ich mir den Kopf zerbrechen müsste und keine Gefühle, die mich zu ersticken drohen. Tatsächlich fühle ich mich … frei und erlöst. Mit dem Bastard ist alles gestorben, was mich so verrückt gemacht hat. Als er tot umkippte, seine Kehle durchtrennt wie die meines Vaters, fiel mit einem Mal all die Last von meinen Schultern. All der Ballast, den ich schon so lange mit mir herumtrage.

Vielleicht sieht mich Callahan deswegen die ganze Zeit so

eindringlich von der Seite an. Ich bin ganz gefasst und ruhig. Meine Tränen sind getrocknet und meine Wut hat sich in Luft aufgelöst. All diese Rachegedanken in meinem Kopf sind zu Staub verpufft und haben Platz geschaffen für neue. Für schönere.

Wie zum Beispiel, dass Callahan mir wohl irgendwie indirekt gesagt hat, dass er mich liebt.

Ich erwidere seinen Blick mit einem Lächeln, das er mit einem leichten Stirnrunzeln kommentiert. »Wartest du darauf, dass ich zusammenbreche?«

Er tauscht einen Blick mit Declan durch den Rückspiegel. Dann nimmt er meine Hand in seine und legt sie sich auf den Schoß. »Das wäre ganz normal, Pfirsichblüte. Wenn es dir nun schlecht geht und du -«

»Mir geht es super«, unterbreche ich ihn aufrichtig. »Wirklich, ich fühle mich ganz normal. Sogar viel besser als zuvor. Als hätte ich all diese furchtbaren Gedanken und Gefühle im Wald zurückgelassen.«

Wieder tauscht er durch den Rückspiegel einen Blick mit seinem Bruder, welcher schulterzuckend grinst. »Na dann«, sagt Declan und dreht den Kopf zu uns um. »Wann wiederholen wir den Spaß?«

Nun verdrehe ich meine Augen und Callahan blickt ihn finster an. Ich kichere leise und schmiege mich an ihn, bevor ich eindringlich flüstere: »Alles ist in Ordnung, Callahan. Du musst dir keine Sorgen um mich machen.«

Er sieht mit seinen stürmischen Augen auf mich herab und nickt zögerlich. Ich sehe, wie er in meinem Blick forscht und nach einer Lüge sucht, doch er wird sie nicht finden. Vielleicht bin ich ja genauso verrückt wie Declan, weil es mir nichts als eine Freude bereitet hat, Tremblay sterben zu sehen. Da gab es kein Mitleid, keine Schuld und keine Reue. Ich schäme mich auch nicht dafür, dass ich so empfinde.

Ich schäme mich nur dafür, einen Mini-Zusammenbruch gehabt zu haben, als der Bastard all diese hässlichen Sachen zu mir gesagt hat. Ich will nicht, dass Callahan denkt, ich sei schwach und sensibel. Es tat bloß weh, all das aus dem Mund dieses Mannes zu hören. Und die Bestätigung zu bekommen, dass Parker tatsächlich tot ist, auch wenn ich es schon wusste.

Aber sein Tod blieb nicht ungerächt. Auch der meines Vaters nicht. Nun habe ich für Vergeltung gesorgt. Und ich weiß, dass mir jeder andere Weg, auf dem ich es hätte tun können, nicht dieselbe Genugtuung eingebracht hätte.

Auge um Auge, Zahn um Zahn, sagt man. Und diese Redensart kommt nicht von irgendwoher, sondern aus der Bibel.

Im zweiten Buch Mose heißt es: »Ist weiterer Schaden entstanden, dann musst du geben: Leben für Leben, Auge für Auge, Zahn für Zahn, Hand für Hand, Fuß für Fuß, Brandmahl für Brandmahl, Wunde für Wunde, Strieme für Strieme.«

Kehle für Kehle.

Mir kommt ein völlig unzusammenhängender Gedanke in den Sinn, und ich sehe zwischen den beiden hin und her, bevor ich stirnrunzelnd frage: »Warum seht ihr eigentlich so verdroschen aus?«

Callahans Mundwinkel zuckt und Declan seufzt theatralisch, bevor er mir eröffnet: »Dein Lover hat mir meinen Kampf mit dem Amerikaner versaut, weil er unbedingt meinte, mich vor Publikum verprügeln zu müssen.« Unsere Blicke treffen sich im Rückspiegel und er zieht vielsagend eine Augenbraue in die Höhe. »Dreimal darfst du raten, warum.«

»Das stimmt nicht«, sagt Callahan ruhig. »Ich wollte dich umbringen, nicht verprügeln.«

Ich blinzele ihn an. »Nun, das … das nenne ich wahre Brüderliebe.«

Declan grinst und Callahan schmunzelt ein wenig. Mehr verraten sie mir zu diesem Thema nicht. Nach ein paar Minuten parkt Declan den Wagen vor dem Hotel, in dem ich eingecheckt habe.

»Wir sind da«, sagt er unnötigerweise und wirft einen Blick aus dem Wagenfenster. Er verzieht das Gesicht. »Schon wieder so ein Loch? Hast du denn gar keine Ansprüche, Zuckerpuppe?«

Ich lächele augenrollend und will aus dem Wagen steigen, als er den Motor ausschaltet, doch Callahan hält mich an der Hand zurück. Ich sehe ihn verwirrt an. Er greift nach meinem schwarzen Mantel und knöpft ihn bis zum Hals zu, als wolle er nicht, dass mich jemand in diesem Hauch von nichts sehen kann, danach wischt er mit einem Taschentuch über mein Gesicht. Als mir klar wird, dass er das tut, weil ich mit Blut besudelt bin, blinzele ich ihn befangen an.

Ich frage mich, was er denkt, wenn er mich so sieht. Mit Blutspritzern im Gesicht und rötlich verfärbten Fingern, die er nun mit einem feuchten Tuch reinigt, welches ihm Declan reicht. Dieser säubert sich ebenfalls, um keine Aufmerksamkeit zu erregen. Callahan hat sich schon früher von dem Blut an seinen Händen befreit, nachdem Declan und er die Leiche im Wald vergraben haben, wobei er seltsam zufrieden wirkte. Ausgeglichen. Vielleicht hat er es schon vorher getan, weil er nicht wollte, dass ich die ganze Zeit daran erinnert werde, was wir getan haben. Wir alle zusammen. Dabei gefällt mir der Gedanke, zu wissen, dass er meinetwegen ein Leben genommen hat. Niemand hat je so ein Opfer für mich gebracht. Buchstäblich.

Nun ist es stockfinster und mitten in der Nacht. Diese Sache hat Stunden in Anspruch genommen und ich bin total erschöpft, allerdings eher mental als körperlich.

Nachdem wir all die offensichtlichen Beweise unserer Schandtat vernichtet haben, steigen wir wortlos aus dem Wagen und betreten das Hotel. Da ich einen Schlüssel für ein Zimmer habe, visiere ich direkt den Fahrstuhl an, während Callahan ein paar leise Worte mit Declan wechselt, der ohne Pause das Glöckchen am Empfangspult läutet. Er nickt zustimmend und Callahan kommt auf mich zu.

»Welcher Stock?«, fragt er mich mit seiner tiefen und kraftvollen Stimme und ich spüre, wie mein Körper zu kribbeln anfängt, als wir in den engen Fahrstuhl steigen.

»Drei«, wispere ich belegt.

Callahan drückt blind den Knopf und starrt mich an. Ich starre zurück. Die Sekunden, die die Fahrstuhltüren brauchen, um sich zu schließen, fühlen sich wie Minuten an, während die Welt um uns herum still zu stehen scheint. Mein Herz trommelt in meiner Brust und mein Atem flattert aufgeregt in meiner Kehle.

Nun sind wir allein. Endlich. Und ich kann an nichts anderes denken als daran, das voll auszunutzen.

Callahan scheint denselben Gedanken zu haben, denn kaum trennen uns die Fahrstuhltüren vom öffentlichen Bereich und Declan, presst er mich mit seinem Körper gegen die Spiegelwand und verschließt meinen Mund mit seinem.

Ich stöhne an seinen Lippen und tauche meine Zunge genauso wild in seinen Mund, wie er es bei mir tut. Meine Hände fahren ungeduldig und sehnsüchtig über seinen Oberkörper, während seine meinen Mantel wieder aufreißen, und ich stöhne erneut, als er mit beiden Händen meine Brüste packt und durch den hautengen Latex grob knetet.

»Nur damit wir eine Sache klarstellen, Pfirsichblüte«, raunt er an meinem Mund und presst mich noch fester gegen den Spiegel. »Du wirst dich nie wieder jemandem so zeigen außer mir. Du wirst niemandem erlauben, anzusehen, was mir gehört. Darüber sehe ich nur ein einziges Mal hinweg.«

»Ja«, keuche ich vor seinem Gesicht und erwidere seinen warnenden Blick, der Nässe zwischen meinen Schenkeln auslöst. Diese besitzergreifende Art an ihm macht mich schwach und erregt mich so sehr, dass ich an nichts anders denken kann als daran, dass er mir noch mehr von diesem Höhlenmenschscheiß zeigen soll. Es macht mich verrückt, zu wissen, dass er mich so sehr will, dass seine Augen vor primitiver Eifersucht Funken sprühen.

»Nie wieder«, verspreche ich ihm heiser und schnappe nach Luft, als er mich an den Oberschenkeln packt und aus dem Fahrstuhl trägt, kaum öffnen sich die Türen.

Ich kralle mich an ihm fest und knabbere an seinem Ohr,

bevor ich meine Zunge darin eintauche, woraufhin er ein tiefes Knurren von sich gibt. Ich spüre seine Erektion wie eine Eisenstange zwischen meinen Beinen.

»Linke Manteltasche. Letztes Zimmer«, sage ich ihm, um keine Zeit zu verlieren, und er zögert nicht und reißt den Schlüssel heraus. Meine Tasche habe ich im Auto gelassen, doch ich brauche nichts als diesen Mann, der mich auf das Bett wirft, kaum haben wir mein Zimmer betreten.

Seine Augen brennen mit wildem Feuer und all seine Muskeln sind auf eine verführerische Weise verdickt, als er zu mir auf das Bett steigt und meinen Mantel von meinem Körper reißt. Dabei dreht er mich um, als wäre ich eine Gummipuppe, und dreht mich dann genauso ruckartig wieder zurück. Ich zittere vor Erregung und Sehnsucht, weil ich es so sehr vermisst habe, ihn zu spüren.

Callahan starrt dunkel auf meinen Körper herab, während er über mir schwebt, und zerfetzt meinen Body mit einem einzigen Handgriff. Ich schnappe nach Luft. Meine Brüste baumeln heraus und er zerrt den Stofffetzen grob von meinen Beinen, sodass ich splitterfasernackt unter ihm liege. Dann sperrt er mich zwischen seinen starken Armen ein und saugt meine Brustwarze in den Mund.

Ich werfe den Kopf keuchend zurück und schließe die Augen. Meine Hände krallen sich in sein Haar und ziehen daran, dann gleiten sie zu seinen Schultern und kneten sie, während er sich hocharbeitet. Er knabbert und saugt an meiner glühenden Haut, vom Tal meiner Brüste bis zu meinem Hals hinauf, und leckt dann über die Stelle, an der mein Puls galoppiert. Mein Körper steht wie unter Strom und ich werde immer ungeduldiger, weil ich keine Sekunde länger warten will, ihn tief in mir zu spüren.

Also zerre und reiße ich an seinem Hemd, bis ich es ihm ausgezogen und achtlos durch die Luft geschleudert habe, während er seine Lippen hungrig auf meine presst und mich mit einem leidenschaftlichen Kuss schlingt. Er ist voller Rauheit und kein bisschen zärtlich, doch gerade will ich es genau so haben. Sein Duft von Zedernholz und Whiskey, den er immer zu tragen scheint, selbst wenn er nicht getrunken hat, umhüllt mich und obwohl wir in diesem schäbigen Hotelzimmer sind, fühle ich mich plötzlich wie zu Hause.

»Callahan«, keuche ich an seinem Mund und greife zwischen uns hindurch, um seine Hose zu öffnen. »Gott, ich habe dich vermisst.«

Er knurrt und reibt sich wellenartig an mir, um mich fühlen zu lassen, wie sehr auch er mich vermisst hat. Seine Hände sind rau in meinem Haar und meine Beine umschlingen seine schmalen Hüften wie eine Schlange, kaum habe ich den Stoff seiner Unterhose gerade so weit hinuntergezogen, dass sein Schwanz frei liegt.

Ich bin triefend nass, als seine pralle Eichel über meine Vulva bis zu meinem pochenden Loch gleitet, und er zögert nicht und vergräbt sich mit einem kräftigen Stoß bis zu den Hoden in mir.

Wir stöhnen beide gleichzeitig erlöst auf. Meine Lider schließen sich flatternd und ein Ruck geht durch meinen Körper, der sich erst wieder an diese extreme Fülle gewöhnen muss, die er so zu lieben gelernt hat. Dieses Mal geht es ganz schnell und meine Muschi saugt ihn gierig noch tiefer ein.

»Jaysus«, murmelt Callahan mit bebender Stimme an meinem Hals, an dem er sein Gesicht vergraben hat. Sein heißer Atem streift meine Haut und seine Zunge hinterlässt eine feuchte Spur darauf, als er an mir leckt, als wäre ich ein verdammtes Eis. »Ich habe vermisst, wie du schmeckst, Pfirsichblüte.« Er bewegt sein Becken und bohrt sich erneut bis zum Anschlag in mich. Ich stöhne auf und schlinge die Arme um seinen Hals, um ihn fester an mich zu drücken. »Ich habe diese süße, enge und nasse Muschi vermisst. Ich habe verdammt noch mal keine Ahnung, wie ich ohne sie überleben konnte.«

»Fick mich«, fordere ich ihn heiser auf und kralle die Nägel in seinen breiten Nacken. »Fick mich so, dass ich dir glaube. Ich will fühlen, wie sehr du mich vermisst hast.«

Callahan zieht den Kopf zurück und alles, was ich in seinem

Blick sehe, sind angestauter Hunger und ein Besitzanspruch. Es ist, als würde er mir mit den Augen seinen Namen auf die Stirn tätowieren.

»Oh, du wirst es spüren, Pfirsichblüte.« Ein perverses Lächeln stiehlt sich auf seine geschwollenen Lippen und seine Augen verdunkeln sich trotz des wilden Feuers, welches in ihnen lodert. »Du wirst tagelang spüren, wie sehr ich dich vermisst habe.«

Er löst sein Versprechen ohne zu zögern ein.

Wenn ich bei unserem letzten Mal dachte, er könnte mich nicht härter, wilder und unbeherrschter ficken, als wie er es in unserer letzten Nacht in London getan hat, dann weiß ich nicht, wie ich seine Art, mich nun zu nehmen, beschreiben sollte. Als wäre er manisch und völlig außer Kontrolle. Seine Stöße schieben mich jedes Mal ein Stück weit über die Matratze, während er sich stöhnend in mich bohrt und rammt, und die hölzernen Bettpfosten knallen bei jedem Stoß lautstark gegen die Wand.

Es ist uns beiden egal. Ob wir die Nachbarn oder das gottverdammt ganze Haus wecken. Ich halte mich genauso wenig zurück wie er und schreie und stöhne, als wären wir allein in einem isolierten und schalldichten Raum. Als wären wir allein auf dieser Welt. Und Callahan macht immer weiter, fickt mich immer tiefer und ich weiß, dass er nicht aufhören könnte, selbst würde ich ihn darum bitten, weil er blaue Flecken an meinem Körper hinterlässt, während er seine Finger in meine Hüften bohrt, um mich hart gegen sich zu stoßen. Doch das Letzte, was ich möchte und brauche, ist, dass er aufhört.

Denn es dauert nicht lang und ich ziehe mich krampfhaft um ihn herum zusammen. Mein Körper vibriert an seinem, der sich so hart auf meiner weichen Haut anfühlt, und ich zerkratze seinen nackten Rücken mit meinen Nägeln, während ich abhebe und in eine andere Sphäre drifte. Seine Muskeln zucken verführerisch und ein vergnügter Laut stiehlt sich dabei aus seinem Mund, als würde ihm gefallen, zu spüren, wie brutal mich mein

Orgasmus im Griff hat. Und dass ich es ihm auf diese brutale Weise zeige.

Ich keuche gegen seine feuchte Haut auf der Brust, als er sich seitlich meines Kopfes auf der Matratze stützt und den Kopf knurrend in den Nacken wirft, als auch er seine Erlösung findet. Sein Becken zuckt unkontrolliert, während er mir all sein Sperma gibt, und seine Arme zittern vor Euphorie, während sein Schwanz in mir pulsiert. Meine Muskeln melken ihn immer noch und saugen den letzten Tropfen aus ihm heraus.

Ich starre benommen in sein schönes und auf eine maskuline Weise verzerrtes Gesicht auf, und lege eine Hand auf seine stoppelige Wange, als er mit verhangenen Augen auf mich herabstarrt. Nun sind sie noch viel stürmischer und gleichzeitig ganz verschleiert.

Callahan beugt sich zu mir hinunter und keucht mir in den Mund, bevor er seine Zunge darin eintaucht und seine Befriedigung mit mir teilt. Sein Atem ist schwer und sein Kuss langsam. Eine Mischung aus sinnlich und grob. Ich spüre ihn bis in meine Zehenspitzen, die immer noch gekräuselt sind, während meine Waden krampfen.

Und dann entgleiten zittrige Worte meinen Lippen, die ich noch nie zu einem Mann gesagt habe.

»Ich liebe dich.«

Callahan hält inne, seine Lippen auf meinen, sein Schwanz immer noch tief in mir vergraben. Ich kann nicht mehr fühlen, wie er atmet, daher nehme ich an, dass er damit aufgehört hat. Ich liege bloß reglos da, die Finger in seine starken Schultern gekrallt, meine Beine immer noch um seine Hüften geschlungen, nicht bereit, ihn loszulassen.

Es dauert ein paar Augenblicke, bis ich eine Reaktion von ihm erhalte.

Sein Schwanz zuckt, verhärtet sich wieder und wächst in mir zu seiner beachtlichen Größe heran.

Und dann bewegen sich seine Lippen wieder, doch dieses Mal tun sie es auf eine süße und zurückhaltende Weise. Sein Kuss ist weich und verspielt und sein Atem flattert. Ich spüre sein Herz an meiner Brust schlagen, als er den Oberkörper auf meinen legt, wobei er sich an einem Arm abstützt, um mich nicht mit seinem vollen Gewicht in die Matratze zu drücken. Auch sein Becken bewegt sich wieder und sein Schwanz füllt mich erneut bis zum verborgensten Winkel tief in mir aus, doch dieses Mal ist er vorsichtig und bearbeitet mich mit sanften Stößen, wieder vollkommen beherrscht.

Seine Art, mich zu nehmen, stellt einen enormen Kontrast zu der Art dar, wie er mich gerade eben erst gefickt hat. Oder früher immer. Er ist immer ein wenig grob und fickt auf eine rohe und zielorientierte Weise, und ich mag das sehr an ihm, weil ich es grob und roh bevorzuge, doch gerade jetzt könnte ich mir nichts Besseres vorstellen, als so von ihm genommen zu werden. Als würde er Liebe mit mir machen. Ich bin immer noch nass und sein Sperma tropft aus meinem Loch, und so gleitet sein Schwanz problemlos in mich und reibt an meinen wunden Wänden. Meine Muschi umklammert ihn trotz des leichten Brennens sehnsüchtig, doch es tut nicht wirklich weh, da er so vorsichtig und zärtlich in mich eindringt.

Ich nehme ihn einfach auf und küsse ihn sanft zurück, auch wenn ich mir eine andere Antwort von ihm gewünscht habe. Ich akzeptiere die, die er mir gibt. Auf die Weise, auf die er es kann. Er sagte im Wald zu mir, er hätte noch nie aus Liebe getötet, und es ist in Ordnung für mich, wenn er seine Gefühle nicht mit den magischen drei Worten ausdrücken kann. Jene, die mir einfach entglitten sind, ohne dass ich Einfluss darauf hatte.

Als ich mit den Händen über seine Arme und Brust streiche, löst er seine Lippen von meinen. Sein Körper fühlt sich männlich und wie eine unzerstörbare Festung an, und ich liebe es, zu wissen, dass nur ich diese Festung durchdringen kann. Zwischen uns gibt es keine Mauern mehr, keine Schutzschichten und keine Lügen. Alle Karten liegen nun offen auf dem Tisch.

Trotzdem ist das, was ich in seinem schönen Gesicht sehe, als er in meines blickt, Unsicherheit. Ich verstehe sie nicht und werde nervös, je länger er mich bloß ansieht und in meinen Augen forscht, die seine ebenfalls zu erforschen versuchen. Sein

Schwanz bewegt sich wie selbstständig in mir weiter, dehnt und füllt mich.

Doch dann bewegt er sich plötzlich nicht mehr.

»Du kommst zurück mit mir nach London«, sagt Callahan leise, doch es klingt eher wie eine Frage als ein Beschluss. »Hier in Birmingham wäre es zu gefährlich für dich.«

Ich runzele die Stirn, obwohl ich nun erkenne, was diese Unsicherheit in ihm hervorruft. Wir haben nicht darüber gesprochen, wie es nun weitergeht. Ich bin in Birmingham aufgewachsen und sehe diese Stadt als mein Zuhause an, welches ich bloß verlassen habe, um mich auf die Suche nach Antworten zu machen, welche mich zu ihm nach London geführt hat. Ich hatte nie vor, dortzubleiben.

Aber das war bevor die Dinge höllisch verwirrend zwischen uns wurden.

Nun sind sie nicht mehr verwirrend, sondern glasklar.

Er deutet mein Stirnrunzeln wohl als Ablehnung. Seine Augen werden härter und sein Blick wirkt wie ein Befehl, als er mir noch einmal erklärt: »Du wärst hier nicht sicher. Du kannst hier nicht bleiben. Du gehst mit mir zurück nach London.«

Ich fange an zu lächeln. Er ist süß, wenn er so herrisch und durchsetzungsfähig sein will. Dieser Blick, der sich nun beinahe in eine Drohung verwandelt, funktioniert bestimmt bei allen anderen Menschen, doch er ist nicht der Auslöser für meine nächsten Worte.

»Ich habe nicht vor, hierzubleiben«, antworte ich ihm ruhig, aber bestimmt. »Denn was soll ich hier, wenn du in London bist?«

Unwillkürlich werden seine Augen weicher und seine Gesichtszüge glätten sich. Er wirkt zufrieden, erleichtert. Weil ich wieder dümmlich lächele, seufzt er und murmelt: »Du machst dich über mich lustig, Pfirsichblüte. Das ist nicht sehr nett.«

Nun grinse ich breit. »Entschuldige, aber du bist lustig.«

»Warum?«

»Weil du mich lieber bedrohst, anstatt wie normale

Menschen es tun darum bittest«, erkläre ich und kichere leise. Er schmunzelt. »Du hättest mich einfach fragen können, ob ich mit dir zurück nach London gehen möchte, und den wahren Grund dafür nennen können.«

Seine Lippen streifen meine, als er flüstert: »Und welcher wäre das?«

»Du bist verliebt in mich«, sage ich ohne jeden Zweifel in der Stimme, blinzele ihn aber dennoch verlegen an. »Ich bin dein Herz, dein Sauerstoff, dein Lebenssinn, der Grund, warum du jeden Morgen aufstehst …«

Nun lacht er leise und die Stimmung scheint sich mit einem Mal komplett aufzulockern. Er küsst mich auf den Mund und zieht sich dann wieder zurück, um mir tief in die Augen zu sehen. Ich erwidere den Blick erwartungsvoll. All seine Unsicherheit ist verschwunden und auch die Belustigung, stattdessen wirkt er vollkommen ernst, als er rau erwidert: »Das stimmt.«

Mein Herz macht einen Satz. »Dann sag es.«

»Ich bin verliebt in dich«, sagt er und überrumpelt mich damit, obwohl ich mir sicher war, dass dem so ist, und auf die Worte gehofft habe. Ich beiße mir auf die Unterlippe und er lächelt dieses sexy, charismatische und entwaffnende Lächeln, welches die Schmetterlinge in meinem Bauch außer Kontrolle geraten lässt. »Und deswegen wirst du mit mir nach London kommen, in meinem Haus einziehen, und jeden Abend in meinem Bett einschlafen. Du wirst jeden Morgen neben mir aufwachen und ich werde der einzige Mann sein, der dich auf diese Weise spüren darf.« Er bewegt sich wieder in mir und ich schmelze unter ihm wie heißes Wachs dahin. Seine Lippen kitzeln mich am Ohr, als er flüstert: »Andernfalls muss ich meine Liste mit schlimmen Dingen noch erweitern, denn ich bin bereit, zu tun, was nötig ist, um all das zu bekommen.«

Ich lächele. »Wie wäre es, wenn du stattdessen eine Liste mit all den Änderungen, die an deinem Haus vorgenommen werden müssen, schreibst? Angefangen bei deiner Gruselkammer. Mit der kann ich nun wirklich nicht leben. Das wäre schade, denn ich habe schon viele unanständige Dinge im Kopf, die ich mit dir auf deinem Schreibtisch machen will …«

Ich spüre ihn an meinem Ohr grinsen, bevor er daran knabbert und mich wieder richtig zu vögeln beginnt. Immer noch sanft. »Abgemacht, Pfirsichblüte.«

Wir küssen uns, während sich unsere Körper miteinander vereinen, und als wir erschöpft und verschwitzt fertig sind, uns in den Laken zu wälzen, tun wir etwas sehr Kitschiges.

Wir kuscheln in Löffelchenstellung.

Wir haben es schon einmal gemacht, allerdings nicht bei vollem Bewusstsein, und dieses Mal fühlt es sich ganz anders an.

Besser.

»Ich bin froh, dich wiederzuhaben, Pfirsichblüte«, sagt er leise, seine Stimme klingt sanft und warm, vollkommen zufrieden.

Ich lächele genauso sanft und warm, obwohl er es nicht sehen kann. »Du musst mich nicht mehr Pfirsichblüte nennen, Callahan. Du kannst auch einfach Peaches zu mir sagen.«

Er löst den Arm von meinem Oberkörper und dreht mich zu sich um. Etwas flackert in seinen Augen auf und er schüttelt mit zusammengezogenen Augenbrauen den Kopf. »Du bist nicht nur irgendein präsenter Name in meinem Leben. Nicht nur irgendeine Person, die ich kenne, oder irgendeine Frau, die ich in meinem Bett hatte. Du bist mehr für mich. Du bist *der* Name in meinem Leben, *die* Person und *die* Frau.« Meine Lider flattern und mein Atem stockt bei der Zärtlichkeit in seinen Worten, die mich mitten im Herz treffen. »Du bist mein Lieblingsmensch, Pfirsichblüte.«

»Oh«, mache ich mit belegter Stimme und werde mit einem Mal total sentimental. Tränen sammeln sich aufgrund all der schönen Emotionen, die durch meinen Körper rauschen, in meinen Augenwinkeln, als ich dennoch keck wie immer antworte: »Nun, das solltest du vielleicht besser für dich behalten, denn Declan könnte in seiner Eifersucht schlimme Dinge anstellen und ich will nicht, dass du ihn irgendwann doch tötest. Merkwürdigerweise wächst er mir langsam richtig ans Herz.«

Callahan grinst.

Ich schlinge die Arme lächelnd um ihn und küsse ihn sanft auf den Mund. »Ihr unterscheidet euch gar nicht so sehr voneinander, wie du immer sagst, Liebling.« Noch ein Kuss auf seine Lippen folgt. »Trotzdem bin ich froh, dass du diese psychotische Seite nicht geerbt hast.«

Callahan lacht an meinem Mund, bevor er mich mit einem heißen Kuss verschlingt. »Solange du mich nicht wieder verlässt und er dir dabei hilft, müssen wir meinen Bruder wohl bis an den Rest unserer Tage ertragen.«

»Das ist okay«, sage ich gelassen. »Ich werde dich nämlich nicht verlassen. Nicht einmal mit vorgehaltener Pistole.«

Er zieht den Kopf zurück und blickt mich ernst an. »Dann bitte schon, Liebling. Ich finde einen Weg, dich zurückzuholen.« Er drückt einen Kuss auf meinen Hals, bevor er daran flüstert: »Immer. Das ist ein Versprechen.«

Ich lächele nur, bevor ich mich an ihn kuschele und seinen Duft einatme, während meine Augen in dem sicheren Hafen, den er mir bietet, langsam zufallen.

Ich hätte nie gedacht, mich zu verlieben, und schon gar nicht, diesen Mann zu lieben, dem ich früher noch den Tod an den Hals gewünscht habe. Und auch wenn diese Liebe nicht perfekt ist, nicht auf Wahrheiten entstanden ist und all die Klischees erfüllt, und wir die Geschichte des Beginns unserer Liebe bei unseren zukünftigen Kindern maßlos ausschmücken müssen, ist sie dennoch eines.

Echt.

EPILOG

Peaches

»Was ist mit der?« Ich zeige auf die überdimensional große Blondine, die gerade durch die Tür des Irish Pubs stolziert, und werfe Declan einen ermutigenden Blick zu. »An der Größe sollte es nicht scheitern, da du quasi bis in den Himmel reichst.«

Declan mustert die Blondine flüchtig, bevor er desinteressiert den Kopf schüttelt. »Ne. Die macht mir Angst.«

Mein Blick fällt in sich zusammen. Er liefert wirklich immer die dümmsten Erklärungen für seine Ablehnungen bei Frauen.

»Von mir aus«, seufze ich allmählich genervt und lasse den Blick schweifen, bis ich eine unterdurchschnittlich kleine Brünette entdecke. Ich grinse und zeige auf sie. »Dann die da. Die kann dir mit ihren ein Meter zwanzig wohl kaum Angst einjagen.« Ich zwinkere ihm zu.

Lustlos taxiert er sie, bevor er wieder ablehnend den Kopf schüttelt. »Standgebläse.«

Ich blinzele ihn an. »Wie bitte?«

Er nimmt gelassen einen Schluck von seinem Whiskey und zuckt mit den Schultern. »Na, die bräuchte sich nicht einmal hinzuknien, um mit meinem Freund südlich abwärts zu spielen.« Sein dreckiges Grinsen warnt mich schon vor, dass er nun irgendetwas sagen wird, das ich eigentlich gar nicht hören will. »Ich mag es aber, wenn sie knien. Es gibt nichts Besseres als Menschen auf ihren Knien. Frauen, die mit meinem Buddy spielen, und Männer, die mich anflehen, sie nicht auszuweiden.«

Angewidert verziehe ich das Gesicht. »Dass du da überhaupt einen Vergleich ziehst, zeigt, wie verdammt gestört du bist.«

Er zuckt gleichgültig mit den Schultern. »Also, was hast du noch, Zuckerpuppe? Ich fange an mich zu langweilen und wir wissen ja, wie gefährlich das werden kann.«

Ich schnaufe und sehe verzweifelt zu Callahan, der mit O'Sullivan und Donovan an seinem Stammtisch sitzt und mir schadenfroh zuprostet. Dieser Arsch.

Seit wir wieder zurück in London sind, haben Callahan und ich es uns zur Aufgabe gemacht, Declan eine Frau zu suchen. Eine Dreiecksbeziehung mag vielleicht anderen Frauen gefallen, wobei es sich für mich eher so anfühlt, als hätten wir ein lästiges Kleinkind am Hals, aber mir bereitet sie Migräne. Obwohl Declan ein eigenes Haus besitzt, welches zudem wahnsinnig groß und überraschend hübsch und geschmackvoll eingerichtet ist – bis auf den Folterkeller, der mit Planen ausgelegt und an den Wänden mit Folterinstrumenten dekoriert ist –, hängt er andauernd bei uns herum. Er kommt je nach Laune und ohne Vorankündigung vorbei, um mit uns einen Film zu gucken, zu essen, zu plaudern oder uns einfach nur zu nerven, und manchmal schläft er sogar bei uns, allerdings Gott sei Dank im Wohnzimmer. Es würde mich jedoch nicht wundern, wenn er eines Morgens unter unserer Decke hervor krabbelt. Es war keine Lüge, als Callahan mir damals erzählte, er wäre anstrengend und bräuchte immer neue Herausforderungen im Leben. Und da Callahan aktuell keine Jobs für ihn hat, da er seine Zeit lieber mit mir als der Planung eines kriminellen Geschäftes verbringt, haben wir Declan nun an der Backe. Er ist ungelogen der unterhaltsamste Mensch, den ich kenne, denn allein seine

Blicke bringen mich zum Lachen, ganz abgesehen von den dummen Sprüchen, die er immer mal wieder schiebt, aber dennoch …

Es ist anstrengend. Seinetwegen bin ich aktuell so weit davon entfernt, Kinder zu bekommen, wie man nur sein könnte. Die Vorstellung verängstigt mich allmählich, zumal ich Callahan bei unseren Kindern wohl nicht werde sagen können, er solle sie doch bitte auf eine möglichst schmerzhafte Weise zum Schweigen bringen, wie ich es immer in Bezug auf Declan sage.

Deswegen die Suche nach einer Frau für ihn. Das gestaltet sich allerdings schwieriger als gedacht, da er alle potenziellen Mrs. Mullans sofort ablehnt, ohne überhaupt mit ihnen gesprochen zu haben, und die wenigen, die das Pech haben, ihm zu gefallen, suchen kreischend das Weite, sobald er ihnen von seinen Hobbys zu erzählen beginnt.

Ach, weißt du, ich foltere gerne. Zwar töte ich aus beruflichen Gründen, aber ich tue es auch gern in meiner Freizeit. Ist dir eigentlich mal aufgefallen, wie viele verschiedene Farbnuancen Blut hat?

Er macht das mit Absicht, dieser Arsch. Er will keine Frau finden. Er hat absolut kein Interesse daran, eine Beziehung einzugehen und seine Abende mit jemand anderes als seinem Bruder und mir zu verbringen. Er meinte, wir wären für seinen Geschmack zwar einen Tick zu langweilig, aber passable Gesellschaft. Wenn er uns satthat – was leider sehr selten vorkommt – ist er mit O'Sullivan und Donovan unterwegs. Manchmal rufen wir sie heimlich an, damit sie ihn ins Fitnessstudio locken. Dazu sagt er nie Nein. Er lebt quasi dafür, zu trainieren und sich körperlich fit zu halten.

Und ich kämpfe verdammt noch mal darum, meinen Verstand zu behalten, deswegen ist es dringend notwendig, ihm eine Frau zu finden, die ihn beschäftigt. Oder wenigstens annähernd interessiert, sodass er sie eine Nacht lang mit nach Hause nimmt, bevor er ihr mit einem Grinsen mitteilt, sie möge sich doch bitte in Luft auflösen.

»Du siehst plötzlich ein wenig deprimiert aus, Sonnenschein«, meint er belustigt, woraufhin ich ihn frustriert anstarre. »Ich habe dich nicht dazu gezwungen, mir eine süße Muschi zu suchen, und ich kann nichts dafür, dass du noch keine gefunden hast, die süß genug ist.« Er präsentiert mir seine perfekt geraden und weißen Beißerchen. »Also, wollen wir gehen und einen Film gucken? Ich dachte, wir könnten heute -«

»Nein!« Beinahe schreie ich und er erschreckt sich durch den hysterischen Tonfall. »Wir gehen nicht, bis wir dir eine Frau gefunden haben, Declan. Und ich schwöre, wenn du mir bei der nächsten wieder irgendeine unsinnige Erklärung lieferst, warum du sie nicht kennenlernen willst, mache ich Hackfleisch aus dir, capiche?«

Beleidigt verschränkt er die breiten Arme vor der Brust. »Pft. Und ich dachte, du würdest unsere Filmabende zu schätzen wissen … Eine andere Frau würde bloß die Chemie in unserer fortschrittlichen Dreiecksbeziehung stören.«

Ich verdrehe meine Augen und massiere meine Schläfen. »Wann sagtest du noch einmal, findet dein Kampf gegen den Amerikaner statt? Du planst den doch schon seit über einem Monat, oder?«

»Am Freitag«, öffnet er mir und runzelt die Stirn. »Warum fragst du? Callahan hat schon versprochen, dass ihr kommen werdet.«

Ich lächele ihn zuckersüß an. »Oh, wir werden kommen, denn ich möchte sehen, wie man dir ein paar üble Schläge auf den Kopf verpasst. Vielleicht haben wir ja das Glück und du hast danach Probleme mit deiner Sprachfähigkeit und Motorik.«

Gespielt betroffen schlägt er sich eine Hand auf die Brust. »Das ging mitten ins Herz, Zuckerpuppe. Ich fühle, wie es bricht.« Als ich leise lache, grinst er und packt meine Hand, um sie sich auf die Stelle zu legen, wo sein Herz pocht. »Fühlst du es? Gleich fällt es wie Staub zu Boden.«

»Ich fühle gar nichts«, erkläre ich. »Kein Herz, nur Leere und Einsamkeit.«

»Jetzt werde mal nicht theatralisch«, seufzt er und schiebt

meine Hand von sich. »Von mir aus, dann suchen wir eben eine Frau für uns. Lässt du dich dann auf einen Vierer ein? Den Dreier lehnst du immer strikt ab.«

Ich will meinen Kopf gegen den Bartresen schlagen, stattdessen sage ich emotionslos: »Eine Frau für dich, Declan, nicht für uns. Und nein, auch ein Vierer kommt für mich nicht infrage. Callahan wird dich töten, wenn du das noch einmal vorschlägst.«

»Das betrifft nur den Dreier«, meint er unbeeindruckt und grinst mich schief an. »Der Vierer kam mir ja gerade erst in den Sinn.«

Ich seufze, dann suchen meine Augen wieder das volle Pub nach einer armen Seele ab, die es möglicherweise mit ihm aushalten könnte. Ich entdecke nur noch eine Frau, die ihm optisch gefallen könnte, wobei ich keine Ahnung habe, was er bevorzugt oder ihm gefällt, da er grundsätzlich alle ablehnt, die ich ihm zeige, egal ob hell oder dunkel oder purpurfarben, oder mit blondem, schwarzem oder grünem Haar. Doch diese kleine Mittzwanzigerin hat ein hübsches Gesicht und einen beneidenswerten Körper.

Hoffnungsvoll zeige ich in ihre Richtung. »Die in der weißen Bluse mit der Brille. Pferdeschwanz.«

Declan folgt meinem Blick und verzieht in der Sekunde das Gesicht. »Jetzt steigen wir schon auf die prüden Lehrerinnen um? Jaysus …«

»Weißt du was?« Ich springe vom Barhocker und stemme mir eine Hand in die Hüfte. »Dann stirb doch allein.«

Er grinst zufrieden und lehnt sich mit dem Glas Whiskey an seinen Lippen entspannt zurück, nun wo er mich so sehr genervt hat, dass ich kapituliere. »Oki doki.«

Ich verdrehe meine Augen, muss aber über ihn lächeln, als ich zu Callahan und den beiden Männern gehe, die mich schon erwartungsvoll ansehen. Ich schüttele bloß resigniert den Kopf und sie grinsen mich an.

Callahan zieht mich auf seinen Schoß und schlingt einen

Arm um meinen Bauch, bevor er fragt: »Heute wieder kein Glück gehabt?«

»Declan und Glück … Diese zwei Wörter wollen einfach nicht miteinander harmonieren«, sage ich amüsiert und nehme dankbar das Glas Whiskey an mich, um es in einem Zug zu leeren. Das brauche ich nun dringend und da Callahan mehr Whiskey als Wasser im Haus hat, habe ich mich schon an das Brennen in meinem Hals gewöhnt. Allmählich mag ich es sogar.

»Declan wird nie eine Frau finden«, sagt Donovan überzeugt und grinst uns dämlich an. »Zumindest keine, die es mit ihm aushält. Die müsste genauso verrückt und energiegeladen sein, ihm die Stirn bieten können, gleichzeitig besorgniserregend abgestumpft sein und den Declan-Humor verstehen. Am besten sollte sie auch Spaß daran haben, Menschen die Gedärme rauszuschneiden.«

»Vermutlich ist hier der fasche Ort, um nach ihr zu suchen«, wirft O'Sullivan ein. »Eine aus dem Fitnessstudio könnte es werden. Eine Boxerin oder so.«

Callahan schüttelt den Kopf. »Die hatte er schon alle durch.«

»Wie wäre es mit einer aus dem Gefängnis?«, schlägt Donovan vor. »Irgendeine, die ihre letzten fünf Ehemänner gekillt hat. Ich würde sie zum Wohle aller aus dem Knast befreien.«

Wir lachen alle auf, doch da dies doch eher unrealistisch und vermutlich nicht ganz so klug wäre, jammere ich schließlich: »Die Aussicht auf ein ruhiges Leben in Zweisamkeit rückt immer mehr in die Ferne.«

Callahan lacht und seine Brust vibriert dabei an meinem Rücken. Er drückt einen besänftigenden Kuss auf meine Schulter und legt seine Lippen danach auf mein Ohr, um zu flüstern, sodass es keiner hören kann: »Allerdings stehen die Chancen auf einen ruhigen Abend in Zweisamkeit gut, da Declan gerade auf der Toilette ist und wir somit einen Vorsprung haben.«

Ich kann kaum blinzeln, da bin ich schon aufgesprungen

und habe meinen Mantel an mich gerissen. Ich winke Callahan hektisch zu und rufe: »Worauf wartest du? Lauf!«

Er grinst schief, als er aufsteht. Die Männer lachen.

»Wir beschäftigen ihn eine Weile«, verspricht O'Sullivan und nickt mir belustigt zu. »Und morgen Abend braucht er keinen Babysitter, denn da findet der Kampf statt. Wenn wir Glück haben, landet er danach im Krankenhaus. Das verschafft uns ein paar Tage Ruhe.«

»Lasst uns heute Abend vor dem zu Bett gehen alle dafür beten«, sage ich noch rasch, bevor ich Callahan an der Hand nehme und ihn aus dem Pub zerre. Er lacht wieder über mich und ich boxe ihm in die Rippen. »Jetzt tu nicht so, als würdest du dich nicht genauso sehr auf einen Abend zu zweit freuen wie ich!« Vielsagend sehe ich ihn an, während wir in seinen Bentley steigen. »Immerhin bist du es, der immer fast heult, weil er mich nicht ficken kann, wo, wann und wie oft er will, wenn Declan im Haus herumlungert. Was ziemlich häufig der Fall ist.«

Callahans Augen verdunkeln sich im Bruchteil einer Sekunde und allein die Erwähnung des Wortes ›ficken‹ reicht aus, um seine Hose auszubeulen. Die Nähte platzen fast. »Du hast recht. Die Chance lasse ich mir also nicht entgehen, Pfirsichblüte.« Er drückt das Gaspedal voll durch und schiebt seine Hand unanständig zwischen meine Schenkel. Dann lächelt er schmutzig, als er fühlt, dass auch ich allein aufgrund des Gedankens an Sex nass bin. »Da freut sich jemand auf einen Declan-freien Abend.«

»Bald ist jeder Abend Declan-frei, Liebling. Versprochen. Ich gebe nicht auf.«

Callahans Augen funkeln, als er mich ansieht und seine Finger in meine Strumpfhose schiebt. »Vielleicht erhört Gott unsere Gebete und lässt Declan schon morgen über seine Traumfrau stolpern. Alles ist möglich.«

Und er soll recht damit behalten.

DANKSAGUNG

Vielen lieben Dank, dass ihr dieses Buch von mir gelesen habt! Lasst mich doch gerne wissen, wie es euch gefallen hat, indem ihr mir eine Rezension auf Amazon hinterlasst. Ich freue mich darauf, sie zu lesen :)

Weiter geht es mit **Declans Geschichte**, die unter dem Titel »Vanilla Blossom« erscheinen wird. Ein genaues Datum dafür steht noch nicht fest, doch ich kann euch garantieren, dass sich ein Einblick in den chaotischen Kopf dieses verrückten Typen lohnt ;) Seine Geschichte ist gewiss nichts für zartbesaitete Gemüter.

Gerne tausche ich mich per Mail (shroxx.autor@gmail.com), über meine Homepage (https://shroxxautor.wixsite.com/blog) oder meinen Instagram-Account (s.h.roxx) mit euch aus. Dort findet ihr auch Neuigkeiten über meine anderen Veröffentlichungen und Updates zu baldigen Erscheinungen.

Bis bald und alles Liebe,
eure Roxxi <3

Printed in Poland
by Amazon Fulfillment
Poland Sp. z o.o., Wrocław

58711653R00223